Voyages de noces

DU MÊME AUTEUR

Les enquêtes de Carol Jordan et Tony Hill

La dernière tentation, Éditions du Masque, 2003 ; J'ai lu, 2006.
La fureur dans le sang, Éditions du Masque, 1998 ; J'ai lu, 2007.
Le chant des sirènes, Éditions du Masque, 1997 ; J'ai lu, 2008.
La souffrance des autres, Éditions du Masque, 2007 ; J'ai lu, 2008.
Sous les mains sanglantes, Éditions du Masque, 2009 ; J'ai lu, 2011.
Fièvre, Flammarion, 2012 ; J'ai lu, 2013.
Châtiments, Flammarion, 2014 ; J'ai lu, 2015.
Une victime idéale, Flammarion, 2016 ; J'ai lu, 2017.
Les suicidées, Flammarion, 2017 ; J'ai lu, 2018.
Voyages de Noces, Flammarion, 2020 ; J'ai lu, 2021.

Série *Karen Pirie*

Quatre garçons dans la nuit, Éditions du Masque, 2005 ; J'ai lu, 2006.
Sans laisser de traces, Flammarion, 2011 ; J'ai lu, 2012.
Skeleton Road, Flammarion, 2018 ; J'ai lu, 2019.
Hors limites, Flammarion, 2019 ; J'ai lu, 2020.

Série *Kate Brannigan*

Le dernier soupir, Librairie des Champs-Élysées, 1994.
Retour de manivelle, Librairie des Champs-Élysées, 1995.
Crack en stock, Librairie des Champs-Élysées, 1996.
Arrêts de jeu, Librairie des Champs-Élysées, 1996.
Gènes toniques, Librairie des Champs-Élysées, 1997.
Mauvais signes, Librairie des Champs-Élysées, 1998.

Autres romans, nouvelles et documents

Une mort pacifique, Librairie des Champs-Élysées, 1998.
Mystères et bûches glacées, Éditions du Masque, 2003.
Le tueur des ombres, Éditions du Masque, 2001 ; J'ai lu, 2006.
Au lieu d'exécution, Éditions du Masque, 2000 ; J'ai lu, 2008.
Noirs tatouages, Éditions du Masque, 2008 ; J'ai lu, 2009.
Comme son ombre, Flammarion, 2013 ; J'ai lu, 2014.
Northanger Abbey, Terra Nova, 2014.
Lignes de fuite, Flammarion, 2015 ; J'ai lu, 2015.
Scènes de crime, Les Arènes, 2019 ; J'ai lu, 2020.

VAL McDERMID

Voyages de noces

Traduit de l'anglais (Écosse)
par Perrine Chambon et Arnaud Baignot

J'AI LU

TITRE ORIGINAL
Insidious Intent

ÉDITEUR ORIGINAL
Little, Brown

Ce livre est dédié aux professeures Dame Sue Black et Niamh Nic Daeid, en mémoire de leur amitié, des bons moments et de leurs expertises criminelles.

« Une sombre scène de calomnie sera révélée ; mais vous, docteur, vous redresserez la situation. »

Thomas DE QUINCEY,
Du meurtre considéré comme un des beaux-arts
(Deuxième version)

Première partie

1

Si Kathryn McCormick avait su qu'il lui restait moins de trois semaines à vivre, elle aurait sans doute fait davantage d'efforts pour profiter du mariage de Suzanne. Mais comme à son habitude, elle s'était laissé gagner par la déception et la résignation, en essayant toutefois de ne pas paraître trop triste tandis qu'elle observait les autres invités danser, insouciants.

Ça se passait exactement comme au travail. Là-bas aussi, Kathryn se sentait exclue. Même si son poste de responsable administrative ne lui permettait pas d'exercer beaucoup de pouvoir, c'était suffisant pour qu'on la tienne à l'écart. Kathryn le ressentait chaque fois qu'elle entrait dans la kitchenette pour se préparer un café : quel que fût le sujet de conversation en cours, celle-ci s'interrompait aussitôt ou bien glissait vers le superficiel.

Imaginer que la situation aurait pu être différente aujourd'hui avait été une erreur stupide. Elle avait lu un jour une phrase sur la folie qui l'avait marquée : être fou, c'est refaire tout le temps la même chose en espérant un résultat différent. Si on s'en tenait à cette définition, elle était sans aucun doute folle. Être assise à l'écart de la fête en ce samedi soir, tout en espérant se retrouver au milieu des rires et des conversations, était une attitude typique chez elle et ne pouvait conduire qu'à un prévisible échec.

Kathryn jeta un coup d'œil à sa montre. On dansait depuis une demi-heure seulement mais elle avait l'impression que ça durait depuis une éternité. Nikki de la compta se déhanchait comme une danseuse de pole dance en face de Gerry le rouquin qui la regardait bouche bée. Anya, Lynne, Mags et Triona dansaient en petit groupe toutes les quatre, coudes près du corps, se trémoussant et remuant la tête en rythme. Emily et Oli dansaient de façon synchrone sans se quitter des yeux et en se souriant comme des idiots. Des idiots qui allaient probablement rentrer ensemble à la fin de la soirée.

Elle ne savait plus vraiment quand elle avait fait l'amour pour la dernière fois. Niall et elle étaient séparés depuis plus de trois ans. Mais le chagrin qu'elle ressentait était encore vif. Il était rentré à la maison un soir, l'haleine chargée de bière et la peau légèrement suintante.

— On m'a proposé un boulot à Cardiff. Pour y diriger ma propre équipe de concepteurs ! avait-il lancé avec enthousiasme.

— C'est super, chéri !

Kathryn était descendue de son tabouret de cuisine pour l'enlacer tout en essayant de faire taire cette petite voix dans sa tête qui lui disait : « Cardiff ? Qu'est-ce que je vais bien pouvoir foutre là-bas ? »

— Le salaire sera plus élevé aussi, avait-il ajouté, sans répondre à son câlin, le corps étrangement raide.

— Ouah ! Quand est-ce qu'on part, alors ?

Il s'était écarté d'elle. Le cœur de Kathryn s'était serré dans sa poitrine.

— C'est le problème, Kath, avait-il répondu en baissant les yeux. Je veux y aller tout seul.

Ce qu'il disait n'avait aucun sens.

— Comment ça, tout seul ? Tu vas seulement revenir les week-ends ? C'est idiot, je peux trouver un travail là-bas avec les compétences que j'ai.

Il avait reculé.

— Non. Écoute, je ne sais pas comment te dire ça… Je ne suis pas heureux et ça fait un moment que ça dure. Partir est la meilleure solution pour nous deux. Pour démarrer autre chose. On peut tous les deux commencer une nouvelle vie.

Et ça s'était terminé comme ça. Enfin, pas tout à fait. Il y avait eu les cris, les larmes et elle avait tailladé tous ses caleçons Calvin Klein, mais ça n'avait rien changé. Elle avait perdu l'homme qu'elle aimait, sa dignité et son foyer parce que la moitié de leur jolie maison de Bradfield appartenait à Niall et qu'il avait insisté pour la vendre. À présent, elle vivait dans un petit appartement d'un immeuble des années soixante trop près de là où ils avaient vécu ensemble. Ç'avait été une erreur de s'installer si près de l'endroit où elle avait été heureuse, de cette maison devant laquelle elle devait passer tous les matins pour aller prendre le tram. Elle avait essayé de faire un détour de dix minutes pour l'éviter, mais c'était encore pire ; ça l'avait fait souffrir encore plus. Parfois, le couple qui avait acheté la maison en sortait au moment où elle passait devant et ils lui adressaient un petit signe de la main en souriant d'un air gêné.

Depuis, Kathryn avait fait quelques tentatives pour rencontrer de nouveau quelqu'un. Elle s'était inscrite sur un site de rencontre et avait consulté des dizaines de profils. Mais quand elle s'imaginait côtoyer ces hommes, aucun ne semblait crédible. Un des anciens collègues de Niall lui avait envoyé un texto pour l'inviter à dîner. Ça ne s'était pas bien passé. Il s'était clairement imaginé qu'elle apprécierait une petite partie de jambes en l'air et n'avait pas vraiment apprécié qu'elle l'envoie balader. Aux quarante ans de son cousin, elle avait sympathisé avec un type gentil originaire d'Irlande du Nord. Elle avait fini dans son lit, mais ça n'avait pas été un franc succès et il était retourné à Belfast sans tenir sa promesse de la rappeler.

Ça devait être la dernière fois qu'elle avait couché avec quelqu'un et ça remontait à plus d'un an. Et elle était censée être au zénith de sa vie sexuelle. Kathryn réprima un soupir et avala une autre gorgée de son sauvignon blanc. Elle devait arrêter de s'apitoyer autant sur elle. Tous les magazines qu'elle avait lus le répétaient : rien ne rebutait davantage un homme que quelqu'un qui s'apitoie sur son sort.

— Il y a quelqu'un assis ici ? demanda une voix masculine.

Grave et douce.

Kathryn sursauta avant de se retourner. Debout, les mains posées sur le dossier de la chaise qui se trouvait à côté d'elle, se tenait un inconnu. Un inconnu plutôt pas mal, remarqua-t-elle involontairement tout en bredouillant :

— Non. Enfin, il y avait quelqu'un mais il est parti.

Kathryn était habituée à évaluer de potentiels clients. Il devait mesurer environ un mètre quatre-vingts, pensa-t-elle. La trentaine. Cheveux bruns avec les tempes grisonnantes. Des sourcils fournis et bien dessinés, et des yeux bleu pâle qui laissaient apparaître quelques rides quand il souriait. Comme c'était le cas maintenant. Son nez semblait un peu épaté, comme s'il avait été cassé et mal soigné. Son sourire révélait quelques dents légèrement de travers, mais restait néanmoins charmant.

Il s'assit à côté d'elle. Pantalon de costume, chemise blanche impeccable avec le col ouvert, cravate bleue en soie desserrée. Ses ongles étaient coupés et manucurés ; il était rasé de près et avait une coupe de cheveux soignée. Elle aimait les hommes qui prenaient soin de leur apparence. Niall avait toujours été méticuleux sur ce point.

— Je m'appelle David. Vous êtes une amie de la mariée ou du marié ?

— Je travaille avec Suzanne, répondit-elle. Je suis Kathryn. Avec un « y ».

Elle ne savait pas pourquoi elle avait dit ça.

— Enchanté de faire votre connaissance, Kathryn avec un « y », répondit-il, légèrement amusé sans qu'elle puisse néanmoins déceler la moindre moquerie.

— Vous êtes un ami d'Ed, alors ?

— Je le connais du club de football.

Kathryn gloussa.

— Le témoin nous a bassinés avec ça pendant son discours.

— Un peu, en effet, répondit-il avant de s'éclaircir la voix. J'ai remarqué que vous étiez assise toute seule. J'ai pensé que vous aimeriez peut-être avoir un peu de compagnie.

— Ça ne me dérange pas d'être toute seule, dit-elle en regrettant aussitôt les mots qu'elle venait de prononcer. Mais ne le prenez pas mal, je suis très contente de faire votre connaissance.

— J'aime bien me retrouver tout seul moi aussi, mais c'est parfois sympa de parler avec une jolie femme, dit-il en souriant à nouveau. J'ai l'impression que vous n'aimez pas danser ? Dans ce cas ça ne sert à rien que je vous propose de faire quelques pas avec moi sur la piste.

— Non, c'est pas trop mon truc.

— J'en ai un peu marre de la musique. Ça vous dirait d'aller au bar pour discuter ? C'est plus calme là-bas. On pourrait parler sans avoir besoin de crier pour s'entendre.

Kathryn n'en revenait pas. OK, ce n'était pas George Clooney, mais il était élégant, poli, séduisant et surtout, elle semblait l'intéresser.

— Bonne idée, répondit-elle en se levant.

Tandis qu'ils zigzaguaient entre les tables vers la sortie, l'homme qui prétendait s'appeler David posa une main sur le bras de Kathryn de façon courtoise. L'assassin de Kathryn McCormick était quelqu'un de très attentionné.

2

Le commandant Carol Jordan enfila sa lourde veste en coton huilé avant d'enfoncer un bonnet sur ses cheveux en bataille. Un colley noir et blanc tournait autour d'elle, impatient d'aller se dégourdir les pattes dans la fraîcheur matinale. Elle noua les lacets de ses robustes chaussures de marche et sortit sous une pluie battante. Elle referma la porte de la grange rénovée derrière elle en prenant garde à ce que le loquet retombe dans le cran de la gâche.

La femme et la chienne s'éloignèrent à travers la lande, en décrivant de grands zigzags. L'espace de quelques bienheureux instants, se concentrer sur le moment présent permit à Carol d'apaiser son esprit, mais son agitation était telle qu'elle ne put la contenir très longtemps. Le coup de fil inattendu reçu la veille au soir avait ruiné ses chances de passer une bonne nuit et, manifestement, une matinée paisible. Impossible d'échapper aux sévères reproches que son interlocuteur lui avait adressés sur un ton acerbe.

Au cours de ses années passées sur le terrain, en plein cœur de l'action, Carol avait eu plus d'une fois l'occasion d'éprouver des regrets. Tous les flics avaient goûté à l'amertume de l'échec et ressenti une pression dans la poitrine au moment d'annoncer de terribles nouvelles. Ces affaires pour lesquelles ils n'avaient pas réussi à consoler les parents d'une victime continuaient de les hanter, les remplissaient d'un sentiment d'injustice. Ces moments se rappelaient à elle en traversant certaines rues, certaines villes où elle savait que des crimes innommables s'étaient produits.

Tout ça n'avait cependant rien d'inhabituel. Tous les flics impliqués un tant soit peu dans leur travail ressentaient ça. Mais cette fois-ci c'était différent. Cette nouvelle salve de reproches qui lui pesait sur les épaules était un fardeau bien plus personnel.

Elle avait cru pouvoir échapper au poids de la culpabilité en quittant son travail, en rendant sa carte de police et en tirant un trait sur sa carrière. Sa traque incessante d'un assassin récidiviste avait coûté la vie à son frère et à sa femme. Pourquoi aurait-elle voulu rester ? Elle ne voulait plus rien avoir à faire avec ce métier qui lui avait tant pris.

Mais certains avaient su quels leviers actionner pour l'inciter irrésistiblement à reprendre du service.

#1 : L'ennui. Elle avait passé six mois à vider et retaper la grange restaurée de son frère, en suivant des vidéos sur YouTube et en écoutant les conseils de vieux bonshommes au pub. Elle avait voulu effacer toutes les traces de ce qui s'y était passé, comme si les travaux l'aideraient à se convaincre que l'assassinat de Michael et Lucy ne s'était jamais produit. Elle avait presque achevé son projet quand elle avait pris conscience, la colère retombant, que ce travail commençait à l'ennuyer. Elle était policière, pas ouvrière du bâtiment, comme le lui avait vigoureusement dit l'homme qui dormait dans sa chambre d'amis.

#2 : La solitude. Les amitiés de Carol étaient toutes étroitement liées à son travail. Sa famille, c'était son équipe et certains de ses membres étaient même devenus des amis intimes. Depuis qu'elle était partie, elle avait pris ses distances. Un de ses voisins, George Nicholas, avait essayé de briser le mur qu'elle avait érigé entre elle et le reste du monde. C'était un homme généreux ; c'était à lui qu'elle devait d'avoir une chienne. Flash était un des petits de son chien de berger, un chiot étrange qui avait peur des moutons. Carol l'avait adopté parce qu'elle pensait qu'ils étaient faits l'un pour l'autre. George avait pris ça comme le signal d'un possible rapprochement entre eux mais il n'était pas l'homme qu'elle cherchait. Il n'était pas son genre. Retourner travailler dans la police, alors ? Ça lui aurait permis de revenir près de ceux qui affirmaient qu'elle avait sa place quelque part.

3# : L'orgueil. Son talon d'Achille, qui l'avait poussée à accepter une offre qu'elle aurait dû refuser. Elle croyait en son talent, en son intelligence, en sa capacité à trouver des réponses là où personne ne le pouvait. Elle savait qu'elle était bonne dans ce qu'elle faisait. Elle pensait être la meilleure, surtout quand elle était entourée d'une équipe d'élite. On aurait pu la prendre pour une femme arrogante ; mais Carol Jordan savait qu'elle pouvait l'être à juste titre. Personne n'était capable de faire ce boulot mieux qu'elle. Elle avait des doutes sur tout un tas de choses mais pas sur sa capacité à diriger une équipe.

Et enfin, le levier fatidique : #4 : La tentation. Ils avaient bien plus à lui proposer que la simple possibilité de retrouver un travail dans lequel elle s'était épanouie pendant si longtemps. Ils avaient mis sur pied quelque chose de nouveau, d'exceptionnel, quelque chose qui pouvait bien révolutionner l'avenir des méthodes de police. Et elle était leur premier choix pour mener à bien cette expérience. Une Brigade régionale d'enquêtes prioritaires – BREP – qui récupérerait de six brigades différentes toutes les affaires de mort violente, d'agression sexuelle aggravée mais aussi d'enlèvement d'enfants. C'était peut-être la première étape vers l'élaboration d'une agence nationale comme le FBI. Qui d'autre que Carol Jordan pouvait en prendre les rênes ?

Mais elle avait tout fichu en l'air avant même qu'on le lui propose. Elle avait commis une erreur tellement stupide que le seul moyen de sauver sa tête avait été d'accomplir un acte audacieux de noble corruption qu'elle n'aurait jamais dû envisager une seule seconde d'accepter, et encore moins d'y participer de toute son âme. Elle s'était laissé aveugler par la confiance qu'on avait placée en ses compétences ; elle avait été flattée qu'un homme d'honneur risque son intégrité pour lui confier un poste à sa hauteur et en fin de compte, son orgueil l'avait conduite à sa perte.

Elle avait encore plus de sang sur les mains à présent et elle en était l'unique responsable.

Carol redoubla d'énergie en gravissant la pente ; les muscles lui tiraient sous l'effort et ses poumons étaient en feu. Flash allait et venait sur la colline devant elle tandis que des lapins bondissaient en tous sens, boules de poils blanchâtres sautillant à travers la lande comme des balles de tennis. Carol n'avait pas ralenti la cadence ; elle ne prêtait attention à rien de ce qui l'entourait, aveuglée par une rage tournée contre elle-même.

Qu'est-ce qu'elle allait faire maintenant ? Elle avait toujours été animée avant tout par un grand sens de la justice. Ça l'avait poussée parfois à s'engager sur des chemins tortueux et dangereux mais elle ne l'avait jamais regretté. Livrer les criminels à la justice l'avait toujours comblée. Restaurer un certain équilibre dans le monde lui permettait de retrouver aussi un certain équilibre dans la vie. Mais aucune justice ne pouvait être rendue dans le cas présent.

Si Carol reconnaissait la conspiration à laquelle elle avait pris part, elle ne serait pas la seule à en subir les conséquences désastreuses. Cela sonnerait le glas de la BREP avant même qu'elle n'ait pu faire ses preuves et cela augmenterait les risques de voir de dangereux criminels échapper aux sanctions. Ça ficherait en l'air la carrière d'autres policiers qui avaient compté sur elle. Elle irait probablement en prison. Pire encore : d'autres la rejoindraient.

C'était de sa faute. Elle avait du sang sur les mains. Il n'y avait qu'une façon de réparer tout ça : la BREP devait réussir sa mission. Si elle pouvait la transformer en groupe d'élite qui puisse vraiment multiplier les arrestations et les condamnations malgré un contexte difficile, s'ils réussissaient à mettre les tueurs derrière les barreaux avant qu'ils ne fassent d'autres innocentes victimes, si elle parvenait vraiment à changer les choses… Elle aurait toujours une dette vis-à-vis des autres morts. Mais il y aurait au moins du positif pour compenser.

3

— Je suis inquiète pour Torin, avoua le lieutenant Paula McIntyre tandis que l'adolescent s'éloignait de la voiture en leur adressant un vague signe de la main sans se retourner.

Le Dr Elinor Blessing éteignit la radio.

— Moi aussi.

Ça la tracassait depuis plusieurs jours. Ça la tracassait avant de s'endormir et ça la tracassait aussi au réveil.

Plus tôt dans la matinée, elle s'était réveillée en râlant à cause de la sonnerie de l'iPhone de sa compagne. Fichue sonnerie de cloches d'église. Comment un si petit bloc de silicone pouvait produire autant de bruit ? À ce rythme, elle allait finir par devenir le Quasimodo du service des urgences.

— Paula, avait-elle grommelé d'une voix endormie. C'est mon jour de congé.

Paula s'était blottie contre Elinor avant de l'embrasser doucement sur la joue.

— Je sais. Mais il faut que Torin et moi prenions notre douche et le petit-déjeuner sans traîner. Rendors-toi. Je ne ferai aucun bruit ; ça sera comme si je n'étais pas là.

Elinor avait poussé un gémissement, sceptique. Il y avait eu ensuite une grande secousse quand Paula s'était extirpée du lit pour aller se doucher. Entre le souci que lui causait Torin, le bruit de la ventilation et celui de la douche, c'en était trop. Tout espoir de replonger dans le sommeil avait été anéanti. Résignée, Elinor avait poussé un long soupir et s'était levée.

Vêtue de son peignoir, elle monta les marches jusqu'au grenier aménagé dont leur ado de quatorze ans avait fait son domaine. Elle frappa d'abord à la porte – quand elles avaient accepté Torin dans leur vie, elles avaient consciencieusement potassé les manuels de survie destinés aux parents d'ados – avant de glisser la tête à l'intérieur de la chambre.

— Bonjour, Torin, dit-elle feignant la bonne humeur. Bien dormi ?

Il poussa un grognement comme elle l'avait fait au moment de sortir du lit, mais en plus guttural.

— Il est temps de se lever.

Elinor patienta jusqu'à ce qu'une longue jambe mince et poilue émerge de sous la couette puis descendit dans la cuisine. Café. Un bol de fruits frais pour Torin. Des toasts pour Paula. Deux œufs prêts à pocher pour Torin, des haricots blancs déjà dans la poêle. Jus de fruits pour tout le monde. Tout fut mis en place sans perdre une seconde. Ce n'était pas le petit-déjeuner qui occupait ses pensées, mais l'adolescent.

Il avait débarqué dans leur vie par hasard. Aucune des deux femmes n'avait ressenti le désir d'avoir un enfant mais après l'assassinat de la mère de Torin, ce dernier avait refusé catégoriquement de quitter Bradfield pour aller vivre avec sa tante et sa grand-mère, dont il n'était pas proche tant sur le plan affectif que géographique. Son père travaillait à l'étranger et n'avait pas été très présent depuis des années.

— Je veux rester là où sont mes amis, avait-il répété avec obstination et sans doute à raison selon Elinor.

L'amitié de cette dernière avec la mère de Torin combinée à l'implication professionnelle de Paula dans l'enquête avait contribué à ce qu'il vienne s'installer chez elles. Ni l'une ni l'autre n'auraient pu dire exactement comment cela était arrivé. Ce qui était certain, c'est qu'elles n'avaient pas voulu abandonner un enfant qui avait perdu ses repères.

Leur vie ensemble s'était donc enrichie d'un adolescent. Cette cohabitation n'avait rien eu d'évident au début, mais les choses avaient semblé fonctionner pendant plusieurs mois. Elinor avait été étonnée mais aussi, pour être honnête, préoccupée que Torin fasse aussi facilement le deuil de sa mère. Leur ami, le psychologue clinicien Tony Hill, l'avait rassurée.

— Chacun gère son chagrin à sa façon. Certains ont besoin de l'exprimer publiquement, d'autres gardent tout pour eux. Pour certains, c'est compliqué parce que leur relation avec le défunt était compliquée. Pour d'autres - comme Torin, apparemment - c'est relativement simple. Il est triste, il a du chagrin, mais il n'est pas en proie à de la colère ou à du ressentiment qu'il serait incapable de gérer. Vous devrez sans aucun doute affronter des crises qui arriveront sans prévenir. Mais je ne crois pas qu'il ait intériorisé certaines émotions qu'il vous cacherait, avait-il conclu avant d'ajouter avec un sourire en coin, mais je peux me tromper, bien entendu.

À première vue, il ne semblait pas s'être trompé. Torin et les deux femmes s'étaient habitués à vivre ensemble. Elinor et Paula avaient redécouvert que jouer aux jeux de société pouvait être amusant et qu'il y en avait tout un tas de nouveaux à découvrir. Torin avait regardé des films qui ne l'auraient jamais intéressé a priori. Lentement, tranquillement, ils avaient appris à se connaître.

Ses résultats scolaires, qui avaient pâti du choc lié à la disparition brutale de sa mère, s'étaient améliorés et Torin ne semblait pas appréhender la perspective des prochains examens. Paula était tracassée parce qu'il ne semblait pas avoir beaucoup de vie sociale. À son âge, elle faisait partie d'un groupe de filles qui passaient des heures chez les unes et les autres, à expérimenter différents types de maquillage, à comparer la façon d'embrasser des garçons – à cette époque Paula n'était pas encore au clair avec elle-même sur sa sexualité – et à raconter des potins sur tous ceux et celles qui ne faisaient pas partie de leur bande. Les garçons aussi entretenaient des liens étroits entre eux, mais elle n'avait aucune idée de leurs sujets de conversation sinon qu'ils étaient différents des leurs.

La vie de Torin n'était pas comme ça. Il retrouvait occasionnellement des amis le samedi soir pour traîner autour des magasins de vêtements branchés qui pullulaient dans le quartier de Bellwether Square, mais généralement, il aimait être seul. Même s'il ne semblait jamais couper vraiment le cordon avec ses écrans. Les collègues d'Elinor à l'hôpital de Bradfield Cross, qui étaient de générations et de milieux différents, lui avaient assuré que les adolescents étaient comme ça aujourd'hui. Ils communiquaient par selfies et Snapchat, en taguant des amis, via Twitter ou en partageant des photos sur Instagram. Et bientôt, ce serait par d'autres moyens. Parler en face-à-face, ça faisait terriblement vingtième siècle.

Mais depuis deux ou trois semaines, quelque chose avait changé. Torin était devenu taciturne, répondant à peine à leurs questions ou commentaires. Il était devenu l'adolescent cliché, grognon et renfermé, qui ne parlait pas pendant les repas et disparaissait dans sa chambre aussitôt après avoir avalé son repas. Quand Elinor lui avait demandé s'il voulait parler de sa mère, il s'était raidi comme si elle l'avait giflé.

— Non, avait-il répliqué en fronçant les sourcils. J'ai rien à raconter.

— Je me demandais si elle te manquait plus que d'habitude, dit-elle, le visage impassible face à son hostilité.

Il poussa un soupir.

— Je la décevrais, c'est tout, répondit-il avant de quitter la table sans terminer sa part de pizza. J'ai des devoirs à faire.

Maintenant, c'était au tour de Paula de ressentir la même inquiétude qu'Elinor. Elles avaient de bonnes raisons de s'inquiéter. Tandis que Paula s'insérait dans la circulation matinale qui progressait lentement, Elinor dit, en choisissant prudemment ses mots :

— Je crois que quelque chose le turlupine. En dehors de sa mère, je veux dire. Quelque chose dont on ne sait rien et qui est donc difficile à cerner.

— Qu'est-ce qu'on doit faire ?

— Peut-être qu'il faudrait qu'on en discute avec le personnel de l'école ? Sa professeure principale a été d'une grande aide après la mort de Bev.

Paula rejoignit la file des voitures qui tournaient à droite.

— Ça vaut le coup d'essayer. Tu veux que j'invite Tony à dîner, pour voir s'il peut en tirer quelque chose ?

— Gardons ça en réserve pour plus tard quand on sera à court d'idées, répondit Elinor en tentant de ne pas se laisser gagner par le découragement. C'est peut-être juste parce qu'il a quatorze ans et qu'il n'y a pas d'homme à la maison avec qui discuter.

— Il peut parler avec son père quand il veut via FaceTime. Et en général il bavarde sans arrêt avec Tony. Je ne crois pas que l'autoflagellation soit une bonne option, répliqua Paula.

Son ton semblait dur. Elinor espérait qu'elle était tendue seulement à cause de la circulation.

— Si tu le dis. Mais…

— Mais quoi ? demanda Paula, brisant le silence.

Elinor sourit ironiquement.

— Carol Jordan a toujours dit que tu étais la meilleure pour mener des interrogatoires. Et pourtant tu n'arrives pas à le faire parler. J'en conclus donc que ça doit être sérieux.

Paula secoua la tête.

— Ce n'est pas un suspect, El. C'est un ado qui a vécu une tragédie. Je crains qu'il ne refoule certaines émotions et non qu'il nous cache des activités criminelles.

Elinor éloigna une longue mèche de cheveux brune de son visage, prenant plaisir à les avoir détachés en dehors du travail. Elle gloussa.

— Tu as raison. Merci d'avoir remis les pendules à l'heure. Tu arrives toujours à me rassurer.

— Ça ne veut pas dire que je me sente rassurée pour autant, répondit-elle d'un air moqueur.

— C'est ce léger doute qui me fait dire que tu n'es pas un robot, répliqua-t-elle en lui caressant le bras. C'est quoi ton programme aujourd'hui ?

— On essaie de trouver nos marques à la BREP pour l'instant. L'affaire de harcèlements sur Internet était un accident plutôt qu'un vrai dossier qu'on nous avait confié. Donc, pour le moment, on attend de voir ce qui va tomber sur le bureau de Carol. J'ai hâte qu'on se mette au travail.

Elinor sourit.

— Je sais, répondit-elle, avant de se pencher en avant pour mieux voir la route devant elle. Arrête-toi après le feu ; je vais couper à travers le centre commercial. Ça évite de faire tout le tour et de te retrouver coincée dans les embouteillages de Campion Way.

Paula s'arrêta et se pencha vers Elinor pour l'embrasser et lui dire au revoir.

— Ça passera comme c'est venu. À cet âge, on a tendance à prendre les choses de façon disproportionnée. Mais souvent ce n'est pas très grave.

Elle semblait croire à ce qu'elle disait, mais Elinor vit le doute dans ses yeux bleus.

Tandis qu'elle marchait parmi la foule matinale, Elinor se persuada de croire sa compagne sur parole : « Ça passera comme c'est venu. »

Pourtant, elle n'en croyait pas un mot.

4

Même si Carol avait refermé la porte de la grange le plus discrètement possible, Tony Hill vivait seul depuis tellement longtemps que le moindre bruit venait perturber son sommeil. La partie de la grange que Michael Jordan avait rénovée pour servir de bureau et de chambre d'amis avait pourtant été insonorisée. Néanmoins, le départ de Carol avait tiré Tony de son sommeil, qu'il avait léger. Une vibration dans l'air, une infime perturbation du paysage sonore de ses rêves. À peine éveillé, il avait compris qu'elle était sortie.

Il resta allongé quelques instants en se demandant comment ils pouvaient être encore si proches. Ils avaient déjà essayé de prendre leurs distances, mais ça n'avait jamais duré. Voilà qu'il se retrouvait là, sous son toit. Il était chez elle parce que, même si aucun d'eux n'était prêt à l'admettre, elle avait besoin de son aide pour avancer dans le long chemin vers la sobriété et lui avait besoin d'elle pour se sentir un petit plus humain. C'est pourquoi il était présent quand elle avait reçu ce terrible coup de fil.

Il avait tout de suite compris que c'était grave. Les yeux gris de Carol s'étaient assombris et les traits de son visage s'étaient crispés, révélant de fines rides qu'il n'avait jamais remarquées jusqu'ici. Elle avait passé une main dans son épaisse chevelure blonde ;

l'éclairage tamisé de la grange laissait entrevoir davantage de cheveux blancs qu'elle n'en avait quelques mois auparavant. Instant émouvant où il avait pris conscience qu'elle vieillissait.

C'était curieux comme on constatait toujours ce genre de choses soudainement. Il l'avait remarqué sur son propre visage. Des mois passaient sans changement perceptible et tout à coup, un matin, en se regardant dans le miroir, il remarquait que ce qui était auparavant des rides d'expression était à présent imprimé pour de bon sur ses joues creuses. Parfois, quand il sortait du lit, son corps était tout courbaturé. Il se souvenait que Carol s'était moquée de lui l'autre jour en disant qu'il faisait des « bruits de vieux » alors qu'il se levait d'une chaise. Il ne s'était jamais vraiment interrogé sur leur vieillissement. Mais maintenant qu'il en avait pris conscience, il savait qu'il allait périodiquement réfléchir à la question jusqu'à ce qu'il puisse en interpréter le sens. C'était le fardeau d'être psychologue : c'était un métier sans aucun temps mort.

Mais pour le moment il devait réfléchir à la façon dont il pouvait aider Carol à surmonter cette nouvelle épreuve. Il la connaissait suffisamment pour soupçonner qu'en réaction elle allait redoubler d'exigence envers elle-même. Sa confiance en elle irait de pair avec le succès de la BREP, deux éléments complètement interdépendants telle la double hélice de l'ADN. C'était une dangereuse stratégie, car même si elle était une excellente policière, elle ne pouvait pas maîtriser les conséquences qui pouvaient résulter de chaque enquête.

Avant qu'il ne puisse approfondir davantage cette introspection, le bruit d'un moteur au loin attira son attention. Les véhicules étaient rares sur la petite route longeant la grange et ne faisaient généralement que passer, mais cette fois, la voiture ne semblait pas s'éloigner puisque le bruit du moteur s'amplifiait au lieu de s'estomper. Apparemment, ils avaient de la visite.

Tony se hâta de se mettre debout et faillit tomber en enfilant précipitamment son jean. Il attrapa le gros pull marin qu'il avait pris l'habitude de porter quand il était sur son bateau et se dirigea vers la porte d'entrée de la grange en marchant sur la pointe des pieds à cause du carrelage froid. Il remarqua que le moteur s'était arrêté. Il ouvrit au moment où une portière se refermait avec le clic caractéristique de la voiture allemande haut de gamme. Le visage de celui qui se dressait en face de lui n'était que trop familier.

— John, dit Tony en ne faisant aucun effort pour dissimuler sa lassitude.

La venue de John Brandon, l'ancien chef de Carol, l'homme qui avait orchestré son retour dans les rangs de la police, n'était pas une surprise. Pas après les mauvaises nouvelles reçues la veille.

— Entrez.

Brandon approcha, sa ressemblance avec un vieux limier encore plus perceptible que d'habitude.

— J'imagine à la tête que vous faites que vous êtes au courant ?

Tony recula de quelques pas pour le laisser entrer.

— Elle a un tas d'ennemis, John. Vous pensiez vraiment qu'aucun d'eux n'allait se faire un plaisir de l'appeler ?

Brandon poussa un soupir.

— Les nouvelles vont vite, surtout les mauvaises, répliqua-t-il en regardant autour de lui.

Tony le vit observer de son œil expert de policier les éléments composant l'espace récemment rénové. Les poutres apparentes, les plâtres impeccables. L'ameublement sobre et l'imposante cheminée en pierre où étaient empilées des bûches prêtes à être allumées. Il n'y avait pas encore de tableaux aux murs ni de tapis recouvrant les dalles. Un paravent japonais cachait un coin nuit ; et dans un recoin, une salle de bains que Tony savait luxueuse.

— Elle a fait du beau boulot, commenta Brandon.

— Ce n'est pas surprenant.

— Carol n'est pas là ?

— Sur la colline avec le chien. Elle profite du paysage.

Brandon prit place sur un des deux profonds divans recouverts de tweed.

— Qui l'a mise au courant ?

— Le commandant John Franklin du West Yorkshire. On peut dire qu'il y a pris un malin plaisir.

En se remémorant le visage décomposé de Carol, Tony esquissa une moue amère.

— Ça lui a causé un sacré choc.

Brandon soupira.

— J'aurais préféré qu'il se taise.

— Pourquoi ? Quelle que soit la façon dont on lui aurait annoncé, ça n'aurait rien changé au résultat.

— Je voulais lui annoncer. Je voulais lui expliquer que ce n'était pas de sa faute ; que ce qui était arrivé relevait des dommages collatéraux.

— Quoi ? répliqua Tony, frustré, en passant une main dans ses cheveux bruns frisés. Vous et vos puissants amis avez commis un abus de pouvoir afin que l'arrestation de Carol pour conduite en état d'ivresse soit annulée pour vice de forme. La conséquence de cette décision, c'est que trois autres conducteurs sont également ressortis libres. L'un d'eux a repris le volant mais il était tellement ivre cette fois-là qu'il s'est tué et a provoqué la mort de trois autres personnes dans l'accident. Et vous voulez minimiser ça en parlant de « dommages collatéraux » ? demanda-t-il en esquissant des guillemets avec les doigts d'un air sarcastique.

— Personne ne cherche à minimiser les faits. Mais si quelqu'un doit en porter la responsabilité, c'est moi et l'équipe du ministère de l'Intérieur qui pensions que c'était une bonne idée, au départ. Pas Carol.

Tony secoua la tête d'un air impatient.

— Je ne suis pas sûr que Carol voie les choses ainsi. Vous aurez de la chance si vous parvenez à la convaincre de ne pas démissionner.

Brandon changea de position, mal à l'aise, croisant ses longues et maigres jambes.

— J'espérais que vous m'aideriez à la convaincre de ne pas prendre cette décision. Ce qui est fait est fait. La BREP devra tôt ou tard s'occuper d'une nouvelle affaire et nous avons besoin d'elle pour diriger l'équipe.

— Je ne lui ai pas parlé ce matin. Mais elle fera ce qu'elle juge préférable, quoi que nous ayons à dire, John.

Alors qu'il prononçait ces mots, la porte s'ouvrit et Flash déboula dans la pièce et vint lécher affectueusement les cuisses de Tony avant de se tourner vers Brandon, oreilles dressées, truffe levée, en alerte.

— Exact, dit Carol en avançant de quelques pas vers eux. Je vous avais dit à ce moment-là que ce n'était pas une bonne idée d'entraver l'exercice de la justice, John.

— Vous n'avez pas opposé beaucoup de résistance, dans mon souvenir, répliqua Brandon, sur la défensive mais d'un ton navré.

Carol poussa un soupir.

— Vous avez parfaitement cerné mes faiblesses. J'ai cédé à la tentation et à la flatterie.

— Ce n'était pas de la flatterie, protesta Brandon. Vous étiez la meilleure personne pour diriger la BREP. Vous l'êtes toujours.

Carol se débarrassa de sa veste et l'accrocha au portemanteau.

— Il est fort probable que vous ayez raison. C'est pourquoi j'ai décidé de continuer à travailler.

Elle se retourna pour leur faire face. Ses yeux étaient remplis d'une colère froide.

— Vous m'avez mise dans une terrible situation, John. Quatre personnes sont mortes parce que vous et vos copains avez décidé de me blanchir. Vous pouvez vous réfugier derrière votre certitude d'avoir fait le bon choix. Mais moi, je ne le peux pas. Je me suis laissée convaincre de prendre ce boulot à la BREP par vanité et orgueil.

Elle passa les mains dans ses cheveux aplatis par le bonnet afin de leur redonner leur volume naturel.

— J'ai voulu croire que mes intentions étaient nobles, mais l'étaient-elles vraiment ? Je ne pense pas. Maintenant je dois vivre avec cette culpabilité. J'ai honte d'avoir accepté votre proposition scandaleuse. Et la seule chose que je puisse faire aujourd'hui pour me racheter un minimum, c'est essayer de sauver des vies en faisant mon boulot.

Tony ressentit un mélange de fierté et de pitié en l'écoutant.

— Ce n'est pas rien, commenta-t-il doucement.

— Quatre personnes sont mortes, John, continua Carol. Il vaudrait mieux pour nous tous qu'on ne découvre pas ce qui s'est vraiment passé au tribunal de Calderdale.

5

Paula fut surprise de constater qu'elle était arrivée la première au bureau. D'habitude, Stacey Chen s'était déjà retranchée derrière sa demi-douzaine d'écrans quand le reste de l'équipe arrivait. Mais aujourd'hui, la porte du bureau dans lequel elle pratiquait la magie noire de l'investigation numérique était fermée (*probablement à clé,* pensa Paula) et la lumière éteinte. Elle ôta son manteau mais avant qu'elle ait pu se préparer un café avec leur machine dernier cri, la sonnerie du téléphone retentit dans le bureau de Carol Jordan.

La porte était ouverte. Quand Paula faisait partie de l'ancienne BEP dirigée par Carol à Bradfield, la règle était de toujours répondre au téléphone. Elle se dirigea donc à grandes enjambées jusqu'au bureau et décrocha le combiné à la quatrième sonnerie.

— BREP, lieutenant McIntyre, répondit-elle.

— Pourrais-je parler au commandant Jordan ? demanda une voix de femme qu'elle ne reconnut pas.

— Qui est à l'appareil ?

— La commissaire Henderson du North Yorkshire.

Les femmes étaient si peu nombreuses à détenir ce grade dans la police que Paula la connaissait de réputation. C'était quelqu'un de calme mais dont il fallait se méfier. Elle n'élevait jamais la voix mais n'était pas du genre à se laisser marcher sur les pieds. « L'humour et elle, ça fait deux », avait commenté un policier de Bradfield qui avait commencé sa carrière dans le North Yorkshire. Cela ne la rendait pas antipathique aux yeux de Paula, même si l'humour noir était souvent une façon pour les policiers de supporter les horreurs auxquelles ils étaient confrontés au quotidien.

— Désolée, commissaire, répondit Paula, le commandant Jordan est en rendez-vous. Mais je peux peut-être vous aider ou bien prendre un message ?

— Nous avons quelque chose qui pourrait vous intéresser, expliqua Henderson abruptement. Comment procédez-vous pour les transferts de dossiers ?

— Je ne connais pas exactement le protocole, répondit Paula. Mais j'imagine que le commandant Jordan voudra d'abord envoyer une équipe sur la scène de crime.

— Ça ne va pas être possible, répliqua Henderson sur un ton sec, manifestement irritée. Les policiers sur le terrain n'ont pas considéré que la mort était suspecte.

— Et donc ? Ils n'ont pas préservé la scène ?

— C'est compliqué. Peut-être serait-il préférable que l'inspecteur en charge de l'affaire sur place vous envoie les détails par mail ? Et d'envisager ensuite la marche à suivre ?

Paula ne savait pas quoi répondre. Qu'est-ce qu'aurait fait Carol Jordan ? Si la scène de crime était polluée, ils allaient devoir procéder autrement.

— Oui, c'est probablement mieux comme ça, répondit-elle.

— Je vais faire le nécessaire. Une fois qu'elle aura jeté un œil au dossier, le commandant Jordan pourra me contacter pour qu'on s'organise, conclut Henderson.

Au moment où Paula raccrocha, la porte des bureaux de la brigade s'ouvrit et Stacey Chen entra, suivie de près par l'agent Karim Hussain. Stacey avait l'air morose tandis que Karim, lui, semblait excité comme un chiot à qui on a lancé une nouvelle balle de tennis.

— Bonjour, chef, s'exclama-t-il. Je prépare un truc à boire ?

Stacey leva les yeux au ciel et se dirigea vers son bureau.

— Earl Grey, marmonna-t-elle en ouvrant la porte.

— Je sais, répliqua Karim avec entrain. Pas de lait et bien infusé, couleur Famous Grouse.

Il y avait une mini-bouteille du whisky dans le placard sous la bouilloire pour le contrôle qualité.

— J'ai retenu la leçon, madame.

Il battit des cils, parodiant les séducteurs.

Personne ne lui prêta attention. Il haussa les épaules et continua à préparer le thé. Heureusement que sa sœur n'était pas là pour le voir parce qu'elle se serait fichue de lui. Ah, il était beau, le policier réduit à endosser le rôle de serveur.

Paula rejoignit Stacey.

— Tu vas bien ?

— Ça va. J'ai fait ce que je devais faire.

— Comment il a pris les choses ?

— J'en sais rien. J'ai fait en sorte qu'il ne puisse pas me contacter.

Stacey s'installa derrière ses écrans, dont la lumière spectrale se reflétait sur sa chemise blanche et sur son visage inexpressif et fermé. La plupart des gens auraient saisi l'occasion pour fulminer contre un ex-copain aussi déloyal que l'avait été Sam Evans, pensa Paula. Mais Stacey n'était pas comme les autres.

— La commissaire Henderson du North Yorkshire a téléphoné il y a quelques minutes. Ils vont nous envoyer les détails sur une affaire.

— Bien. On va avoir quelque chose à se mettre sous la dent, répondit Stacey en souriant d'un air maussade.

Paula s'éloigna et accepta avec plaisir le café que lui offrit Karim. Elle se connecta au réseau et vérifia le cloud de la BREP. On n'avait pas perdu de temps dans le North Yorkshire. Les lettres NYP ouvraient le numéro d'identification de l'unique dossier qui se trouvait dans la section « Urgent ». Paula sentit son pouls s'accélérer. Pour la première fois, la BREP allait se pencher sur une affaire provenant d'une autre brigade et c'est avec elle qu'ils allaient devoir faire leurs preuves.

En milieu de matinée, la petite équipe se trouva rassemblée devant deux tableaux blancs. Le commandant Carol Jordan se tenait devant l'un d'eux, épaules tendues et poings sur les hanches. Sans compter Karim, seul l'inspecteur Kevin Matthews semblait impatient de commencer, pensa Paula. Carol avait des cernes noirs sous les yeux, Stacey affichait un air sinistre et Tony Hill, l'homme sur qui ils comptaient pour démarrer une enquête sur les chapeaux de roues, n'avait pas cessé de froncer les sourcils depuis son arrivée dix minutes plus tôt. Le dernier membre de l'équipe, le lieutenant Alvin Ambrose, bras croisés sur la poitrine dans une attitude du genre « j'attends de voir la suite », était étonnamment impassible. Son crâne rasé brillait sous les néons et son costume noir lui donnait l'allure d'un videur de boîte de nuit à qui personne n'avait envie de se frotter.

— Nous avons une scène de crime complètement polluée, dit Carol. Ce n'est pas idéal pour commencer le travail de la BREP mais ça ne va pas nous arrêter.

Elle se retourna et écrivit « Kathryn McCormick » en lettres capitales en haut du tableau.

— Il y a trois jours, un automobiliste circulant sur une route secondaire entre Swarthdale et Ripon a aperçu une voiture en feu sur une aire de repos. Il s'est garé un peu plus loin et lui et sa passagère sont allés voir ce qui se passait. Le feu avait pris à l'intérieur et ils ont vu une silhouette au volant. L'automobiliste, un ingénieur de trente-six ans, a essayé de se rapprocher mais a été contraint de reculer à cause de la chaleur.

Carol écrivit « Simon Downey » en lettres minuscules sur le tableau et « Rowan Calvert » en dessous.

— Rowan a appelé les pompiers pendant que Simon allait chercher un extincteur dans sa voiture.

Kevin pouffa.

— Aussi efficace qu'un pet pour éteindre un incendie de forêt...

— En effet, répondit Carol. Quand les pompiers sont arrivés dix-sept minutes plus tard, les flammes avaient commencé à diminuer mais la voiture - une Ford Focus - n'était plus qu'une carcasse. Une carcasse avec un corps calciné à l'intérieur. L'hypothèse, c'est que la voiture a pris feu par accident et que le conducteur n'a pas réussi à en sortir. On a donc privilégié la piste de l'accident, sans pour autant écarter complètement la thèse du suicide.

— Est-ce que les témoins ont vu la conductrice tenter de s'échapper ? demanda Paula.

— Ils n'ont pas pu voir grand-chose à travers les flammes et la fumée, mais selon leurs témoignages, la victime aurait esquissé des mouvements saccadés, expliqua Carol.

— Ça paraît assez improbable, intervint Kevin. Avec un feu aussi intense ? On est mort avant de pouvoir tenter quoi que ce soit.

— Mais les tissus conjonctifs se contractent avec le feu, non ? C'est pourquoi les corps calcinés ont des poses pugilistiques. C'est peut-être ce que les témoins ont vu et ils ont cru que c'était des mouvements volontaires et non l'effet du feu, suggéra Paula.

— Probablement, répondit Carol avant de jeter un coup d'œil sur le dossier pour vérifier ce qui était écrit dans le rapport de police du North Yorkshire.

— La gestion de la « scène de crime » semble avoir été catastrophique du début à la fin. Deux vitres ont explosé ou fondu à cause de l'intensité du feu et du coup l'intérieur du véhicule et le corps ont été copieusement arrosés d'eau et de produits chimiques. Une fois la carcasse suffisamment refroidie, elle a été hissée sur une dépanneuse et emmenée à la caserne des pompiers afin d'y être examinée.

— Et le corps ? demanda Alvin. Quand est-ce qu'ils l'ont récupéré ?

— Une fois à la caserne. Heureusement qu'il y avait le médecin légiste sur place pour superviser son extraction, sinon je ne sais pas comment les choses se seraient terminées, soupira Carol. L'expert n'a pas pu se pencher tout de suite sur la voiture parce qu'il travaillait déjà sur un incendie criminel à Harrogate… La carcasse est donc restée à la caserne.

— Où tout le monde a pu la toucher.

— Tout le monde, peut-être pas, Kevin, mais je vois ce que vous voulez dire. Ce n'était pas important pour eux parce qu'ils pensaient à un accident.

— Qu'est-ce qui les a fait changer d'avis ? demanda Tony.

— Les découvertes du légiste au moment de l'autopsie hier soir. Ce qui s'est passé dans cette voiture n'a rien à voir avec un accident. Ou un suicide.

— Comment c'est possible ? s'exclama Karim sans réfléchir.

Il vit Kevin et Paula échanger un regard amusé ; Stacey leva les yeux au ciel et Alvin se redressa, intrigué.

— Parce que les gens assassinés ne se tuent pas eux-mêmes, répondit Carol.

6

Moins d'une demi-heure plus tard, la salle de réunion de la BREP était de nouveau vide. Stacey était dans son bureau, porte fermée, et recherchait d'éventuelles traces laissées sur le Net par Kathryn McCormick. Avec un peu de chance, Paula et Karim reviendraient de leur visite chez la victime avec une tablette ou un ordinateur qui pourrait leur en apprendre un peu plus sur elle. En attendant, Stacey allait utiliser tous les points d'accès officiels et non officiels à sa disposition pour commencer à brosser un portrait de McCormick.

Tony était dans le bureau de Carol, à l'autre bout des locaux de la brigade. Ils étaient assis face à face. Il la connaissait suffisamment pour savoir qu'elle enfouissait tellement bien ses émotions qu'il aurait été presque difficile pour elle de préciser ses goûts en matière de café si on le lui avait demandé. Il était censé être à l'hôpital psychiatrique de Bradfield Moor pour superviser le travail d'une étudiante, mais il avait reporté le rendez-vous. Il avait prévu de rester aux côtés de Carol aujourd'hui, que ça lui plaise ou non.

— Au moins, le médecin légiste semble avoir fait du bon boulot, commenta Tony.

— Il a fait une analyse des poumons sans perdre de temps. Il n'y avait aucun signe d'inhalation de fumée, ni traces de brûlures après avoir respiré les gaz. Elle était donc déjà morte avant que le feu ne démarre.

— Mais ça pourrait quand même être un accident, non ? Elle aurait pu avoir une hémorragie cérébrale, un anévrisme de l'aorte ou quelque chose d'instantané dans le genre et faire tomber une cigarette allumée. L'absence de dégâts sur ses poumons n'est pas concluante.

— Tu n'as rien écouté de ce qu'on a dit ici ? répliqua Carol sur un ton sec, accusateur.

— Désolé, j'ai reçu un texto de l'étudiante que je devais voir ce matin ; il fallait que je lui réponde.

— Je ne vois pas pourquoi tu as annulé ce rendez-vous. Je ne suis pas une enfant, je n'ai pas besoin d'avoir une nounou pour garder un œil sur moi pendant que je fais la seule chose au monde pour laquelle je me sente compétente.

Elle semblait lasse et son humeur sombre était bien assortie aux cernes noirs qu'elle avait sous les yeux.

— Je pensais que tu serais contente d'avoir quelqu'un pour t'épauler.

Carol lâcha un petit rire narquois.

— C'est à ça que servent les membres de mon équipe. Quoi qu'il arrive, je sais que je peux compter sur eux.

Tony ne savait pas vraiment si Carol essayait de le convaincre ou de se convaincre. La récente trahison dont elle avait été victime – quelqu'un en interne avait révélé à la presse l'abandon des poursuites dont elle faisait l'objet – lui restait encore en travers de la gorge. Si c'était arrivé une fois, cela pouvait se reproduire, et cela pesait comme une épée de Damoclès au-dessus de sa tête. Et une autre révélation de ce type pourrait avoir l'effet d'une bombe et réduire à néant tout ce qu'elle avait réalisé.

— Tu peux compter sur nous tous, dit-il doucement. Mais les autres ont leur propre travail à accomplir. Je n'ai pas grand-chose à faire pour ma part, donc...

— Enfin bref… l'interrompit-elle. L'hypothèse que tu as suggérée a été écartée après une autopsie approfondie du médecin légiste. L'os hyoïde de Kathryn McCormick était cassé en deux. Ça ne prouve pas en soi qu'elle a été étranglée. L'os hyoïde peut se briser dans un accident de voiture si la ceinture de sécurité vient écraser la gorge. Mais rien n'indique ici qu'il y ait eu le moindre accident ou un arrêt brusque du véhicule. Stacey a revérifié les clichés envoyés par le North Yorkshire et aucune trace de dérapage n'est visible sur l'aire de repos, ni aucun signe d'un freinage brutal. Et d'après ce qu'on peut voir sur les photos, l'extérieur de la voiture n'a pas subi de dommages. L'os hyoïde cassé et les poumons sains de la victime tendent à prouver que le feu a été allumé pour dissimuler un meurtre.

— Ça n'a pas très bien fonctionné…

— Non, répondit Carol en lâchant un petit rire sarcastique. Les gens croient tout connaître sur les crimes et la police scientifique de nos jours et se pensent plus malins que nous. Ils ont regardé des séries télé, écouté des podcasts, lu des livres. Mais tuer quelqu'un pour de vrai et essayer de faire disparaître son cadavre… Ce n'est pas si simple. Et c'est à ce moment-là qu'on commence à perdre le contrôle et à commettre des erreurs.

— Tu as probablement raison, murmura Tony. Ils sont allés vite pour identifier la victime, non ? Est-ce que c'est encore grâce au médecin légiste ?

Carol secoua la tête.

— Simplement grâce à un bon vieux travail d'investigation. Enfin, plus ou moins. Les flics présents sur la scène de crime ont entré la plaque d'immatriculation dans le registre national et le nom de Kathryn McCormick est apparu ainsi que son adresse à Bradfield. Un gars a dû ensuite contacter les cabinets dentaires pour trouver celui dans lequel elle était patiente. Ils ont comparé les dents dans la matinée et ont fait le rapprochement.

— Son identité n'a donc pas encore été communiquée ?

— Pas publiquement. Nous n'avons pas encore localisé de parents proches, répondit-elle avant de pousser un soupir. C'est une drôle d'affaire.

Tony acquiesça.

— La plupart des meurtriers qui se donnent du mal pour dissimuler leur crime tentent de faire disparaître un cadavre et non d'attirer l'attention en faisant un feu de joie au beau milieu de la nuit. Je sais bien que c'était une route secondaire, mais quand même… on ne pouvait pas faire mieux pour se faire remarquer.

Il se leva d'un bond de sa chaise et se mit à marcher de long en large dans la petite pièce tout en continuant à parler.

— Cherchait-il à carboniser son corps afin que personne ne puisse soupçonner un meurtre ? Voulait-il s'assurer qu'elle était bel et bien morte en pensant que deux précautions valent mieux qu'une ? Ou bien tout ça tournait-il autour du feu ? La tuer n'était peut-être qu'une chose secondaire et la brûler, ce qui comptait vraiment ?

— Ou peut-être cherchait-il tout simplement à ne laisser aucune trace derrière lui ?

Tony se figea et se tapa le front en levant les yeux au ciel.

— Oui, c'est sans doute pour ça. Parfois j'oublie que la solution la plus simple est souvent la plus probable. Il retourna s'asseoir.

— Comment tu te sens ?

— Ça va, répliqua Carol du tac au tac. Tu sais bien que je vais toujours mieux quand je travaille.

C'est ce qu'elle aimait à penser, il le savait.

— Tu crois que la presse va découvrir…

— Je n'en sais rien et pour le moment j'essaie de ne pas trop y songer. Je m'efforce de ne pas me demander si John Franklin et ses copains de la brigade criminelle du West Yorkshire me détestent au point de prendre le risque de tout révéler à la presse. J'essaie aussi de ne pas imaginer les titres des journaux et de me convaincre que la solution n'est pas d'ingurgiter des quantités astronomiques de vodka. Alors, s'il te plaît, si tu veux jouer les « nounous » aujourd'hui, pas un mot à ce sujet, dit-elle avec un sourire en coin.

Ce petit sourire l'empêcha de céder à la panique. Sa colère était encore tournée contre elle. Et quelles que soient les réactions, au moins il serait à ses côtés pour l'aider à les affronter.

— Entendu, répondit-il. Bon, alors, c'est quoi le programme ?

— Je pensais faire un saut dans le North Yorkshire. La scène de crime ne nous apprendra sans doute pas grand-chose d'un point de vue scientifique, mais j'aimerais la voir de mes yeux et pas seulement en photo ou à travers des vidéos. Et puis je sais que tu aimes bien fouiller un peu partout et voir les choses par toi-même.

— J'aime bien me faire une idée du lieu où a été commis un meurtre, dit Tony.

Il se leva de nouveau et prit son vieil anorak marron. Il n'avait jamais été intéressé par la mode. Mais il devait admettre qu'il commençait vraiment à avoir l'allure d'un SDF.

— Tu crois que j'aurais besoin d'un nouveau manteau ? demanda-t-il à Carol en sortant du bureau.

— Sans aucun doute, répliqua-t-elle sur un ton sec. On s'arrêtera dans un magasin de vêtements sur la route.

— C'est un peu… précipité, non ?

Carol gloussa tandis qu'ils attendaient l'ascenseur.

— Il faut battre le fer tant qu'il est chaud. Si j'attends demain, ton anorak sera devenu un objet fétiche dont tu ne pourras plus te passer pour rédiger tes rapports.

Elle entra dans l'ascenseur avant lui. Tony déglutit. Peut-être que tout allait bien se passer finalement.

7

Pour un flic, Karim était un conducteur étonnamment posé. Il respectait les limitations de vitesse, même dans les rues peu fréquentées et limitées à trente d'Harriestown. Il s'arrêtait aux stops, laissait traverser les piétons et ralentissait quand il approchait d'un feu de signalisation au lieu d'accélérer pour être certain de passer au vert. Paula avait l'impression d'être en voiture avec sa mère, qui avait arrêté de conduire sans regret après avoir pris sa retraite de comptable à soixante-cinq ans. Paula ne savait pas si Karim était ce genre de conducteur anxieux ou s'il essayait de l'impressionner en lui montrant qu'il était bien respectueux de la loi.

Une fois à Harriestown, Paula le guida. Elle avait commencé sa carrière à Bradfield et s'était rendue à plusieurs reprises dans la banlieue sud. Quand elle avait débuté ici comme simple agent de proximité, il y avait une petite criminalité qui consistait surtout en trafics de drogue et cambriolages. Mais avec le temps, le quartier s'était embourgeoisé et ses rues aux maisons mitoyennes avaient attiré de jeunes actifs. Les pubs avaient été rafraîchis, on avait revu les menus et des concerts étaient organisés à l'occasion. Il y avait un grand magasin d'alimentation et les jardins publics mal entretenus avaient été agrémentés de jeux de plein air qui faisaient regretter à Paula de ne plus être une enfant. Mais cet embellissement qui avait permis une hausse du revenu moyen des habitants du quartier n'avait pas fait disparaître la criminalité. Quand elle travaillait à la Brigade des enquêtes prioritaires, Paula avait suivi trois affaires de meurtre intimement liées à Harriestown. Et maintenant il semblait y en avoir un quatrième.

Kathryn McCormick n'avait pas vécu dans une de ces rues qui s'étendaient autour du parc environné de bâtisses victoriennes reconverties en appartements luxueux. Celui de Kathryn n'était pas aussi distingué. Karim s'engagea dans la cour d'un immeuble des années soixante qui avait sans doute remplacé d'imposantes maisons mitoyennes. Il hésita en voyant un panneau avec l'inscription : « Privé. Parking réserver aux résidents. »

— T'occupe pas de ça, dit Paula. Trouve juste une place.

— Mais si on nous met un sabot ?

— Ça n'arrivera pas. Je pourrais porter plainte pour faute d'orthographe gravissime.

Karim lui jeta un coup d'œil méfiant avant de sourire d'un air incertain. Il se gara sur la place la plus proche avant de suivre Paula jusqu'à l'entrée de l'immeuble. Il y avait quinze sonnettes reliées à un interphone.

— Mince, dit Paula. J'espérais qu'il y aurait un concierge.

Sans grand espoir, elle appuya sur la sonnette de l'appartement 14, qui correspondait à l'adresse à laquelle était enregistrée la voiture de la victime. Pas de réponse.

Paula sonna aux différents appartements en commençant par le numéro 15. La chance lui sourit finalement avec le numéro 9. C'était difficile de dire quel genre de personne se trouvait à l'autre bout de l'interphone à part qu'il s'agissait probablement d'une femme. Paula se présenta et expliqua qu'elle avait besoin d'entrer dans l'immeuble.

— Comment je peux être sûre que vous êtes bien policière ? demanda la voix.

C'est ce qui se passait souvent avec les gens qui avaient la tête farcie d'histoires d'arnaques, de cambriolages et de meurtres.

— Vous pourriez venir jusqu'à la porte d'entrée de l'immeuble pour vérifier nos cartes de police, proposa Paula.

— Je ne suis pas habillée, répondit la voix. J'ai travaillé cette nuit. Vous m'avez réveillée.

— Je suis désolée. Si vous nous ouvrez, nous pourrons monter jusque chez vous pour vous montrer nos cartes, dit Paula en secouant la tête à l'intention de Karim qui fit une grimace en retour. Nous sommes de la police.

— Je suis au premier étage, répondit la femme avant de déverrouiller la porte.

L'appartement 9 était légèrement entrouvert. Le visage d'une femme aux yeux fatigués et à la chevelure aubergine était visible dans l'entrebâillement. Elle menait un combat perdu d'avance contre le passage du temps à en juger par les traces de maquillage qu'elle avait autour des yeux et de la bouche.

— Une pièce d'identité ?

Les deux policiers montrèrent leur nouvelle carte de police.

— BREP ? Qu'est-ce que c'est que ça ? Vous n'êtes pas de la police de Bradfield ? demanda-t-elle en fronçant les sourcils.

— Nous sommes une brigade régionale, répondit sèchement Paula. Connaissez-vous la personne qui vit dans l'appartement 14 ?

— Elle vit au-dessus de chez moi. Je suis allée la voir pour me plaindre quand elle a emménagé. Marcher en talons sur du parquet c'est pas sympa pour les voisins.

— Et comment elle a pris la chose ?

— Elle s'est excusée, répondit la femme de mauvaise grâce. Et pour être tout à fait franche, elle n'a jamais remarché avec ses talons par la suite. À part ça, je n'ai jamais eu affaire à elle.

— Avait-elle des amis dans l'immeuble ? demanda Karim.

La femme le regarda des pieds à la tête en haussant les sourcils. Elle ne considérait sans doute pas son jean et sa veste Barbour noirs comme une tenue de policier, pensa Paula. À la différence de son pantalon cigarette bleu marine et de sa veste courte dont Elinor affirmait qu'elle ressemblait de façon inquiétante à une veste Mao des années quatre-vingt.

— Je n'en ai aucune idée, jeune homme. On ne s'occupe pas de la vie des autres, ici.

Sans intérêt, pensa Paula tandis qu'ils montaient à l'étage supérieur. Il n'y eut aucune réponse aux autres appartements.

— Qu'est-ce qu'on fait, chef ? demanda Karim, l'air inquiet.

— On peut appeler la police de Bradfield et leur demander de venir avec un bélier, répondit Paula en fouillant dans son sac. Ou alors, on essaie ça.

Elle brandit un petit étui en cuir qu'elle ouvrit d'un geste du pouce.

— Beaucoup plus discret qu'un bélier.

— C'est légal ?

Il lui rappelait encore une fois sa mère. Paula n'était pas sûre que son enthousiasme suffirait à vaincre son excessive prudence. C'était elle qui avait recommandé Karim à Carol, en arguant que c'était quelqu'un de travailleur qui pouvait se montrer beaucoup plus dur qu'il n'en avait l'air et qu'il était suffisamment intelligent pour tirer son épingle du jeu à la BREP. Il finirait par apprendre qu'il est parfois nécessaire de déroger aux règles ; sans quoi il ne ferait pas long feu dans l'équipe de Carol Jordan.

— On doit entrer discrètement. Ça fera beaucoup moins de dégâts que le bélier et on pourra refermer en partant.

Elle s'accroupit près de la porte, étudia la serrure et sélectionna ses outils.

— J'ai ce kit de crochetage depuis quelques mois seulement, expliqua-t-elle, concentrée sur ce qu'elle faisait. Il y a de bonnes vidéos sur YouTube et je me suis entraînée à la maison. Mais c'est la première fois que je l'utilise au travail.

Elle se concentra et glissa un autre crochet dans la serrure. Ses mains commençaient à devenir moites, mais avant que ses outils n'échappent à tout contrôle, il y eut un petit clic satisfaisant.

Paula se redressa et sourit à Karim.

— On a une façon de procéder un peu différente dans cette brigade, Karim. Tu t'y feras.

— J'espère, répondit-il en souriant à son tour.

Ils entrèrent dans un vestibule carré avec quatre portes. Un portemanteau était fixé au mur au-dessus d'un meuble à chaussures. Un manteau gris en laine y était suspendu à côté d'un imperméable vert foncé et d'une veste marron mi-longue en cuir. Le meuble contenait quatre paires de chaussures à talons bas quelconques, une paire de Nike et deux paires d'élégantes bottines en cuir. Jusqu'ici, rien de particulier.

De rapides coups d'œil derrière les portes révélèrent une salle de bains, une cuisine, une chambre et un grand salon avec une vue sur les arbres et les jardins.

— Je m'occupe du salon, tu prends la chambre, proposa Paula, légèrement amusée de voir Karim rougir à l'idée d'entrer dans l'intimité d'une parfaite inconnue.

Cependant, il ne rechigna pas. Pour Paula, il ne faisait aucun doute qu'il finirait par trouver sa place dans leur petite équipe.

Des lys embaumaient le salon. Un bouquet était posé sur une petite table près de la fenêtre recouverte de grains de pollen orangés. Les fleurs étaient complètement ouvertes mais n'avaient pas commencé à faner. Paula estima qu'elles étaient probablement là depuis cinq ou six jours. Soit un ou deux jours avant l'assassinat de Kathryn. Elle regarda s'il y avait une carte près du bouquet mais n'en vit aucune.

La pièce était meublée sobrement mais avec goût. Le mobilier semblait récent et Paula en déduisit que Kathryn avait acheté les meubles de cet appartement dans lequel elle devait avoir emménagé deux ou trois ans plus tôt. Paula se souvenait vaguement avoir vu ce canapé chez Ikea quand elle et Elinor avaient emménagé ensemble. Il y avait un miroir au-dessus de la fausse cheminée en marbre et une reproduction des *Nymphéas* de Monet sur le mur en face.

Elle s'immobilisa au milieu de la pièce et regarda autour d'elle. Il n'y avait pas beaucoup d'endroits où chercher. Kathryn avait vécu une vie transparente. Une douzaine d'épais romans étaient alignés dans une petite bibliothèque : des polars, des sagas familiales et des romans d'Elena Ferrante sur une amitié napolitaine. Le reste des étagères étaient occupées par des clichés sous cadre : des paysages méditerranéens ; un couple d'une soixantaine d'années qui était sans doute les parents de la victime ; une photo prise lors d'une remise de diplôme qui ressemblait à celle du permis de conduire de Kathryn. Sur d'autres enfin, on pouvait voir des femmes faisant la fête. Il n'y avait aucune photo d'un éventuel petit ami.

La source d'information la plus prometteuse était le bureau au fond de la pièce sous lequel était glissé un tabouret. Une demi-heure plus tard, Paula commençait à se sentir un peu triste pour Kathryn. Il n'y avait aucun signe d'une vie sociale trépidante dans les tiroirs de son bureau. Elle devait gérer ses factures et consulter ses relevés de banque en ligne, car il n'y en avait aucune trace ici. Il y avait une liste de personnes à qui elle avait envoyé des vœux de bonne année, et que quelqu'un devrait éplucher plus tard. Dans une chemise se trouvaient des recettes provenant de journaux et de magazines. Une autre contenait des bulletins de salaire qui confirmaient au moins qu'elle travaillait dans l'entreprise dont l'adresse figurait sur son dossier médical. Une troisième chemise contenait les papiers relatifs à l'achat de l'appartement. Elle avait fait une assez bonne affaire, pensa Paula.

Le tiroir du bas restait le seul endroit où elle pouvait trouver quelque chose d'intéressant. Une grande enveloppe en kraft était remplie de cartes, de morceaux de papier et de photos. Paula la vida sur le bureau et découvrit la vie de Kathryn.

Il s'appelait Niall. Un grand gars aux cheveux châtains avec une légère barbe rousse sur certaines photos. Son gros visage jovial lui donnait l'air d'un fermier mais il était en réalité dessinateur industriel dans une petite entreprise de Bradfield qui construisait des bureaux. Il y avait des invitations à des réceptions d'entreprise, la plus récente remontant à un peu plus de trois ans. Tout en bas de la pile, il y avait une carte de visite qui avait été déchirée en deux avant d'être scotchée. Apparemment, Niall Sullivan dirigeait à présent une équipe dans une entreprise de Cardiff. Pas besoin d'être policier pour comprendre la situation. Il l'avait quittée. Si c'était elle qui avait pris cette décision, elle se serait débarrassée des cartes d'anniversaire, de la Saint-Valentin et des petits morceaux de papier avec des cœurs dessinés dessus où il lui demandait de prendre du pain ou une bouteille de lait en rentrant du travail.

Il n'était pas impossible que Niall Sullivan soit réapparu dans sa vie. C'était à vérifier. Mais à moins que Kathryn n'ait été une femme dérangée lui rendant la vie infernale – et Paula n'en voyait aucune preuve –, il n'y avait guère de raisons de vouloir se débarrasser d'elle.

Paula replaça les documents dans l'enveloppe qu'elle déposa dans le sac de mise sous scellé. Alors qu'elle refermait le tiroir, Karim entra dans la pièce.

— Elle avait l'air de mener une vie tranquille, constata-t-il. Je n'ai rien trouvé dans la chambre ; rien d'intrigant. Elle avait cinq tailleurs, un pour chaque jour de travail. Six robes de soirée. Des jeans, d'élégants pantalons, des chemisiers, deux T-shirts et des pull-overs. Elle avait l'air d'être le genre de femme qui fait le tri dans son armoire tous les six mois et qui se débarrasse de ce qu'elle n'a pas porté. Même ses sous-vêtements sont sans intérêt. Des culottes et des soutiens-gorge Marks & Spencer assortis tout ce qu'il y a de plus respectable.

— Quoi ? dit Paula sur un ton amusé. Même pas de vieux sous-vêtements devenus gris au lavage ?

— Non, rien de tout ça. Elle n'était même pas accro aux chaussures. Je n'ai rien trouvé de plus extravagant que deux paires de chaussures à talons hauts.

— Aucun signe d'une vie amoureuse, soupira Paula. Il semblerait qu'elle soit restée célibataire après sa séparation d'avec son précédent compagnon trois ans auparavant.

— Et à en juger par ses vêtements, elle ne cherchait pas à séduire.

Karim ramassa une boule à neige sur le rebord de la fenêtre et la secoua nonchalamment.

— Tu as terminé ici ?

— Je pense. Tu prends la salle de bains, je m'occupe de la cuisine. Peut-être qu'on aura plus de chance et qu'on trouvera une planque avec de la drogue.

— Je doute que tu y trouves quelque chose, ne serait-ce qu'un yaourt périmé, dit Karim.

Paula haussa les épaules.

— Elle a bien été tuée pour une raison. Simplement, on ne l'a pas encore trouvée.

8

Il avait cru que le meurtre le libérerait de son tourment, le soulagerait de ce poids qui lui pesait sur les épaules. C'est ce qui s'était passé pendant les préparatifs. Il voulait tuer Tricia. Il avait tellement envie de la tuer qu'il pouvait entendre son sang battre contre ses tempes, conséquence de la rage qui montait en lui chaque fois qu'il pensait à elle. Il voulait la tuer mais il savait que c'était impossible. Notamment parce qu'il ne savait pas où elle se cachait.

Il avait donc assassiné quelqu'un d'autre à sa place. Imaginer son visage pendant qu'il la tuait le soulagerait sans doute ? Mais ça n'avait pas fonctionné comme ça. Tuer Kathryn n'avait pas ôté la souffrance qu'il ressentait.

En revanche, ça lui avait redonné ce sentiment de puissance et de contrôle qu'il éprouvait auparavant. Avant qu'elle ne le prive de tout ce qui le définissait. Ça n'était pas suffisant, mais c'était un début. Ça lui permettrait d'avancer jusqu'à ce qu'elle paie pour ce qu'elle lui avait fait subir.

Elle le lui avait annoncé sur une aire de repos. Elle lui avait demandé de s'arrêter parce qu'elle avait quelque chose à lui dire, quelque chose qui lui pesait et qu'elle ne pouvait plus garder pour elle. Il n'avait pas imaginé une seule minute ce qui allait suivre. Absolument pas.

Elle était allée toute seule au mariage de Ruby le week-end précédent. Il aurait pu l'accompagner, mais Ruby l'avait toujours agacé et son futur mari était probablement l'homme le plus ennuyeux de la région des Pennines ; il n'y avait donc aucune raison d'imaginer que leurs invités soient différents. Il lui avait donné sa bénédiction pour s'y rendre sans lui. Il lui avait même dit d'en profiter.

Il n'avait pas imaginé jusqu'à quel point.

Elle était devenue distante et nerveuse après ce week-end. Le mariage lui avait sans doute donné des envies. Ce qu'il pouvait être bête ! Vraiment ! Ils s'étaient donc arrêtés sur l'aire de repos où elle lui avait avoué avoir couché avec un homme rencontré au mariage.

« Ce n'est peut-être pas l'homme idéal, avait-elle dit. Mais il m'a fait prendre conscience que toi, tu ne l'es pas du tout. »

Chaque mot avait été cinglant.

« Tu es trop lunatique. Trop colérique. J'ai passé la moitié de ma vie à avoir peur de toi. »

Ses paroles l'avaient blessé mais pas mis en colère. Comment ça, elle avait peur de lui ? Tout le monde savait qu'il ne supportait pas les imbéciles et qu'il était très exigeant. Mais il n'était pas un tyran. Il voulait juste qu'on fasse correctement les choses. Ses accusations l'avaient autant déconcerté que le fait qu'elle ait couché avec un inconnu au mariage de Ruby.

Mais ce n'était pas tout. Le pire restait à venir. Non seulement elle le quittait et partait de leur bel appartement avec vue panoramique sur Manchester et les collines du Derbyshire, mais elle abandonnait aussi l'entreprise qu'ils avaient édifiée ensemble. Un partenariat, comme leur vie. C'était son entreprise à lui à l'origine, mais elle l'avait aidé à la développer et pour lui montrer sa reconnaissance, il lui avait donné une part de la compagnie. Mais maintenant elle tournait le dos à ce qu'ils avaient construit ensemble sans même lui rendre ce qui lui appartenait de droit.

L'entreprise publiait des magazines régionaux. Elle s'occupait de la clientèle, concevait chaque numéro, écrivait certains articles, démarchait les annonceurs et gérait la distribution. Lui s'occupait de la partie technique : le design, la mise en page et le travail avec les imprimeurs. Sans leur implication à tous les deux, ça ne pouvait pas fonctionner. Depuis qu'elle était partie, il s'en sortait bon an mal an en employant du personnel à mi-temps et des pigistes mais il savait qu'il n'arriverait pas à duper les annonceurs plus longtemps. Soit il vendait rapidement son affaire pour trois sous, soit elle coulait et lui avec.

Elle lui avait tout pris et il voulait la punir pour ça. Mais il n'était pas idiot : s'il parvenait à la retrouver et à la tuer, il deviendrait le suspect numéro un. L'homme qui avait perdu l'amour et son entreprise. Mais si quelqu'un mourait à sa place, qui pourrait le soupçonner ?

Tout ce qu'il voulait c'était ne plus souffrir ; crever cet abcès de rage et de frustration. Quand Kathryn avait perdu connaissance grâce au GHB qu'il avait versé dans son champagne et qu'il avait compris que l'heure avait sonné, il avait savouré cet instant. Étendue sur le canapé et ronflant légèrement, elle avait à peine réagi quand il l'avait enfourchée. Il avait ensuite posé ses deux mains sur son cou doux et chaud et l'avait étranglée en imaginant que c'était Tricia. Ça avait été un moment étonnamment merveilleux. C'était la première fois qu'il se sentait bien dans sa peau depuis que cette garce l'avait quitté. Ce sentiment de retrouver le contrôle de sa vie avait refait surface quand le visage de Kathryn était devenu violet et que sa langue était sortie entre ses lèvres bleues. Plus elle souffrait, plus son plaisir augmentait.

Vingt-quatre heures après avoir tué Kathryn, il compris qu'il avait trouvé un moyen de se distraire en attendant de pouvoir vraiment prendre sa revanche.

C'est pourquoi il se rendrait samedi au mariage d'autres inconnus.

9

Tony remua les épaules pour rajuster la doudoune que Carol l'avait convaincu d'essayer.

— Elle tient chaud, elle est imperméable et elle est en solde, avait-elle insisté.

— Elle est violette. J'ai l'air d'une myrtille ambulante.

— Cette couleur te va bien. Je sais que c'est une expérience radicale pour toi de porter un vêtement qui ne soit pas dans les tons gris ou bleus, mais tu dois vivre un peu plus dangereusement.

Elle avait pris la veste, s'était dirigée vers la caisse et avait attendu impatiemment qu'il sorte sa carte bancaire.

Ce n'était pas compliqué pour elle, pensa-t-il. Carol avait le chic pour trouver les vêtements qui lui allaient. Même si sa physionomie avait changé avec le travail physique considérable que lui avait demandé la restauration de la grange, elle réussissait toujours à dégoter des vestes qui mettaient en valeur ses épaules dessinées et des pantalons qui soulignaient la longueur de ses jambes plutôt que sa musculature. Elle semblait faire ça sans effort, sans perdre un temps fou dans les magasins. Il ne comprenait pas comment elle y parvenait.

Il avait passé le restant du trajet vers Ripon à jouer avec les fermetures Éclair et les boutons-pressions et à essayer de trouver les meilleures poches pour ses clés, son portefeuille et son téléphone. Ce fut un soulagement pour tous les deux d'arriver sur l'aire de repos.

Ils n'avaient pas eu besoin que l'équipe du North Yorkshire leur précise où se trouvait la scène de crime. La rubalise qui claquait dans l'air matinal était plus ou moins superflue ; le macadam carbonisé et la haie brûlée étaient éloquents. Quand Carol coupa le moteur, Flash gémit de plaisir à l'idée de sortir.

— Couché, dit Carol sur un ton brusque en ouvrant la portière.

La chienne se recoucha en soupirant.

Dès qu'ils sortirent de la voiture, ils sentirent la forte odeur laissée par le feu et par les produits chimiques pour l'éteindre. Même trois jours après, cela vous chatouillait encore les narines et vous prenait à la gorge.

— Ça a l'air d'avoir été une fournaise, dit Carol.

Mains sur les hanches, elle prit une profonde inspiration, comme si l'air pouvait lui apprendre quelque chose.

Tony parcourut l'aire de repos en s'arrêtant régulièrement pour regarder autour de lui. Il poursuivit un peu plus loin dans l'allée.

— Pourquoi ici, marmonna-t-il entre ses dents. Qu'est-ce que cet endroit a de particulier ?

Ce meurtre semblait avoir été bien préparé et planifié. D'après le peu d'éléments à leur disposition, ils pouvaient déduire que le tueur savait comment couvrir ses traces. L'utilisation de la voiture de la victime, l'intensité du feu à l'intérieur détruisant tout indice potentiel, la victime assise à la place du conducteur… Tout cela avait-il été prémédité pour pousser des enquêteurs paresseux vers la piste du suicide ou de l'accident ? Ça semblait être le cas. Tony rebroussa chemin vers Carol qui continuait d'inspecter l'aire de repos.

— Il y a des caméras sur cette route ?

— Non. Si on sait comment s'y prendre, on peut sillonner la campagne des Dales, les routes et les chemins sans se faire repérer par une caméra à reconnaissance automatique des plaques ou par un radar.

— Et tu savais très bien comment t'y prendre, n'est-ce pas ? marmonna Tony.

Il avança jusqu'à un portail de ferme, ouvrant sur un pré rempli de moutons. Il l'ouvrit, entra et le referma avant de s'engager sur un sentier en zigzag qui traversait le pré. Les moutons s'éparpillèrent devant lui. Il ne savait pas exactement ce qu'il cherchait, seulement qu'il cherchait.

Mais rien n'attira son attention. Un muret en pierres sèches délimitait l'extrémité du pré au-delà duquel d'autres terrains s'étendaient. Au loin, il apercevait un panneau destiné aux randonneurs bien qu'il n'y ait rien de très intéressant à voir dans les environs. Le passe-temps national qui consistait à enfiler des vêtements techniques sophistiqués pour sillonner la campagne avait pour résultat que tous les parcs nationaux étaient quadrillés de sentiers. Vus du ciel, ils devaient ressembler à un tricot aux motifs élaborés, pensa-t-il. Il n'avait rien contre la marche. Il marchait lui-même tout le temps. Ça l'aidait à réfléchir. Et maintenant, avec sa doudoune violette, il pouvait se fondre dans la masse des autres randonneurs.

Tony fit un tour sur lui-même. Il n'y avait aucune habitation en vue. Il discernait une bergerie en ruine au loin et des taillis fournis venant rompre la monotonie du paysage aux murs gris et à l'herbe verte. Mais rien qui lui apprenne quelque chose. Il rebroussa chemin en faisant en sorte d'arriver de l'autre côté de la haie bordant l'aire de repos. La chaleur du feu était parvenue jusque-là, avait roussi et cassé ses brindilles. Heureusement qu'il avait plu récemment, sans quoi toute la haie serait partie en fumée.

Il trouva Carol appuyée contre le capot de la voiture.

— Alors, quelque chose de frappant ?

Il secoua la tête.

— Rien. Mais il doit bien y avoir quelque chose. D'après ce que tu as dit, il y a un tas d'endroits dans ce secteur où il aurait pu agir en toute discrétion. Alors pourquoi ici ? Pourquoi cette aire de repos en particulier ?

Carol fit une grimace.

— Plus de questions que de réponses. Comme d'habitude à ce stade.

— Au moins j'ai des questions.

Il remua les épaules.

— Et un anorak violet.

10

Pour le lieutenant Alvin Ambrose, rien dans le nom de cette entreprise, RSR Solutions, ne pouvait laisser deviner quel genre d'activités elle exerçait. Il avait dû effectuer une recherche sur Google en tapant ce que Kathryn McCormick avait inscrit sur son dossier médical à la rubrique « employeurs ». Il avait découvert en consultant le site de l'entreprise qu'il s'agissait d'un cabinet de recrutement avec des bureaux situés à quelques rues du commissariat de Skenfrith Street, où se trouvaient ceux de la BREP.

RSR Solutions partageait avec une douzaine d'autres entreprises les locaux d'un immeuble moderne, en béton ciré et vitres teintées, dans Woolen Quarter, une zone de la ville où l'on vendait autrefois de la laine et des vêtements raffinés. La plupart des vieux bâtiments étaient tombés en ruine dans les années quatre-vingt, mais des spéculateurs les avaient rachetés ces six dernières années pour les démolir et les remplacer par des immeubles rutilants afin de faire croire qu'il s'agissait à présent du cœur d'activités de la Bradfield du vingt et unième siècle. Même un nouveau venu comme Alvin voyait bien qu'il n'y avait rien de très honnête là-dedans, pour ne pas dire plus. Des panneaux « À louer » avaient poussé comme du chiendent à toutes les fenêtres des rez-de-chaussée.

Il n'y avait pas d'agent de sécurité dans le hall de l'immeuble et il put donc se rendre jusqu'aux ascenseurs sans difficulté. RSR se trouvait au sixième étage et avait au moins une hôtesse d'accueil, assise sous le slogan de la société : « Trouvez la clé pour ouvrir la bonne porte ! » Ça n'inspirait pas confiance à Alvin. Mais il afficha son plus beau sourire pour la jolie jeune femme assise derrière le bureau. Il était doué pour sourire : il avait compris l'importance de désamorcer l'impact de son impressionnante carrure et de sa couleur de peau. Les hommes noirs et costauds devaient malheureusement souvent faire face à des a priori.

— Je suis le lieutenant Alvin Ambrose, annonça-t-il en montrant sa carte de police.

Elle l'étudia attentivement, l'air surpris. Son sourire était hésitant.

— Que puis-je faire pour vous ?

— C'est au sujet de Kathryn McCormick. J'aimerais m'entretenir avec son supérieur.

— Kathryn ? Elle n'est pas là aujourd'hui, répondit-elle en recommençant à taper sur son clavier d'ordinateur.

— Je sais. Mais c'est son supérieur que je veux voir.

— C'est à quel sujet, au juste ? demanda-t-elle en saisissant le téléphone de sa main aux ongles manucurés.

Alvin secoua la tête.

— Vous pouvez me poser la question mais je ne peux pas vous répondre. Désolé.

Elle haussa les sourcils.

— Très mystérieux, glissa-t-elle en passant néanmoins l'appel. Lauren, j'ai un policier à l'accueil qui voudrait parler avec le supérieur de Kathryn... Est-ce que c'est de votre ressort ?

Une pause.

— OK, je vais lui dire, répondit-elle.

Elle raccrocha et croisa les bras sur sa poitrine.

— Lauren des ressources humaines va descendre. Kathryn étant responsable administrative, elle n'a pas vraiment de supérieur attitré.

— Merci d'avoir fait le nécessaire, répondit Alvin.

Comme il n'y avait pas de chaises à l'accueil, il fit les cent pas en feignant de s'intéresser aux photos d'entreprise accrochées au mur. Quelques minutes plus tard, une petite femme dotée de la chevelure la plus imposante qu'il ait vue depuis des années émergea d'une porte derrière l'accueil. Elle avança vers lui en tendant la main.

— Je suis Lauren Da Costa, responsable des ressources humaines chez Right Shape Recruitment Solutions. Vous êtes… ?

Alvin se présenta.

— Est-ce que je peux vous parler en privé ? demanda-t-il.

— C'est au sujet de Kathryn, n'est-ce pas ? Vous savez qu'elle n'est pas là aujourd'hui ?

— Encore une fois, je préférerais que nous en discutions en privé.

L'expression de Lauren Da Costa était la définition même de la stupeur. Elle resta sans voix pendant un long moment.

— Kathryn ? finit-elle par balbutier. Vous êtes sûr ? Jamais je n'aurais imaginé… Une mort suspecte ? C'est impossible…

— Il n'y a aucun doute, confirma Alvin d'une voix grave mais douce.

Sa voix apaisait toujours ses enfants avant de dormir et elle avait le même effet sur les gens qu'il interrogeait.

— Je suis désolé. Je sais que ce n'est pas peut-être pas le moment pour vous de répondre à des questions, mais nous avons besoin d'avoir le maximum d'informations concernant Kathryn.

Lauren hocha la tête en tremblant.

— Je comprends. Mais je ne pense pas pouvoir beaucoup vous aider… Tout ce que je peux faire, c'est vous donner son adresse et le CV qu'elle nous avait remis. Nous n'étions pas du tout proches. Je ne l'ai jamais vue en dehors du travail. C'était une bonne responsable administrative mais ce n'était pas quelqu'un de très sociable.

Elle semblait se remettre peu à peu du choc initial : elle se ressaisit, se redressa sur sa chaise et se montra plus loquace.

— Vous devriez parler à Suzanne Briggs… pardon, Harman. Une jeune mariée. Elle vient de rentrer aujourd'hui de son voyage de noces. Kathryn a assisté à son mariage, elles s'entendaient bien.

— Ça me paraît une excellente idée. Je peux la voir ?

Lauren se leva.

— Je vais aller la chercher. Vous voulez que je lui annonce la nouvelle moi-même, ou… ?

— Non, merci, répliqua aussitôt Alvin.

Il n'avait pas très envie de dire à Suzanne que son amie était morte, mais c'était toujours intéressant de noter les réactions d'un témoin quand on lui apprenait une mauvaise nouvelle.

Lauren s'éclipsa pendant presque cinq minutes. Elle revint accompagnée d'une jeune femme au visage si commun qu'Alvin aurait eu du mal à la reconnaître sur une planche photo d'identification. Mince, avec de longs cheveux blonds attachés en queue-de-cheval, un maquillage qui effaçait toute particularité, des ongles parfaitement manucurés. Ses vêtements étaient très conventionnels également : un pantalon cigarette noir et un haut magenta qui soulignait sa poitrine mais révélait aussi certaines parties disgracieuses de son corps qu'elle aurait probablement préféré cacher, si elle l'avait su. Et bien sûr, elle portait des talons qui lui donnaient une démarche maladroite frôlant le ridicule. Alvin aimait les femmes mais n'appréciait pas ce look.

Lauren fit les présentations avant de se retirer en murmurant qu'elle était dans son bureau en cas de besoin. La surprise n'avait pas quitté le visage de Suzanne depuis qu'elle était entrée.

— Je ne comprends pas, dit-elle. Pourquoi est-ce que vous voulez me voir ? J'ai cru qu'il était arrivé quelque chose à Ed. Mon mari, expliqua-t-elle avec un bref éclair de triomphe dans les yeux. Mais Lauren m'a dit que non. Alors, qu'est-ce qui se passe ?

— Vous êtes une amie de Kathryn McCormick ?

Suzanne fronça les sourcils.

— Oui, enfin... Elle est venue à mon mariage, mais on ne peut pas dire que nous sommes très proches.

— Lauren semble croire que Kathryn est plus proche de vous qu'aucune autre collègue.

Suzanne se tortilla les mains sur ses genoux, jouant avec sa bague de fiançailles et son alliance.

— Elle n'a pas vraiment d'amis. Comme elle est responsable administrative, elle est un peu obligée de garder ses distances avec tout le monde. Mais oui, je m'entends plutôt bien avec elle, elle est sympa, Kathryn. Pourquoi ? Il est arrivé quelque chose ?

— Je suis au regret de vous annoncer que Kathryn est décédée.

Suzanne écarquilla les yeux, bouche bée. Elle était visiblement en état de choc mais une lueur de curiosité brillait dans ses yeux.

— C'est pas vrai ! Qu'est-ce qui s'est passé ?

— On a retrouvé son corps dans une voiture incendiée il y a trois jours. Nous pensons que sa mort est suspecte.

— Mon Dieu. J'étais encore en voyage de noces. Pendant qu'on se prélassait sur la plage et qu'on buvait des cocktails, Kathryn a été assassinée ? C'est horrible !

— Je suis vraiment désolé. Mais maintenant nous avons besoin d'en savoir plus sur la vie de Kathryn. Qui étaient ses amis, ce qu'elle faisait de son temps libre. Si elle fréquentait quelqu'un ou si elle s'était disputée avec qui que ce soit.

— Mon Dieu...

Suzanne croisa les jambes et se frotta le bras gauche comme si elle avait subitement froid à cet endroit.

— Elle ne s'est jamais brouillée avec personne. C'était une bonne responsable. Elle avait le don de régler les problèmes sans blesser les gens, si vous voyez ce que je veux dire.

Alvin ne voyait pas. Il avait été flic toute sa vie. Dans son monde, les problèmes au travail ne se résolvaient pas par la médiation et les compromis.

— Elle n'avait pas de petit ami, continua Suzanne, depuis que Niall l'avait quittée pour partir à Cardiff. Niall, c'est son ex. Ça devait faire trois ans qu'ils étaient séparés. On a essayé de la convaincre à plusieurs reprises de sortir avec nous en groupe pour qu'elle puisse rencontrer quelqu'un, mais elle n'était pas du genre fêtarde. Je ne sais pas ce qu'elle faisait de son temps libre mais elle se joignait toujours à la conversation quand on parlait des émissions télé. Alors j'imagine qu'elle devait en regarder beaucoup.

Elle afficha un sourire gêné en prenant conscience qu'elle savait bien peu de choses sur la femme qu'elle avait invitée à son mariage.

— Est-ce qu'elle était toute seule au mariage ?

Alvin commençait à se sentir découragé. Est-ce qu'il n'y avait vraiment rien d'intéressant dans la brève vie de Kathryn McCormick ?

— En tout cas, elle n'est pas venue accompagnée, si c'est ce que vous voulez savoir. Mais je ne sais pas si elle a rencontré quelqu'un ce jour-là. C'était mon mariage et je ne prêtais pas tellement attention aux autres, seulement à Ned, mon mari.

Alvin pensa qu'elle devait prendre garde à ne pas se dégoûter trop vite de ces mots.

— Vous n'étiez pas en contact avec elle pendant votre lune de miel ? Vous n'avez pas consulté les réseaux sociaux ?

— Si, bien sûr, répondit-elle, en haussant ses fins sourcils. Je voulais voir toutes les photos que les gens avaient publiées sur Facebook et lire les messages de félicitations. Kathryn avait posté quelques photos. Je crois les avoir « likées » mais je n'ai pas échangé de messages avec elle.

Il verrait avec Stacey pour accéder au compte Facebook de Kathryn mais ne se faisait pas trop d'illusions. Il était dans l'impasse. Il se leva, n'ayant rien de plus à demander.

— Merci pour votre aide.

Il sortit une carte de visite de sa poche intérieure.

— Si quelque chose qui pourrait nous aider vous revient, appelez-moi à ce numéro. Pourriez-vous demander à vos invités s'ils se souviennent avoir vu Kathryn parler avec quelqu'un le jour du mariage ? Je vous en serais reconnaissant.

Elle semblait impatiente de le faire.

— Je vais me renseigner tout de suite. Les gens vont être tristes d'apprendre la nouvelle. Dieu sait qui va remplacer Kathryn maintenant.

Pas terrible, comme nécrologie, pensa Alvin en attendant l'ascenseur. Le meurtre de Kathryn ne semblait pas avoir eu beaucoup d'impact sur ceux qui la côtoyaient. Jusqu'ici, il n'avait pas vu ne serait-ce qu'une larme. À ses yeux, c'était une raison de plus pour trouver le coupable. C'était en partie pour cela qu'il était devenu flic : afin de défendre les gens qui n'avaient personne pour le faire à leur place. Kathryn McCormick avait été abandonnée par tous dans la vie. C'était à l'équipe de la BREP de s'assurer que cela n'arrive pas également dans la mort.

11

Bizarrement, la cuisine de Kathryn McCormick en disait plus long sur elle que n'importe quelle autre pièce de son appartement. À en juger par les ustensiles qui remplissaient ses placards, ses tiroirs et qui pendaient à des crochets fixés aux murs, c'était une vraie cuisinière. Un bloc de rangement pour couteaux contenait six lames japonaises affûtées comme des rasoirs que Paula ne put s'empêcher de lui envier. Le robot ménager et le blender sur le plan de travail étaient des appareils haut de gamme. Des livres de cuisine aux dos craquelés et aux pages cornées étaient entassés dans une bibliothèque. Voilà donc à quoi Kathryn occupait son temps libre.

Un calendrier proposant une recette par mois avec sa photo sur papier glacé était accroché sur un côté du frigo. Mais ce ne fut pas la recette des lasagnes à la citrouille et à la sauge qui poussa Paula à décrocher le calendrier pour le poser sur le plan de travail. S'il y avait un indice à trouver sur les circonstances de la mort de Kathryn, il se cachait peut-être ici.

Elle parcourut méthodiquement les mois précédents mais ne trouva rien d'intéressant. Un week-end chez papa et maman. Un rendez-vous chez le dentiste, un autre chez le médecin et deux sorties pour aller voir des comédies musicales près de Manchester. Aucune mention d'un quelconque compagnon sur le calendrier, alors qu'il y aurait eu suffisamment de place pour le noter.

Finalement, Paula se pencha attentivement sur la page du mois en cours. Elle espérait avoir gardé le meilleur pour la fin. Deux semaines auparavant, le premier samedi du mois, Kathryn avait écrit : « Mariage de Suzanne et Ed. » Et trois jours après : « David, Pizza Express, 19 h 30. » Paula inspira entre ses dents et esquissa un petit sourire sans joie.

— David, dit-elle doucement en faisant glisser son doigt sur les autres jours.

Le prénom réapparut une semaine après le mariage, un samedi : « David, Manchester Palace Theatre, *Funny Girl.* » Et encore une fois le mardi suivant : « David, Tapas Brava, Bellwether Square, 20 heures. »

Le mois en cours s'achevait sur un vendredi et une ligne s'étirait de ce jour-là jusqu'au dimanche : « David, week-end Dales. » Il y avait un numéro de téléphone griffonné dessous. Paula n'aimait pas tirer de conclusions trop hâtives mais il était difficile de ne pas conclure que Kathryn avait rencontré ce David au mariage de Suzanne et Ed. Et deux semaines plus tard, il l'assassinait. Elle fut parcourue d'un frisson involontaire.

Elle saisit son téléphone mais avant de pouvoir contacter Stacey pour lui communiquer le numéro de téléphone de David, Karim entra avec une boîte de préservatifs à la main.

— C'est la seule chose « incongrue » dans la salle de bains. Tous ses produits sont de la marque Clinique à l'exception du déodorant et du dentifrice. Brosse à dents électrique, avec une tête dans le support. Une serviette de bain et une pour le visage sont suspendues sur le porte-serviettes. Et voilà ce que j'ai trouvé dans l'armoire de toilette.

Il tendit la boîte à Paula. Douze préservatifs « Moment Intimes », était-il écrit sur la boîte.

— Tu aurais dû la placer sous scellé, Karim. Il l'a peut-être touchée. En cherchant un préservatif à tâtons dans le feu de l'action...

Elle prit un stylo, s'en servit pour ouvrir la boîte et versa son contenu sur le plan de travail.

— On dirait qu'ils sont tous là, constata Karim.

— Tu as de la chance, répliqua-t-elle avant de retourner la boîte. La date de péremption remonte à presque trois ans. Si je ne me trompe pas, la durée de conservation d'un préservatif est de trois à cinq ans. Il semblerait donc que cette boîte ne soit pas un vestige de son copain qui s'est tiré à Cardiff il y a trois ans.

Elle désigna le calendrier du doigt et ajouta :

— On dirait bien qu'elle a rencontré quelqu'un à ce mariage où elle s'est rendue il y a deux semaines. Il faut qu'on vérifie ça quand on sera rentrés au bureau. Mais avant de partir, jetons un rapide coup d'œil à ces tiroirs ici. Tout le monde a un tiroir « fourre-tout ».

— C'est-à-dire ? demanda Karim en se retournant pour ouvrir celui qui se trouvait derrière lui.

— Un tiroir où on range tout ce qui n'a pas trouvé sa place ailleurs. Ficelles. Fusibles. Pinces pour fermer les sacs. Ces petits cure-dents qu'on pique dans le maïs. Des piles.

— Je vois, dit-il en refermant le tiroir. Celui-ci contient les couverts.

Il ouvrit le suivant.

— Mais plus important encore, on y range les clés. Le double de la porte d'entrée et toutes celles qui ne correspondent à aucune serrure chez soi mais dont on ne veut pas se débarrasser au cas où on en aurait besoin.

— Torchons et chiffons.

Paula ouvrit le dernier tiroir de son côté.

— Et voilà ! Pour mon baptême, quand la bonne fée m'a demandé si je voulais être chanceuse ou jolie, j'ai choisi chanceuse. Et je ne le regrette pas. Regarde, Karim. Le tiroir fourre-tout.

Elle l'ouvrit en grand.

— Même les plus maniaques ont besoin de fourrer leur bazar quelque part.

Elle fouilla parmi tous les objets inutiles que Kathryn y avait inexplicablement entassés. Dans un coin tout au fond, elle trouva trois trousseaux de clés portant chacun une étiquette en plastique.

— « Maison », « Parents » et « Appartement », lut Paula. Bon, ça va nous permettre de refermer derrière nous plus facilement.

Karim regarda par-dessus son épaule. Il faisait attention de ne pas empiéter sur son espace personnel, remarqua-t-elle. Inhabituel pour un homme, extraordinaire pour un flic.

— Bonne pioche, chef !

Paula ratissa une dernière fois le contenu du tiroir avant de le refermer.

— Je crois que je n'ai jamais trouvé si peu de choses au cours d'une fouille, grommela-t-elle. Allez viens, on verra ce que Stacey peut nous apprendre sur ce mystérieux David. Si Kathryn l'a rencontré à ce mariage, quelqu'un a dû les prendre en photo.

Karim émit un grognement.

— Pourquoi est-ce que je sens qu'il va falloir se coltiner une multitude de photos prises par les invités et publiées ensuite sur Facebook, Twitter et Instagram ?

— Sans oublier WhatsApp.

Un nouveau grognement.

— Et celles du photographe officiel.

Il suivit Paula qui se dirigeait vers la porte.

— Tu ne regrettes pas de t'être engagé dans notre brigade d'élite ? lui demanda-t-elle tandis qu'ils descendaient les marches.

— Rien ne vaut l'excitation d'une bonne traque, chef, répliqua-t-il.

12

Ils trouvèrent l'expert en incendie criminel dans un bureau adjacent à son labo, au cœur d'un complexe privé de recherche scientifique à un jet de pierre de l'A1. L'établissement se trouvait dans un parc d'activités entouré d'arbres rabougris et de haies noircies par les pots d'échappement. De l'extérieur, le bâtiment avait l'allure anonyme d'un centre d'appels ou du siège administratif d'un site de vente en ligne. Mais dès qu'ils quittèrent le parking, ils se rendirent compte qu'il s'agissait d'un autre genre d'endroit. Il était entouré d'une haute clôture grillagée presque invisible contre le feuillage vert et gris. Ils durent attendre près du portail sécurisé par un système électronique pendant que quelqu'un à bonne distance dans une salle de contrôle vérifiait leurs cartes professionnelles présentées devant la caméra.

Quand ils parvinrent enfin à l'accueil, un homme aux cheveux gris acier mais à la masse musculaire d'un homme de vingt ans de moins les attendait, sourcils froncés.

— Vous êtes censés prendre rendez-vous à l'avance et non vous présenter comme ça devant la porte, grommela-t-il en poussant un registre de visiteurs vers eux. Signez ici. Je dois scanner vos cartes aussi, ajouta-t-il en tendant la main.

Ils patientèrent encore cinq minutes avant d'être escortés jusqu'au bureau de Finn Johnston. L'expert en incendie criminel paraissait trop jeune pour occuper un poste à ce niveau de responsabilité. Ses cheveux fins, d'une couleur châtain terne, tombaient mollement de part et d'autre de sa tête étroite. Son visage semblait en retrait par rapport à son nez saillant, comme s'il était né en plein milieu d'un grand courant d'air. Mais il avait l'air alerte et dégageait une sérénité qui inspirait confiance, même s'il ne devait pas avoir plus de trente ans, d'après Carol. Sous sa blouse blanche de laboratoire, il portait un T-shirt sur lequel était écrit « Les pompiers ne sont pas assis derrière un bureau », qui agaça légèrement Carol.

— C'est un honneur inattendu de vous rencontrer, dit Johnston avec un fort accent du Yorkshire. On parle encore de vous dans la région, commandant Jordan.

Elle se demanda un instant ce qu'on racontait à son sujet. Ça n'avait pas été son poste le plus facile et elle ne pensait pas s'être fait beaucoup d'amis. Un bon policier était mort sous ses ordres ; ça avait été l'un des plus lourds fardeaux qu'elle ait eu à porter.

— J'imagine qu'on n'a pas vu beaucoup d'action depuis, répondit-elle froidement. Mais nous ne sommes pas ici pour parler du passé. J'ai besoin du maximum d'informations à propos de la voiture incendiée dimanche soir.

Il se pencha en avant sur sa chaise, coudes posés sur le bureau, mains jointes.

— Qu'est-ce que vous savez sur les incendies ?

— Faisons comme si nous étions complètement novices en la matière, répondit Tony.

Johnston haussa les sourcils en regardant Carol pour savoir si Tony avait le droit de prendre ce genre d'initiative.

Elle hocha la tête.

— Il a raison.

— Quand on est confronté à un incendie, on commence par analyser la situation dans sa globalité. S'il y a une victime, on considère immédiatement l'incendie comme suspect. Et c'est ce que j'ai fait dimanche. Il était inutile d'établir un périmètre de recherche autour de la voiture à cause de l'intervention légitime des pompiers, donc je me suis concentré sur le véhicule lui-même. La première question que je me pose toujours c'est : quelle partie est la plus endommagée ? Que ce soit pour une maison ou pour une voiture. Ici, en ce qui concerne la voiture, celle-ci est composée de plusieurs parties : le moteur, le coffre s'il s'agit d'une berline, et l'habitacle, où se trouvent le conducteur et les passagers. Il est rare que les dégâts soient équivalents dans ces trois parties.

— Et dans ce cas précis, c'est l'habitacle qui a subi le plus de dégâts, dit Carol. Nous avons vu les photos.

Johnston sourit.

— Exactement. La zone la plus endommagée indique généralement l'endroit où a démarré le feu. Néanmoins, ce que la plupart des gens croient savoir sur les incendies de voiture provient de ce qu'ils ont vu à la télé ou dans des films. Quelqu'un jette une allumette dans le réservoir et boum ! ça explose comme dans un magasin de feux d'artifice, expliqua-t-il en affichant une moue de pitié amusée. Un réservoir est rempli de vapeur d'essence mais il n'explosera pas, à moins qu'il n'y ait également de l'oxygène pour l'alimenter. C'est encore plus difficile avec le diesel. Vous pouvez y jeter une allumette ou une cigarette sans problème.

Se méprenant sur la passivité de ses auditeurs qu'il prit pour de l'intérêt, il continua.

— Si vous enfoncez un chiffon à l'intérieur en laissant un peu d'espace autour et que vous y mettez le feu ensuite, il prendra mais brûlera à la manière d'une torche et il est très peu probable que le feu se propage à toute la voiture.

— Si j'ai bien compris, l'interrompit Tony sentant que Carol perdait patience et ne souhaitant pas qu'elle s'en prenne à quelqu'un d'apparemment inoffensif, pour que le compartiment passager s'enflamme de cette façon, le feu a dû démarrer à cet endroit ?

Johnston adressa un grand sourire à son brillant élève.

— Exactement. Ils arrivent que des gamins veuillent brûler une voiture qu'ils ont volée, et ce qu'ils font, c'est qu'ils posent une boîte d'allume-feu sur le plancher. Ça fonctionne plutôt bien, sauf que ça laisse des traces chimiques d'essence. Ce qui est un super indice pour tout enquêteur digne de ce nom. Je n'ai rien trouvé de ce genre dans notre cas donc, pour être honnête, cela m'a fait pencher vers la piste d'un accident bizarre. Un court-circuit dans le tableau de bord par exemple. Mais je n'ai trouvé aucune preuve étayant cette thèse. Ni de cigarette tombée par terre. C'est donc loin d'être clair pour le moment.

— Ensuite, vous avez découvert que la victime était déjà morte quand le feu a démarré, l'interrompit Carol. En gardant cet élément à l'esprit, qu'est-ce que vous pouvez nous dire de plus ?

— Je sais qu'il est tentant de penser au réservoir, mais oublions l'essence. Avec un incendie de ce genre, on cherche à l'intérieur de l'habitacle toutes les sources de combustible. J'ai donc commencé par là. J'ai effectué tout un tas d'analyses au cours de ces derniers jours.

Il s'éclaircit la voix et tourna son visage vers l'écran d'ordinateur.

— Je peux vous montrer…

— C'est bon, répondit Carol. Envoyez-les-moi. Pour le moment, donnez-nous les grandes lignes.

Johnston se retourna, l'air penaud, ce qui accentuait encore un peu plus ses traits anguleux.

— Je pense qu'il y avait un sac plastique rempli de paquets de chips sous les jambes de la victime.

— Des chips ? dit Tony surpris. Du genre saveur vinaigre/sel ou fromage/oignons ?

— La saveur n'a aucune importance. Les sachets s'enflamment facilement et les chips elles-mêmes sont pleines d'huile. C'est un peu comme des dizaines de mini-allume-feu sauf qu'elles ne laissent pas de résidus d'essence. C'est une signature chimique complètement différente.

— Qui aurait pu s'en douter ? marmonna Tony.

— Un expert en incendie, manifestement, répondit Carol. Et donc ce brasier aurait démarré après que quelqu'un a mis le feu à un paquet de chips ?

— À un sac contenant des paquets de chips, corrigea Johnston. Il a dû y en avoir beaucoup pour que cela prenne vraiment. Il y a aussi pas mal de traces d'autres choses inflammables qu'on peut trouver dans une voiture en temps normal. Journaux, magazines et les restes de deux bouteilles en plastique qui contenaient de l'alcool.

— Et c'est tout ? Ça semble peu, commenta Tony.

— Vous seriez étonné. N'oubliez pas que l'intérieur de la voiture est lui aussi une autre source de combustible. La garniture, le rembourrage en mousse, le plastique, les vêtements de la victime… tous ces éléments s'additionnent. Et si le meurtrier a laissé la fenêtre ouverte de quelques centimètres, ça a fourni l'oxygène nécessaire pour alimenter les flammes. Mais on n'a aucune certitude là-dessus parce que les fenêtres commencent à se déformer à cinq cents degrés. Bon, mais ce n'est pas la question. Donc, pour résumer, on a d'abord un bon départ de feu, suffisamment de combustible et de l'oxygène pour alimenter les flammes, et ensuite ce qu'on appelle l'embrasement. Le moment où un feu dans une pièce, ou dans ce cas précis, une voiture, devient une pièce en feu. Ça peut se produire en moins d'une minute si les conditions sont réunies. On ne peut pas survivre à un embrasement.

Il y eut un long silence pendant que Tony et Carol digéraient les informations. Puis Carol reprit la parole :

— En résumé, il savait ce qu'il faisait.

Johnston hocha énergiquement la tête.

— Ça oui, il savait comment s'y prendre. À une époque, je vous aurais dit que votre assassin était probablement un pompier ou quelqu'un ayant des connaissances professionnelles en chimie. Mais aujourd'hui, n'importe qui peut devenir expert en l'espace d'une demi-heure avec Internet. Il n'y a rien ici qu'un profane ne puisse apprendre par lui-même en effectuant quelques petites recherches sur le Web. Rien de bien sorcier non plus en ce qui concerne l'origine du feu ou les produits accélérants. C'est plus facile quand on s'y connaît un peu en chimie, mais honnêtement, avec un peu de jugeote, n'importe qui pourrait trouver un moyen de réduire un corps en cendres sans laisser le moindre indice derrière lui.

13

Il avait choisi Leeds pour sa deuxième sortie. Il avait toujours été attentif aux détails ; ça aurait été une erreur, selon lui, de chercher toutes ses victimes au même endroit. Ne serait-ce que parce que cela augmentait le risque que quelqu'un le reconnaisse. Il arrivait souvent que, dans un même cercle de connaissances, les mariages se multiplient à la même période. Il y avait peu d'hôtels suffisamment grands pour pouvoir accueillir de nombreux invités parmi lesquels la présence d'un intrus passerait inaperçue. Un serveur ou un barman finirait par se souvenir de sa présence à un précédent mariage et en parler à la police si elle venait à l'interroger. Revenir chaque fois dans la même ville était vraiment trop risqué.

Ce n'était pas difficile de s'incruster dans un mariage. La plupart des grands hôtels en accueillaient au moins un par semaine. Il évitait les réceptions trop huppées où il pouvait y avoir un contrôle à l'entrée. Une liste d'invités ou quelqu'un vérifiant les cartons d'invitation aux ornements dorés. Mais il fuyait également les mariages bas de gamme où sa présence aurait été incongrue. Il aurait été suffisamment exotique pour qu'on le remarque. La meilleure solution était de trouver un entre-deux.

Il avait déjà découvert à quel point il était facile de connaître le nom des jeunes époux. En parlant par exemple avec le fleuriste chargé de la composition florale des tables :

— Est-ce que ce sont les fleurs pour le mariage de Mary et Paul ?

— Non, ce sont celles pour Jackie et Darrel.

Bingo !

Ou bien en parlant avec le pâtissier livrant le gâteau. Même principe. Il y avait toujours quelqu'un qu'on pouvait embobiner. Les gens ne se méfiaient pas. Lui aussi avait été comme ça, par le passé.

Le secret d'une infiltration réussie était de ne pas arriver trop tôt. Il devait tout parfaitement minuter. Attendre la fin du repas, quand tout le monde s'éparpillait pour aller aux toilettes ou jetait son dévolu sur les tables bordant la piste de danse. C'était à ce moment-là qu'il devait passer à l'action. Manches de chemise relevées, col déboutonné, cravate desserrée. Un homme s'amusant parmi des amis. Il allait au bar, commandait un verre, engageait la conversation avec quelqu'un. Il évaluait les opportunités. C'était le moment le plus excitant de la journée. Le pic d'adrénaline, la certitude que tout s'était bien passé jusque-là, qu'il était à présent sur le plus haut plongeoir, à deux doigts de s'élancer pour un vertigineux saut dans le vide.

Il ne fallait pas longtemps pour repérer les cibles potentielles. Une fois qu'ils se mettaient à danser, couples et amis se retrouvaient sur la piste et les personnes seules devenaient visibles. La table où il avait repéré Kathryn McCormick avait été initialement occupée par un groupe d'hommes et de femmes. Une demi-heure plus tard, Kathryn s'était retrouvée toute seule à la table, faisant tourner dans sa main son verre à moitié vide. Au cours de l'heure qui avait suivi, des invités étaient revenus brièvement pour terminer leur boisson, poser leur veste sur le dossier de leur chaise et attraper leur cigarette électronique avant de s'éclipser à l'extérieur. Ils échangeaient quelques mots avec Kathryn. L'un d'eux avait même tenté énergiquement de l'attirer sur la piste de danse, en vain.

Sans être laide, elle ne se serait jamais démarquée dans une foule. Bon sang, elle ne se serait même pas démarquée au sein d'un couple ! Elle était, avait-il songé, à peu près parfaite. Il était donc passé à l'action et tout s'était très bien déroulé. Elle s'était montrée prudente pendant quelques minutes. Elle avait probablement conscience qu'il était trop bien pour elle. Mais il était doué avec les gens, il le savait. Avec le temps, il avait appris à prêter attention à ce qu'ils disaient, à interpréter leur langage corporel, à gagner leur confiance à l'aide de quelques phrases qui faisaient mouche. Et ainsi Kathryn s'était laissé séduire. Il l'avait arrachée à la fête et escortée jusqu'au bar en prétextant qu'ils pourraient discuter plus tranquillement.

Trois rendez-vous et elle était mûre à point.

Tout s'était déroulé sans le moindre accroc. Et ça n'avait rien à voir avec la chance du débutant. Il l'avait prouvé en mettant déjà le grappin sur sa deuxième victime. Amie McDonald.

— C'est Amie avec « ie », pas avec un « y » comme la chanteuse.

— La chanteuse ?

— Oui, vous savez, l'Écossaise. *This is the Life*.

Elle se mit à chanter :

— « *Where you gonna go, where you gonna sleep tonight* ? »

Il sourit et secoua la tête.

— Désolé, je ne la connais pas.

— Enfin bon, elle, c'est Amy avec « y » et moi je suis Amie avec « ie ».

Qu'est-ce qu'elles avaient toutes à vouloir épeler leur prénom de cette façon ridicule ? Est-ce qu'elles pensaient vraiment que ça les rendait spéciales ? Dans un certain sens, c'était le cas. Elles étaient spéciales parce qu'elles lui appartenaient.

Et si elles lui appartenaient c'est parce qu'il avait bien fait son travail. Il avait passé des heures sur Internet pour savoir comment s'y prendre s'il voulait éviter de laisser derrière lui des traces qui mèneraient les enquêteurs jusqu'à lui. Après s'être renseigné sur les moyens de saboter le travail des enquêteurs, son mépris pour les criminels qui se faisaient prendre n'avait fait que croître. Quitte à commettre un crime, pourquoi diable ne pas se préparer aussi minutieusement que possible ? Ce n'était pas sorcier. En étudiant à fond la question, on trouvait un tas de stratégies pour passer inaperçu.

Par exemple, il s'était équipé de plusieurs téléphones à carte prépayée, achetés en liquide dans un petit magasin miteux, au cours d'un récent voyage dans les West Midlands. Il en avait utilisé un neuf la veille du mariage, à Leeds. Si les flics venaient à relier les différentes affaires entre elles et commençaient à s'intéresser aux victimes, ils découvriraient ses messages. Ou plutôt, ceux de Mark à Amie. Ils contacteraient alors le fournisseur d'accès pour en savoir plus sur les téléphones. Les numéros qu'ils avaient appelés, la provenance des appels. Mais il n'était pas idiot. Il avait mis la batterie du téléphone qu'il utilisait avec Kathryn uniquement à Bradfield et ses environs. Il avait appelé des restaurants et des billetteries de salle de spectacle pour les faire courir dans tous les sens.

La prochaine fois, ils suivraient donc la piste de Mark dont le téléphone ne montrerait des signes d'activité qu'à Leeds. Il se demandait s'ils allaient croire qu'il s'agissait du même tueur ou s'ils échafauderaient des théories farfelues et compliquées sur un groupe d'individus perpétrant des meurtres sur le même modèle. Un genre de Ligue des Gentlemen Assassins. Il était sûr qu'un journal pourrait être attiré par une théorie absurde de ce genre.

Ce soir, il retrouvait Amie pour dîner. Il avait réservé une table dans un restaurant éthiopien éloigné du centre-ville, dans une zone où il y avait peu de caméras de surveillance. Il avait repéré le meilleur endroit où se garer afin de pouvoir gagner le restaurant sans être repéré. L'unique caméra du secteur ne filmerait son profil qu'une poignée de secondes. Il ferait semblant de vapoter en passant devant, l'empêchant ainsi d'enregistrer une image reconnaissable de lui. Il avait craint qu'on ne puisse l'identifier à sa démarche, mais une rapide recherche sur Internet l'avait convaincu que l'analyse pseudo-scientifique de celle-ci relevait plutôt de la fumisterie. Ce seul élément ne pourrait jamais suffire à l'inculper. Et il s'était assuré de ne laisser aucun autre indice pouvant l'incriminer.

Au cours du dîner, il se comporterait en parfait gentleman. Son scénario de couverture était magnifique. Sa femme était morte d'un cancer du sein l'année précédente, après sept ans de vie commune. Elle lui avait fait promettre de ne pas se renfermer sur lui-même comme un ermite, mais ça avait été difficile d'entretenir une vie sociale comme avant. Il avait finalement commencé à remonter la pente. Le mariage était sa première vraie sortie depuis les obsèques.

Alors imaginez un peu ce qu'il avait ressenti en la voyant assise à cette table ! Elle ressemblait tellement à sa défunte femme qu'elle aurait pu être sa sœur. À cet instant précis, il afficherait un sourire triste et douloureux et lui dirait avoir l'impression d'être en train de rêver.

À ce stade, Kathryn lui mangeait déjà dans la main. Elle avait cessé de penser qu'il était trop bien pour elle ; elle avait compris son attirance pour elle. Ça avait été un coup de maître.

Il regarda sa montre et but une gorgée de son latte caramel. Il sortit son téléphone d'escroc de sa poche. Il était temps de faire plus ample connaissance avec

Amie. Après tout, c'était un genre de parade nuptiale. Un petit texto pour l'appâter, afin qu'elle sache qu'il pensait à elle.

Elle n'aurait jamais pu deviner quel était réellement le fond de sa pensée.

14

Alvin était coincé dans le minuscule coin restaurant d'un café thaï situé à mi-chemin entre RSR Solutions et le bureau, et engloutissait une généreuse portion de Pad Khing. Il se disait que vu sa corpulence, il avait besoin de reprendre de l'énergie à intervalles réguliers. Et dans son travail, on saisissait l'occasion quand elle se présentait. Il avait presque terminé son repas quand il sentit la vibration de son téléphone contre sa cuisse. Écartant son voisin d'un geste du coude, il posa le bol sur la table et extirpa son téléphone avant qu'il ne passe sur messagerie.

Avant qu'il ne puisse se présenter, une femme à l'autre bout du fil se mit à parler.

— Vous êtes le lieutenant Ambrose ? Suzanne m'a dit qu'il fallait que je vous parle à propos de Kathryn. C'est horrible ce qui lui est arrivé...

— Je suis le lieutenant Ambrose, répondit-il fermement en se levant avec difficulté. Vous êtes ?

— Anya. Anya Lewandowska. Je travaille avec Kathryn et Suzanne.

Elle avait un accent d'Europe de l'Est, léger mais reconnaissable.

Alvin se fraya un chemin parmi les clients jusqu'à la porte du restaurant, ignorant leurs protestations et leurs récriminations, et déboula sur le trottoir comme un boulet de canon.

— De quoi vouliez-vous me parler ?

— Vous avez demandé à Suzanne si Kathryn avait un petit ami ?

— C'est exact.

— Eh bien, elle venait juste de commencer à sortir avec un homme qui s'appelle David. Elle l'a rencontré au mariage de Suzanne.

Alvin sentit monter en lui une poussée d'excitation chargée d'adrénaline.

— Vous l'avez vu ?

— Seulement de profil. Ils se sont isolés au bar pour bavarder, je pense. Je les ai vus en allant aux toilettes.

— Vous êtes sur votre lieu de travail actuellement ? À RSR ? demanda-t-il en se fonçant déjà vers sa voiture.

— Oui, j'y suis.

— OK. Je reviens tout de suite. Il faut que je vous parle. Pourriez-vous demander à Suzanne de ne pas sortir déjeuner ? J'aurais besoin de lui reparler.

Il ouvrit la portière de la voiture et se glissa derrière le volant.

— J'arrive dans quelques minutes. Si quelqu'un d'entre vous a des photos du mariage sur son téléphone ou sur sa page Facebook, j'aurai besoin de les voir aussi. À tout de suite, Anya. Merci de m'avoir contacté.

— J'appréciais Kathryn. C'est elle qui m'a embauchée. Elle s'est toujours bien comportée avec moi. Je vous attends.

Voilà une bien meilleure épitaphe, songea Alvin. Il avait entendu largement pire.

Cette fois, Lauren l'attendait à l'accueil. Elle le conduisit de nouveau dans la pièce où il s'était entretenu avec Suzanne. Anya était déjà là, assise près de la fenêtre, ses jambes croisées, moulées dans des collants noirs. Elle devait avoir dans les trente-cinq ans. Ses cheveux bruns étaient soigneusement coupés au carré et ses yeux noirs cernés par l'inquiétude. Ses lèvres d'un rouge intense, bien dessinées, formaient une ligne droite.

Alvin se présenta et lui demanda si ça la gênait qu'il enregistre l'entretien. Anya fronça les sourcils et fit non de la tête d'un air réticent. Il lui demanda les formalités d'usage, nom, adresse, date de naissance et depuis combien de temps elle travaillait pour RSR.

— Je suis arrivée en Angleterre en mai 2011 et j'ai commencé à travailler ici dix-huit mois plus tard. Kathryn était responsable adjointe du service administratif à cette époque et elle a été promue deux ans plus tard quand Becca est partie, expliqua-t-elle.

Sa réticence avait semblé disparaître dès qu'elle s'était mise à parler, constata Alvin avec soulagement.

— Vous m'avez donc appelé pour me dire que Kathryn McCormick avait un petit ami, David, rencontré trois semaines avant sa mort au mariage de Suzanne Harman, c'est bien ça ?

C'était un peu maladroit de lui redemander ça, mais il voulait s'assurer que ces informations soient bien enregistrées.

— Exactement. Comme je vous ai dit. Je suis allée aux toilettes à côté du bar de l'hôtel parce qu'il y avait la queue pour celles qui se trouvaient près de la salle de réception. Je connais cet hôtel, j'y ai travaillé quelques semaines quand je suis arrivée à Bradfield. Je les ai vus ensemble au bar quand je suis passée. Elle était très souriante, leur conversation semblait agréable.

— Quelle heure était-il ?

— Autour de 19 heures, peut-être. Mais je n'en suis pas sûre. C'était après le repas et les discours. Le bal avait déjà commencé depuis peut-être une demi-heure. Ou un peu plus, je ne sais plus. J'avais un peu bu, dit-elle en haussant les épaules et en souriant d'un air contrit.

— Kathryn vous a présentée ?

— Non. Je ne suis même pas sûre qu'elle m'ait remarquée.

Ce fut au tour d'Alvin de froncer les sourcils.

— Mais alors, comment savez-vous que cet homme s'appelait David ?

Anya le regarda avec indulgence.

— Parce que je lui ai demandé, le lundi, devant la machine à café. « C'était qui cet homme avec qui je t'ai vue au mariage ? » Et elle est devenue toute rouge. « Il s'appelle David, m'a-t-elle répondu. Je le revois demain pour manger une pizza. » Elle avait l'air vraiment contente. Je crois qu'elle n'avait pas eu de petit ami depuis un moment. C'est tout ce que je sais, conclut-elle en haussant légèrement les épaules.

— Vous pourriez me le décrire ? demanda Alvin sans trop y croire (et il s'avéra qu'il avait raison).

Anya écarta les mains dans un geste de frustration.

— Pas vraiment. Je l'ai seulement vu de profil, comme je vous l'ai dit. Il était plutôt mince, je crois. Il avait les cheveux foncés, assez épais, et les tempes un peu grisonnantes.

— Une idée de son âge ?

Elle secoua la tête, pas très sûre d'elle.

— Je ne sais pas trop. Ni jeune, ni vieux. Peut-être trente-cinq, quarante ans ? Je ne l'ai pas vraiment regardé, ça ne m'intéressait pas plus que ça.

— Est-ce que vous vous souvenez d'un élément de sa tenue ?

Elle leva les yeux vers le plafond.

— Une chemise bleu clair et une cravate bleue, je crois. Un pantalon de costume gris. Rien de particulier, répondit-elle en haussant de nouveau une épaule. Je n'ai pas fait attention, j'avais envie de retourner à la fête.

Alvin prit une profonde inspiration. Ces fichus témoins oculaires, c'était toujours une galère. Ils étaient peu fiables, c'était bien connu, même quand ils affirmaient être sûrs d'eux. Avec quelqu'un qui ne l'était pas vraiment comme Anya, il y avait de grandes chances que ce David ait porté en fait un pantalon bleu, une chemise grise et pas la moindre cravate.

— Vous avez pris des photos au mariage ? Sur votre téléphone ?

Anya parut surprise.

— Seulement des selfies avec mes amis.

— Ça vous ennuierait d'y jeter un rapide coup d'œil, pour voir si ce David n'apparaît pas en arrière-plan ?

C'était tiré par les cheveux, il le savait bien, mais il fallait tenter.

Anya sortit son téléphone de la poche de sa jupe et afficha l'album photo. Elle fit glisser plusieurs clichés à l'aide de son pouce en secouant la tête.

— Il n'y a personne à l'arrière-plan. On ne voit que nous, qui faisons des grimaces.

Elle lui tendit le téléphone afin qu'il le constate par lui-même.

— Faisons venir Suzanne pour jeter un œil à ses photos du mariage, proposa Alvin avec lassitude. Il nous faudrait un ordinateur portable ici avec un écran assez grand.

Il n'était pas du genre pessimiste, mais tout cela lui semblait être une terrible perte de temps.

Au bout d'une heure et demie passées à scruter les photos officielles et non officielles du mariage de Suzanne et « Mon Mari Ed », Alvin avait l'impression de s'être pris une tempête de sable dans les yeux. Il fallait reconnaître qu'Anya avait fait preuve de bonne volonté et examiné tous les clichés, aussi bien ceux du photographe que ceux partagés sur Facebook par les invités.

Suzanne cliqua pour passer à la suivante. Deux hommes en train de trinquer avec leurs pintes et, en arrière-plan, le bar du banquet qui leur était désormais devenu bien familier. Au moment où elle cliquait de nouveau, Anya s'écria : « Stop ! » Surprise, Suzanne revint au cliché précédent.

Anya se mordilla la lèvre.

— Je crois que c'est lui. Là, au bar. Dans le fond.

Elle désigna un homme pas complètement de profil qui avait l'air de parler avec son voisin.

— On dirait que c'est lui.

Suzanne zooma sur le visage de l'homme mais la définition n'étant pas assez bonne, ses traits étaient flous.

— Il ne ressemble à personne que je connais, affirma-t-elle. Ce doit être un des invités de Ed.

— J'ai besoin que vous m'envoyiez cette photo par mail, dit Alvin. Avec la meilleure résolution possible.

Il attendit qu'elle ouvre sa boîte mail puis entra son adresse. Il transférerait la photo à Stacey dès que possible.

— Je vais avoir besoin d'une copie de toutes les photos du mariage que vous pourrez trouver. Il faudra aussi que j'interroge votre mari Ed au sujet de cet homme, pour voir s'il peut l'identifier. Ce serait possible de le voir un peu plus tard, à votre avis ?

— Vous voulez passer chez nous ? demanda Suzanne, l'air presque excitée à cette idée.

— Ce sera moi ou l'un de mes collègues.

Avec les résultats obtenus par Stacey grâce à son expertise numérique et un peu de chance, d'ici au lendemain matin, ils auraient peut-être fait un grand pas vers l'identification d'un suspect. Ce serait bien de boucler une affaire aussi facilement, pour une fois, pensa Alvin.

Mais la BREP ne faisait jamais dans la facilité.

15

Il y avait encore peu de temps, Torin McAndrew prenait plaisir à manger au petit-déjeuner et au dîner. Ironiquement, c'était quelque chose que le meurtre de sa mère avait amélioré. Quand son enlèvement et son assassinat par un tueur psychopathe avaient été rendus publics, il y avait eu un ou deux imbéciles qui n'avaient rien trouvé de mieux que de l'en rendre responsable ; ils prétendaient que c'était plus ou moins de sa faute à elle si un dingue l'avait choisie comme victime. Torin avait été trop secoué pour leur rabattre le caquet en personne, mais à travers les brumes de son chagrin, il avait bien vu le soutien de ses amis du lycée. Pas seulement de ses amis, d'ailleurs. Des gens qu'il connaissait à peine avaient pris son parti. Quelques gars plus âgés de terminale, ceux à qui tout le monde voulait ressembler, étaient également intervenus.

Les abrutis s'étaient vite dégonflés et Torin avait trouvé une bande de copains avec qui traîner. Ils jouaient ensemble au foot pendant l'interclasse quand il ne pleuvait pas, et quand c'était le cas, ils se réunissaient sous le porche de la bibliothèque. Ils échangeaient des conseils et des astuces sur des jeux vidéo, faisaient des commentaires maladroits sur les filles, se plaignaient des profs et prévoyaient de faire des trucs ensemble le week-end. À midi, ils se retrouvaient dans la queue pour aller déjeuner puis avalaient leur repas en parlant foot et musique, sans vraiment prêter attention à ce qu'ils mangeaient.

Il n'avait jamais vraiment réussi à faire partie d'un groupe comme ça auparavant. D'une certaine façon, il avait toujours eu du mal à s'intégrer. Torin s'était toujours retrouvé un peu en marge, tiraillé entre son désir de s'intégrer parmi les autres et un certain mépris pour leurs préoccupations. Mais maintenant, il était heureux d'avoir trouvé un groupe d'amis. Il s'était senti seul et abandonné après la mort de sa mère. Paula et Elinor avaient été extraordinaires : elles l'avaient pris sous leur aile et lui avaient donné un foyer. Mais elles n'avaient pas d'enfant. Elles étaient lesbiennes et n'avaient aucune idée de ce que c'était d'être un garçon adolescent. Il avait en lui des blessures dont elles ignoraient l'existence et qu'elles étaient donc à mille lieues de pouvoir combler. Avoir des amis permettait enfin de panser un peu ses plaies. Il avait commencé à se sentir moins seul, moins perdu.

À présent, tout ça était menacé. À présent, c'était en classe qu'il se sentait en sécurité. En classe, il pouvait faire comme si rien de mauvais n'était en train d'arriver. En classe, les élèves devaient éteindre leur téléphone ; c'était le règlement qu'appliquaient tous les enseignants, sans exception. Si par mégarde vous oubliiez de le faire et que le prof était alerté par la vibration d'un nouveau texto ou la sonnerie d'une nouvelle publication sur un réseau social, votre téléphone était confisqué jusqu'à la fin de la semaine. Pas de négociation. Ils avaient dû accepter le règlement, les parents aussi.

Par conséquent, la première chose qu'on faisait quand la sonnerie retentissait au moment de la pause ou du déjeuner, c'était rallumer son portable. Il se souvenait avoir vu un film dans lequel il y avait des rangées d'automates sans vie qui s'animaient tout à coup et se redressaient après qu'on enclenchait un interrupteur. Il avait l'impression parfois que lui et ses copains étaient un peu comme ça. Ils étaient en cours avec la moitié du cerveau éteint mais dès qu'ils rallumaient leur téléphone, on aurait dit que la lumière de l'écran les ramenait à la vie.

Deux semaines plus tôt, il était encore comme les autres : impatient de retrouver le monde virtuel. De voir qui avait posté une vidéo dingue, quel mème avait fait le tour des réseaux, quelle nouvelle appli faisait l'unanimité. Ils parlaient de ce qui les avait amusés. Parfois les discussions s'animaient quand ils n'étaient pas d'accord sur ce qui était cool ou pas. Mais généralement chacun vérifiait rapidement son portable avant de reprendre le cours de la journée.

Pour Torin cependant, tout avait changé. À présent, il avait l'impression de tenir une bombe dans sa main, prête à exploser. Son téléphone l'avait trahi et chaque fois qu'il l'allumait, il avait l'impression de se rapprocher un peu plus de la catastrophe. Parfois, il croyait entendre sa mère lui dire : « Ne l'allume pas, dans ce cas. » Mais ça aurait été pire. Parce qu'alors il ne saurait pas quand la bombe allait exploser.

Mais il n'en serait pas pour autant épargné.

16

Quelques minutes après avoir quitté la M54, l'inspecteur Kevin Matthews jugea qu'il n'aimait pas la ville de Telford. Selon lui, le grand ingénieur qui lui avait donné son nom et qui avait su rendre le fonctionnalisme attractif, contrairement aux urbanistes des villes nouvelles des années soixante et au-delà, ne l'aurait pas appréciée non plus. Ce n'était pas seulement l'esthétique qui le gênait. Il y avait des éléments dans la conception architecturale qui facilitaient la délinquance. L'accès rapide au réseau autoroutier permettait à n'importe quel abruti doté de mauvaises intentions de prendre la fuite rapidement. Accro aux sports mécaniques, il était bien placé pour savoir que la quatre voies qui coupait la ville en deux était une piste de course idéale pour les jeunes désireux de faire crisser les pneus de leurs bolides tunés et rugir leurs pots d'échappement trop cool dans un vacarme assourdissant jusqu'à minuit passé, tandis que la police de la route préférait contrôler les automobilistes plus loin sur l'autoroute afin d'éviter tout problème. Pour les habitants des pavillons voisins grands comme des boîtes à chaussures, c'était une perpétuelle source de nuisance.

Mais le matin en semaine, les jeunes fous du volant étaient soit au lit soit au travail. Les rues étaient à moitié vides et Kevin trouva facilement son chemin grâce à son GPS. Il traversa un centre-ville déprimant et un dédale de rues aux maisons identiques avant de déboucher dans ce qui avait manifestement été un jour un village, aujourd'hui cerné et envahi par les nouvelles constructions. Ici, les cottages en brique rouge étaient regroupés autour d'un triangle de verdure mal entretenu à l'angle duquel se dressait un pub blanchi à la chaux. Quand il arriva, une policière en uniforme sortit d'une voiture garée devant le pub. Kevin supposa qu'il s'agissait de l'agent de liaison avec les familles nommée par la police locale pour soutenir les McCormick. Il se gara derrière elle et se présenta.

L'agent Seema Bradley avait environ trente-cinq ans et semblait être une femme calme et sensible.

— Je travaille comme agent de liaison avec les familles depuis deux ans maintenant, expliqua-t-elle tandis qu'ils se dirigeaient vers la maison des McCormick. Ma mère est asiatique et mon père de Birmingham. Je me fonds dans le paysage un peu partout ici. Les chefs aiment avoir les gens qu'il faut là où il faut, ajouta-t-elle avec une certaine ironie dans le sourire.

Kevin lâcha un rire. Il passa une main dans ses cheveux, qui avaient perdu un peu de leur éclat avec l'âge mais qui étaient encore indiscutablement roux.

— Moi, par contre, y a qu'en Écosse ou en Irlande que je me fonds dans le paysage !

— C'est pas faux. Est-ce qu'il y a quelque chose que je devrais savoir avant qu'on ne se présente ?

Kevin lui transmit le peu d'informations dont il disposait. Ils ouvrirent le portail et se préparèrent à créer un cataclysme dans la vie de deux parents.

Jeremy et Hannah McCormick vivaient dans une petite maison mitoyenne coquette flanquée d'un minuscule jardin à l'avant occupé par deux haies de fusains au feuillage panaché, taillés avec une précision géométrique. Ce n'était pas le genre de jardin qu'aimait Kevin, mais on ne pouvait pas caser grand-chose d'autre dans un espace aussi restreint. Il prit une profonde inspiration et carra les épaules. Il n'y avait rien de pire dans ce métier que d'annoncer la mort de quelqu'un. Il appuya sur la sonnette, recula d'un pas par politesse, manquant percuter Seema dans l'étroite allée.

L'homme qui ouvrit la porte s'appuyait péniblement sur une canne. Il était penché et voûté mais possédait encore une épaisse tignasse châtain. Son visage aussi contrastait avec la fragilité de son corps. C'était comme si on avait greffé la tête d'un homme d'une soixantaine d'années sur le corps frêle d'un octogénaire. Il les regarda à travers ses lunettes aux verres épais.

— Vous n'êtes pas le podologue, déclara-t-il, l'air déçu.

Kevin sortit sa carte de police.

— Monsieur McCormick ?

L'homme hocha la tête.

— Oui. Qui êtes-vous ?

Kevin tendit sa carte professionnelle.

— Je suis l'inspecteur Kevin Matthews et voici l'agent Seema Bradley. Pourrions-nous entrer, s'il vous plaît ?

— C'est à quel sujet ?

— Ce serait mieux si nous pouvions discuter à l'intérieur, dit Seema avec calme et fermeté.

— Ce n'est pas le podologue, Jeremy ? lança une femme, derrière lui.

Il se retourna avec difficulté :

— Non, c'est la police.

— La police ?

Elle apparut derrière lui, une femme soignée avec des cheveux gris coupés court. Elle fronça les sourcils en voyant les deux policiers.

— Qu'est-ce qui se passe ? Il est arrivé quelque chose à Kathryn ?

Elle décela manifestement quelque chose dans l'expression de Kevin, car elle écarquilla les yeux et posa une main sur le mur pour se soutenir.

— Oh mon Dieu ! dit-elle en suffoquant. Il est arrivé quelque chose de terrible ! Jeremy, il est arrivé quelque chose de terrible à Kathryn !

Kevin n'aurait su dire comment Seema s'était débrouillée mais elle réussit à conduire les McCormick le long du couloir jusqu'au salon. Ils étaient cramponnés l'un à l'autre comme s'ils craignaient d'être emportés vers le large par une vague de terreur. Ils s'effondrèrent dans le canapé et regardèrent Kevin avec un mélange d'enfer et d'incrédulité.

— Qu'est-ce qui s'est passé ? ne cessait de répéter Jeremy McCormick.

Kevin s'assit en face d'eux.

— Je suis vraiment désolé de vous annoncer que votre fille Kathryn est décédée.

Hannah McCormick secoua la tête.

— Ce n'est pas possible. Pas Kathryn. Je lui ai parlé vendredi en fin d'après-midi. Elle partait en week-end avec un ami. Il doit y avoir une erreur.

Son mari, visage défait, lui serra le bras.

— Ils ne se trompent pas sur ce genre de choses, Hannah.

Kevin recroquevilla ses orteils dans ses chaussures. Il détestait être confronté à tant d'horreur et de chagrin. Rien de ce qu'il pouvait dire ou faire n'était en mesure d'atténuer l'enfer qui venait de s'abattre sur ces gens.

— Je suis vraiment désolé, répéta-t-il. Mais il n'y a pas d'erreur.

Seema intervint :

— Je sais que c'est un moment extrêmement difficile pour vous deux et que c'est très dur à accepter. Kathryn est décédée dimanche soir mais il nous a fallu enquêter jusqu'à aujourd'hui pour établir son identité avec certitude. À présent, il ne fait aucun doute qu'il s'agit de votre fille.

De grosses larmes roulaient sur les joues de Hannah. Elle ne semblait pas y prêter la moindre attention.

— Qu'est-ce qui s'est passé ? demanda-t-elle. C'est un accident de voiture ?

Mon Dieu, songea Kevin. *Par où est-ce que je vais bien pouvoir commencer ?*

— Ce n'est pas facile à annoncer, commença-t-il avant que Jeremy McCormick ne l'interrompe.

— Annoncer quoi ? demanda-t-il sur un ton exaspéré. Vous nous avez déjà annoncé que notre fille était morte. Qu'est-ce que qui pourrait être plus terrible que ça ?

— La mort de Kathryn est considérée comme suspecte, expliqua calmement Seema. Nous pensons que quelqu'un l'a tuée.

— Non ! gémit Hannah, le corps secoué par de violents sanglots haletants.

Jeremy leva ses bras fragiles pour se prendre la tête entre les mains et se balança d'avant en arrière. Il n'y avait rien à faire sinon attendre que le choc initial s'atténue. L'orage finit par se calmer et, épuisés, ils se serrèrent l'un contre l'autre.

— Qu'est-ce qui s'est passé ? demanda Hannah.

— Nous ne savons pas exactement, répondit Kevin. On a mis le feu à sa voiture et son corps était à l'intérieur.

Hannah se remit à pleurer.

— Elle n'était plus en vie quand la voiture a pris feu, s'empressa-t-il d'ajouter. Nous pensons qu'elle a été étranglée avant et que son assassin a mis le feu à la voiture pour effacer ses traces.

— Pourquoi quelqu'un voudrait s'en prendre à notre Kathryn ? gémit Jeremy. C'était une fille adorable. Et travailleuse. Elle n'a jamais fait de mal à personne.

— C'est un choc terrible, je sais, dit Seema. Je vais aller à la cuisine nous préparer un thé. Je suis sûre que vous ferez de votre mieux pour aider l'inspecteur Matthews. Vous n'avez sans doute pas envie de parler, mais plus nous en apprendrons sur Kathryn et plus vite l'enquête sur sa mort progressera.

— C'est vrai, j'ai quelques questions à vous poser, si vous voulez bien, demanda Kevin.

Tremblante, Hannah hocha la tête.

— On peut la voir ? Pour lui dire au revoir ?

C'était une des questions qu'on redoutait le plus dans le métier de policier.

— Je vous le déconseille. Elle a été très sévèrement brûlée.

— C'est mieux qu'on se souvienne de Kathryn comme elle était, dit Jeremy en lui tendant la main pour saisir la sienne.

Hannah s'écarta et lui lança un regard noir.

— C'est mon bébé. Je veux lui dire au revoir.

— Honnêtement, tenta de nouveau Kevin, ce n'est pas une bonne idée. Prenez le temps d'y réfléchir jusqu'à demain. Si vous en ressentez encore le besoin, on pourra s'organiser. Mais votre mari a raison. Il vaut mieux vous souvenir de Kathryn comme elle était dans la vie. Mais je comprends très bien que vous vouliez lui dire au revoir.

— Ce n'est pas ça, répliqua Hannah. Si je ne la vois pas de mes yeux, mon imagination va s'emballer. Je vais me représenter toutes sortes d'horreur infligées à ma petite fille.

Elle n'avait pas tort, pensa Kevin. Mais franchement, quel soulagement pourrait-elle trouver à voir la dépouille carbonisée de son enfant ?

— Kathryn était morte avant le feu, insista Kevin. Ce que vous verrez d'elle ne reflète en rien ses derniers instants. Elle était déjà morte bien avant.

— Il a raison, Hannah. Nous devons garder les bons souvenirs et ne pas nous torturer, renchérit-il d'une voix brisée par les sanglots. Il faut qu'on aide la police. J'ai besoin de comprendre pourquoi cette chose terrible est arrivée à notre fille et on ne le découvrira pas en voyant ce qu'il reste d'elle.

Un long silence s'ensuivit, brisé finalement par Hannah qui s'éclaircit la gorge.

— Nous ferons tout ce que nous pouvons pour vous aider. Mais j'aimerais quand même peut-être la voir, dit-elle en regardant Kevin d'un air triste. C'était notre fille unique.

Ses mains trituraient un mouchoir qui avait essuyé ses larmes.

Jeremy posa une main sur son bras.

— Vous pouvez nous poser vos questions, inspecteur.

Kevin prit une grande inspiration. Il préférait ne pas penser à ce qu'il ressentirait si quelque chose comme ça arrivait à un de ses enfants. Ne pas trop s'impliquer émotionnellement était l'unique moyen de continuer à faire ce boulot, parfois.

— Merci. Madame McCormick ? Vous m'avez dit que vous aviez parlé à votre fille, vendredi ? Vers quelle heure ?

— Vers 18 h 30. Elle venait tout juste de rentrer du travail, m'a-t-elle dit. Mais elle ne pouvait pas parler longtemps parce qu'elle partait pour le week-end.

— Est-ce qu'elle vous a dit avec qui ?

Hannah fronça les sourcils.

— Elle n'a pas dit de nom. Elle m'a juste dit qu'elle partait avec quelqu'un du travail.

— Vous êtes sûre ? Quelqu'un du travail ? Est-ce qu'elle a précisé si c'était un homme ou une femme ?

— J'ai supposé que c'était une femme. Elle n'avait pas de petit ami depuis que Niall et elle s'étaient séparés. Ça doit bien faire trois ans, maintenant.

— Elle vous l'aurait dit si elle était partie avec un homme ?

— Je ne pense pas, répondit tristement Jeremy. Elle ne nous aurait rien dit pour éviter qu'on ne se fasse des idées et qu'on ne s'imagine qu'elle avait trouvé le bonheur. Ça nous a tellement peinés quand Niall l'a quittée, voyez-vous. Elle ne nous aurait rien dit avant d'être sûre.

— Je vois. Vous a-t-elle précisé où elle allait ?

Hannah se pinça l'arête du nez d'un air concentré.

— Dans un cottage des Yorkshire Dales que quelqu'un avait prêté à la personne avec qui elle est partie en week-end, apparemment. Mais elle ne m'a pas dit où c'était. Ni dans quel coin précisément, ajouta-t-elle en poussant un soupir de frustration.

Seema revint avec quatre tasses de thé posées en équilibre sur une planche à découper.

— Désolée, mais je n'ai pas trouvé de plateau, dit-elle en distribuant les tasses. Je n'ai pas trouvé le sucre non plus.

— Nous n'en prenons pas, dit fermement Hannah.

Kevin ne répliqua pas même s'il trouvait qu'une cuillerée de sucre rendait souvent le thé plus agréable.

— Est-ce que je peux vous demander à quels amis Kathryn aurait pu se confier ?

Le couple se regarda, l'air déconcerté.

— Je ne sais pas, répondit Hannah. Elle parlait beaucoup des femmes avec qui elle travaillait, mais je ne crois pas qu'elle avait d'amie proche parmi elles.

La discussion se poursuivit. Kevin posa toutes les questions qui lui vinrent à l'esprit, sans obtenir la moindre information utile. Jusqu'à sa toute dernière question :

— Kathryn est-elle allée quelque part récemment où elle aurait pu faire la connaissance de quelqu'un ? demanda-t-il sans grand espoir.

Mais son père avait quelque chose à dire sur le sujet.

— Elle est allée au mariage d'une collègue il y a environ deux semaines. Elle m'a dit avoir parlé avec beaucoup de monde. Notamment avec un ami du marié. Elle l'a mentionné comme ça, en passant. Un certain David.

— Est-ce qu'elle a ajouté autre chose à propos de cet homme ?

Hannah fronça les sourcils.

— Non. Juste que c'était sympa d'aller à un mariage sans avoir de mauvaise surprise.

Kevin sentit un frisson passer le long de sa nuque.

— Qu'est-ce qu'elle entendait par là ?

Hannah et Jeremy échangèrent un regard. C'est Jérémy qui se lança :

— La dernière fois qu'elle est allée à un mariage, son ex-petit ami, Niall, y était aussi. Ça lui avait fait un choc, c'est tout. Elle n'aurait jamais cru qu'il aurait le toupet de se présenter dans un endroit où il savait qu'elle serait aussi.

17

Quand Paula et Karim retournèrent à la BREP, Stacey avait déjà fait d'impressionnants progrès concernant l'historique du numéro de téléphone sur le calendrier. Elle leva à peine les yeux de sa batterie d'écrans quand ils entrèrent.

— Un téléphone à carte prépayée, manifestement. Tout le monde sait comment me compliquer la tâche maintenant.

— Qu'est-ce que... commença Karim avant que Paula ne lui mette un petit coup de coude dans les côtes.

— Le téléphone a été acheté dans un petit magasin de téléphonie à Dudley, dans les West Midlands, les informa Stacey avant de taper sur une touche de son clavier.

Un des écrans afficha la vue d'une rue miteuse sur Google Street View. Stacey zooma sur la devanture du magasin, flanqué d'un kebab et d'une boutique solidaire Marie Curie.

— Comme d'habitude : déblocage de téléphones, réparation d'ordinateurs portables. On peut y acheter un téléphone jetable en toute discrétion.

— Ça vaut quand même le coup d'y faire un saut, non ? Même si les registres n'y sont pas très bien tenus, ils ont peut-être des caméras de surveillance ?

Paula secoua la tête.

— Perte de temps. Ils ne se souviendront de rien et s'ils ont des caméras tout sera effacé à part les enregistrements les plus récents. Il a choisi ce magasin délibérément. Il ne va pas tomber dans nos filets aussi facilement.

— Ce David n'a rien laissé au hasard, commenta Karim.

— Comme la plupart des types à qui on a affaire, ajouta Paula.

Elle avait passé des années à la Brigade des enquêtes prioritaires. Suffisamment pour savoir que le quidam qui pétait un plomb et perdait le contrôle n'avait généralement rien anticipé du tout. Mais les tueurs qui s'étaient assigné une mission, eux, prenaient leurs précautions. Ils évaluaient leurs options, leurs chances, et établissaient un plan.

— Je pense que le téléphone est détruit à l'heure qu'il est, continua Stacey. Il n'y a pas eu de communications depuis vendredi à 18 h 23. J'ai essayé d'appeler le numéro mais il n'est pas apparu sur le réseau.

— Comment vous…

— Ne demande pas, ordonna fermement Paula à Karim. Ce que fait Stacey ne regarde que Stacey.

La spécialiste du numérique leva brièvement les yeux et un sourire fugace se dessina sur son visage. Elle cliqua sur son pavé tactile et une liste de numéros apparut à l'écran.

— Tous les appels passés depuis ce téléphone proviennent de Bradfield et ses environs. Il a appelé plusieurs restaurants, un cinéma indépendant, le théâtre. Mais l'unique personne qu'il ait appelée ou contactée par texto avec ce téléphone, c'est Kathryn McCormick.

— Ce qui signifie que ça ne sert à rien d'enquêter sur les autres appels, intervint Carol Jordan.

Ils étaient tellement concentrés sur le travail de Stacey qu'ils n'avaient pas remarqué qu'elle les avait rejoints.

— Vous ne pensez pas qu'il a peut-être réservé une table ou un spectacle ? demanda Karim.

— Non. Je pense que son objectif était de deux ordres, exposa Carol. Il a cherché délibérément à nous faire perdre notre temps en nous envoyant aux quatre coins de la ville vérifier d'éventuelles réservations ou des enregistrements vidéo les montrant tous les deux. Je serai prête à parier un mois de salaire que s'il l'a invitée au restaurant, ce n'est dans aucun de ceux qui figurent sur cette liste. Et qu'il a payé en liquide après avoir réservé une table sous un faux nom.

Paula acquiesça. Ça tenait parfaitement la route.

— Tu as dit que son objectif était de deux ordres.

— Il veut nous faire croire qu'il est basé à Bradfield. C'est là qu'il veut que nous concentrions notre attention. J'en déduis donc qu'il vit n'importe où sauf à Bradfield.

Il y eut un lourd silence pendant quelques secondes, brisé par des éclats de voix en provenance de la salle principale de réunion.

— Où est-ce que tu te caches, Stacey, putain ?

Tout le monde, à part Karim, reconnut la voix enragée de l'inspecteur Sam Evans, ancien membre de la Brigade d'enquêtes prioritaires au sein de la police métropolitaine de Bradfield, que Carol avait dirigée avant que le meurtre de son frère et de sa belle-sœur ne la pousse à renoncer à ce poste. Carol croyait savoir qu'Evans était aussi le petit ami de Stacey Chen. Paula et Stacey, elles, savaient que ce n'était plus le cas depuis la veille au soir. Ce que seule Stacey savait en revanche, c'était qu'elle avait détruit son existence virtuelle en faisant quelques frappes ciblées à l'aide de son clavier. Cartes de crédit inutilisables, compte en banque vidé et gelé, remboursements de prêt suspendus, taxe d'habitation majorée, comptes supprimés sur les réseaux sociaux et ligne téléphonique hors service.

C'était la première fois que Stacey ruinait la vie de quelqu'un mais ça ne signifiait pas qu'elle ne pouvait pas le faire avec précision et minutie.

Ce qu'elle n'avait pas prévu par contre, c'est qu'il débarque dans les locaux de la BREP. Elle s'était plutôt attendue à le voir débouler devant sa porte. Si elle avait compris Sam aussi bien que ses ordinateurs, elle aurait su qu'il choisissait toujours la facilité. Pourquoi tenter d'entrer dans un immeuble gardé par un concierge à qui elle aurait probablement ordonné de lui interdire l'accès, alors que sa carte de police lui ouvrait la porte du commissariat de Skenfrith Street et, par extension, de leurs bureaux ?

— Arrête de te cacher derrière tes putains d'écrans, rugit Sam.

Flash, enfermée dans le bureau de Carol, répondit à ses cris par un aboiement étouffé. Avant que quelqu'un ne puisse dire quoi que ce soit, Sam déboula dans le bureau de Stacey, bousculant Carol au passage, et regarda tout autour de lui, l'air furieux.

— Super, s'exclama-t-il, le visage rouge de colère. Toute la bande est là. Est-ce qu'elle vous a dit ce qu'elle m'a fait ?

Carol se tourna vers lui.

— Vous vous croyez où ? Qu'est-ce qui vous prend de débarquer comme ça en hurlant ? Votre vie privée ne nous regarde pas, Sam.

— Ne me faites pas la leçon, répondit-il en serrant les dents. C'est à cause de vous que tout ça a commencé, vous m'avez traité comme de la merde.

— Si vous faites allusion au fait que je ne vous ai pas choisi pour travailler dans cette brigade, vous me donnez raison.

Le ton de Carol était plein de mépris, mais Sam était trop en colère pour que la pique le fasse réagir.

— Et toi... dit-il en pointant Stacey du doigt. J'ai pas compris sur le coup pourquoi je ne pouvais pas prendre de l'argent au distributeur hier soir. Et puis ce matin, j'ai réalisé qu'une seule personne de mon entourage avait les moyens de faire ça. Pourquoi ? Tout ça parce que je suis sorti faire la fête avec mes potes ? C'est n'importe quoi, Stacey. Règle-moi ça tout de suite !

Stacey ouvrit la bouche pour parler mais avant qu'elle ne puisse prononcer le moindre mot, Paula prit la parole, pour éviter que les choses ne s'enveniment.

— Tu crois vraiment que Stacey aurait fait un truc pareil pour une querelle de couple ? Réfléchis un peu, Sam. Rappelle-toi la saloperie que tu as faite dernièrement. Une saloperie qui lui ferait plus de peine que si tu t'en étais pris directement à elle.

Ses paroles le stoppèrent net. Il jeta un bref coup d'œil à Carol, manifestement pour voir si elle savait de quoi parlait Paula. Mais l'équipe ne lui avait pas révélé sa trahison et l'air sincèrement surpris de Carol l'en persuada. Peut-être cela suffisait-il à lui faire prendre conscience qu'il ne valait mieux pas continuer dans cette direction.

— Je m'en fous des prétendues excuses qu'elle peut avoir pour justifier ce qu'elle a fait, s'emporta-t-il.

Il pointa de nouveau son doigt en direction de Stacey.

— T'as intérêt à régler ça vite fait.

Stacey se leva, le menton haut.

— Sinon quoi, Sam ? Tu ne peux rien prouver de tout ce dont tu m'accuses. Alors que moi... dit-elle en esquissant un petit haussement d'épaules, sa veste à la coupe impeccable épousant parfaitement ses gestes.

Il écarquilla les yeux en comprenant où elle voulait en venir. Carol intervint avant qu'il ne puisse répondre quoi que ce soit.

— Quelqu'un peut m'expliquer ce qui se passe, bon sang ?

Paula jeta un regard noir à Sam.

— Je crois que l'inspecteur Evans allait partir.

Il y eut un long silence avant que Sam ne tourne les talons et quitte le bureau en trombe. Quelques secondes plus tard, la porte du service claqua. Carol secoua la tête comme un chien sortant de l'eau.

— Est-ce envisageable que tu fermes les yeux sur ce qui vient de se passer ? demanda Paula sur un ton plus hésitant que ce qu'elle ressentait réellement.

— Si je le fais, est-ce qu'il risque d'y avoir des répercussions ?

Carol apprenait petit à petit à se méfier des négociations, même de celles passées en temps de crise avec des gens qu'elle considérait comme des amis.

Paula et Stacey échangèrent un regard.

— Je ne pense pas, répondit Stacey.

Carol passa une main dans ses cheveux.

— Bon, je vais dans mon bureau. Paula, passe me voir dans cinq minutes.

Elle s'éclipsa. Karim se détacha du mur dans lequel il avait tenté de s'enfoncer pour disparaître et suivit Paula jusqu'à la salle principale.

— Est-ce que je dois faire aussi comme si rien ne s'était passé ? demanda-t-il avec précaution.

Paula gloussa.

— Non. Ne prends pas ça mal mais tu es tout en bas de l'échelle. Si on en avait parlé à la chef au début, elle n'aurait pas pu rester les bras croisés. Si Stacey avait voulu emprunter ce chemin, elle aurait pris cette décision toute seule.

— Qu'est-ce qui s'est passé ?

Paula s'appuya contre son bureau.

— Tu te souviens de cette histoire relayée dans les journaux la semaine dernière ? Comme quoi les charges pour conduite en état d'ivresse contre la chef avaient été abandonnées à cause d'un défaut de l'éthylotest ?

— Oui. Bon sang, ils en parlaient comme si toute l'affaire était un coup monté.

— Exactement. Ça a failli faire mettre un coup d'arrêt à la BREP avant même qu'on commence à y travailler. L'information avait manifestement fuité de chez nous, parce qu'aucun journaliste n'était présent au tribunal quand les charges ont été abandonnées. On a donc mené notre petite enquête et on a découvert que Sam était à l'origine de cette fuite.

— Comment était-il au courant ?

— Stacey lui avait dit. Elle croyait pouvoir lui faire confiance, non seulement parce que c'était son petit ami mais aussi parce que c'était l'un d'entre nous. Tu connais la devise : un pour tous et tous pour un. Sauf que Sam, lui, il se la joue perso. Il en voulait à Carol parce qu'elle ne l'avait pas choisi pour sa nouvelle équipe alors qu'il avait travaillé pour elle à Bradfield. Il s'est donc vengé en lui faisant ce sale coup.

Karim prit une profonde inspiration.

— C'est vraiment dégueulasse.

— Certains d'entre nous n'ont pas vraiment été surpris. C'est Stacey qui a choisi la façon de le punir, expliqua Paula avec une expression empreinte de respect. Mon conseil du jour : ne te la mets jamais à dos !

— Qu'est-ce qui va se passer maintenant ?

Paula s'écarta de son bureau et se dirigea vers celui de Carol.

— Si Sam fait preuve d'un peu de bon sens, les choses s'arrêteront là. Il dira à sa banque que son compte a été piraté et ils régleront le problème.

Elle tournait le dos à Karim et ne put donc voir son expression inquiète. Mais même si elle l'avait vue, ça ne l'aurait pas ébranlée.

La porte du bureau de Carol était entrouverte. Paula entra. Flash leva la tête et poussa un jappement de bienvenue.

— Où est Tony ? demanda-t-elle.

Carol leva les yeux des notes qu'elle était en train d'écrire et lui fit signe de s'asseoir.

— Je l'ai déposé à Bradfield Moor. Il a deux patients à voir cet après-midi. Qu'est-ce qui s'est passé tout à l'heure ?

— C'est à propos de cette histoire d'abandon de charges diffusée dans les journaux. C'est Sam qui a fait fuiter l'info, expliqua-t-elle en tentant un sourire qui se transforma en une moue. Stacey a réglé ses comptes avec lui à sa façon.

Carol maugréa.

— OK, on en reste là, tant que je n'entends plus parler de cette histoire. Je crois que c'était la bonne décision de ne pas l'avoir dans l'équipe. Bon, des progrès dans l'affaire Kathryn McCormick ?

Paula fit un point sur le peu de choses qu'ils avaient découvert.

— Alvin fait passer en revue toutes les photos du mariage. Kevin a confirmé que le suspect s'appelait David mais c'est tout ce qu'on sait. Ah, et Kathryn a peut-être eu une prise de bec avec son ex au cours d'un autre mariage quelque temps auparavant.

— Intéressant, on doit enquêter là-dessus, dit-elle en notant ça sur un bout de papier pour ne pas oublier. L'expert en incendie a été utile mais nous n'avons rien appris qui nous permette d'avancer. Tony n'a pas cessé de marmonner entre ses dents, mais ça n'a rien d'inhabituel à ce stade de l'enquête.

Carol se pencha en avant, un sourire aux lèvres.

— Mais je voulais te parler de tout autre chose.

Paula espérait qu'ils n'allaient pas reparler de la crise de Sam. Elle lui sourit à son tour, légèrement nerveuse.

— Tu dois passer ton examen pour devenir inspecteur, annonça Carol.

C'était la dernière chose à laquelle s'attendait Paula.

— Tu n'as pas besoin d'un autre inspecteur dans l'équipe, protesta-t-elle. Tu as déjà Kevin. Je suis très bien à ma place.

— Kevin a accepté de revenir à la seule condition que ce soit temporaire. Jusqu'à ce que je trouve un autre inspecteur pour prendre sa place. Et je pense que tu es la personne qu'il faut. Tu sais comment nous travaillons ici. Tu es la meilleure pour mener les interrogatoires et tu es une excellente enquêteuse. Je veux que tu montes en grade, Paula.

— Je ne me sens pas prête pour ça. Je suis nulle avec la paperasserie.

— Pas pire que les autres dans cette équipe. Il faut que tu commences à potasser pour les examens. Il n'y plus de temps à perdre, Paula.

18

Arrivé en fin d'après-midi, Alvin avait la cervelle en compote. La liste d'invités au mariage de Suzanne et Ed comptait plus de quatre-vingt-dix personnes et il les avait presque toutes contactées. Appels téléphoniques, mails, textos, entretiens en face-à-face avaient mené à une seule et même conclusion. Ce David ne faisait pas partie des invités officiels. Ed avait confirmé ce que Suzanne lui avait déjà dit. Le seul David sur la liste était un oncle de soixante-deux ans, chauve et en surpoids.

Alvin avait néanmoins vérifié auprès des autres convives, au cas où quelqu'un serait venu accompagné d'un David pour remplacer un petit ami ou un compagnon à la dernière minute. Ils avaient tous semblé amusés, médusés ou décontenancés par ses questions. Mais aucun d'entre eux n'avait répondu par l'affirmative.

— Ce type s'est incrusté, expliqua-t-il à Carol en arrivant au bureau muni d'une carte SD 64 Go remplie de toutes les photos du mariage qu'il avait pu recueillir.

Il ôta sa veste qu'il jeta sur une chaise d'un air dégoûté avant de desserrer sa cravate.

— Personne ne semble le connaître. La seule photo où on soit sûr que ce soit lui, celle prise par Anya Lewandowska où on le voit bavarder avec un autre type au bar ? J'ai parlé à ce gars. Il s'appelle Andy Swift et il était au mariage avec sa copine qui travaille avec le marié. Il m'a dit qu'il n'avait jamais vu ce gars auparavant et qu'ils avaient juste échangé le genre de banalités qu'on fait dans ces moments-là. Sa description était encore plus vague que celle d'Anya.

Alvin imita l'accent du Nord et continua d'une voix plus aiguë :

— « Vous me prenez pour un pédé ou quoi ? Je lorgne pas les mecs qui sont assis au comptoir d'un bar. »

Pendant qu'il parlait, Tony entra dans la salle de réunion, l'air préoccupé.

— Il s'est rendu à ce mariage avec la ferme intention de trouver une victime, dit-il, en se laissant tomber lourdement sur une chaise. La vraie question est de savoir s'il visait spécifiquement Kathryn ou s'il cherchait une victime au hasard.

— Est-ce que c'est important ? demanda Alvin.

— S'il traquait Kathryn, il a peut-être laissé des traces dans son sillage. Elle a peut-être été filmée par des caméras de surveillance quand elle se rendait au travail ou quand elle allait faire ses courses, expliqua Carol.

— Est-ce qu'il n'est pas plus probable qu'il la visait spécifiquement ? demanda Alvin en se massant les tempes pour atténuer un mal de tête qui commençait à l'enquiquiner. Je veux dire, ce serait un sacré pari de sa part, non ? Comment il aurait pu être sûr de trouver quelqu'un susceptible de se laisser séduire ?

— Je pense qu'il avait de bonnes chances, répondit doucement Tony. Un mariage, de l'amour dans l'air ? Ça donne envie aux gens de vivre la même chose. Les mariages provoquent ce genre de réaction, c'est connu.

— Quoi ? Les gens auraient envie de se marier juste parce qu'ils sont allés à un mariage avec leur moitié ? demanda Carol sur un ton sceptique.

— Oui, entre autres, répondit Tony. Mais ça peut avoir l'effet inverse. Pousser les gens à réfléchir sur leur relation. « Tu veux m'épouser ? Pourquoi tu ne veux pas ? Quitte à vivre ensemble pour toujours, autant se marier parce que ça simplifierait les choses d'un point de vue administratif si l'un de nous deux disparaissait. Si on ne se marie pas, quel est le sens de notre relation ? » expliqua-t-il en haussant les épaules. Un de mes collègues m'a raconté un jour que six couples s'étaient séparés dans les deux semaines qui avaient suivi son mariage.

— Merde, lâcha Alvin. Je n'avais jamais pensé à ça. Tu crois que l'ambiance fleur bleue du mariage aurait fait de Kathryn une proie plus facile ?

— Je pense que ça aurait pu la rendre plus réceptive à une rencontre avec un inconnu que si elle avait été dans un pub avec des copines, oui.

Tony se débarrassa avec difficulté de son anorak violet avant de le poser par terre à côté de lui. Il croisa le regard de Carol.

— Quoi ? Il est trop épais pour être posé sur une chaise.

— J'ai dit quelque chose ? Je ne suis pas ta mère.

Tony fut parcouru d'un frisson.

— Ne me mets pas cette image dans la tête. C'est déjà assez pénible comme ça d'avoir Vanessa comme mère.

Alvin se leva, glissant ses épaules imposantes dans les manches de sa veste.

— Je suis crevé. J'ai pas l'habitude de passer toute la journée au téléphone. Je vais transmettre les photos à Stacey et si vous n'avez plus besoin de moi, je vais m'arrêter là pour aujourd'hui.

— Vous avez raison. Rentrez chez vous et profitez-en pour lire une histoire à vos enfants à l'heure du coucher, pour une fois. Moi aussi je vais m'arrêter là, dit Carol.

Mais elle ne pouvait pas s'empêcher de faire défiler sur son écran les rapports d'enquête que l'équipe avait ajoutés plus tôt.

Stacey, quant à elle, ne montrait aucun signe de fatigue. Concentrée sur un de ses écrans, elle faisait danser ses doigts sur le clavier. Quand Alvin entra, elle leva la main, paume vers lui ; moitié salut, moitié injonction. Elle fronça les sourcils d'un air attentif, cliqua sur le pavé tactile avant de lever les yeux vers lui.

— Lieutenant Ambrose, dit-elle.

— Alvin, la corrigea-t-il pour la neuvième ou dixième fois.

Paula l'avait prévenu qu'elle garderait ses distances jusqu'à ce qu'elle se sente à l'aise avec lui. Apparemment, il ne faisait pas ce qu'il fallait pour qu'elle baisse la garde.

— Je t'ai apporté toutes les photos du mariage que j'ai pu trouver. On m'a dit que tu avais un logiciel qui pouvait comparer les visages ?

Stacey s'autorisa un tout petit sourire.

— J'ai créé un programme qui améliore le logiciel de reconnaissance faciale de base que nous avions. Ce dont on dispose est donc aussi performant que ceux qu'on trouve sur le marché. Probablement meilleur même que la plupart des logiciels, d'ailleurs.

Elle tendit la main et il déposa la carte SD dans sa paume. Ses doigts fins se refermèrent dessus. Il ne put s'empêcher de remarquer ses ongles parfaitement manucurés et suffisamment courts pour ne pas gêner la frappe sur le clavier. Elle était toujours impeccable. Ses vêtements étaient visiblement coûteux et lui allaient comme s'ils avaient été taillés sur mesure, juste pour elle. Sa coiffure et son maquillage étaient toujours très soignés, si bien qu'il était difficile de deviner ses pensées. Il avait cru dans un premier temps qu'elle venait d'un milieu aisé jusqu'à ce que Kevin lui apprenne qu'elle avait gagné des millions grâce à l'entreprise de logiciels qu'elle gérait pendant son temps libre.

« Elle aime cette liberté que lui donne son boulot de pouvoir fourrer son nez partout », avait-il ajouté d'un air légèrement désapprobateur.

Tant mieux pour elle, avait songé Alvin.

— Il y en a une où on est sûrs que c'est lui, dit-il. Je l'ai mise dans un dossier à part que j'ai intitulé « David ».

— Merci, répondit Stacey en glissant la carte SD dans une fente du MacAir.

— Bonne chance, dit-il, en tournant les talons pour partir.

Elle gloussa.

— Dans ce secteur de la BREP, la chance n'a pas sa place, Alvin.

19

Amie McDonald contemplait sa penderie, mains sur les hanches. Tout ce qu'elle savait c'est qu'ils allaient dîner. Mark lui avait demandé si elle aimait la cuisine épicée et elle lui avait répondu que ça ne lui faisait pas peur. Elle en avait donc déduit qu'ils mangeraient indien ou thaï. Il y avait beaucoup de restaurants de ce genre à Leeds mais aucun n'était chic. La ville se targuait d'avoir quelques restaurants haut de gamme, mais aucun d'eux n'était réputé pour ses plats épicés.

Comme ce qu'elle avait sous les yeux ne l'inspirait pas, elle éplucha le contenu de sa garde-robe, faisant cliqueter les cintres chaque fois qu'elle écartait une possibilité. Elle voulait être séduisante, montrer qu'elle avait fait un effort. Sans paraître désespérée non plus. Parce que ce n'était pas le cas. Amie n'avait jamais eu de problèmes pour attirer les hommes. Son problème, c'était de les garder. Ses exigences étaient trop élevées, voilà tout. Elle ne pouvait pas supporter la façon dont ils colonisaient son appartement, laissant leurs vêtements traîner sur les chaises, leurs chaussures devant la télé, leurs tasses sales sur le comptoir de la cuisine et jamais dans le lave-vaisselle. L'un d'eux avait même eu le culot de lui expliquer qu'il ne voulait pas bouleverser son système personnel d'organisation du lave-vaisselle. C'était la goutte qui avait fait déborder le vase.

Peut-être que Mark serait différent. Amie ne se faisait pas trop d'illusions ; elle avait déjà vécu ça. Mais il était soigné et élégant, ce qui était un grand pas dans la bonne direction. Ses cheveux étaient bien coupés, coiffés en arrière et formaient un léger toupet au niveau du front. Elle se demandait par contre s'il ne les avait pas teints à cause de leur couleur un peu trop uniforme. Mais bon, pourquoi pas ? Depuis son adolescence, elle avait essayé toutes couleurs, du blond platine au noir de jais en passant par le châtain clair et le violet. Depuis l'année dernière seulement, elle avait opté pour un châtain foncé avec des mèches. C'était un bon point qu'il prenne soin de lui. Ses vêtements lui allaient bien et elle avait repéré le logo d'un designer sur les branches de ses élégantes lunettes noires.

Amie saisit une tunique rouge scintillante qui descendait à mi-cuisse et la plaça devant elle. C'était un peu disgracieux au niveau des hanches mais comme elle serait assise, ça ne se verrait pas. Le décolleté en V mettait en valeur sa poitrine, ce qui était probablement une bonne stratégie à ce stade. Techniquement, il s'agissait d'un premier rendez-vous, après tout. Se faire draguer au mariage d'un ami, ça ne comptait pas comme un premier rendez-vous.

Elle n'avait pas l'intention de s'y rendre, au départ. Pas parce qu'elle n'aimait pas Jamie et Eloise, au contraire. Elle travaillait avec Jamie au centre des impôts depuis cinq ans et c'était quelqu'un qui arrivait à faire rire tout le monde, même un lundi matin pluvieux. Quant à Eloise, elle était un amour. Parfaite pour lui. Pas comme cette conne qu'il fréquentait quand Amie avait fait sa connaissance. Elle avait pensé à lui faire des avances quand il l'avait quittée, mais même si elle l'aimait beaucoup, il ne l'attirait pas. Jamie avait autant de sex-appeal qu'une botte en caoutchouc. Elle avait été sincèrement heureuse d'apprendre qu'Eloise lui avait dit oui.

Mais quand les invitations au mariage avaient été envoyées, Amie sortait encore avec Steve. Ils avaient été invités tous les deux. Pour faire bonne figure, elle avait pensé ravaler son irritation grandissante pour lui jusqu'aux noces, mais cinq jours avant, elle avait fini par craquer et l'avait quitté sans regret. Et voilà qu'elle s'était retrouvée toute seule pour le mariage de l'année. Elle avait même songé à prétexter une gastro plutôt que de s'y présenter sans personne, comme une pauvre malheureuse. Mais finalement, son désir d'être au cœur de l'action l'avait emporté : elle avait serré les dents, enfilé ses plus beaux vêtements et s'était rendue à la cérémonie huppée.

L'ironie dans tout ça, c'est que si elle était venue accompagnée de Steve pour maintenir les apparences, elle n'aurait jamais rencontré Mark. Il l'avait repérée assise toute seule à une table alors que tout le monde se déhanchait en sueur sur la piste de danse et l'avait emmenée au bar de l'hôtel afin de pouvoir discuter tranquillement. Manifestement, il ne recherchait pas une nuit sans lendemain. Il avait envie de parler.

Après cinq années passées à écouter les excuses pathétiques et ridicules de gens qui n'avaient pas payé leurs impôts, Amie était devenue peu à peu un peu cynique. Malgré cela, elle avait été touchée par l'histoire de Mark. Perdre un proche à la suite d'un cancer était une épreuve difficile à surmonter et elle pouvait comprendre pourquoi il n'avait pas envie d'être en compagnie de gens qui se saoulaient et s'amusaient sans souci du lendemain.

Elle s'était même sentie légèrement honorée qu'il l'ait choisie parce qu'elle paraissait sympathique. Il lui avait expliqué que sa défunte épouse était une camarade d'école d'Eloise. Il avait avoué en fin de soirée qu'il pensait avoir été invité par pure compassion avant d'ajouter avec une pointe de timidité soudaine qu'il avait été attiré par Amie parce qu'elle lui rappelait sa femme et qu'il n'aurait jamais imaginé rencontrer quelqu'un comme elle en venant à ce mariage.

Quand il lui avait demandé s'ils pouvaient se revoir, elle avait sauté sur l'occasion. Ils avaient échangé leurs numéros de téléphone. Il lui avait dit qu'il travaillait pour Marks & Spencer et qu'il était souvent sur la route car son boulot consistait à aller vérifier incognito que tout était en ordre dans les magasins franchisés de la chaîne. Mais il lui avait promis qu'ils pourraient se retrouver un soir dès qu'il serait de retour à Leeds.

Et c'était ce soir. Amie lança la tunique rouge sur le lit et prit un pantalon noir qui la mettait en valeur pour aller avec. Des talons aiguilles vernis noirs et un sac à main assorti complétaient l'ensemble.

Mark s'était certes comporté en parfait gentleman après le mariage, mais Amie était déterminée à l'attirer dans ses filets. Cette fois, elle avait peut-être enfin pioché le bon numéro.

20

En ouvrant la porte, Carol remarqua tout de suite deux choses sortant de l'ordinaire : premièrement, aucun animal au pelage noir et blanc ne fonça sur elle au moment où elle entra ; deuxièmement, une puissante odeur de chevreuil mijotant dans une sauce au vin rouge, aux oignons et aux baies de genièvre lui titilla les narines. Ce parfum envoûtant n'était pas le vestige d'un précédent repas mais le fumet d'une préparation en cours. Elle fut momentanément désorientée avant de comprendre que Tony avait dû préparer le dîner puis sortir promener la chienne. Elle vivait seule depuis si longtemps, de façon totalement indépendante, qu'elle avait encore l'impression de lâcher peu à peu du lest et n'était pas sûre d'être prête pour ça.

Encore moins depuis que Tony la poussait dans une direction où arrêter de boire devenait sa seule véritable option. Même si la nouvelle affaire qui avait atterri sur son bureau l'intriguait et l'absorbait, son envie de boire n'était jamais bien loin, grondant derrière les préoccupations quotidiennes comme un orage menaçant au loin. Malgré les efforts qu'elle déployait pour convaincre Tony, Carol ne pouvait faire croire à personne qu'elle contrôlait sa consommation d'alcool. Subrepticement, verre après verre, ce problème avait pris une place de plus en plus importante dans sa vie, jusqu'à occuper le devant de la scène.

La plupart des alcooliques – voilà, elle avait prononcé le mot, même si c'était seulement dans sa tête – ne faisaient de mal qu'à eux-mêmes au bout du compte. OK, ils fichaient en l'air la vie de ceux qui s'inquiétaient pour eux, mais la seule vraie victime là-dedans était celle qui avait choisi ce moyen de mourir à petit feu. Cependant, l'alcoolisme de Carol avait coûté la vie à des gens. Quel que soit le point de vue adopté, elle était responsable de la mort de plusieurs personnes, pensa-t-elle. Elle avait leur sang sur les mains. Et leurs visages troubles hantaient ses cauchemars.

Ces sombres pensées remontant à la surface de sa conscience lui donnèrent envie de boire un verre. Au lieu de ça, elle ouvrit la porte de la cuisinière Aga pour en sortir la lourde cocotte. Elle souleva le couvercle et huma le fumet. Le ragoût ne devait pas être dans le four depuis très longtemps parce qu'on sentait encore distinctement le vin. En utilisant du vin pour sa cuisine, Tony avait manifesté une grande confiance en elle, songea-t-elle. Elle espérait qu'il avait utilisé toute la bouteille. Elle mélangea l'épais ragoût et le remit au four quand on sonna à la porte.

Pensant que Tony avait oublié ses clés dans un de ces moments d'étourderie dont il était coutumier, elle ne prit même pas la peine de jeter un coup d'œil dans le judas. Carol comprit la gravité de son erreur au moment où elle ouvrit. Là, vêtue d'un élégant manteau en peau de mouton avec chapeau assorti, se tenait la femme qui leur avait causé, à elle et à son équipe, un tas d'ennuis au fil des années. Neuf fois sur dix, quand un article était publié dans le journal pour dénigrer une enquête, c'était elle qui l'avait signé.

Pourtant, Penny Burgess, journaliste criminelle au *Bradfield Evening Sentinel News*, souriait à Carol comme si elle se trouvait en face de sa meilleure amie.

Tous les coups que Carol avait rendus et les insultes semblaient n'avoir jamais existé.

— Commandant Jordan, dit-elle d'un air agréablement surpris.

— Qui d'autre pensiez-vous trouver en frappant à ma porte ? répliqua Carol sèchement, en regrettant aussitôt d'avoir prononcé cette phrase.

— Je ne me serais pas permis d'imaginer quoi que ce soit, répondit Penny. J'ai entendu dire que vous aviez fait des merveilles dans cette maison. Vous m'invitez à entrer pour que je puisse admirer le travail ?

Carol lâcha involontairement un éclat de rire rauque qui résonna dans la cour.

— À votre avis, madame Burgess ?

Penny mima un frisson exagéré.

— Il fait sacrément froid dehors. À mon avis, n'importe quelle personne dotée d'un peu de compassion m'inviterait à venir me réchauffer.

Elle avança d'un pas. Carol s'appuya un peu plus fermement contre la porte.

— Considérez-moi comme sans pitié. Qu'est-ce que vous faites là ? Vous êtes loin de chez vous.

— On arrête de jouer les hypocrites ? OK, je vais aller droit au but, Carol. Dominic Barrowclough.

Carol dut faire un gros effort pour ne pas détourner le regard et maintenir une respiration normale. Elle secoua la tête.

— Désolée, je ne sais pas qui c'est.

— Hier soir, Dominic conduisait une Vauxhall Astra avec un moteur trafiqué. Vous voyez le genre de truc. Larges passages de roue et becquet arrière grand comme une planche de surf. Il roulait comme un dingue entre Barkisland et Greetland et il a pris un virage du mauvais côté de la route. Malheureusement pour toutes les personnes concernées, il a percuté une Mini qui arrivait en face et qui a percuté à son tour une Ford Galaxy qui la suivait. Peut-être un peu trop près, mais là n'est pas vraiment la question.

— C'est malheureux, comme vous dites. Mais je ne vois pas en quoi un accident de la route sur une voie secondaire du West Yorkshire me concerne.

Carol serra les dents et agrippa si fort la poignée de la porte qu'elle sentit le métal s'enfoncer dans sa chair.

Penny inclina la tête sur le côté, sourcils levés. Cette expression donnait l'impression qu'elle n'en croyait pas un mot.

— Dominic et sa copine Casey sont morts sur le coup. Le conducteur et le passager de la Ford Galaxy – Perry et Lisa Davidson de Pontefract, un couple marié d'une trentaine d'années avec deux jeunes enfants – ont également été tués. La conductrice de la Mini, une jeune femme de Halifax dont l'identité n'a pas encore été communiquée, est en soins intensifs, entre la vie et la mort.

Elle fit une pause, attendant une réponse. Carol parvient à rester silencieuse, si bien que Penny haussa les épaules.

— Est-ce qu'on va continuer de faire comme si vous ne saviez pas de quoi je parle ? Alors que nous savons très bien toutes les deux que quelqu'un du West Yorkshire vous a sans doute téléphoné dix minutes après que Dominic Barrowclough a été identifié ?

Pour une fois, Carol ne savait pas sur quel pied danser. Devait-elle continuer à jouer les innocentes ou avouer qu'elle était au courant sans pour autant admettre une quelconque responsabilité de sa part ?

— Et quel aurait été l'objet de ce coup de fil imaginaire ?

Penny secoua la tête en affichant une moue de pitié.

— Vous informer que ce Dominic Barrowclough avait été précédemment relâché à cause d'un éthylotest prétendument défectueux. Le même éthylotest défectueux que celui qui vous a tirée d'affaire et vous a permis de prendre les rênes de la BREP.

Carol fut envahie d'un frisson comme si elle avait avalé un glaçon.

— Si c'est le cas, vous devriez discuter de cet éthylotest défectueux avec la police du West Yorkshire. Et pas avec une conductrice qui n'a rien à se reprocher.

— Ce n'est pas ce que j'ai entendu dire, confia Penny d'un air entendu.

— Ça, je n'y peux rien. Donc si vous n'avez rien d'autre à me dire… conclut Carol en s'apprêtant à fermer la porte.

— Notre discussion commence à peine, Carol, répliqua-t-elle sur un ton glacial. J'ai entendu dire que vous étiez sortie dîner la nuit de l'éthylotest défaillant.

Carol ne réagit pas mais sentit son cœur cogner contre sa poitrine. Qu'est-ce qu'elle allait lui dire d'autre ? Et où était Tony ? Elle n'arrivait pas à savoir si elle préférait qu'il reste en dehors de cet interrogatoire ou qu'il se jette dans la bataille pour sauter à la gorge de l'ennemi.

Penny attendit qu'elle réplique quelque chose avant d'ajouter avec un sourire narquois :

— Un dîner à la table d'un homme qui est connu parmi vos voisins pour servir des vins de qualité. Et pour être généreux.

— Et vous avez un témoin qui affirme que le commandant Jordan a bu au cours de ce dîner, c'est ça ? lança une voix familière.

Tony se tenait dans l'ombre derrière Penny, mais Carol pouvait distinguer le blanc du pelage de Flash. Quand il émergea des ténèbres, Carol vit qu'il tenait la chienne fermement par le collier pour qu'elle reste près de lui.

— Non ? J'en étais sûr. Parce que quelqu'un qui aurait agi de la sorte aurait fait preuve d'un sérieux manque de respect vis-à-vis d'un hôte, ce qui est quasiment considéré comme un crime capital, par ici.

Il avait contourné Penny Burgess et se trouvait maintenant devant la porte. Carol s'écarta machinalement, si bien qu'ils se retrouvèrent côte à côte.

— Par ailleurs, cette personne mentirait, continua Tony. Ce qui vous exposerait, vous et votre journal, à des poursuites judiciaires si vous étiez assez naïve pour croire aux balivernes d'un abruti cherchant à se venger.

— Nous savons très bien vous et moi que tout ça n'est qu'un écran de fumée, docteur Hill, répliqua Penny en lui lançant un regard noir. Il y a trop de gens qui savent ce qui s'est passé cette nuit-là pour que l'affaire soit enterrée.

Tony lâcha un petit rire sec.

— Quoi, vous insinuez que ce serait un secret bien gardé ? Mais le problème c'est qu'il n'y a aucun secret au départ. Carol n'a rien à cacher. Peut-être que vous devriez écrire un article sur les contraintes budgétaires qui ont empêché la police de renouveler son équipement.

Il fit une moue.

— Mais ça n'aurait rien de très affriolant, n'est-ce pas ? Un entrefilet perdu au milieu du journal. Alors qu'un article en une accusant un haut gradé de corruption... Même si tout ça relève de la pure fantaisie.

Penny pinça les lèvres. Il avait raison, pensa Carol. Il venait de fendre l'armure de la journaliste. Elle s'appuyait seulement sur de vagues rumeurs qu'elle tentait d'agiter devant eux.

— Bon, si vous voulez bien, reprit Carol d'une voix douce, nous avons un repas qui nous attend.

Elle recula, s'apprêtant à refermer, mais avait sous-estimé la rapidité d'exécution de la journaliste quand il s'agissait de mettre le pied dans la porte.

— Alors, vous vivez ici maintenant, Tony ? dit-elle. C'est un *happy end*, donc ? Après tout ce que vous avez traversé ensemble.

Tony ferma les yeux quelques secondes.

— C'est un dîner de travail, Penny. Mon bateau est toujours amarré à Minster Basin.

Il relâcha Flash qui se frotta aussitôt contre les jambes de Carol.

— Je n'en doute pas. Mais vous êtes ici pour l'instant et vous promenez le chien… Mes lecteurs aiment les histoires qui finissent bien. Et Dieu sait que vous le méritez.

— Au revoir, madame Burgess, soupira Carol. Vous commencez sérieusement à me taper sur les nerfs.

— Très bien. Vous ne pourrez pas dire que je ne vous ai pas offert une chance de donner votre version des faits. Les familles des quatre victimes veulent comprendre pourquoi Dominic Barrowclough conduisait sur une route du West Yorkshire alors qu'on aurait dû lui retirer son permis plusieurs semaines auparavant. Elles cherchent un responsable, et je ne pense pas que vous puissiez compter très longtemps sur la police du West Yorkshire pour vous protéger.

Sur le point de partir, elle serra son manteau contre elle.

— Je n'ai rien fait de mal, dit Carol d'une voix basse et posée.

— Ce n'est pas ce que j'entends dire, répliqua-t-elle sur un ton moqueur.

Tony fit un rapide pas en avant pour la forcer à reculer.

— Le commandant Jordan se bat pour la justice, vous êtes bien placée pour le savoir. Vous connaissez le travail qu'elle a accompli, les affaires que ses équipes ont réussi à résoudre au cours de toutes ces années. Est-ce que ce qui vous intéresse vraiment, c'est de rendre la vie des criminels plus facile ? Parce que c'est exactement ce que vous obtiendrez en rejoignant la légion des propagateurs de *fake news*. Ce sont des faits alternatifs, Penny. La vérité, c'est que Carol arrête les criminels et les envoie en prison.

Penny le défia du regard.

— Dommage que tout le monde ne partage pas votre point de vue, non ? Ce n'est pas la première fois que vous laissez des victimes derrière vous, n'est-ce pas, Carol ?

Cette dernière tourna les talons brusquement et disparut à l'intérieur de la maison.

— Bravo, lâcha Tony sur un ton sarcastique avant de refermer la porte au nez d'une Penny Burgess mécontente.

À l'autre bout de la grange, Carol le regarda retirer sa veste et la suspendre en silence. Disséquer la conversation qui venait d'avoir lieu était bien la dernière chose dont elle avait envie, mais elle ne pouvait pas ignorer ce qui venait de se passer.

— Je suis désolée, lança-t-elle au moment où il entra dans la cuisine.

Tony s'arrêta près du four, tournant le dos à Carol, et répondit :

— Fichu Sam Evans. Paula m'a tout raconté. S'il n'avait pas voulu se venger pour avoir été écarté de l'équipe, tout ça ne se serait jamais ébruité.

— Mais c'est le cas. Et Penny Burgess est comme un chien qui a flairé un lièvre. Elle va quadriller la colline en reniflant partout jusqu'à ce qu'elle découvre le terrier où se cache la vérité. Je viens à peine de démarrer la BREP et mes jours sont déjà comptés.

Il sortit le ragoût du four et le mélangea avec enthousiasme. L'odeur était extraordinaire.

— Personne parmi les convives de George Nicholas ne va se confier à une journaliste à deux balles comme Penny Burgess.

— Il avait aussi du personnel qui travaillait ce soir-là.

— Je suis sûr qu'ils ne sauraient pas faire un ragoût de chevreuil comme celui-là.

— Où est-ce que tu as trouvé la recette ? demanda Carol, momentanément distraite.

La cuisine n'était pas un des points forts de Tony.

— Sur Internet. J'ai procédé exactement comme c'était indiqué, sauf que tu n'avais pas de baies de genévrier.

— Dommage que tu aies vidé le gin dans l'évier, dit-elle avec ironie.

Tony replaça la cocotte dans le four.

— Encore une demi-heure, je pense. Les employés de George Nicholas ne vont pas dénoncer une amie de leur patron. Et même s'ils le faisaient, leur témoignage n'aurait aucune valeur. Ils n'étaient pas présents dans la pièce toute la soirée. Même Penny Burgess ne miserait pas sur des déclarations aussi fragiles. Et si elle le faisait, son rédacteur en chef jetterait ça aux oubliettes. Les journaux n'attaquent la police que quand ils ont du solide.

Carol s'éloigna de lui en essayant de cacher la peur et la colère qui bouillonnaient en elle.

— Comment ose-t-elle venir ici ? Chez moi.

Sa voix était légèrement chevrotante.

— J'aurais dû lâcher la chienne sur elle, dit Tony.

Carol se mit à rire. C'était un rire mal assuré et nerveux, mais un rire malgré tout.

— Morte sous de grands coups de langue, dit-elle en se tournant vers lui, les yeux embués de larmes. Tu veux discuter de Kathryn McCormick ?

Il haussa les épaules et se mit à faire les cent pas. La chienne le suivit du regard.

— Je n'ai rien à en dire. On n'a aucune piste pour l'instant. Notre seule certitude, c'est que le tueur l'a draguée à un mariage. Mais nous n'avons aucun moyen de savoir s'il y est allé pour séduire Kathryn en particulier ou pour choisir une victime au hasard. On ne peut même pas dire s'il s'est rendu à ce mariage pour trouver une victime ou s'il a simplement saisi une opportunité. Ça ne sert donc à rien d'en parler tant que nous n'en saurons pas plus.

— Et à propos de l'endroit où on a retrouvé le corps ?

Tony s'arrêta près de la fenêtre qui donnait sur la lande obscure.

— Il l'a soigneusement choisi. Pas de caméras. Une route peu fréquentée et donc peu de risque qu'il y ait des témoins. Mais c'est une description qui correspond à beaucoup d'endroits dans les Dales. Pourquoi précisément là-bas ?

— Oui, pourquoi ?

Il se laissa tomber sur le canapé.

— Je n'en sais absolument rien. Je ne peux pas faire d'hypothèse en me basant seulement sur un cas isolé, tu le sais bien. Il m'en faut plus. Donc selon moi, ce serait le bon moment pour t'apprendre à jouer à FIFA 17.

— Je déteste le football.

Il fit un grand sourire.

— Fais-moi confiance. C'est pas du foot, c'est du plaisir.

21

Le trajet de Telford à Cardiff avait été un cauchemar. Un accident sur la M5 avait bloqué la circulation pendant près de deux heures et quand Kevin avait enfin franchi la Severn pour entrer au pays de Galles, tout ce qu'il était encore capable de faire, c'était boire une bière, manger une pizza et aller se coucher. Il réussit néanmoins à se présenter chez Niall Sullivan le lendemain matin à 7 h 30 sous un crachin qui alourdissait le poids de sa veste en cuir.

Il lui fallut un moment pour trouver la maison de Sullivan avant de sonner. Il vivait en bordure de ce qu'on avait appelé des résidences de standing quand elles étaient sorties de terre dans les années quatre-vingt mais celle-ci n'avait pas très bien vieilli. Les briques étaient sales et criblées de trous. La mauvaise qualité des constructions se voyait aux marques laissées par l'eau et aux taches sur le stuc du dernier étage. Sullivan vivait quant à lui dans une maison individuelle sur deux niveaux qui paraissait en bon état. Un peu vieillotte mais bien entretenue. Une BMW série 4 cabriolet neuve et une Mini étaient garées dans l'allée. Niall avait visiblement remplacé Kathryn, pensa Kevin. Ce qui le faisait dégringoler en bas de la liste des suspects.

Néanmoins, il fallait quand même en passer par là. Kevin appuya sur la sonnette, qui retentit longuement à travers la maison. Derrière la porte, il entendit quelqu'un descendre un escalier avant qu'un homme costaud aux cheveux mouillés et à l'air renfrogné ne lui ouvre. Il portait un pantalon de costume, une chemise bleu marine au col déboutonné et une paire de bottines Chelsea, qui expliquait le bruit marqué de ses pas sur les marches de l'escalier que Kevin pouvait apercevoir derrière lui.

— Oui ? dit-il. C'est pour quoi ?

— Niall Sullivan ? demanda Kevin en présentant sa carte de police. Je suis l'inspecteur Kevin Matthews de la Brigade régionale des enquêtes prioritaires, basée à Bradfield.

Il ne pouvait pas s'empêcher de ressentir un petit frisson chaque fois qu'il précisait ce grade qu'on lui avait ôté quelques années auparavant. Carol lui avait fait miroiter de retrouver son rang s'il reprenait du service et il avait saisi cette opportunité, non seulement pour toucher une meilleure retraite mais aussi pour se racheter à ses propres yeux. Aujourd'hui il se sentait aussi fier que le jour où il avait été promu pour la première fois.

Sullivan afficha une moue de dégoût.

— C'est au sujet de Kathryn, c'est ça ?

— Vous êtes au courant de…

— Nous sommes en 2017, pas en 1917, l'interrompit Sullivan. Je ne sais pas combien de messages j'ai reçus hier. Dès que la police s'est pointée à son bureau, la nouvelle s'est répandue plus vite qu'un nouveau clip d'Ed Sheeran. Je suis peiné par ce qu'il lui est arrivé, évidemment. On a vécu ensemble un bout de temps. Mais je ne vois pas ce que vous venez faire ici. Je l'ai quittée il y a plus de trois ans et je ne l'ai vue que deux fois depuis.

— Vous n'êtes pas restés en contact ?

Il lâcha un petit rire.

— Pas vraiment. Quand elle a compris que je voulais vraiment la quitter, les choses sont devenues compliquées entre nous.

Les jambes nues d'une femme apparurent dans l'escalier derrière lui.

— Qu'est-ce qui se passe, Niall ?

Kevin reconnut tout de suite l'accent gallois. Sullivan regarda par-dessus son épaule.

— Rien, va prendre ta douche.

La femme se montra dans sa totalité. Elle portait un peignoir qui s'arrêtait au milieu de ses cuisses bronzées. Elle avait une crinière blonde et un joli visage dépourvu de maquillage.

— C'est qui ?

Kevin se présenta de nouveau tandis qu'elle descendait les marches.

— Je m'appelle Pippa, dit-elle. Niall, laisse entrer ce gentil policier. Il y a un sacré courant d'air avec cette porte ouverte. Venez, inspecteur. Je vais vous préparer un thé.

— Pippa ! protesta Sullivan, en vain car il avait déjà perdu et il le savait.

Il poussa un soupir, recula et fit signe à l'inspecteur d'entrer dans le vestibule en indiquant la cuisine au bout du couloir où Pippa avait déjà disparu.

— Faisons vite et soyons précis, murmura-t-il dans le dos de Kevin en le suivant vers la cuisine. J'ai une journée chargée.

Comme Pippa, la cuisine avait tout ce qu'il fallait, là où il fallait, mais manquait de confort. Elle ressemblait au décor d'une maison témoin. Le genre que Kevin n'aurait jamais achetée. Sa femme Stella aurait hurlé de rire en la voyant.

Pippa prépara le thé en se débrouillant pour se faire remarquer. Kevin s'appuya contre le plan de travail et sourit à Sullivan.

— Quand avez-vous vu Kathryn pour la dernière fois ?

Sullivan leva les yeux vers le plafond.

— Voyons voir… Ça devait être en octobre. Nous étions tous les deux invités au même mariage. Celui de Gayle Thomas. Elle travaillait pour moi. Elle s'était liée d'amitié avec Kathryn.

Ça concordait avec ce que les McCormick avaient déclaré à Kevin. Jusque-là, Sullivan semblait dire la vérité.

— Comment se sont passées les retrouvailles au mariage ?

Sullivan secoua la tête, frustré.

— Ce n'était pas vraiment des retrouvailles. Nous n'avons pas discuté. Je l'ai vue parmi les invités, point. Elle m'a évité du regard. Je pense qu'elle n'avait pas plus envie de me parler que l'inverse. Écoutez, on n'était plus ensemble. C'était fini entre nous. Terminé.

Kevin trouva qu'il insistait un peu trop. Était-ce à l'intention de Pippa ou cachait-il quelque chose ?

— Vous n'alliez pas ensemble, affirma Pippa en tendant à Kevin une tasse de thé avec trop de lait – *un thé pour bébé*, songea-t-il.

— Nous devons envisager toutes les possibilités, expliqua Kevin.

— Est-ce que vous êtes en train de suggérer qu'elle n'a pas eu de petit ami depuis que Niall l'a quittée ? S'il y avait d'autres hommes dans sa vie, vous ne seriez pas là, n'est-ce pas ?

Pippa arborait un malicieux sourire.

— Je ne peux pas parler de l'enquête en cours, désolé. En revanche, je dois vous demander, monsieur, où vous vous trouviez dimanche soir.

— Avec moi, répondit Pippa. On est allés manger un curry au Brewery Quarter avec quatre collègues de travail.

Elle lui serra le bras et lui tendit son thé.

— On est allés danser ensuite. Il n'était donc pas en train de brûler son ex dans le Yorkshire.

Difficile de la contredire sur ce point…

— J'ai besoin des noms et adresses des témoins, ajouta Kevin.

Il savait très bien que c'était une perte de temps. Hélas, dans le cadre d'une procédure pour meurtre, une grande partie de leurs enquêtes était une perte de temps.

Sullivan hocha la tête.

— Donnez-moi votre numéro de téléphone, je vous les transmettrai.

Pendant que Kevin prenait une carte de visite dans sa poche, il poursuivit.

— Je n'avais aucune rancœur envers Kathryn. Je ne la détestais pas. Je me suis juste lassé. Elle manquait de… dynamisme, dit-il après avoir cherché ses mots en agitant les mains. Elle voulait que les choses continuent comme elles étaient. Moi, j'avais besoin de plus.

Il afficha un sourire triste.

— Je ne suis pas quelqu'un de mauvais, inspecteur. Nous n'étions pas faits l'un pour l'autre, voilà tout. En tout cas, elle ne méritait pas ce qu'il lui est arrivé. C'était quelqu'un de bien.

— Pas d'ennemis ? Des gens qui l'importunaient au travail ou dans son voisinage ?

Sullivan secoua la tête.

— Elle n'était pas le genre de personne à se faire des ennemis. Elle ne suscitait pas d'antipathie chez les gens. Quand j'ai commencé à envisager de la quitter, j'ai réalisé que je ne me souvenais même plus comment on s'était retrouvés ensemble.

Il donna une petite tape dans le dos de Pippa, le visage soudain rayonnant.

— Pas comme avec toi.

Il n'y avait plus rien à apprendre ici, pensa Kevin, découragé à la perspective du long trajet vers le nord qui l'attendait.

— Merci pour le thé, dit-il.

Pendant qu'ils retournaient vers le vestibule, Niall ajouta :

— J'espère que vous attraperez le salopard qui a fait ça. Je n'arrive pas du tout à comprendre comment une chose pareille a pu se produire. Kathryn n'était vraiment pas le genre de femme à provoquer des réactions violentes. Un soir qu'on se baladait en ville, nous sommes tombés par hasard sur quelqu'un qu'elle avait viré quelques mois plus tôt. Et ce type qui avait perdu son boulot à cause d'elle s'est montré parfaitement aimable. Quand elle m'a raconté plus tard que c'était elle qui l'avait renvoyé, je n'en suis pas revenu. Je ne suis pas en train de dire qu'elle aurait remporté un concours de popularité. Elle n'avait aucun charisme. Mais c'était quelqu'un de profondément inoffensif.

Il secoua la tête.

— Quoi qui ait pu déclencher ça, je suis prêt à parier que Kathryn n'y est pour rien.

Ils échangèrent une poignée de main sur le pas de la porte.

— Nous ferons de notre mieux pour découvrir la vérité, lui assura Kevin.

Il retourna à sa voiture en réfléchissant aux paroles de Niall. Et si l'assassinat de Kathryn n'avait rien à voir avec elle ? Qu'est-ce que ça signifiait pour l'enquête ?

Ça, c'était une piste de réflexion pour Tony Hill, songea-t-il.

22

Kevin n'était pas le seul membre de la BREP à commencer tôt ce matin-là. Mais ce qui poussa Paula à quitter la maison avant même que Torin ne descende prendre son petit-déjeuner n'avait rien à voir avec le meurtre de Kathryn McCormick. Procrastiner n'avait jamais été dans ses habitudes, et même si ça l'avait été, vivre avec un ado aurait changé la donne. En remettant les choses à plus tard, on perdait l'occasion de saisir la balle au bond et d'obtenir les résultats escomptés. Avec les adolescents, tout changeait très vite : même quand Torin semblait ne rien faire de plus que se tourner les pouces, son monde était en perpétuel mouvement.

Après en avoir discuté avec Elinor le matin précédent, elle avait décidé d'écrire un mail à la professeure principale de Torin pour solliciter un rendez-vous. Paula n'avait pas encore bien compris la façon dont la communication entre enseignants et parents avait évolué. À Manchester, quand elle était jeune, la seule fois où ils se rencontraient, c'était à l'occasion de la réunion parents-profs, moment où les enseignants fixaient les règles et les parents acquiesçaient sans broncher. Tout simplement parce que les profs étaient plus avisés. Sans quoi ils n'auraient pas été enseignants, n'est-ce pas ? Les parents étaient seulement convoqués à l'école quand leurs enfants avaient commis une faute grave, et l'idée qu'ils prennent la défense de leur progéniture contre la phalange monolithique du corps enseignant était risible.

Aujourd'hui, on attendait des parents et des tuteurs qu'ils participent activement à l'éducation de leurs enfants. Tout ça était assez nouveau pour Paula. Mais cela signifiait au moins qu'en cas de problème elle n'aurait pas à tout réexpliquer à un inconnu chaque fois. Elle avait pris soin de son apparence ce matin-là afin de faire bonne impression. Elle s'était même séché correctement les cheveux et avait passé du gel dessus pour donner un peu de volume à sa coupe courte châtain clair. Elle avait enfilé un tailleur en lin tout juste sorti du pressing, assorti d'un haut bleu marine à col rond. Des boucles d'oreilles en argent semblables à des empreintes digitales et une fine chaîne en argent complétaient la panoplie. Ce n'était pas vêtue de la sorte qu'elle affolerait les criminels, ça, c'était sûr.

Lorna Meikle était la professeure principale de Torin quand sa mère avait été assassinée. Elle s'était montrée d'un grand soutien et à l'écoute, réagissant à ce bouleversement dans sa vie personnelle avec sang-froid sans jamais le banaliser. Elinor et Paula avaient commencé à l'apprécier quand elles avaient travaillé ensemble pour aider Torin à remonter la pente suite au décès de Bev. Il n'y avait pas eu de problèmes depuis et cela faisait un moment qu'elles ne s'étaient pas vues, en dehors de la dernière réunion parents-professeurs, où la discussion s'était concentrée sur les matières que Torin choisirait pour l'examen de fin d'études. Quand Paula lui avait envoyé un message, elle avait répondu aussitôt et accepté de la rencontrer avant le début des cours.

La circulation était difficile, mais Paula connaissait tous les raccourcis et emprunta donc les petites allées qui coupaient les rues comme un jeune voleur de voiture essayant d'échapper à la police. Elle réussit à arriver à l'école avec dix minutes d'avance. Lorna Meikle était en train de garer sa voiture quand Paula ferma la sienne. Elles entrèrent ensemble dans l'établissement et échangèrent des banalités en marchant jusqu'à la classe de Torin.

Lorna était une femme corpulente qui approchait de la cinquantaine. Elle avait mis sa carrière entre parenthèses le temps de donner naissance à trois enfants et avait l'air prête à affronter tous les aléas de l'existence. Elle en imposait et Paula avait très vite constaté que les jeunes la respectaient. Parfois ce respect était teinté de rancune : il y avait un tas d'élèves qui rencontraient des difficultés, n'avaient ni ambition ni aspirations réalistes et qui voyaient l'école comme un combat auquel ils devaient survivre avant de le fuir. Mais comme disait Torin : « Personne ne veut avoir d'embrouilles avec Mme M. »

Une fois dans la classe, Lorna se laissa tomber sur un siège qui accueillit confortablement ses formes rondelettes puis poussa un soupir.

— J'ai l'impression de vieillir de cinq ans tous les ans à faire ce métier, grommela-t-elle joyeusement.

— Vous devriez essayer le mien, dit Paula en se juchant sur une des tables. Cela dit, je préfère encore le mien à celui d'Elinor ou au vôtre.

— Je m'en doute. Bon, Paula, qu'est-ce qui se passe avec Torin ? Je suppose que vous êtes ici pour lui et pas pour des raisons professionnelles ?

— Justement, j'espérais que vous puissiez répondre à cette question, expliqua Paula.

— Comment ça va à la maison ?

— Il a.... changé depuis deux ou trois semaines. Il est très renfermé. C'est difficile de parler avec lui, ce qui ne lui ressemble pas. Ce n'est pas comme après le décès de sa mère. Il semble... exposa-t-elle avant de se taire un instant. Presque nerveux. Stressé. Avez-vous remarqué un changement dans son comportement ?

Lorna acquiesça.

— Comme vous, j'ai du mal à cerner exactement de quoi il retourne. Mais il y a clairement quelque chose qui le tracasse. C'est comme s'il apercevait constamment quelque chose du coin de l'œil qu'il ne voulait pas vraiment regarder en face, si vous comprenez ce que je veux dire ?

Bizarrement, elle trouvait que cela décrivait parfaitement le comportement de Torin.

— On se demandait s'il n'était pas harcelé à l'école.

Lorna poussa un soupir.

— C'est l'hypothèse qui vient forcément à l'esprit, je le reconnais. Mais je ne crois pas que ce soit le cas. Il n'est pas isolé. Il a un groupe de copains qui semble très protecteur avec lui. Et il n'agit pas comme les victimes de harcèlement en général, à savoir rester près des adultes au moment des pauses et à l'heure du déjeuner.

— Alors, il s'agit peut-être de cyberharcèlement ? Ça serait possible ?

— C'est une possibilité, mais encore une fois, je pense qu'il se comporterait différemment. Nous avons beaucoup parlé aux élèves du cyberharcèlement et de leurs auteurs. Nous appliquons une politique de tolérance zéro qui semble faire ses preuves.

— C'est-à-dire ?

Paula ne pouvait pas laisser passer cette information sans obtenir au moins quelques éclaircissements.

— Nous avons eu plusieurs cas de harcèlement qui nous ont été rapportés. Soit directement par les élèves concernés soit par leurs camarades, poursuivit Lorna en souriant de façon rassurante à Paula. Nous encourageons les élèves à se protéger et à veiller sur les autres.

Paula secoua la tête :

— Ça ne veut pas forcément dire que cela fonctionne tout le temps. Si ça se produit en dehors de l'école…

— Je crois que ce serait visible sur les réseaux sociaux des personnes harcelées et que leur entourage le remarquerait. Si Torin était quelqu'un de solitaire, un garçon sans amis, peut-être que ça serait passé inaperçu. Mais il n'est pas isolé, Paula.

— Bon, alors si ce n'est pas une histoire de harcèlement, qu'est-ce que c'est ?

Lorna fronça les sourcils.

— Je ne sais pas. C'est vrai que son travail s'en ressent. Comme s'il avait du mal à se concentrer. Comme s'il était distrait par quelque chose.

— Quelque chose qui le tracasse au point de ne pas réussir à se concentrer ?

— Oui, c'est comme ça que je décrirais les choses.

Paula réfléchit quelques secondes avant de reprendre la parole.

— Est-ce qu'il a une petite amie ? C'est peut-être ça l'explication ?

— Je ne pense pas, répondit Lorna en souriant. Pardonnez-moi, mais il n'est pas aussi précoce émotionnellement et sexuellement que d'autres jeunes de son âge. Il traîne avec un groupe de garçons et de filles mais je n'ai remarqué aucun rapprochement particulier avec qui que ce soit. Ça se voit, généralement, précisa-t-elle en haussant un sourcil.

— Mais s'il avait une relation secrète pour une raison ou une autre ? Et s'ils devaient rester discrets et que cette situation le stressait ?

Lorna changea de position sur sa chaise, l'air troublé.

— Je suppose que cela provoquerait les effets que nous avons remarqués. Mais je connais les filles qui sont dans ce groupe et je ne vois pas pourquoi il voudrait rester discret sur sa relation avec l'une d'entre elles.

— Mais peut-être que ce n'est pas une de ces filles ? Et si c'était la fille qui voulait garder le secret ? Peut-être qu'elle a déjà un copain ? Peut-être que sa famille n'apprécierait pas de la voir fréquenter quelqu'un comme lui ?

— Peut-être qu'elle est enceinte ? suggéra Lorna. C'est un autre scénario possible.

Paula ne put s'empêcher d'avoir l'air horrifié.

— Je n'y avais pas pensé, dit-elle en déglutissant avec difficulté.

Ça pouvait tout expliquer.

— Vous ne pensez pas…

— Je ne cherche pas à vous faire peur, Paula. Comme je vous l'ai dit, je ne pense pas qu'il ait une petite amie. C'était une simple hypothèse de ma part. Mais la façon dont il se comporte pourrait indiquer quelque chose de cet ordre.

— Rien n'indique qu'il ait une petite amie, raisonna Paula à voix haute. Il ne s'est pas mis tout à coup à faire attention à son apparence ou aux vêtements qu'il porte. Et il sort rarement, même le week-end. Qu'est-ce qui pourrait avoir le même impact émotionnel qu'une petite amie enceinte ?

Lorna haussa les épaules.

— Difficile à dire. Mais nous devons découvrir ce qui le tracasse. Je ne veux pas qu'il rate ses examens et mette en péril la suite de sa scolarité.

— Vous pensez qu'il se drogue ?

C'était une question incontournable. Mais il était évident que Lorna n'allait pas aborder elle-même le sujet. Les enseignants étaient toujours réticents à évoquer ce problème avec des parents. Même avec un parent policier.

— Je serais très surprise si c'était le cas.

— Vraiment ? Votre école serait la seule de Bradfield à ne pas être confrontée aux problèmes de drogue ?

Lorna poussa un soupir.

— Écoutez, je ne vais pas nier qu'il y a un peu de drogue dans l'établissement. Mais il y a une frontière nette entre les usagers quotidiens et les autres, et Torin n'entretient pas de relations avec ces individus.

Elle afficha une moue amère et poursuivit :

— J'ai vu suffisamment de jeunes en classe qui agissaient sous l'influence de drogue. Je sais reconnaître les signes et les symptômes et si je pensais que Torin en prenait, je n'hésiterais pas à vous avertir. Pour son bien. Mais je ne crois pas que ce soit le cas. Il faut chercher une réponse ailleurs, Paula.

— Je suis censée être policière, soupira-t-elle en regardant sa montre. Il faut que j'y aille. Merci de m'avoir consacré du temps, Lorna. Si vous découvrez quelque chose...

— Je n'hésiterai pas à vous contacter.

Frustrée de n'avoir rien appris de plus, Paula retourna à sa voiture pour se rendre à la réunion du matin. Il était temps de mettre Torin de côté pour le moment et de se concentrer sur d'autres problèmes tout aussi frustrants.

23

Il observa son reflet dans le miroir, portant une attention toute particulière à ses cheveux. La teinture temporaire était censée partir au bout de deux ou trois shampoings, et il fut content de constater que des cheveux grisonnants réapparaissaient au niveau des tempes. Être attentif aux détails, telle était la clé de la survie. S'il prenait garde à se protéger, il éviterait de se faire prendre et pourrait continuer ses projets aussi longtemps que nécessaire pour retrouver sa place dans le monde.

Si quelqu'un l'avait pris en photo au mariage de Leeds où il avait attiré Amie dans ses filets – mais il pensait s'être montré suffisamment prudent pour éviter cela –, on n'y verrait pas l'homme qui avait séduit Kathryn McCormick et qui s'était fait appeler David. On y verrait Mark. Un homme portant une barbe de quelques jours, des cheveux bruns coiffés en arrière et des lunettes rondes aux montures dorées. C'était incroyable comme un petit rien vous transformait. Les lunettes semblaient changer la forme de son visage ; la coupe de cheveux et la légère barbe créaient une image très différente, plus négligée, de David. Si par un malencontreux hasard quelqu'un avait assisté aux deux mariages, il aurait selon lui du mal à faire le lien entre les deux personnages.

La coloration capillaire s'enlevant facilement, il n'avait pas à s'inquiéter que quelqu'un de son entourage remarque des changements dans son apparence. Il pouvait embobiner facilement ses collègues. Si un journaliste ou quelqu'un de la com ou du marketing faisait un commentaire sur sa barbe, il expliquerait avec le sourire qu'il essayait un nouveau look. Et quelques semaines plus tard, il se laisserait pousser un bouc pour sa transformation suivante.

Il commençait presque à prendre plaisir à relever ce défi. Il avait besoin de sentir l'adrénaline monter en lui quand il s'en prenait à ces femmes, en attendant le jour J. Lorsqu'il retrouverait la trace de Tricia pour lui faire payer, il savait exactement comment il s'y prendrait. Il ne commettrait aucun faux pas et ne laisserait aucune trace derrière lui.

Mais il fallait d'abord la retrouver ; c'était son autre priorité. Elle avait tout bonnement disparu. Sa ligne de téléphone était coupée, son adresse mail ne fonctionnait plus, ses comptes sur les réseaux sociaux étaient désactivés. L'avocat qui l'avait contacté en son nom ne lui avait même pas dit si elle vivait encore dans le pays. La banque refusait de dévoiler où elle avait retiré de l'argent la dernière fois sur le compte de l'entreprise. Il avait interrogé leurs amis mais eux non plus ne savaient rien ou gardaient le secret. Il était certain de mettre la main sur elle, en temps voulu. Cela dit, elle ne lui avait pas simplifié la tâche.

Il ne pouvait pas en dire autant d'Amie. Elle s'était montrée intéressée dès le premier instant, dans la salle de bal bruyante et bondée. L'emmener rapidement dans un endroit discret avait été un peu plus difficile ; elle était plus jeune que Kathryn et, contrairement à cette dernière, elle adorait danser et montrer l'étendue de ses talents sur la piste. Mais il avait joué le gars tranquille, qui voulait connaître la véritable Amie. Le bobard sur sa ressemblance avec sa défunte femme avait été le moyen de l'attirer dans son piège, loin du brouhaha, pour l'embobiner avec sa conversation. Elle avait très envie de le revoir même si sa préférence allait plutôt à la piste qu'à la discussion. Mais pour le moment, elle le laissait mener la danse.

Il avait passé une demi-heure sur Internet à comparer les différents restaurants indiens de Leeds avant d'opter pour un établissement en périphérie du centre-ville ; il avait de bons commentaires au sujet de la cuisine et, à en croire les photos du site, une ambiance moderne à mille lieues du boui-boui avec nappes en papier et serviettes rouges bon marché qui se désintégraient dès qu'on s'essuyait avec.

Sa recherche avait porté ses fruits. Amie n'y était jamais allée, mais elle connaissait des gens qui ne juraient que par ce restaurant. Les commentaires n'étaient pas mensongers. C'était une cuisine de l'Inde du Sud, aux saveurs subtiles et délicieuses. Le *dosa* était un peu gras et il détestait la sensation que la nourriture frite laissait sur ses doigts. Mais à part ça, tout avait été parfait. Après quelques verres de vin, Amie s'était montrée plus volubile et lui avait dit qu'elle cherchait quelqu'un pour partager sa vie mais qu'aucun des hommes qu'elle avait rencontrés jusqu'ici n'avait voulu faire les efforts nécessaires pour s'engager.

Il n'avait pas été très difficile de la convaincre qu'il était différent. Deux ou trois mots bien placés, une petite phrase suggérant qu'il était un bon parti. Un hochement de tête attentionné, un sourire complice ; ça avait suffi.

À la fin du repas, elle était tombée complètement sous le charme. Suffisamment pour l'inviter chez elle. Il n'y avait eu aucun doute sur ses motivations et il devait bien l'admettre, il avait été tenté. Elle était plutôt jolie et cela faisait des semaines qu'il n'avait pas eu de relations sexuelles. C'était seulement après avoir été plaqué qu'il avait réalisé à quel point le sexe comptait pour lui. En variété et en quantité. Tricia et lui avaient passé d'excellents moments au lit. Et pas qu'au lit, d'ailleurs...

Mais il savait que ça aurait été une erreur d'accepter la proposition d'Amie. Il ne pouvait pas aller chez elle et faire l'amour avec elle sans laisser de traces. Une fois qu'il l'aurait tuée, son ADN serait présent sur le cadavre. Certes, il n'avait commis aucun crime qui lui aurait valu d'être inscrit au fichier national des données ADN et n'avait donc rien à craindre de ce côté. Mais on n'était jamais trop prudent. S'il devait croiser le fer avec la justice un jour, il ne voulait pas courir le risque qu'Amie McDonald ne ressurgisse de son passé tel un gyrophare dans l'obscurité.

Il avait donc resservi l'histoire de sa femme décédée.

— Je suis très touché, avait-il confié quand elle avait proposé un dernier verre chez elle. Je t'aime beaucoup, Amie. J'ai envie de te revoir et de mieux te connaître. Je n'ai couché avec personne depuis la mort de Tricia, tu sais... avait-il terminé en feignant d'avoir la voix étranglée par le chagrin.

Il prenait énormément de plaisir à tuer son ex par les mots, chose qu'il ne pouvait pas accomplir dans la réalité.

— Je veux donc que ce soit un beau moment. Pour nous deux.

Elle avait semblé tout d'abord surprise, comme si elle n'était pas habituée à ce qu'un homme refuse ses avances, puis s'était mise à rire.

— Tu n'es vraiment pas un homme comme les autres, Mark, lui avait-elle dit.

— C'est vraiment gentil de ta part de me dire ça, lui avait-il répondu.

Si tu savais...

— Qu'est-ce que tu fais vendredi ? avait-il repris.

Ils avaient convenu d'un autre rendez-vous. Cette fois, il lui avait proposé de l'emmener dans un pub à la campagne où ils pourraient dîner et se détendre. Un endroit où il lui serait possible de payer en liquide, comme il l'avait fait au restaurant indien. Une autre façon de ne laisser aucune trace.

Il était l'homme invisible. Il choisissait ses victimes, frappait et reprenait le cours normal de sa vie.

Il était devenu intouchable.

24

Lors de leur briefing matinal, force fut de constater qu'ils manquaient cruellement de preuves. Un par un, les membres de la BREP exposèrent les maigres résultats de leurs investigations. Tous les yeux se tournèrent finalement vers Stacey, assise en silence au bout de la table, impeccable dans son tailleur bleu-vert et son chemisier en soie marine chatoyant. Carol lui sourit d'un air las.

— Bon, Stacey, vous êtes notre dernier espoir.

Stacey passa une main sur ses cheveux déjà parfaitement lissés et hocha la tête.

— J'ai quelque chose, mais rien d'extraordinaire, j'en ai peur. Et j'ai dû pousser la technologie jusqu'à ses limites pour l'obtenir.

Elle saisit une télécommande dans sa poche et activa l'écran installé sur le mur derrière eux. Pivotant légèrement sur sa chaise, elle sélectionna le cliché où apparaissait l'homme qu'Anya avait vu avec Kathryn.

— C'est la photo originale prise à l'aide d'un téléphone portable. Pas très nette, comme vous le voyez. Si on améliore la définition et qu'on utilise le logiciel de dépixellisation, voici ce qu'on obtient.

L'image fit place à celle d'un homme de trois quarts. Elle était plus claire et distincte que l'originale mais pas suffisamment pour identifier quelqu'un.

— J'ai ensuite eu recours à un logiciel de reconnaissance faciale. Comme je l'ai expliqué à Alvin, j'ai apporté une petite modification à la précédente version pour le rendre plus performant. Je l'ai appliqué à toutes les photos du mariage dont nous disposons.

Trois nouvelles photos s'alignèrent sur l'écran. Aucune ne montrait un visage de face et toutes étaient des agrandissements de silhouettes en arrière-plan.

— Il a sacrément bien fait attention à ne pas trop se montrer, marmonna Alvin. Aujourd'hui, n'importe qui peut prendre des photos, surtout dans des grandes occasions comme les mariages.

— Vous pensez que c'était délibéré ? Ou c'est simplement qu'il n'est pas resté très longtemps dans la pièce ? demanda Carol.

— Les deux, à mon avis, répondit Tony. Nous savons déjà qu'il planifie tout. Il n'y a aucune raison de croire qu'il ait laissé quoi que ce soit au hasard et ce avant même d'avoir trouvé sa victime. Je pense que nous devons partir du principe que tout est calculé.

Stacey acquiesça.

— Mais même les gens les plus au fait de la technologie n'ont pas conscience du pouvoir des moyens actuels. Malgré le peu d'éléments dont nous disposons, les derniers algorithmes peuvent reconstruire le visage de notre homme.

Cette fois, une seule image apparut. Elle paraissait un peu irréelle, comme c'est souvent le cas des images de synthèse, mais ça ressemblait vraiment à quelqu'un.

— C'est incroyable, commenta Paula. Nous pouvons la montrer aux personnes qui ont vu Kathryn avec un homme au mariage et vérifier si ça colle.

— Bonne idée. Alvin, tu as déjà établi un lien avec ces femmes. Retourne les voir et montre-leur cette image. Stacey, prépare six portraits pour Alvin afin que personne ne nous accuse plus tard d'avoir biaisé l'identification d'un suspect.

— Je m'en occupe, dit Stacey, en quittant la table pour retourner dans sa tanière.

Alvin secoua la tête tristement avant de la suivre un instant plus tard.

— C'est un bon début, fit remarquer Kevin.

Tony, qui scrutait attentivement l'image depuis que Stacey l'avait fait apparaître sur l'écran, mâchonnait l'extrémité de son stylo.

— C'est convaincant, reconnut-il.

— C'est plus que convaincant, le corrigea Carol. C'est peut-être un indice majeur qui va enfin nous permettre d'avancer.

— Tu crois ?

Tony lâcha bruyamment son stylo sur la table.

— Pas toi ? demanda Carol l'air perplexe.

— Tu sais, ce truc que tu fais quand tu rencontres quelqu'un de nouveau, Carol ? Cette façon d'imaginer immédiatement comment tu le décrirais au reste de l'équipe ? dit Tony. Vas-y, décris-nous cet homme.

Carol considéra l'image, tête penchée sur le côté.

— Environ trente-cinq ans. Cheveux bruns, grisonnants aux tempes, raie sur le côté, frange souple. Yeux probablement bleus. Mais c'est dur à dire. Lunettes noires rectangulaires, très tendance. Sourcils épais, nez épaté.

— Et quelle est la caractéristique qui ne varie pas ? Qu'on ne peut pas modifier facilement ?

Les autres échangèrent des regards intrigués.

— Il a raison, dit Paula. Toutes ces caractéristiques peuvent être modifiées sans trop de problèmes.

— Son nez ? intervint Karim sans grande conviction.

— Vous vous souvenez du nez de Nicole Kidman dans *The Hours* ? demanda Paula.

Karim lâcha un petit rire.

— Je crois que j'avais une dizaine d'années quand le film est sorti. Douze peut-être, au maximum.

Paula leva les yeux au ciel.

— Elle portait un faux nez, impossible à repérer, même de près. Ça changeait complètement sa physionomie. Quand ils ont montré les premières images du film au public, les gens n'ont même pas reconnu Kidman.

— C'est du cinéma. Ils peuvent transformer le physique des gens comme ils veulent, protesta Karim.

— Le faux nez que portait Kidman était si réaliste qu'elle le portait en public pour ne pas être reconnue, rétorqua Paula. Les gens dans la rue comme les paparazzis ont été bernés.

— Comment tu sais tout ça ? gloussa Kevin.

Tony leva la main.

— Le nez est probablement le sien. Notre homme n'est peut-être pas allé jusqu'à s'équiper d'une prothèse. Mais à part ça, toutes les caractéristiques physiques que nous voyons là peuvent être altérées sans trop de difficultés.

— Tu es en train de nous dire qu'on perd notre temps avec cette photo ? demanda Carol d'un air sombre.

— Je dis juste que ce serait une erreur de s'y fier.

Tony regarda les mines abattues autour de lui en esquissant un sourire hésitant.

— Vous savez que j'ai raison.

La façon dont ils le regardaient signifiait que oui, même s'ils n'avaient pas envie de l'admettre.

— N'empêche, un nez c'est toujours mieux que rien, conclut Carol. Voyons s'il peut nous permettre de flairer la bonne piste.

25

Il y avait trois Pizza Express à Bradfield et aucun moyen de savoir lequel Kathryn et David avaient choisi le mardi suivant le mariage. Karim regarda l'application sur son téléphone qui affichait des petits points violets sur la carte pour signifier leurs emplacements. Il se remémora les propos de Tony pendant la réunion sur la prudence et la planification évidente du tueur, et réfléchit à ce qu'il savait des caméras de surveillance qui couvraient le secteur du centre-ville. Pas grand-chose, conclut-il.

Il jeta un coup d'œil au bureau de Stacey dont la porte était fermée et prit une profonde inspiration. Il était le petit nouveau dans cette équipe et se trouvait encore un peu à l'écart. Personne ne lui avait vraiment fait sentir qu'il était de trop, mais il était clair que tout le monde se connaissait et que chacun respectait le travail des autres. Personne n'avait encore ce degré de confiance en lui ; parfois, du coin de l'œil, il voyait ses collègues braquer leurs yeux sur lui quand il faisait un truc de travers ou posait une question idiote. Même Paula, la plus amicale de tous, levait parfois les yeux au ciel quand il ne savait pas quelque chose qu'il n'avait pourtant aucun moyen de savoir. Il ne croyait pas qu'ils agissaient par méchanceté, mais ils n'étaient pas très indulgents avec lui.

Quant à Stacey, elle le terrifiait. Elle semblait en savoir plus sur les systèmes de données qu'aucun autre être humain et ne perdait pas son temps à interagir avec des organismes vivants comme lui. Elle s'habillait comme l'aurait fait un robot doté d'intelligence artificielle dans une entreprise : tailleurs et chemisiers parfaitement ajustés, aux matières fluides. Par-dessus le marché, on racontait que ses compétences lui avaient rapporté gros. Stacey Chen aurait pu se permettre de les acheter et les revendre, tous autant qu'ils étaient, si cela lui chantait.

Tout cela n'avait instillé que terreur chez un gentil garçon comme Karim, qui vivait encore chez ses parents, dans l'appartement au-dessus du garage jadis habité par sa grand-mère et que sa mère lui avait permis à contrecœur d'occuper après la mort de celle-ci. Sa mère continuait à se comporter avec lui comme s'il avait douze ans, vérifiant le contenu de son frigo et le niveau du panier à linge sale. Il avait passé toute sa vie sous la férule des femmes et cela semblait devoir se perpétuer de la même façon à la BREP.

Il n'aurait donc pas dû avoir peur de Stacey. Elle n'avait pas le pouvoir que sa mère ou ses tantes avaient sur lui. Qu'est-ce qu'elle pouvait bien lui faire ?

Avant de pouvoir changer d'avis, Karim bondit sur ses pieds, alla frapper à sa porte et entra sans attendre qu'on l'y invite. Stacey était enfoncée dans un fauteuil ergonomique derrière ses écrans. Alvin était à côté d'elle et regardait par-dessus son épaule. Stacey ne leva même pas les yeux quand il entra, mais Alvin, lui, regarda dans sa direction.

— Salut, Karim. Tu veux parler à l'as de l'informatique ? lui lança-t-il.

Stacey poussa un grognement de réprobation sans quitter l'écran des yeux. Ses doigts allaient et venaient sur le clavier.

— Voilà, dit-elle. Le numéro 6. Maintenant vas-y, tu peux soumettre les témoins à l'identification.

Ça sonnait plutôt comme une invitation à les torturer, pensa Karim.

— Tu as une minute, Stacey ? demanda-t-il en tentant de dissimuler sa timidité.

Stacey se pencha en arrière et remua les épaules pour se détendre le dos.

— Qu'est-ce que tu veux ? demanda-t-elle d'une voix neutre.

— J'essaie de classer par ordre de priorité les différents Pizza Express où David aurait pu emmener Kathryn, expliqua-t-il. Sachant qu'il se montre très attentif à ne pas laisser de traces comme l'a souligné Tony, j'ai pensé qu'il pouvait avoir choisi le restaurant en fonction du nombre de caméras de surveillance.

Stacey afficha un sourire tellement furtif qu'il se demanda s'il ne l'avait pas imaginé.

— Bonne idée. Tu veux que je fasse apparaître les restaurants sur la carte des caméras de surveillance, c'est ça ?

Il acquiesça, soulagé qu'elle n'ait pas rejeté son idée.

— Oui, s'il te plaît. Si c'est possible.

Elle tapait déjà sur le clavier, ses yeux allant d'un écran à l'autre.

— Viens voir, dit-elle.

Sans discuter, il contourna l'installation informatique et vint se placer derrière elle, légèrement en retrait. Stacey désigna l'écran du milieu, sur la rangée du haut.

— Ça, ce sont tes restaurants. Les caméras de surveillance qui filment la circulation apparaissent sur l'écran gauche. Celles qui filment les rues de Bradfield, sur celui de droite.

Elle cliqua sur son pavé tactile et les cartes de chaque côté glissèrent vers la carte centrale pour s'y superposer.

— Je t'envoie ça sur ton ordinateur, proposa-t-elle.

— C'est super, merci, répondit-il en souriant.

— Ce n'est pas encore tout à fait terminé, ajouta-t-elle distraitement, en faisant défiler un autre menu. C'est malheureusement incomplet et probablement pas très précis, mais ça indique les caméras de surveillance privées répertoriées dans le centre-ville. Banques, magasins, restos à emporter, ce genre d'endroits.

Elle cliqua encore une fois et une nouvelle carte recouvrit la précédente.

— Je te la mets dans un dossier séparé juste pour information, au cas où tu obtiennes une confirmation d'identité et que tu aies besoin de retracer ses mouvements. Bonne chance.

C'était une façon de le congédier. Stacey avait déjà commencé à s'atteler à une autre tâche avant même qu'il se soit éloigné d'elle. Karim retourna à son bureau et imprima les deux cartes. Sur la première, il indiqua l'emplacement du restaurant de tapas où Kathryn et David s'étaient rendus pour leur deuxième dîner ensemble.

Pendant qu'il examinait attentivement les impressions, Tony tira une chaise et vint s'asseoir à côté de lui.

— Qu'est-ce que tu essaies de trouver ? demanda-t-il.

Karim expliqua sa théorie à Tony qui l'approuva d'un hochement de tête.

— Il est probable en effet qu'il ait procédé à des repérages. Cet endroit par exemple, dit-il en désignant un Pizza Express au milieu de Temple Fields, une zone au centre-ville connue pour la vitalité de sa vie nocturne. Toutes les rues de ce secteur grouillent de caméras à cause des nombreux délits sur la voie publique.

— Et du trafic de drogue, ajouta Karim. Ils y ont renforcé les patrouilles à cause du nombre de gens qui se défonçaient dans les tréfonds de Temple Fields, vers Campion Boulevard. J'ai donc relégué cette possibilité tout en bas de la liste.

Il traça une ligne sur la carte avec son doigt.

— Par contre ici... on arrive sur High Market Street, où il y a beaucoup de caméras c'est vrai, mais aussi beaucoup de monde à cette heure, même un mardi soir. Il n'y a plus qu'à prendre cette ruelle qui longe l'arrière de Debenhams et tourner au coin pour arriver ici.

— Ça semble pas mal. Qu'est-ce que tu as entouré au stylo ?

— Tapas Brava. J'ai été un peu surpris qu'il l'emmène là, pour tout dire. Le restaurant se trouve au beau milieu de Bellwether Square et il doit y avoir plus de caméras au mètre carré que n'importe où ailleurs à Bradfield.

— Mais la plupart d'entre elles sont privées. Elles se concentrent généralement sur la façade des boutiques, sur les distributeurs de billets ou autre chose, mais pas tellement sur ce qui se passe dans la rue. Et puis, Tapas Brava est plutôt un bon choix. Regarde. On la voit à peine sur la carte, mais il s'agit de Raddle Alley. La ruelle est trop étroite pour pouvoir y marcher à deux côte à côte. Elle coupe à travers Groat Market jusqu'à la route de la gare.

Karim suivit le doigt de Tony.

— Je la vois. Je ne sais pas comment j'ai pu la manquer. Je suis allé sur Bellwether Square un nombre incalculable de fois, mais je n'avais jamais remarqué cette ruelle.

— C'est un raccourci pour se rendre du centre-ville jusqu'à Minster Basin, où est amarré mon bateau. C'est pour cette raison que je la connais. Et elle se trouve juste à côté de Tapas Brava.

Karim se leva, plia la feuille et la glissa dans la poche intérieure de sa veste.

— Je ferais bien de m'y mettre, alors, dit-il, se sentant plus optimiste qu'en début de matinée au moment où on avait distribué les tâches du jour.

À l'heure du déjeuner, Karim dut admettre que son optimisme était injustifié. Dans les différentes succursales de Pizza Express, personne ne se souvenait avoir vu Kathryn et David. Un des gérants avait souligné qu'ils servaient des centaines de clients chaque jour et à moins que l'un d'eux ne soit un footballeur de Bradfield Victoria, une petite célébrité ou un consommateur énervé pour une raison ou une autre, il n'y avait aucune chance que les employés se souviennent de leur visage.

Karim avait demandé s'il pouvait consulter les reçus des paiements par carte bancaire pour le soir en question et le gérant lui avait ri au nez.

— Aucune chance, monsieur, avait-il répondu. Même avec un mandat, ce serait inutile. Les gens n'utilisent pas seulement leur carte bancaire, mais aussi celle de leur entreprise ou celle d'un compte commun. Ce serait vraiment chercher une aiguille dans une botte de foin. Et puis, ils pourraient avoir payé en liquide. Il y a encore des gens qui le font. Parce qu'ils ne sont pas dans le coup ou bien parce qu'ils ne veulent pas que cela apparaisse sur le relevé bancaire, ajouta-t-il en faisant un clin d'œil.

Il avait gardé Tapas Brava pour la fin parce que c'était un restaurant beaucoup plus petit. Il n'y avait qu'une dizaine de tables et une quinzaine de chaises le long du comptoir en zinc. La salle était faiblement éclairée ; des estampes modernes aux couleurs vives d'artistes dont Karim n'avait jamais entendu parler contrastaient avec l'ameublement et le parquet en bois foncé. Il était arrivé au restaurant en plein coup de feu du déjeuner et, comprenant que ce n'était pas le meilleur moment pour obtenir l'attention du personnel, il prit son mal en patience et s'installa au bar, sur le dernier tabouret libre. Il était en droit de s'octroyer une pause déjeuner, se dit-il, même s'il devait reconnaître que parmi ses collègues personne ne semblait prêter attention aux heures supplémentaires ni à celles censées être dédiées aux repas. Karim jugea que c'était une façon légitime de s'attirer les bonnes grâces de potentiels témoins et commanda donc une assiette de chipirons et six croquettes de poisson.

Pendant qu'il prenait le temps de déguster le contenu inconnu mais délicieux de ces petites assiettes, le restaurant s'était plus ou moins vidé et il en profita donc pour arrêter une serveuse. Il lui montra les photos de Kathryn et David et expliqua sa présence. Elle haussa les épaules, ne reconnaissant pas le couple, mais héla ses collègues.

Un jeune serveur espagnol qui travaillait à Tapas Brava depuis cinq mois sembla, lui, un peu moins catégorique que les autres. Quand Karim précisa la date à laquelle ils étaient venus, le serveur acquiesça et désigna une table dans un coin derrière eux.

— Je crois qu'ils étaient à la table huit, mais je n'en suis pas sûr.

— Qu'est-ce que vous vous rappelez d'eux ?

— Si on parle bien des mêmes, le type a payé en liquide. Elle, elle a dit, et c'est pour ça que je m'en souviens : « Est-ce que le personnel garde les pourboires ? » Je lui ai répondu qu'on pouvait garder les pourboires en espèces mais que nous n'avions droit qu'à la moitié de ceux laissés par carte.

— Y a-t-il un moyen de trouver sous quel nom la table a été réservée ?

Il haussa les épaules.

— On peut toujours jeter un œil.

Karim le suivit jusqu'à l'ordinateur où les réservations étaient enregistrées, son cœur accélérant dans sa poitrine. Avec la date, l'heure et le numéro de la table, ce fut facile à trouver.

— Voilà, annonça le serveur. 20 heures. La réservation a été faite au nom de David et là c'est le numéro de téléphone.

Le visage de Karim se décomposa. Il n'eut pas besoin de regarder ses notes pour savoir que c'était le même numéro de téléphone à carte prépayée que David avait donné à Kathryn. Il passa vingt minutes supplémentaires à interroger le serveur et ses collègues, sans que cela aboutisse à quoi que ce soit d'autre. Personne ne se souvenait de quoi que ce soit sur le couple de la table huit. Ni les vêtements qu'ils portaient, ni comment ils s'étaient comportés l'un envers l'autre. Rien.

Il fallait croire que Tony avait raison. L'homme qui avait tué Kathryn McCormick n'avait pas agi sur un coup de tête.

26

Quelques heures plus tard, de l'autre côté des Pennines, Amie McDonald enfilait sa plus belle tenue, pour son nouveau rendez-vous avec Mark. Il était vraiment charmant, pensa-t-elle. Un vrai gentleman ; pas un coureur de jupons qui tirait son coup et vous laissait tomber. Il l'écoutait quand elle parlait, y prêtait attention et lui répondait. Il avait manifestement encore des sentiments pour sa femme et ce n'était pas facile de rivaliser avec les morts parce que face aux morts, on avait toujours tort. Mais bien qu'elle fût un peu plus jeune que lui, il semblait avoir de l'affection pour Amie, sinon il n'aurait pas proposé de la revoir. Ça tombait sous le sens. Et une différence d'âge n'avait pas beaucoup d'importance de nos jours, d'autant plus qu'aujourd'hui les hommes prenaient soin de leur corps et de leur apparence autant que les femmes.

Elle appliqua soigneusement son mascara le plus cher, celui qui vous assurait de doubler le volume de vos cils et de ne jamais couler. S'ils couchaient ensemble ce soir-là, elle ne voulait pas se réveiller le lendemain avec des yeux de panda et un oreiller tout taché. Après une dernière retouche de rouge à lèvres, elle fut enfin prête à partir.

Au moment de glisser son téléphone dans son sac, Amie pensa à quelque chose. Jamie serait sans doute ravi d'apprendre à quel point elle avait été chanceuse à son mariage. Elle tapa rapidement un texto :

> Salut ! J'espère que vous passez du bon temps, toi et El. Vous n'êtes pas les seuls à avoir trouvé votre bonheur au mariage. Je m'apprête à sortir pour un second rendez-vous avec Mark, le charmant ami d'El. Il est mille fois plus classe que ce pauvre Steve !!!
> Souhaite-moi bonne chance !!! Bises.

Amie sentait déjà que c'était sérieux entre eux. Elle avait déjà cru trouver l'homme idéal auparavant, mais c'était différent avec Mark. Spécial. Elle avait le drôle de sentiment d'avoir trouvé le bon.

Et d'une certaine façon, qui n'avait rien de drôle, elle n'avait pas tort.

Une des nombreuses choses que Tony appréciait à propos de Carol c'était qu'elle ne parlait pas pour le plaisir de s'écouter. Elle parlait quand c'était nécessaire. Parfois elle avait des questions et le sollicitait pour l'aider à trouver des réponses. D'autres fois, elle voulait confronter ses observations à l'expérience et aux compétences de Tony. De temps en temps, elle avait besoin de réfléchir à voix haute, de jeter les pièces du puzzle et voir quelle image se formait. Très rarement, elle laissait échapper une information à propos d'elle-même, presque à contrecœur.

Mais quand elle n'avait rien à dire, elle ne sentait pas le besoin de combler le silence. Entre eux, le silence était généralement bien accepté. Cependant, il avait été, à de trop nombreuses reprises ces derniers temps, électrique, lourd de non-dits qui menaçaient de faire des étincelles. Son combat contre l'alcool avait engendré des échanges tendus et des silences qui l'étaient peut-être encore plus. Pour Tony, qui manifestait une grande empathie jusqu'à en souffrir lui-même, la douleur provoquée par l'abstinence de Carol était aussi vive que tout ce qu'il avait pu endurer personnellement.

Ce soir-là, ils avaient à peine échangé un mot dans la voiture qui les ramenait de Bradfield à la grange. Ils avaient terminé tôt et Tony soupçonnait Carol de culpabiliser d'avoir quitté la BREP alors que la nuit n'était pas encore tombée. D'habitude, quand elle travaillait sur un homicide, elle ne s'éloignait jamais de l'enquête si ce n'était pour s'octroyer quelques heures de sommeil, volées ici et là. Même dans ce cas, elle gardait son téléphone près d'elle sur la table de chevet, la sonnerie à son plus haut volume. Hélas, il n'y avait pas grand-chose à faire de plus dans l'affaire de l'assassinat de Kathryn McCormick. Les policiers du North Yorkshire qui travaillaient sur le terrain conduisaient des enquêtes de routine pour établir comment la voiture avait atterri là-bas, mais Tony sentait qu'ils perdaient leur temps. Cet homme savait ce qu'il faisait.

La police scientifique avançait et rendrait son analyse en temps et en heure, mais dans l'équipe de Carol, personne ne croyait vraiment que cela leur permettrait de progresser. Le feu avait effacé toute trace d'ADN. Les pompiers avaient détruit toute chance de retrouver des empreintes digitales sur la carrosserie de la voiture. Il y aurait peut-être quelques résultats toxicologiques de l'analyse des organes en grande partie brûlés de la victime, mais le cas échéant, les probabilités de trouver un indice sortant de l'ordinaire qui puisse s'avérer concluant étaient infimes. Il ne restait plus qu'à espérer que les chimistes de l'expertise médicolégale puissent trouver un élément déterminant parmi les restes calcinés.

Personne ne savait quelle en serait la nature.

Normalement, la victime aurait dû les mener vers le tueur. La plupart des meurtres étaient liés à des histoires de famille. Époux, partenaires, enfants, amis. Les circonstances menant le destin de ces deux personnes à entrer tragiquement en collision étaient généralement évidentes même si les motifs étaient parfois obscurs ou apparemment insignifiants. Et quand il n'y avait aucun lien visible entre le meurtrier et sa victime, on découvrait souvent que leurs chemins s'étaient déjà croisés.

Pour l'instant, ils pensaient avoir découvert l'endroit où Kathryn McCormick avait rencontré son assassin. D'après ce que Tony avait lu et entendu, la victime était une gentille femme, un peu insipide. Même les gens qui travaillaient sous ses ordres étaient peu disposés à dire du mal d'elle. Elle n'avait pas l'air très douée pour se faire des amis ni pour se créer des inimitiés. Elle n'était pas laide mais elle manquait de charisme pour attirer les hommes. Il la voyait comme quelqu'un qui avait toujours tenté de tirer le maximum de profit du peu qu'elle avait. Le détail révélateur pour lui était sa passion manifeste pour la cuisine dont avait parlé Paula. Même si elle n'avait personne avec qui partager ses repas, elle consacrait beaucoup de temps et d'argent à ce loisir exigeant et parfois risqué. Elle essayait de se distinguer des autres. De développer un talent qui, selon certains magazines, permettait de rendre un homme heureux. Qu'elle ait choisi cette voie plutôt que de lire *Cinquante conseils pour épater votre mec au lit* en disait long sur son assassin, selon Tony.

Celui qui se faisait appeler David avait sciemment et intelligemment choisi sa victime. Il n'avait pas opté pour la facilité. S'il avait cherché du sexe et de la violence, il aurait pu trouver une femme dans une boîte de nuit trop saoule ou trop défoncée pour protester. Il aurait pu trouver dans un bar une personne prête à tout pour un peu d'affection. Mais cet homme avait une autre idée en tête. Il lui fallait tout autre chose pour satisfaire ses besoins. Il lui fallait une personne en quête d'amour et en pleine possession de ses moyens.

— Il fallait qu'il ait l'impression qu'elle avait craqué pour lui, commenta-t-il tout haut alors qu'ils étaient presque arrivés à la grange.

— Quoi ? répliqua Carol, surprise, comme si elle aussi était perdue dans ses pensées.

— C'est important pour lui. Kathryn, il l'a courtisée. Il l'a choisie parce qu'il la croyait capable de tomber amoureuse de lui. Il ne l'a pas choisie au hasard. Pendant un mariage, on est dans un état émotionnel particulier. Il y a des chances qu'une femme seule soit plus vulnérable. Elle voit des gens heureux autour d'elle. Elle, elle n'a personne. Et voilà que monsieur Bon Chic Bon Genre apparaît pour l'éloigner du bruit et de l'étalage de sentiments amoureux, vers une possible idylle.

— Tu penses que c'était une idylle ?

Carol semblait plus intriguée que perplexe. Elle avait suivi le développement de ses raisonnements et de ses explications assez souvent pour avoir confiance en ses intuitions. Elles ne se révélaient pas toujours exactes mais elles étaient rarement à côté de la plaque. Elle mit son clignotant pour bifurquer sur la petite route secondaire qui menait jusqu'à la grange et qui lui avait valu ses récents ennuis.

— Un simulacre d'idylle, rectifia-t-il pensivement. Tu sais bien que je n'aime pas tirer de conclusions hâtives sur la base d'un seul meurtre, mais c'est la seule théorie qui colle avec les données que nous avons. Il se peut que je me trompe complètement mais ça me semble cohérent. Il a un projet en tête et il voulait que Kathryn cadre avec celui-ci.

— Pourquoi ?

— Pour qu'en la tuant, son acte puisse avoir le sens qu'il cherche à lui donner.

Carol fronça les sourcils sans prononcer un mot pendant un long moment.

— Parfois je me demande où tu trouves ces idées.

— Une vie entière passée à essayer d'entrevoir l'envers du décor. Tu connais ma mère, dit-il en lâchant un petit rire sans joie. Elle a été mon cobaye. Pendant toute ma carrière, je me suis occupé de cerveaux dérangés et maintenant je vois uniquement le monde à travers le prisme de la folie.

— C'est sûrement pour ça qu'on s'entend si bien, ironisa Carol. Pour le moment, ta théorie est aussi valable qu'une autre. On démarre tout juste et je ne sais pas comment on va pouvoir avancer. Je n'en reviens pas qu'on soit bloqués aussi tôt dans l'enquête.

— C'est parce que ce type est très bon. Je vais être honnête, Carol. Il faut espérer qu'il s'arrête là. S'il y prend goût, on est vraiment mal barrés.

DEUXIÈME PARTIE

27

La voiture en feu brillait comme un phare dans la nuit de velours. Au cœur des Yorkshire Dales, où la pollution lumineuse était très faible, les flammes vous sautaient aux yeux. Toutefois à cet endroit, à mi-chemin entre Snazesett et Burterbusk, sur cette étroite route à sens unique avec quelques portions de dépassement aménagées, il n'y avait aucun passant pour les voir. La petite ville la plus proche était Hawes qui formait la pointe d'une triangle avec les deux autres hameaux, situés à environ huit kilomètres. Personne ne remarqua le faible halo rouge le long de la crête signalant la présence du brasier, à l'exception d'une femme de Leeds qui crut à une aurore boréale.

Le feu n'était plus à son paroxysme quand Anselm Carter quitta son étable après avoir assisté à la mise bas d'un veau par une de ses vaches des Highland. À présent, il ne pensait qu'à boire une canette de Guinness fraîche pour oublier le goût et l'odeur de ces dernières heures, mais il connaissait trop bien son environnement pour ne pas remarquer les flammes en bas de la colline, sur la route qui longeait son meilleur pâturage. Il n'y avait pas de bêtes dans ce pré à ce moment-là, mais Anselm ne voulait pas que sa précieuse terre soit endommagée par un incendie.

Après avoir poussé un soupir, il rentra à la ferme où ses deux adolescentes étaient blotties comme deux chiots dans le canapé affaissé de la cuisine à regarder une série américaine idiote à la télévision.

— Dites à votre mère que je descends jusqu'à la route. Il y a un incendie et il faut que je vérifie que ça ne touche pas notre terrain, dit-il en prenant les clés du Land Rover.

Une des filles quitta brièvement l'écran des yeux.

— Un incendie ?

— Oui.

— Qu'est-ce qui peut prendre feu là-bas ?

— J'en sais rien. Mais il vaut mieux que j'aille voir.

L'adolescente avait déjà redirigé toute son attention sur l'écran et Anselm quitta la chaleur agréable de la pièce pour sortir dans la nuit froide. Le feu était encore vigoureux, si bien qu'il le guida comme une étoile polaire le long du chemin de ferme rempli d'ornières. Quand il arriva sur la route principale, il constata que l'incendie se trouvait à moins d'un kilomètre de là, en direction de Snazesett. Il n'y avait rien à cet endroit à l'exception d'une zone de dépassement et d'un bac à sel, songea-t-il.

Mais dès qu'il bifurqua sur la route, il discerna les contours d'un véhicule en feu, véritable brasier avec des flammes rouges, orange et jaunes. Les phares de sa voiture éclairèrent les volutes d'une épaisse fumée noire qui montaient vers le ciel nocturne.

Anselm se gara à une vingtaine de mètres de là et enclencha ses warnings même s'il était peu probable que quelqu'un passe par là un dimanche soir. Il sortit de sa voiture et avança en direction du brasier. Plus il se rapprochait et plus la chaleur devenait insupportable. Il était allé au sauna une fois, quand son frère était venu s'occuper de la ferme pendant un week-end et qu'il avait emmené Nell dans un hôtel de luxe à Harrogate. Il n'avait pas compris l'intérêt, pourquoi on choisissait délibérément d'avoir aussi chaud. En revanche, Nell avait apprécié. Un jour, elle avait vu un sauna chez Ikea et elle le lui avait montré avec envie, mais il avait trouvé que c'était une dépense futile et qu'il valait mieux investir cet argent dans une nouvelle salle de bains avec une vraie douche.

La chaleur que dégageait ce mur de flammes lui rappelait le sauna, sauf qu'il n'y retrouvait pas les mêmes senteurs d'huiles essentielles. Ici, ça empestait le plastique brûlé et l'huile, le genre de choses qui vous donnait la nausée si vous le respiriez trop longtemps. Anselm ne pouvait rien voir à l'intérieur de la voiture et même si elle était léchée par les flammes qui s'échappaient des trous où s'étaient trouvées les vitres, elles disparaissaient vite dans la nuit. Le bac à sel avait fondu et formait à présent un tas informe de plastique jaune noirci par endroits. En dehors de ça, le feu ne semblait pas s'être propagé plus loin. Des cendres rougeoyantes atterrissaient ici et là dans son champ mais il ne pensait pas qu'elles pouvaient causer de dommages.

Il retourna au Land Rover, songeur. Il aurait pu appeler les pompiers et la police, mais il n'en voyait pas l'intérêt. Il n'y avait aucun risque pour les arbres, le bétail ni les prés. Les secours ne le remercieraient pas de les avoir fait venir en pleine cambrousse un dimanche soir pour une voiture probablement volée et brûlée par des délinquants.

Anselm remonta dans sa voiture et reprit le chemin de terre en direction de sa maison qui formait une petite tache de lumière dans la nuit. Ce coup de téléphone à la police pouvait attendre le lendemain matin.

28

Dans l'équipe de la BREP, l'humeur était devenue morose. Kathryn McCormick était leur première grande affaire et ils étaient complètement embourbés, incapables d'avancer dans la moindre direction. Et chacun était bien conscient que tout le monde les attendait au tournant. John Brandon avait pris l'habitude d'appeler Carol tous les deux jours pour qu'elle l'informe des nouveaux éléments. Mais même lui, malgré ses années d'expérience, n'avait pas été capable de leur suggérer une piste qu'ils n'avaient pas déjà explorée à fond. Il avait beau paraître détendu, Carol savait qu'il subissait des pressions de la part de ses supérieurs, au ministère de l'Intérieur. Elle n'était pas la seule ici qui jouait sa réputation.

À part Brandon, qui était techniquement à la retraite et ne risquait donc rien professionnellement, les huiles des six préfectures de police qui avaient contribué à la création de la BREP avaient tout intérêt à ce qu'ils obtiennent des résultats. Mais même là, la brigade avait des ennemis : des haut gradés dont le fief avait été réduit. Des hommes et des femmes ambitieux dont l'avancement dans la hiérarchie avait été retardé. Des gens mesquins qui se braquaient au moindre signe de changement. Carol et son équipe ressentaient la pression de toute cette hiérarchie aux intérêts différents.

Il y avait aussi les enquêteurs qui, conscients des capacités de leur propre département, étaient furieux qu'on les ait privés d'importantes affaires et qu'on les ait écartés de cette équipe d'élite. Carol pouvait imaginer qu'on se frottait les mains dans plusieurs commissariats de la région au vu de leur manque de résultats sur une des affaires les plus sérieuses de ces dernières années.

Tout en bas de la pyramide, il y avait les simples agents de police. Les hommes et les femmes en uniforme qui effectuaient la basse besogne sur chaque enquête. Personne n'aimait aller frapper indéfiniment aux portes, mener des fouilles dans des HLM miteux ou au fond de forêts boueuses, chercher dans le registre national de la police les propriétaires des voitures ayant grillé un feu rouge, surveiller et contrôler des scènes de crime, gérer des gens tour à tour grincheux, trop curieux ou peu coopératifs. C'était déjà assez pénible de devoir faire ça pour un officier supérieur, mais quand en plus des étrangers venaient leur demander d'effectuer d'autres corvées encore plus rebutantes, certaines personnes ne souhaitaient plus qu'une chose : que la BREP foire son enquête.

Heureusement, il y en avait d'autres qui voulaient sortir du lot et saisir l'occasion d'impressionner quelqu'un d'extérieur à la chaîne hiérarchique qui s'était déjà probablement fait son opinion sur eux. Mais ceux-là aussi finiraient par se lasser du manque de résultats : ils n'auraient aucune chance de briller si rien ne se passait et pas moyen de sortir de l'impasse si la BREP échouait.

Même leurs alliés étaient inquiets. Carol redoutait à présent de voir apparaître le nom de John Brandon sur l'écran de son téléphone. Tous les soirs quand elle rentrait chez elle, l'envie de boire la submergeait presque. Tony avait été présent la plupart du temps pour jouer avec elle ou lui tenir compagnie, ce qui signifiait qu'elle ne pouvait pas trahir sa promesse et craquer. Mais chaque fois qu'il n'était pas là, quand il devait commencer tôt ou partir tard de son travail à l'hôpital de Bradfield Moor et qu'il était plus commode pour lui de passer la nuit sur son bateau amarré en ville, elle devait livrer contre elle-même une dure bataille dont elle ressortait à la fois fatiguée et déprimée. Cette enquête au point mort l'épuisait.

Le lundi matin, trois semaines après la découverte du corps de Kathryn McCormick, Carol tomba sur James Blake, son ancien patron et chef de la police de Bradfield, en se rendant à la BREP. Leur relation avait été conflictuelle dès le début et Blake ne cacha pas sa satisfaction de la savoir en difficulté quand ils se croisèrent dans un couloir du commissariat de Skenfrith Street.

— Ça ne se passe pas comme vous voulez, Carol ? lança-t-il d'une voix traînante.

Il était flanqué de deux commissaires de police en tenue qui arboraient un petit sourire narquois.

Son estomac se noua.

— Nous n'en sommes qu'au début de l'enquête, répliqua-t-elle.

— Trois semaines déjà et pas un seul suspect… c'est un long début, dites donc.

— Certaines affaires sont plus difficiles à résoudre que d'autres. C'est pourquoi la BREP a été créée.

Elle sentit un muscle de sa paupière tressaillir et espérait qu'il ne l'avait pas remarqué.

— La BREP a été créée pour résoudre des affaires difficiles, pas pour que vous brassiez du vent. Vous faites du surplace, d'après ce que j'ai entendu.

Carol se força à sourire.

— On va finir par avancer.

Blake gloussa.

— J'admire votre optimisme. Dommage qu'il n'aille pas de pair avec les compétences de votre équipe, commenta-t-il avant de s'éloigner en la laissant tremblante de colère et d'anxiété.

Elle fonça dans les toilettes les plus proches, s'enferma dans un WC, baissa le couvercle et se laissa tomber dessus. Ses mains et ses jambes tremblaient, son estomac se révoltait. Elle avait envie de gémir, de crier, de hurler. Elle faisait de son mieux, mais ce n'était pas suffisant. Plus maintenant. Elle ne dormait plus, n'avait plus d'appétit et elle ne pouvait pas céder à la seule tentation qui l'obsédait. Elle avait même peur de fermer les yeux dans le noir parce que tout ce qu'elle voyait alors, c'était les images horribles d'anciennes affaires qui lui apparaissaient en tremblotant, comme dans un vieux film super 8 amateur.

Carol s'appuya contre le mur et essaya de respirer calmement. Elle devait se ressaisir pour le bien de son équipe. Elle les avait choisis. Elle était allée les chercher et en avait fait des cibles. Elle ne pourrait plus se regarder dans un miroir si elle les laissait tomber. Elle serra les poings et se frotta vigoureusement la tête. La douleur lui fit oublier ses soucis.

Cinq minutes plus tard, elle entra dans la salle de réunion d'un pas qu'elle voulait décidé. Mais il lui parut immédiatement évident que tout le monde avait perdu espoir. Ils avaient suivi les pistes les plus évidentes, avant de se tourner vers celles qui l'étaient moins, jusqu'au moment où ils avaient dû admettre qu'ils étaient dans l'impasse et avaient dû tout reprendre à zéro en espérant découvrir un détail qui leur avait échappé. Ils avaient même lancé un appel sur un des forums de cuisine que Kathryn fréquentait, pour trouver un éventuel ami qui savait peut-être quelque chose sur ce mystérieux David. Mais ils n'avaient toujours pas la moindre idée de l'endroit où elle avait été tuée ni pourquoi. Ils ne savaient toujours pas non plus pourquoi son meurtrier avait décidé d'incendier la voiture, avec elle à la place du conducteur, sur une aire de repos du North Yorkshire.

Ils venaient à peine de s'asseoir autour de la table de réunion quand le téléphone sonna. Karim, qui était tout en bas de la hiérarchie, savait que c'était à lui d'aller décrocher.

— Brigade régionale des enquêtes prioritaires, annonça-t-il sur un ton étonnement enjoué.

Il marqua une pause.

— Oui, elle est là. Un moment, s'il vous plaît.

Il mit l'appel en attente et dit :

— Chef, c'est la commissaire Henderson du North Yorkshire.

Il essaya de sourire mais donna l'impression qu'il allait éclater en sanglots.

Se préparant déjà à se faire passer un savon d'une façon ou d'une autre, Carol prit visiblement son courage à deux mains.

— Je vais prendre l'appel dans mon bureau.

L'équipe la regarda se lever et s'éloigner. Quand elle referma la porte derrière elle, tous échangèrent des regards inquiets en poussant un soupir.

Une fois retranchée seule dans son bureau, Carol décrocha le combiné et ferma les yeux.

— Commissaire Henderson, dit-elle sur un ton énergique et sérieux en se demandant à quelle sauce elle allait être mangée.

— Commandant Jordan, j'ai des nouvelles pour vous. La nuit dernière, un fermier des Dales a repéré une voiture en feu. Il est allé jeter un œil de plus près mais n'a rien constaté d'alarmant et a donc décidé d'attendre le lendemain pour contacter la police. La patrouille envoyée sur place a aperçu les restes d'un corps dans la voiture. Il semblerait que vous ayez affaire à un récidiviste. Et que celui-ci vous offre une seconde chance.

Pas de chichi et droit au but.

Carol fut prise d'un léger vertige. C'était comme si on venait de lui accorder un sursis. Mon Dieu, elle était tombée bien bas pour considérer un meurtre comme une potentielle opportunité.

— Très intéressant, commenta-t-elle.

— Cette fois au moins, la scène de crime ne sera pas polluée par les pompiers, ajouta Henderson. Une équipe de la police scientifique est en route et je leur ai donné l'instruction de ne rien toucher jusqu'à l'intervention de la BREP. Je vais demander qu'on vous fasse parvenir le dossier.

— Merci, madame la commissaire, répondit-elle en essayant de ne pas paraître trop soulagée. Je vais prévenir l'équipe et nous serons sur les lieux aussi vite que possible.

— Espérons que vous réussissiez à obtenir des résultats cette fois, lâcha-t-elle avant de raccrocher.

Carol se pencha en arrière sur son fauteuil et prit une profonde inspiration. Leur enquête sur le meurtre de Kathryn McCormick avait été compromise dès le départ à cause d'une scène de crime polluée. Cette fois, il n'y aurait plus d'excuses et elle espérait surtout qu'ils n'en auraient pas besoin.

Le Land Rover n'était pas le véhicule idéal pour se déplacer rapidement. Sans compter que toute conversation était compliquée par le bruyant moteur diesel. Mais Carol avait fini par s'y habituer ces dernières années et elle aimait le sentiment de sécurité que lui procurait sa voiture. Par ailleurs, il y avait suffisamment de place pour la chienne, qui était étendue à l'arrière, la tête posée sur les pieds de Tony. Paula était assise à la place du mort, son ordinateur portable ouvert sur ses genoux, son téléphone collé à son oreille afin de pouvoir rapporter d'une voix forte les informations qui leur provenaient de l'équipe du North Yorkshire.

— Où est-ce qu'on va exactement ? demanda Tony pendant que Carol entrait le code postal sur son GPS.

— Direction le trou du cul du monde et une fois arrivés au fin fond de nulle part, il faudra tourner à droite et rouler jusqu'à ce qu'on voie une tente blanche protégeant la scène de crime, répondit Carol.

— Les noms des patelins dans le coin semblent sortir tout droit du *Seigneur des Anneaux*, remarqua Paula. Snazesett et Burterbusk. Ils se moquent de nous ou quoi ?

— Ces noms viennent probablement des Vikings, intervint Tony. Ils ont laissé un peu plus que des gènes de cheveux roux au cours de leurs raids et de leurs pillages dans le Yorkshire. La scène de crime se trouve près d'un village ?

— Non, loin de tout, apparemment, dit Paula. Et d'après ce que Stacey vient de m'envoyer, la première route dotée d'une caméra se trouve à des kilomètres de là. Une fois de plus, il a choisi un endroit où il ne pouvait pas être facilement repéré.

— Il connaît les lieux, en déduisit Tony. Il n'a pas choisi cet endroit par hasard.

— Tu penses qu'il est du coin ? demanda Carol.

— Ça m'en a tout l'air. Ou alors il aime la marche et a déjà passé pas mal de temps par ici. Qu'est-ce que nos collègues du North Yorkshire ont d'autre pour nous, Paula ?

— La voiture est une Peugeot 108 cabriolet vieille de deux ans. Pour les néophytes parmi nous…

— C'est-à-dire moi, dit Tony.

— C'est une petite voiture avec une toile sur le toit qui se replie mais qui ne s'ouvre pas complètement comme sur les vraies décapotables.

Carol poussa un grognement.

— C'est important ?

— Ça pourrait jouer sur l'incendie, expliqua Paula. Si le toit a pris feu, ça veut dire davantage d'oxygène et donc un incendie plus violent. Au cours des deux dernières semaines, je suis devenue en quelque sorte une connaisseuse en matière de voitures brûlées, ajouta-t-elle tristement. Les experts en incendie sont avides de partager leurs connaissances.

— On a identifié le propriétaire de la voiture ? Les plaques sont lisibles ?

— La voiture est immatriculée au nom d'Amie McDonald, domiciliée à Cookridge, dans la banlieue de Leeds. Des policiers du West Yorkshire présents sur place affirment qu'il n'y a personne chez elle. Un voisin leur a indiqué qu'Amie travaillait pour le centre des impôts de Leeds et les collègues vont donc s'y rendre. Mais si nous avons affaire au même gars et qu'il a récidivé, elle ne sera pas là-bas à nous attendre derrière son bureau.

— On doit quand même vérifier, répliqua Carol. Même si c'est sa voiture, ça ne signifie pas que c'est elle à l'intérieur. Elle aurait pu la prêter à quelqu'un ou elle a peut-être été volée. Il faudra sûrement recourir à une identification dentaire, comme la dernière fois.

Elle s'inséra dans un rond-point avant de s'engager sur la route principale qui menait vers Burnley et les Dales.

— Quoi d'autre ?

— Anselm Carter, un fermier du coin, a contacté la police à 6 h 30 ce matin. C'est apparemment l'heure à laquelle il commence à traire les vaches. Il a vu les flammes hier soir aux environs de 21 heures en sortant de l'étable. Il est allé jeter un coup d'œil mais n'a pas vu le corps. Pensant que c'était juste une voiture en feu et qu'elle ne représentait pas de danger pour son terrain ou son bétail, il a décidé d'attendre le lendemain pour contacter les secours.

— On ne peut pas lui en vouloir, concéda Tony. Si je devais me lever à 6 heures du matin pour traire les vaches, je ne pense pas que j'aurais très envie d'avoir la police et les pompiers chez moi aussi tard et de servir du thé à tout le monde jusqu'aux aurores.

— Une patrouille s'est donc rendue sur place, tôt ce matin. En approchant de la voiture, ils ont vu un corps à l'intérieur. Ils pensent que la ceinture de sécurité a brûlé et que le corps a glissé entre les deux sièges. Il y a quelques photos horribles, si tu veux, Tony.

Il grimaça.

— J'attendrai de voir la scène de mes propres yeux. Une fois, c'est suffisant.

— On a affaire au même tueur, n'est-ce pas ? demanda Carol en enclenchant son gyrophare bleu. Je sais bien qu'on ne formule pas d'hypothèse avant de pouvoir se baser sur des faits, mais difficile d'imaginer que ce ne soit pas le même homme.

— Je suis d'accord, dit Tony en poussant un soupir. Je ne voudrais pas me montrer trop enthousiaste à propos de cette nouvelle affaire mais c'est la meilleure chose qui pouvait nous arriver. Le meurtre de Kathryn ne nous a pas fourni assez d'éléments. Cette fois, avec une scène de crime intacte et de nouveaux témoins, nous allons peut-être pouvoir avancer.

— Je comprends ce que tu dis, Tony, mais pour l'amour du ciel, garde ce genre de réflexion pour toi, répliqua Carol, visiblement irritée. Pour quelqu'un censé avoir de la compassion, tu as parfois un cœur de pierre.

— Je ne peux pas établir de profil en me basant sur une seule affaire, tu le sais bien, répliqua Tony, vexé.

— Tout le monde ne te connaît pas aussi bien que nous, Tony, intervint Paula. Le plupart des gens auraient du mal à comprendre qu'on puisse trouver du positif dans un meurtre.

— Peut-être, répondit-il. Quelqu'un est mort hier soir et on ne peut pas changer ça. Il n'y a rien qu'on puisse faire pour les morts. Je préfère réserver ma compassion aux vivants, Paula.

29

L'odeur était la même, mais plus forte parce que l'incendie était tout récent. Les relents âcres de plastique brûlé se mêlaient à d'autres odeurs plus primitives. Carol, Paula et Karim se tenaient serrés les uns contre les autres à l'extérieur de la rubalise qui claquait au vent et délimitait le territoire de la police scientifique et de l'expert en incendie. Kevin était en chemin vers la ferme pour voir si Anselm Carter pouvait compléter le témoignage qu'il avait donné à la police du North Yorkshire.

Tony, quant à lui, marchait perdu dans ses pensées. La zone de dépassement de cette route à voie unique était séparée d'un pré par un fossé et au-delà, par un simple fil barbelé. Cela semblait assez maigre pour empêcher les vaches de s'échapper. Il remonta la route, la longeant dans le sens inverse, mais ne remarqua rien de particulier. Après avoir parcouru une centaine de mètres, il s'arrêta et examina le fossé. Il devait mesurer environ un mètre de profondeur et un mètre cinquante de large. Il estima qu'il pouvait le franchir sans trop de difficultés. Il recula de quelques pas, prit son élan et sauta. Il le franchit, mais la vitesse faillit le faire atterrir contre le fil barbelé. Il chancela mais parvint à garder son équilibre sans tomber en arrière dans la tranchée boueuse. Maintenant qu'il était de l'autre côté du fossé, il constata qu'il n'y avait pas qu'un simple fil barbelé pour retenir le bétail. Il était doublé d'un fil électrique. Quand il fonctionnait, il devait délivrer suffisamment de courant pour dissuader les troupeaux de s'approcher de la route.

Tony étudia le fil barbelé avec appréhension. Il n'était pas le plus adroit des hommes ; c'était typiquement le genre de situation où il pouvait finir avec le pantalon déchiré et la jambe en sang. Il aurait pu demander à Karim de le relayer. Mais ce dernier n'aurait pas pu examiner les lieux du crime avec la même acuité que lui. Il n'avait pas le choix : il devait prendre le risque lui-même.

Avec précaution, il écarta le barbelé vers le bas avant de l'enjamber. Heureusement, il y avait suffisamment d'espace et il poussa un grand soupir de soulagement une fois qu'il l'eut franchi. Le fil électrique ne semblait pas activé, et il le toucha avec le dos de la main pour s'en assurer. Rien.

Il l'enjamba et se dirigea tranquillement vers la carcasse de la Peugeot en regardant tour à tour au sol et vers l'horizon. Il ne savait pas exactement ce qu'il cherchait mais il était certain qu'il devait y avoir quelque chose qui reliait cet endroit à celui où on avait retrouvé Kathryn McCormick immolée par le feu.

Ce lieu n'avait pas été choisi au hasard, il en était persuadé. Il ne s'agissait pas de n'importe quelle zone de dépassement sur n'importe quelle route. Cet endroit avait été sélectionné au moins pour des raisons pratiques mais peut-être aussi parce qu'il revêtait une signification affective et psychologique profonde. De quelle nature exactement, il n'en savait encore rien. Mais tout ce qu'il pouvait apprendre à ce stade était susceptible de lui ouvrir des portes plus tard.

Le paysage était impressionnant. Des collines vallonnées et des vallées où paissaient vaches et moutons. Des bois ici et là à flanc de collines. Des murets irréguliers de pierres sèches qui s'étiraient sur les coteaux et s'entrecroisaient selon des angles farfelus. Le panorama était plus verdoyant et spectaculaire que les landes autour de la grange de Carol. Mais il pouvait tout de même voir que ces deux paysages possédaient des ressemblances intrinsèques.

Se rapprochant de la voiture, il vit que l'on s'activait tout autour. Des silhouettes portant des combinaisons de protection blanches et des masques prenaient des photos et des échantillons. Il avait sa propre grammaire pour déchiffrer une scène de crime, et eux la leur ; les détails qui comptaient pour eux étaient insignifiants pour Tony, et vice versa.

Il dépassa la voiture, déçu de ne pas avoir trouvé ce qu'il cherchait ; même s'il ne savait pas exactement de quoi il s'agissait. Il s'arrêta et regarda encore une fois autour de lui. Rien ne sortait de l'ordinaire. Mais une vingtaine de mètres plus loin, il stoppa net en apercevant quelque chose. Pile devant lui, du côté du pré, une trace était visible dans l'herbe. D'une soixantaine de centimètres carrés, un de ses côtés était assez profond. Elle avait l'air récente. L'herbe qui avait été arrachée ici était flétrie mais pas desséchée. On avait récemment lancé quelque chose dans le pré.

Tony se retourna et mit ses mains en cornet autour de sa bouche.

— Carol !

Elle leva la tête et se tourna vers lui.

— Il faut que tu viennes voir ça, dit-il en indiquant le sol d'un grand geste.

Elle avança dans sa direction, suivie par Paula et Karim.

— Quoi ?

Il lui montra ce qu'il avait découvert.

— J'étais en train de regarder si le tueur n'avait pas franchi le fossé pour s'échapper.

— Pourquoi quelqu'un ferait ça en pleine nuit alors qu'il peut emprunter la route ? demanda Karim.

Tony sourit.

— Excellente question, à laquelle je n'ai pas encore de réponse. En revanche, ce que je sais c'est qu'on a jeté quelque chose dans ce pré, et que celui qui a fait ça se tenait à peu près là où tu te tiens. On devine ça à l'herbe aplatie et au sens des marques de dérapage, ajouta-t-il.

— Je suis contente de voir que tu as appris quelque chose auprès des techniciens de la police scientifique, lança Carol. Paula, tu peux aller chercher l'un d'entre eux ? Je voudrais qu'on analyse ça.

Elle regarda Tony.

— Bon travail, lui dit-elle.

Il haussa les épaules.

— Vous l'auriez trouvée aussi en inspectant les environs. J'ai eu de la chance, c'est tout.

Il se retourna et scruta l'horizon. Sans rien ajouter, il traversa le pré en diagonale, en évitant les bouses de vaches et les crottes de moutons. Il gardait les yeux rivés au sol : si quelqu'un était passé par ici, il ne voulait pas effacer ses traces.

Arrivé de l'autre côté du pré, il s'arrêta près d'un portail en métal à cinq barreaux fermé par un solide verrou à ressorts.

— Je serais étonné que tu aies laissé des traces ici, dit-il à voix haute. Tu es trop malin pour ça. Mais je ne vais pas prendre le risque de les rendre inexploitables au cas où. Il faisait nuit quand tu es venu. Tu pourrais avoir commis une erreur.

Il se contenta de regarder de l'autre côté du portail. Des traces laissées par un tracteur traversaient un autre pré où des moutons broutaient et menaient vers la ferme des Carter. Plus loin, il y avait un muret en pierre. À une intersection entre deux murs, il distingua un panneau indiquant un sentier.

— C'est ça que tu cherchais ? se demanda-t-il. Est-ce que tu te serais vraiment enfui à pied ?

Carol observait Tony traverser le pré, en se demandant ce qu'il fabriquait. Mais vu le peu de résultats obtenus jusqu'ici, toute piste était bonne à suivre. Elle s'entretint avec un technicien en combinaison blanche qui maugréa contre ces amateurs qui saccageaient sa scène de crime. Il examina malgré tout les deux côtés du fossé pour repérer d'éventuelles traces.

Carol laissa Karim avec le technicien et retourna vers la carcasse de la voiture avec Paula.

— Il y a quelque chose qui me frappe, dit Paula.

— Quoi ?

— Si notre voiture trahit notre personnalité, alors Amie doit être une femme très différente de Kathryn. La Ford Focus est exactement le genre de voiture qu'on associerait à une femme comme Kathryn : quelqu'un de fiable, d'un peu ennuyeux, pas très impressionnant. La Peugeot 108, en revanche, renvoie une tout autre image. C'est une jolie petite voiture de sport. Un peu provocante, pourrait-on dire.

— Intéressant, commenta Carol avant d'ajouter en gloussant : Tout le monde semble vouloir rivaliser avec Tony aujourd'hui.

L'expert en incendie venait de retirer ses gants et était en train de les déposer dans un sac en papier quand elles arrivèrent près de la carcasse. Sa capuche blanche pointue lui donnait une allure de personnage de dessin animé. Carol présenta Paula à Finn Johnston avant de lui demander ce qu'il avait pour elles.

— Bon, c'est bien un corps humain à l'intérieur.

— Qu'est-ce que ça pouvait être d'autre ? demanda Paula.

— Vous seriez surprise... Les gens par ici transportent souvent des moutons et même des cochons dans leur voiture, lui répondit-il avec un sourire espiègle. On n'est pas en ville, lieutenant.

— Ce sont les restes d'une femme ou d'un homme ? demanda Carol.

— Difficile à dire. Ce n'est pas mon domaine. Mais vu la position inclinée du corps, la région de l'abdomen a dû être à peu près protégée et donc une fois le corps extrait de la voiture, le médecin légiste pourra peut-être vous apporter une réponse. Tout ce que je peux vous dire pour l'instant c'est que cette personne avait de petits pieds.

— Vous pouvez conclure ça en voyant les restes calcinés ? demanda Paula.

— Non. Parce que j'ai vu les baskets. Et je peux vous dire aussi que la victime portait un jean avec de l'élasthanne.

— Qu'est-ce qui a changé par rapport au meurtre précédent ? demanda Carol.

— Le toit ouvrant. La meilleure façon d'imaginer un corps qui brûle dans un espace confiné comme une voiture, c'est de penser à votre rôti du dimanche au four. Un beau rôti de porc avec une belle peau croustillante. Si vous le laissez trop longtemps à l'intérieur, la peau va noircir, se fendre et brûler. La graisse sous la peau va fondre puis prendre feu avant de se consumer. Jusqu'à ce qu'il ne reste plus que l'os. L'os passe par différents stades de décomposition. Il change de couleur, se craquelle puis des fractures apparaissent. Si le feu dure suffisamment longtemps, il termine en cendres. Comme au crématorium. Le temps est un facteur essentiel dans tout ça. Quelle que soit la température, le résultat sera le même si vous le laissez longtemps dans le four.

Les images utilisées par l'expert en incendie retournèrent légèrement l'estomac des deux femmes. Carol n'était pas près de cuisiner un rôti de porc. Elle aurait presque préféré avoir affaire à un binoclard au jargon incompréhensible qu'à un bon pédagogue comme Finn avec ses comparaisons particulièrement suggestives. Mais c'était ce genre de comparaisons qui frappaient les esprits de Carol et son équipe. Même s'ils finissaient par oublier les explications scientifiques qu'on leur donnait, ce genre d'images restaient en mémoire. Elles rendaient les choses plus palpables et ils se sentaient davantage concernés par les événements.

— Mais quelle différence fait le toit ouvrant ? insista Paula.

— Quand un toit ouvrant brûle, ça attire les flammes vers le haut. Les gaz chauds s'échappent par l'ouverture et les parties basses de l'intérieur de la voiture peuvent se retrouver moins endommagées. Dans notre cas, même si tout ce qui se trouve au-dessus des tibias est très brûlé, ce qui est en dessous l'est moins. Je n'ai évidemment pas déplacé le corps, mais j'en ai vu assez pour affirmer que les baskets ne sont que superficiellement endommagées et quasi intactes. Ce qui signifie que les pieds le sont probablement aussi.

— Ça veut dire qu'on aura de l'ADN ? demanda Carol.

Finn haussa les épaules.

— C'est tout à fait possible, à mon avis. Ça vous serait utile, j'imagine ?

— Il nous faudrait toutefois quelque chose avec lequel le comparer, nuança Carol. Si c'est sa voiture et que les coordonnées fournies par le service des cartes grises sont justes, on pourra rapidement procéder à une comparaison dentaire. Y a-t-il une chance d'établir la présence d'une autre personne dans le véhicule cette fois ?

Dubitatif, il gonfla les joues avant d'expirer l'air par la bouche.

— J'en doute. Cependant, nous aurons certainement des résultats plus détaillés sur les causes et l'évolution du feu, parce que la voiture n'a pas été arrosée d'eau ni de mousse.

— Ce qui est une bonne chose, dit Carol.

— En effet, confirma-t-il en reniflant l'air. Je ne sens pas de produits accélérant dans l'air, mais ça ne signifie pas qu'il n'y en a pas eu. L'odeur a pu se dissiper depuis. Ce que je peux vous dire en revanche, c'est que le feu semble avoir démarré au même endroit, c'est-à-dire aux pieds de la victime. Mais il s'est propagé plus vite et la chaleur a été plus intense à cause du tissu du toit. Après que celui-ci a pris feu, l'apport d'oxygène a augmenté significativement et à l'intérieur de la voiture, le carburant s'est enflammé plus rapidement et plus intensément.

Il esquissa une grimace.

— J'espère que votre victime était déjà morte quand le feu a démarré.

Carol l'apprécia un peu plus pour ce bref témoignage de compassion.

— C'est ce que nous espérons tous. Quand pourrez-vous nous en dire plus ?

— Dans deux ou trois jours, répondit-il. Si nous avons de la chance, nous obtiendrons quelque chose de plus précis cette fois.

Carol secoua la tête.

— Je ne compterais pas là-dessus. Ce type est très prudent. Pour l'instant, il n'a commis aucun faux pas.

30

Sam avala un tiers de sa pinte en une gorgée. Il avait passé trois semaines dans un état de rage que rien ne semblait pouvoir atténuer. Il lui avait fallu plusieurs jours pour débloquer ses cartes bancaires et son compte. Son prêt immobilier était toujours suspendu et il continuait de découvrir d'autres actions perpétrées contre lui par Stacey. Il avait dû fermer son compte Facebook parce que tous les jours son mur se remplissait de nouveaux GIF de chats. Son compte Instagram était infesté de chiots et son compte Twitter retweetait sans cesse des commentaires stupides de supporters fanatiques de football. Sa vengeance était complètement disproportionnée par rapport à ce qu'il avait fait. Il avait juste rencardé un journaliste sur la suspension miraculeuse des poursuites pour conduite en état d'ivresse contre Carol Jordan. À voir la réaction excessive de Stacey, on aurait pu croire qu'il avait décidé de se lancer dans la pédophilie.

Tout allait tellement bien jusque-là. Il était casé, Stacey lui offrait de beaux cadeaux et le prenait pour la huitième merveille du monde. Les choses étaient simples avec elle. Il était sorti avec des femmes qui avaient beaucoup moins d'atouts qu'elle. Elle était loin d'être moche, le sexe avec elle était plus que satisfaisant et le fait qu'elle soit pleine aux as représentait un sacré plus. Sam en avait conclu que Stacey était un bon parti et il avait l'intention que ça dure entre eux. Pourquoi est-ce qu'elle avait pété les plombs à cause d'un article de journal débile qui ne faisait que rapporter la vérité ? Certes, le journal avait plus ou moins insinué qu'on avait contourné la loi au bénéfice de Jordan, mais lui n'était pour rien dans tout ça.

Il poussa un soupir et but encore une gorgée de bière. Il était condamné à boire tout seul parce que personne dans sa nouvelle brigade ne voulait être son ami : on trouvait qu'il se donnait de grands airs sous prétexte qu'il avait travaillé à la BEP.

Juste au moment où il commençait à s'apitoyer un peu trop sur lui-même, une pinte toute fraîche apparut sur la table devant lui, accompagnée d'une femme séduisante qui devait avoir entre quarante et quarante-cinq ans. L'âge n'avait pas d'importance pour lui tant qu'elle avait ce qu'il fallait là où il fallait. Ce qui était son cas : elle avait des cheveux brun chatoyant, portait une élégante veste et une écharpe en velours nouée de façon décontractée ; elle était maquillée à la perfection. Il avait l'impression de l'avoir déjà rencontrée mais ne se souvenait pas où.

Elle s'assit en face de Sam et lui adressa un grand sourire. Il ne put s'empêcher de remarquer qu'elle avait de belles dents.

— Ça ne vous ennuie pas si je me joins à vous ?

Il sourit à son tour.

— Pas si vous venez avec des bières. On se connaît ?

— Pas exactement. Je vous ai vu à des conférences de presse. Je m'appelle Penny Burgess. Je suis journa…

— Je sais qui vous êtes, l'interrompit-il avec un sourire dédaigneux. C'est vous qui avez causé des problèmes à Kevin, il y a quelques années.

Elle afficha un sourire ambigu.

— Kevin s'est attiré des ennuis tout seul. Mais ça remonte à quelque temps déjà et je pense qu'il m'a pardonné, maintenant qu'il a retrouvé son ancien grade dans la police.

— Je ne parierais pas là-dessus. Ces flics de la BREP ne pardonnent rien à personne.

— Vous avez eu des problèmes avec eux ?

Il secoua la tête.

— Ça ne vous regarde pas, répliqua-t-il sèchement.

— C'est bizarre que Carol Jordan ne vous ait pas recruté pour son équipe de choc, dit-elle en faisant glisser son doigt sur le bord de son verre, qui semblait contenir un gin tonic.

— Je suis bien là où je me trouve, répondit-il avec une conviction exagérée.

— Oui, mais quand même, dit-elle sans rien ajouter.

— Quand même, quoi ?

— Vous avez entendu parler de cet accident de voiture mortel près d'Halifax il y a deux semaines ?

— Ça se pourrait, répondit-il avec méfiance à présent.

Avoir quelqu'un à sa table comme Penny Burgess était déstabilisant dans sa situation.

— Cinq morts. Il y en avait quatre à l'origine, mais la cinquième victime a succombé hier.

— C'est triste.

— L'automobiliste responsable de tout ça est un certain Dominic Barrowclough. C'est une des personnes qui ont été tirées d'affaire avec Carol Jordan. À cause d'un éthylotest prétendument défectueux. Mais vous êtes au courant de cette histoire, n'est-ce pas ?

Sam la regarda droit dans les yeux.

— Je ne sais pas de quoi vous parlez, répondit-il froidement.

Penny se mit à rire, les yeux pétillants.

— Ce n'est pas à un vieux singe qu'on apprend à faire la grimace, Sam. Je sais que c'est vous qui avez fait fuiter dans la presse le « coup de chance » dont a bénéficié Carol, expliqua-t-elle en esquissant des guillemets avec ses doigts.

Il vida sa première pinte avant de pousser violemment son verre sur un côté de la table. Un geste qui aurait pu être interprété comme une menace. Ou pas.

— Je n'ai rien à vous dire.

— Je pense que si, répondit Penny. Vous avez divulgué des informations une fois, vous le referez, Sam. La prochaine fois, ce sera plus facile. Et ça le sera de plus en plus. Je veux juste que vous me parliez à moi, c'est tout. Je ne laisserai aucune trace écrite. Je vous paierai en liquide, Sam. Je glisserai l'argent dans des enveloppes kraft. Ni vu, ni connu.

Elle sortit de son sac un journal du soir plié en deux qu'elle poussa vers lui. Il l'ouvrit d'un doigt. Il n'y avait pas d'enveloppe mais quatre billets de cinquante livres. Il tressaillit et referma rapidement le journal.

— Vous me prenez pour qui ?

Il y avait une pointe d'agressivité dans sa voix cette fois.

— Pour une source qui veut être bien payée. Ça, c'est juste de l'argent pour acheter quelques bières, Sam. Écoutez, ils vous détestent déjà. Qu'est-ce que vous avez à perdre ?

Il secoua la tête.

— Mon boulot !

— Je ne trahirai jamais une de mes sources. Et tant que vous ne me communiquez pas d'infos que vous seriez le seul à connaître, vous êtes couvert.

Un long silence. Sam était partagé entre colère et prudence. Le marché qu'elle lui proposait était intéressant.

— Comment on communique ? Comment je me protège ?

Penny sortit un bloc-notes où elle griffonna un numéro.

— Nous nous voyons le soir. Dans un cinéma indépendant à Kenton Vale. Quand vous avez quelque chose pour moi, appelez ce numéro. C'est celui d'un petit pressing. Entrez ce numéro dans votre téléphone sous le nom « pressing ». Dites-lui le titre du film et je vous retrouverai à la dernière séance, au fond de la salle. Vous ne serez même pas obligé de regarder le film, Sam.

Le journal était posé entre eux sur la table.

— C'est un délit de corrompre un policier, lui rappela-t-il.

— Vous avez déjà commis un délit en divulguant cette histoire d'éthylotest. Si quelqu'un en informait la police des polices, ça serait terminé pour vous.

Elle haussa les épaules.

— Vous en avez envie, Sam. Ça vous démange. Je le vois dans vos yeux.

Il prit le journal et avala d'un trait la bière qu'elle lui avait apportée. Il s'essuya la bouche d'un revers de main et se leva, le visage tout rouge.

— Carol Jordan est une alcoolique, dit-il. La femme qui dirige la BREP ne peut pas tenir une matinée sans vider une bouteille de vodka, lâcha-t-il en se préparant à quitter la table.

— Comment je peux le prouver ? demanda Penny, cette fois sur un ton pressant.

— Ça, c'est votre problème, répondit Sam en s'éloignant. Je croyais que vous étiez forte dans ce domaine.

Une fois dans la rue, il s'éloigna à grandes enjambées. Pour la première fois depuis que Stacey avait fichu sa vie en l'air, sa colère s'était apaisée. Pas complètement. Mais c'était un début.

31

Carol avait abandonné Paula à la cantine du quartier général du North Yorkshire pour aller s'entretenir avec la commissaire Henderson au sujet du partage des tâches, vu qu'ils avaient apparemment affaire à un tueur récidiviste œuvrant dans leur secteur. Profitant de cette pause, Paula avait cherché sur Internet un cadeau d'anniversaire pour Elinor. Elle n'était pas douée pour faire des cadeaux. Ses intentions étaient gentilles et généreuses, mais elle avait toujours du mal à trouver le bon présent pour la femme qu'elle aimait. Même si elle connaissait bien sa compagne, elle n'arrivait pas à trouver quelque chose qui sorte de l'ordinaire, ce qui la frustrait.

Mais cette fois, elle était déterminée à y parvenir. Quand la mère de Torin était morte, il avait hérité de tous ses bijoux. Quelques mois plus tôt, Elinor avait décidé qu'elles devaient en dresser l'inventaire pour mettre à jour leur assurance maintenant qu'il vivait chez elles. Torin avait apporté la boîte en bois laqué qui contenait les colliers et les bracelets de Bev. La plupart des bijoux n'avaient rien d'extraordinaire mais quelques-uns étaient précieux, Bev les avait hérités de sa mère et de sa grand-mère, dont le mari avait bien gagné sa vie dans le commerce du poisson à Hull. Elinor s'était extasiée devant un vieux pendentif orné d'un grenat et de deux perles roses. Paula savait qu'elle ne pourrait pas trouver exactement le même mais elle était déterminée à en chercher un ressemblant qui puisse provoquer le même enthousiasme.

Paula n'allait pas se laisser rouler en achetant un bijou sur Internet sans pouvoir l'examiner elle-même. Elle décida donc de passer par haystack.com, un site qui répertoriait des ventes aux enchères et des ventes directes en fonction des secteurs géographiques. Elle obtint quatre résultats en tapant « perle et grenat » mais un seul était un pendentif. Le bijou sur la vignette ressemblait beaucoup à celui que possédait Torin et Paula ne put s'empêcher de sourire à la perspective d'avoir atteint son but aussi rapidement. Elle cliqua sur la photo pour l'agrandir et retint son souffle. Le pendentif n'était pas seulement ressemblant. Il était identique.

En plus d'avoir rédigé une description du bijou, Elinor avait insisté pour qu'elles le prennent en photo. Paula avait réalisé quelques clichés avec son téléphone portable. Elle parcourut donc rapidement son album photo jusqu'à trouver ce qu'elle cherchait. Les photos étaient bien là, ce qui prouvait qu'il ne fallait pas toujours écouter les exhortations de Stacey qui insistait pour effectuer des sauvegardes et ne pas encombrer la mémoire du téléphone. Paula compara les deux images. Il n'y avait aucun doute : c'était le même pendentif.

Soit ce bijou n'était pas une pièce unique comme elles le pensaient, soit l'explication était plus inquiétante. Mais il n'y avait rien qu'elle puisse faire pour le moment. Paula enregistra la page comme favori. Après tout, elle tenait peut-être son cadeau.

Cette histoire la tracassa tout le reste de la journée, comme une dent douloureuse qui se réveille de temps en temps sans prévenir. Elle réalisa à peine qu'ils avaient établi qu'Amie ne se trouvait ni chez elle ni au travail. Mais tant qu'ils ne seraient pas certains qu'il s'agissait bien d'elle à la morgue, personne n'irait parler à sa famille ou à ses collègues de ce corps calciné retrouvé sur une route de campagne. Pour le moment, Amie n'était pas encore considérée comme une personne disparue. À moins que quelqu'un ne signale sa disparation à la police, ils pouvaient se permettre de ne pas dévoiler l'identité de la victime. Les policiers du North Yorkshire avaient contacté plusieurs cabinets dentaires à Leeds mais ça n'avait rien donné jusqu'ici. Ils espéraient tous obtenir une réponse dans les heures qui allaient suivre.

Quand Paula arriva chez elle vers 21 heures, il n'y avait personne à la maison. Elinor était de garde au service des urgences et ne serait pas de retour avant minuit. Torin avait laissé un mot sur la table de la cuisine : « Je suis chez Harry pour réviser. » C'était habituel même si, d'après ce que Paula savait, ils s'étaient récemment brouillés. Elle était contente qu'ils se voient à nouveau.

C'était l'occasion de jeter un œil dans la boîte à bijoux qui se trouvait en haut de la bibliothèque Ikea Billy dans la chambre de Torin. Juste pour vérifier, se dit-elle. Paula gravit les marches et s'arrêta sur le seuil de sa chambre. Le seul moment où elles se permettaient d'entrer sans y être invitées, c'est quand Elinor changeait ses draps. Mais le besoin d'obtenir des réponses était plus fort que le respect de Paula pour l'intimité de Torin.

Elle ouvrit la porte et entra. Dans la pièce flottait l'odeur typique des chambres d'adolescent, mélange de transpiration et de vieilles baskets. Son lit n'était pas fait, la couette formait comme une montagne au milieu des draps, avec les oreillers pour contreforts. Des manuels scolaires étaient éparpillés sur son bureau et son ordinateur portable, fermé, était posé contre un pied de la table. Les murs étaient recouverts de posters de jeux vidéo et d'une affiche de *The Walking Dead*. Paula imaginait qu'il devait y avoir des chambres de ce genre partout dans le pays. C'était plutôt banal et ça ne révélait rien de ce qui se passait dans la tête de leurs occupants. Un adolescent de quatorze ans était assez grand pour causer toutes sortes de soucis à ses parents ou tuteurs.

Elle alla jusqu'à la bibliothèque et prit la boîte. Elle la considéra un instant avant de la poser sur le lit et de soulever le couvercle. L'intérieur était divisé en deux compartiments qui renfermaient chacun un type particulier de bijoux : boucles d'oreilles, bagues, broches, bracelets. Colliers et pendentifs se trouvaient dans des coffrets séparés en velours noir. Paula les ouvrit un par un, pensant chaque fois que le prochain contiendrait ce qu'elle cherchait. Mais aucun d'eux ne contenait le pendentif.

Elle était tellement absorbée par sa recherche qu'elle n'entendit pas que quelqu'un montait l'escalier. Ce fut seulement quand une ombre se dessina que Paula comprit qu'elle n'était plus toute seule. Elle se retourna, la boîte toujours dans les mains, et se retrouva face à Torin.

— Qu'est-ce que tu fiches dans ma chambre avec mes affaires ? demanda-t-il.

Sa consternation était évidente, même si son indignation était un peu forcée.

— Je cherchais quelque chose, répondit-elle.

— C'est ce que je vois. Ça, c'est à moi. Ma mère me l'a laissé. Tu n'as pas le droit, répliqua-t-il en fronçant ses épais sourcils.

Il avança vers elle et, pour la première fois, elle remarqua à quel point il avait grandi. Il mesurait quelques centimètres de plus qu'elle maintenant et ses épaules s'étaient élargies au cours des derniers mois. Il n'y avait rien de menaçant dans son attitude, mais s'il l'avait voulu, il aurait facilement pu lui faire peur.

Il tendit la main pour réclamer la boîte. Paula la lui donna sans hésiter. Elle sortit son téléphone et afficha les photos.

— Je cherchais ça, expliqua-t-elle. Mais je ne l'ai pas trouvé.

Il recula, l'air horrifié.

— Pourquoi tu fouilles dans mes affaires ? Ça ne te regarde pas où je mets mes trucs.

— Je voulais trouver un bijou comme celui-ci pour Elinor. Pour son anniversaire.

Paula était déterminée à tirer les choses au clair. Après tout, elle était censée être douée pour interroger les gens.

— T'as qu'à en acheter un alors, au lieu de piquer les bijoux de ma mère.

L'accusation était tellement scandaleuse que Paula faillit en rire.

— Je ne peux pas piquer ce qui n'est pas là, répondit-elle calmement. J'ai cherché sur Internet un bijou similaire et voilà que je découvre qu'il est en vente sur haystack.com pour huit cents livres.

Il eut l'air étonné.

— Huit cents ? répéta-t-il en essayant de dissimuler sa surprise. Et alors, ça coûte plus cher que ce que tu voulais mettre ? Et du coup tu voulais prendre le mien ?

Il avait le visage tout rouge et semblait vraiment en colère à présent.

— Torin, c'est mon métier de reconnaître les menteurs. Je sais quand les gens me racontent des salades. Le pendentif orné d'un grenat et de perles qui appartenait à ta mère n'est plus où il se trouvait quand nous avons fait l'inventaire de ses bijoux. Et son double est en vente sur Internet. Tu peux m'expliquer ce qui se passe ? Pourquoi est-ce que tu as besoin de huit cents livres ?

— Ce n'est pas moi qui le vends. Essaie de l'acheter et tu verras. Mais même si c'était moi, ça te regarde pas ce que je fais avec mes trucs. Tu n'as pas le droit d'être ici et de fouiller dans mes affaires.

Il semblait au bord des larmes. Paula voyait qu'il était à la fois effrayé, triste et en colère. Elle ne voulait pas le mettre au pied du mur et faire dégénérer les choses.

Elle leva les mains en signe d'apaisement.

— Tu as raison. J'aurais dû attendre que tu reviennes pour te demander où était le pendentif. Je n'aurais pas dû entrer dans ta chambre comme ça et fouiller dans tes affaires.

Il hocha la tête avec véhémence.

— Oui, tu aurais dû attendre.

— Bon, mais où est-ce qu'il est ?

Il frappa du plat de la main contre le mur.

— T'as rien écouté de ce que j'ai dit ? Ce sont mes affaires. Ça me regarde. Je ne suis pas un de tes criminels que tu peux harceler. Sors de ma chambre, maintenant, et laisse-moi tranquille.

C'était le cri du cœur de tout adolescent depuis la nuit des temps. Elle n'avait rien à gagner à lui tenir tête, comprit Paula. Elle ne pouvait pas prendre le risque de compromettre sa relation avec lui alors qu'ils vivaient sous le même toit. Tirer les vers du nez de quelqu'un avec qui on partageait sa vie était apparemment plus ardu que d'obtenir les confessions d'un criminel.

C'était une leçon qu'elle aurait préféré s'épargner. Et qu'elle ne savait comment partager avec Elinor.

32

Les policiers du North Yorkshire avaient fini par triompher. Un agent futé avait découvert qu'Amie McDonald avait grandi aux alentours de Leeds, près de Morley, et il avait pensé que cela pouvait valoir le coup de contacter également les cabinets dentaires de ce secteur. Le deuxième cabinet contacté avait été le bon et dès 10 heures le lendemain, l'équipe de la BREP était en route pour interroger les amis, les collègues et la famille de la victime qu'ils avaient formellement identifiée comme étant Amie McDonald.

Le centre des impôts où elle travaillait était situé dans une imposante bâtisse victorienne en brique rouge richement décorée d'un quartier animé. Alvin suivit sa guide, une chef de service sous le choc, à travers les couloirs municipaux hauts de plafond et qui exhalaient une légère odeur de cire pour parquets typique de l'administration.

— Si vous voulez bien attendre ici, dit-elle, en ouvrant la porte d'une petite salle de réunion avec une table entourée de six chaises. Je vais chercher Jamie Taylor, il travaillait avec Amie et ils étaient très proches.

Elle posa une main sur sa bouche.

— Il va être anéanti, ajouta-t-elle avant de s'éloigner.

Elle revint avec Jamie quelques minutes plus tard.

— Voilà, annonça-t-elle en lui donnant une tape sur l'épaule et en le poussant presque vers Alvin.

Alvin l'observa attentivement. C'était un homme plutôt menu avec une petite tête par rapport à son corps. Il avait des cheveux châtain clair coupés court sur les côtés et une masse de cheveux sur le sommet du crâne qui lui donnait l'apparence d'un champignon. Il avait le sourire tendu et incertain d'un homme désireux de plaire mais qui ne savait pas comment s'y prendre.

— Je suis le lieutenant Ambrose. Asseyez-vous, je vous en prie, monsieur Taylor.

Jamie s'installa sur la chaise la plus éloignée d'Alvin, croisa les bras avant de les décroiser.

— C'est à propos de Gary et du seau à champagne ? Je ne savais même pas qu'il l'avait pris avant qu'on ne revienne de notre lune de miel, dimanche, déclara-t-il d'une voix fluette et aiguë, presque efféminée.

— Non.

Profonde inspiration.

— J'ai peur d'avoir de mauvaises nouvelles à vous annoncer. Votre amie Amie McDonald est décédée.

Jamie tressaillit et son visage se décomposa.

— Non... non... bégaya-t-il en secouant la tête. Vous devez faire erreur. C'est pas possible.

— Malheureusement, il n'y a pas d'erreur, répondit Alvin d'une voix plus douce.

— Mais comment ? Elle était en pleine forme. Elle a eu un accident ? Qu'est-ce qui s'est passé ?

— Je ne sais pas trop comment vous annoncer ça, monsieur Taylor, mais nous pensons que la mort d'Amie est suspecte.

— Quoi ? Vous voulez dire que quelqu'un l'a *tuée* ?

Il secoua la tête, incrédule, avant d'écarquiller les yeux.

— C'est Steve ? Il s'en est pris à elle ?

— Qui est Steve ?

— Son ex. Elle l'a largué quelques jours avant mon mariage. Elle n'avait vraiment pas envie de venir toute seule à la fête mais elle ne pouvait pas rester un jour de plus avec lui. Je n'arrive pas à y croire, dit-il en secouant de nouveau la tête. C'est un connard, mais de là à la tuer ?

Le fait qu'Amie s'était rendue seule au mariage lui mit la puce à l'oreille. Exactement comme Kathryn McCormick. Était-ce un hasard ou est-ce que cela faisait partie du mode opératoire du tueur ?

— Pour le moment, nous ne savons pas qui a tué Amie, expliqua-t-il. Nous sommes au début de l'enquête. Mais de toute évidence, il va falloir que nous parlions à ce Steve. Si vous pouviez me donner ses coordonnées...

Jamie hocha vigoureusement la tête et sortit son téléphone.

— Steve Standish.

Il tendit le téléphone à Alvin avec le numéro affiché. Le policier le recopia dans son carnet.

— Je n'arrive pas à réaliser.

— Quel genre de personne était Amie ? Vous la connaissiez bien ?

Jamie sourit.

— C'était ma meilleure amie. Amie et Jamie. On nous appelait « les jumeaux ». Nos bureaux se faisaient face et on rigolait bien ensemble. On ne s'amuse pas beaucoup dans notre métier : on passe des heures à parler avec des gens qui ne peuvent pas payer leurs factures et dont la vie est brisée, la plupart du temps. On a donc besoin de décompresser sans quoi on pète les plombs, franchement.

— C'était quelqu'un qui aimait s'amuser ?

— Ça oui. On ne s'ennuyait jamais avec elle. C'était un vraie boute-en-train.

— Et à votre mariage ? C'était la même chose ?

Il était temps de creuser cette piste.

Jamie parut momentanément abattu.

— À vrai dire, elle semblait avoir un peu le cafard. Vous savez comment ça se passe à un mariage. Il y a une atmosphère particulière, l'amour est dans l'air. Et Steve était le dernier d'une série d'hommes qui ne s'étaient pas montrés à la hauteur avec elle. Mais pourquoi me posez-vous des questions sur le mariage ? Steve n'y était pas, dit-il en fronçant les sourcils.

— Il est possible qu'Amie y ait rencontré quelqu'un.

Son visage s'éclaira.

— Elle a rencontré quelqu'un, en effet. Eloise et moi, on était très contents. Parce qu'Amie méritait quelqu'un d'unique comme elle. Elle avait très envie de se poser et de fonder une famille, mais elle ne voulait pas de n'importe qui. Elle enchaînait les hommes. Je ne suis pas en train de dire que c'était une fille facile. Elle avait juste un niveau d'exigence élevé et elle était souvent déçue. On espérait donc qu'elle fasse une belle rencontre à notre mariage.

— Vous savez qui elle a rencontré ?

Il croisa les bras à nouveau.

— En fait, c'est plutôt marrant. Elle m'a envoyé un message le lendemain du mariage pour me dire qu'elle avait rencontré un homme charmant qui s'appelait Mark et qu'ils s'étaient tout de suite bien entendus. C'était un vrai gentleman et elle allait le revoir. Elle s'étonnait qu'on ne les ait pas présentés plus tôt. J'ai demandé à Eloise : « Qui c'est ce Mark ? » Le seul Mark de mon côté était un cousin de Bingley et personne, pas même un aveugle avec le nez bouché, n'aurait dit de lui qu'il était charmant.

— Et que vous a répondu Eloise ?

— Qu'il n'y avait pas de Mark dans sa famille. Il y avait quelques personnes dont elle ne connaissait pas les partenaires, mais si ce Mark était venu avec quelqu'un, il n'aurait pas dragué Amie, si ?

— J'imagine que non. Est-ce qu'Amie vous a envoyé d'autres messages pour vous parler de ce Mark ?

Jamie acquiesça.

— Il l'a invitée dans un restaurant indien quelques jours après le mariage.

Il tapota sur son téléphone et ouvrit l'application pour les messages.

— Regardez par vous-même, dit-il à Alvin en lui tendant le portable.

> AMIE : Vous vous amusez bien les tourtereaux ? J'espère que c'est top la Barbade ! Notre charmant Mark du mariage m'a invitée dans un délicieux restaurant indien hier soir ; les plats étaient super bons mais j'étais surtout en super compagnie ! Il est vraiment adorable. J'arrive pas à croire que vous m'ayez caché son existence ! Bises.
>
> JAMIE : C'était pas volontaire. On ne sait pas qui c'est ! Mais c'est génial que tu aies rencontré quelqu'un de sympa. Bise.
>
> AMIE : Il dit qu'il connaît El du travail. Peut-être qu'il s'est incrusté parce qu'il n'était pas sur la liste des invités ! Bisous.
>
> JAMIE : Peu importe. Profites-en ma belle ! Nous, on va boire un cocktail en regardant le coucher de soleil... et plus si affinités !!! Bisous.

Alvin releva la tête.

— Ni vous ni votre femme ne vous êtes inquiétés de savoir qu'un inconnu était présent à votre mariage ?

Jamie haussa les épaules.

— Ça arrive tout le temps. C'est devenu un truc courant depuis ce film : *Serial Noceurs*. C'est plutôt marrant. J'ai entendu dire que des types font ça tous les week-ends. C'est pas très grave au fond, c'est juste pour profiter de quelques verres gratuits.

Alvin avait du mal avec la réaction désinvolte de Jamie. Il se demanda si cela le dérangeait parce qu'en travaillant dans la police, il savait que le mal rôdait partout. Ou si c'était parce qu'il était trop protecteur avec les siens. Il n'aurait pas aimé que de parfaits inconnus s'incrustent à des fêtes de famille.

— Il y a d'autres messages ? demanda-t-il par politesse tout en faisant défiler l'écran avec son pouce.

— Regardez, je vous en prie, répondit Jamie.

AMIE : Youpi ! Dani qui travaille à Hunslett est transférée dans nos bureaux. Elle est marrante !
JAMIE : Super. J'adore cette fille. Tu as revu ton Mark ?
AMIE : On est allés dans un pub à la campagne où jouait un groupe, la musique était pas terrible mais c'était sympa. Il me fait rire. Je le revois mardi. Comment ça se passe à la Barbade ?
JAMIE : On adore. El a un beau bronzage et moi je suis juste rose.
AMIE : Soirée extra avec Mark dans un super resto italien. Il m'a proposé un week-end dans les Dales. Un copain lui a prêté un cottage. C'est chouette, non ?
JAMIE : Oh, oh, je vois ! Un week-end dans les Dales ! Attention c'est humide par là-bas ; –) Il faut sortir couvert !!
AMIE : T'inquiète, j'ai ce qu'il faut ! Je te raconterai.
JAMIE : Tu me diras tout ça lundi ! Ça fait au moins un truc qui me donne envie de revenir au boulot
AMIE : Tu auras tous les détails, promis. Bisous.

— Ça s'arrête là ?

Jamie hocha la tête.

— Je n'ai pas compris pourquoi elle n'était pas là lundi. J'ai dit à Eloise que le week-end d'Amie dans les Dales avait dû dépasser ses espérances, raconta-t-il, la gorge serrée. Je me sens con d'avoir dit ça, maintenant.

— Vous ne pouviez pas savoir, répondit Alvin. Il me faudrait un maximum de photos prises à votre mariage. Vous pouvez vous en charger pour nous ?

Jamie poussa un soupir.

— Je pense. À nous deux, nous avons les numéros et les e-mails de tous les invités. Je vais faire passer le message. Tout le monde aimait Amie.

Ses yeux s'embuèrent de larmes.
— Vous devez retrouver le salaud qui a fait ça. Elle était adorable. C'était un rayon de soleil.
Alvin baissa la tête et répondit :
— Croyez-moi, nous faisons tout notre possible.

33

Quand Kevin arriva chez Amie McDonald à Leeds, la police du West Yorkshire était déjà sur place. Il n'eut pas à se plaindre de l'attitude des policiers envers lui, mais dans la mesure où il n'y avait aucun signe de l'homme qui avait côtoyé la victime après le mariage de Jamie et Eloise, il n'y avait aucune raison qu'ils se montrent peu coopératifs. Il n'y avait pas de calendrier avec des rendez-vous inscrits dessus ; Amie les notait probablement sur son téléphone et elle n'en avait pas fait de sauvegarde sur la tablette qui se trouvait sur sa table de chevet. Son téléphone, lui, avait vraisemblablement péri dans l'incendie avec sa propriétaire.

Kevin jeta un rapide coup d'œil autour de lui. L'appartement était l'exact opposé de celui de la première victime. Si Kathryn semblait presque une maniaque du rangement, Amie était plutôt la reine du désordre. Vêtements, magazines, maquillage, souvenirs de vacances, bouteilles aux formes bizarres remplies d'alcool aux couleurs exotiques et d'autres babioles que Kevin ne pouvait qualifier que sous le terme de « bric-à-brac » remplissaient chaque pièce. Il était soulagé de ne pas avoir à fouiller cet endroit.

— Je vous laisse faire votre boulot les gars, lança-t-il après s'être assuré qu'il n'y avait rien de crucial pour l'enquête à ce stade.

— On vous contacte si on trouve quelque chose, lui promit le lieutenant en charge de la fouille. En dehors des archives complètes de la presse people.

Comme il était sur place, Kevin décida de rendre visite aux voisins. L'immeuble se composait de six appartements construits par la municipalité au milieu des années cinquante puis vendus pour une bouchée de pain sous l'ère Thatcher afin de faciliter l'accès à la propriété. Aujourd'hui leur prix était inabordable pour des primo-accédants mais parfait pour quelqu'un comme Amie qui avait un bon travail et un bon apport initial.

Personne ne répondit sur le palier, ce qui n'avait rien d'étonnant au beau milieu d'un jour de semaine. Mais Kevin avait cru voir un rideau bouger au rez-de-chaussée quand il était arrivé. Il attendit un long moment après avoir sonné à l'appartement 1, et la porte finit par s'ouvrir, révélant un homme âgé soigneusement vêtu ; il portait un pantalon gris en toile sergé et un gilet en laine marron par-dessus une chemise bleue déboutonnée au niveau du col qui laissait apparaître une peau plissée en accordéon. Il avait le visage fin, ridé et parsemé de petites taches comme une pomme qu'on aurait laissée trop longtemps dans une corbeille à fruits. Il cramponnait une canne en aluminium, ses articulations rongées par l'arthrite saillant comme des osselets.

— Vous êtes policier vous aussi ? demanda-t-il abruptement comme tout homme du Yorkshire qui se respectait.

— Oui, répondit Kevin. Je suis l'inspecteur Kevin Matthews.

— Vous ne m'avez pas l'air d'être du coin, récrimina le vieil homme. Tout le monde quitte sa région natale, de nos jours.

— Je suis de Bradfield. Pourriez-vous me donner votre nom, monsieur ?

— Pourquoi pas ? Ça ne coûte rien. Je m'appelle Harrison Braithwaite.

— Enchanté de faire votre connaissance, monsieur Braithwaite. Je me demandais si je pouvais échanger un mot avec vous au sujet d'une de vos voisines ? Amie McDonald ?

Son visage se fendit d'un sourire.

— Amie ? Une fille charmante. Elle s'est attiré des ennuis ? demanda-t-il en lâchant un rire aigu qui ne cadrait pas avec le personnage. C'est un sacré numéro, Amie.

— J'ai bien peur que ce ne soit plus grave que ça, répondit Kevin avec douceur. Je suis désolé de vous annoncer qu'Amie est décédée.

Ses yeux bleus larmoyants s'écarquillèrent et il resta pantois quelques instants.

— Non, il doit y avoir une erreur. Je l'ai vue vendredi après le travail. Elle est passée pour m'annoncer qu'elle allait dans les Dales ce week-end et m'a demandé si j'avais besoin de quelque chose avant de partir. Elle se portait comme un charme. Comment peut-elle être morte ?

— Je peux entrer ?

Braithwaite hocha la tête d'un air absent avant d'ouvrir la porte en grand afin que Kevin puisse passer. L'appartement était surchauffé et sentait bizarrement l'encens. Un étrange gazouillis provenait du salon au fond du couloir. Kevin suivit le vieil homme et entra dans une pièce lumineuse, dont un des murs était occupé par une volière. Il devait y avoir deux douzaines de petits oiseaux à l'intérieur : des perruches, des canaris et même un couple d'inséparables. Il comprenait à présent le pourquoi de l'encens : derrière son parfum, il décelait l'odeur, plus âcre, des fientes d'oiseaux.

— Dites donc ! s'exclama Kevin, en avançant vers la cage. Je ne m'attendais pas à ça.

— Ma grande fierté et ma joie, annonça Braithwaite en se laissant tomber dans un vieux fauteuil. Ce ne sont pas des animaux mais des compagnons.

Il n'y avait jamais de moments de calme ni de silence ici. L'agitation et les pépiements continuels auraient rendu fou Kevin mais ça avait l'air de réjouir Braithwaite.

— Amie aimait les oiseaux, ajouta-t-il. Qu'est-ce qui lui est arrivé ? Je n'arrive pas à y croire. Je ne connaissais personne d'aussi joyeux qu'elle.

Kevin s'assit en face de lui sur un fauteuil moins usé que celui du vieil homme.

— Nous avons trouvé son corps dans une voiture incendiée sur une route secondaire dans les Dales.

— Oh mon Dieu, s'exclama Braithwaite, sous le choc. Elle n'est pas morte brûlée vive quand même ? demanda-t-il, les larmes aux yeux. J'ai travaillé dans les mines, vous savez, et j'ai vu les dégâts que peut causer le feu, ajouta-t-il en portant une main à sa bouche.

— Non, non, répondit immédiatement Kevin. Nous pensons qu'elle était déjà morte quand on a mis le feu à la voiture.

Braithwaite fronça les sourcils.

— Je ne comprends pas.

— Je ne sais pas comment vous annoncer ça, monsieur Braithwaite, mais nous pensons qu'Amie a été assassinée et que le meurtrier a brûlé son corps dans la voiture pour effacer ses traces. J'essaie d'en savoir plus sur l'emploi du temps d'Amie les jours qui ont précédé sa mort afin de déterminer où elle aurait pu rencontrer son assassin.

Il marqua une pause pour lui laisser le temps de se ressaisir.

— Je n'en crois pas mes oreilles, jeune homme, dit-il en secouant la tête. Pourquoi… Je ne comprends pas pourquoi quelqu'un voudrait faire du mal à Amie. Elle avait un cœur en or, cette jeune femme. L'hiver dernier, je me suis cassé le pied. J'ai glissé sur une marche comme un abruti. Amie a fait mes courses pendant trois semaines jusqu'à ce que je puisse remarcher. Et elle me donne toujours un coup de main quand j'ai des choses lourdes à porter : les boîtes de conserve, les sacs de graines pour les oiseaux, les packs de bière.

Son visage se décomposa.

— Qu'est-ce que je vais faire maintenant ? Certaines semaines, c'était la seule personne avec qui je parlais, en dehors de mes oiseaux.

Kevin lui laissa le temps de digérer la nouvelle.

— Ça avait l'air d'être quelqu'un d'adorable.

— Oui, elle l'était. Elle était malheureuse en amour mais gardait son optimisme. Chaque fois qu'elle en trouvait un nouveau, elle était sûre que c'était le bon. Mais ça ne durait jamais longtemps. Elle était très exigeante. Elle voulait une relation sérieuse. Et si ça ne fonctionnait pas, pas de quartier, elle les dégageait vite fait !

Il secoua la tête en poussant un soupir.

— Nous pensons qu'elle avait rencontré quelqu'un récemment, dit Kevin.

— Vous avez raison, en effet. Elle s'était débarrassée de ce bon à rien de Steve Standish il y a environ trois semaines et puis elle a rencontré un gars à un mariage. Ça devait être il y a deux semaines. Mark, c'était ça son prénom.

— Est-ce qu'elle vous a parlé de lui ?

— Elle avait l'air de le trouver super. Ils sont sortis deux ou trois fois après le mariage et elle m'a dit que c'était un parfait gentleman. Selon elle, la plupart des hommes n'étaient intéressés que par une seule chose. Et ils voulaient avoir ce qu'ils souhaitaient dès le premier ou le deuxième soir. Mais apparemment Mark était différent. Il voulait prendre le temps.

— Ça convenait à Amie ?

— Elle disait qu'elle n'était jamais sortie avec quelqu'un comme ça. Quelqu'un qui ne voulait pas simplement se servir d'elle et qui voulait d'abord apprendre à la connaître. Il était veuf. Cancer, dit-il en prononçant ce mot comme si cela était dangereux en soi. Voilà pourquoi il ne voulait pas se précipiter. Il avait dit à Amie qu'elle lui rappelait sa défunte femme et elle pensait que c'était pour ça qu'il était respectueux. Pour tout vous dire, c'était la première fois que j'appréciais un homme dont elle me parlait.

Il se leva et s'avança vers la volière. Il passa un doigt à travers le grillage et une perruche bleue approcha aussitôt. Il posa son visage contre la cage et l'oiseau frotta sa tête contre sa joue ridée. Ce fut un curieux moment de tendresse. Quelques secondes passèrent avant que Braithwaite ne retourne vers son fauteuil, rasséréné.

— Ça serait ce Mark qui lui aurait fait ça ?

— C'est difficile d'affirmer quoi que ce soit à ce stade. Est-ce qu'Amie vous a dit autre chose à son sujet ? Son nom de famille ? Ce qu'il faisait dans la vie ?

— Il est cadre marketing chez Tesco. Il est souvent en déplacement. Il doit s'assurer que les magasins mettent bien en valeur certains produits en promotion. Vous savez, du genre : un produit acheté, le deuxième à moitié prix. Ou ceux qui vous rapportent des points en plus sur votre carte fidélité. Ce genre de truc. Ce n'est pas un vrai métier, mais on prend ce qu'on trouve. Il semblait gagner pas trop mal sa vie. Il l'emmenait dans de beaux endroits. Il était très bien habillé aussi. J'apprécie les hommes qui prennent soin de leur apparence.

Kevin eut du mal à cacher sa surprise en entendant ces mots.

— Vous l'avez vu ? demanda-t-il à Braithwaite d'un air désinvolte comme si ça n'avait pas la moindre importance.

Le vieil homme hocha la tête.

— Quand il est sorti avec Amie, mardi. Ils sont revenus en taxi. Il l'a accompagnée jusqu'à l'entrée.

Je n'étais pas en train de les espionner ou je ne sais trop quoi. Je ne suis pas un pervers. Je venais juste d'éteindre la télé à ce moment-là et j'étais assis dans la pénombre. J'aime bien écouter les oiseaux se préparer pour la nuit. Bref, ils se sont embrassés pour se dire au revoir. Un baiser passionné mais rien de déplacé. Et puis il est retourné dans le taxi pendant qu'elle ouvrait sa porte. Le taxi a attendu qu'elle soit rentrée chez elle avant de partir.

— À quelle heure ça s'est passé ?

— Comme je vous l'ai dit, je venais d'éteindre la télé après avoir regardé les infos du soir ; il ne devait donc pas être plus de 23 h 15.

— Vous pourriez me le décrire ?

Braithwaite se tritura le lobe de l'oreille d'un air pensif.

— Taille moyenne, un mètre soixante-quinze environ. Mince mais pas chétif. Plutôt bien bâti. Des cheveux bruns coiffés en arrière et formant un genre de toupet. Il portait de petites lunettes rondes avec des branches dorées comme celles qu'avait John Lennon. On appelait ça des lunettes de grand-mère avant. Il portait un très beau costume. Celui-là, il ne l'a pas acheté chez Tesco.

— Vous êtes très observateur, constata Kevin.

Même si sa description n'était pas d'une grande utilité, il espérait obtenir d'autres informations.

— Je regarde les oiseaux dans le jardin en plus des miens, expliqua-t-il. On développe son sens de l'observation et du détail en admirant les différentes espèces.

— De toute évidence. Vous n'auriez pas vu quelle compagnie de taxi ils ont empruntée, par hasard ?

Il acquiesça d'un air fier.

— Si, jeune homme. Yorkie Cabbie. Je m'en souviens bien parce que je les utilise moi aussi. Ils font une remise pour les retraités.

C'était une piste des plus fragiles, Kevin en avait conscience. Mais c'était néanmoins une piste. Et ils en avaient sacrément manqué au cours des deux dernières semaines. Il était impatient de transmettre les infos qu'il avait trouvées, mais il ne pouvait pas partir comme ça. Carol Jordan avait inculqué à son équipe l'importance d'entretenir une bonne relation avec les témoins.

Cinq minutes. C'est le temps qu'il accorderait à Harrison Braithwaite et à ses oiseaux avant de rentrer au bercail.

34

Ils trouvèrent Steve Standish occupé à extraire un pneu de sa jante en aluminium à l'aide d'une machine assourdissante. Le garage bruyant où il travaillait comme bras droit du patron tournait à plein régime. Toutes les fosses de réparation et les travées étaient prises et les mécaniciens passaient d'une tâche à l'autre à un rythme effréné. Paula et Karim avaient pénétré dans le garage d'un pas nonchalant, apparemment insensibles à l'agitation. Ils avaient demandé au premier homme en bleu de travail qu'ils avaient rencontré de leur indiquer où se trouvait Standish.

— C'est lui, là-bas, qui enlève le pneu, avait-il répondu en le désignant du pouce.

Ils s'approchèrent lentement pour ne pas gêner les employés dans leur travail. Paula en profita pour observer attentivement Standish. Il devait mesurer un mètre soixante-dix, avait des épaules larges et musclées et sa combinaison de travail était sanglée à la taille par une large ceinture en cuir. Il avait tout l'air du type qui passait plus de temps à la salle de sport que sur un canapé. Mais vu le travail physique qui était le sien, sa musculature n'était pas que de la gonflette. C'était un homme fort. Il avait les cheveux châtain clair, rasés sur les côtés et légèrement plus longs à l'arrière. Il donnait l'impression de porter une perruque qui aurait glissé.

Ils attendirent qu'il libère le pneu de sa jante en métal et éteigne la machine.

— Steve Standish ? demanda Paula. Nous appartenons à la Brigade régionale des enquêtes prioritaires.

Il se retourna en entendant son nom et ses yeux s'écarquillèrent quand il comprit qu'il avait affaire à deux policiers.

— J'ai rien fait de mal, protesta-t-il brusquement.

Sa voix était profonde et pleine d'assurance.

— Personne ne vous accuse de quoi que ce soit. Je suis la lieutenante McIntyre et voici l'agent Hussain. Est-ce que nous pourrions vous parler en privé ?

Il posa le démonte-pneu à ses pieds.

— C'est pour quoi ? demanda-t-il, mains sur les hanches, menton relevé, cherchant inconsciemment à paraître plus grand.

— Ce serait mieux pour vous que cette conversation reste entre nous, intervint Karim.

— Je n'ai rien à cacher. Si vous avez quelque chose à me dire, allez-y.

Les deux policiers se regardèrent.

— Quand avez-vous vu Amie McDonald pour la dernière fois ? demanda Paula.

Standish secoua la tête de façon exagérée comme pour suggérer que la question lui donnait la migraine.

— Qu'est-ce qu'elle a dit ? Écoutez, je ne lui ai jamais fait de mal. OK, j'ai jeté sa fichue théière contre le mur. Et j'ai peut-être haussé un peu le ton. Mais je n'ai jamais levé la main sur elle. Pourquoi elle a attendu trois semaines pour vous contacter ? Elle s'ennuie déjà de sa nouvelle vie ?

Il se pencha en avant, poings serrés.

— Pourriez-vous répondre à la question, monsieur ? demanda Paula, le visage impassible.

Elle se demandait ce qu'Amie McDonald avait trouvé de si attirant chez cet homme. Certes, il n'était pas vilain, mais si cette attitude lui était habituelle, c'était pour elle rédhibitoire.

— La dernière fois que je l'ai vue c'était il y a trois semaines. Elle m'a jeté parce que je n'avais pas respecté une autre de ses stupides règles.

— Quel genre de règles ? demanda Karim.

— Baisser la cuvette des toilettes, ne pas poser ses pieds sur la table basse, mettre son assiette sale dans le lave-vaisselle, ne pas laisser sa serviette de toilette par terre dans la salle de bains. Ce genre de trucs. Des conneries. Des choses qu'elle pouvait régler en dix secondes. Merde, je lui rendais des services tout le temps. J'ai monté sa fichue commode Ikea. J'ai nettoyé sa voiture. Je suis allé la chercher au travail. J'ai fait ce qu'il fallait faire, quoi. Du donnant donnant. Mais ça ne lui suffisait pas. Ce qu'elle voulait, c'était l'homme parfait et pour être honnête, elle m'a coiffé au poteau. J'en avais ras le bol qu'elle soit toujours sur mon dos. Je sais pas ce qu'elle vous a raconté, mais ce sont des conneries.

— Vous n'étiez donc pas en colère contre elle ? Aucune envie de vous venger ? demanda Paula.

Il haussa ses épaules musclées.

— J'étais un peu remonté. Personne n'aime se faire larguer. Surtout quand on a le sentiment d'avoir été injustement traité. Mais pour être honnête, ça ne m'a pas dérangé tant que ça. C'était pas comme si je me retrouvais à la rue ou un truc dans le genre. J'ai toujours mon appart. J'étais pas con au point de tout lâcher pour une femme qui change de mec comme moi je change les pneus.

— Vous ne l'avez pas vue le week-end dernier ?

Il fronça les sourcils, son front plissé par l'effort.

— Le week-end dernier ? Pourquoi je l'aurais vue ? Je suis jamais retourné la voir après qu'elle m'a largué. Je ne vais pas me mettre à genoux devant elle.

Paula était consciente qu'ils étaient le centre de l'attention dans le garage. Les autres mécaniciens trouvaient des prétextes pour se rapprocher d'eux et deux employés qui étaient en train de remplacer un pot d'échappement avaient arrêté de travailler pour écouter attentivement la conversation.

— Qu'est-ce que vous faisiez ce week-end ? demanda Paula. Juste pour savoir.

— Elle m'accuse de quelque chose ? Parce que je l'ai pas vue, et encore moins touchée.

— Ce week-end, répéta Paula en durcissant le ton. On peut continuer cette conversation ici ou bien ce sera au commissariat.

Il poussa un grognement.

— Je connais mes droits. Vous ne pouvez pas me mettre en taule sauf si vous m'arrêtez.

Paula fit un pas dans sa direction.

— Vous voulez vraiment qu'on aille jusque-là ? Croyez-moi, vous allez le regretter. Vous pensez que votre patron va apprécier de voir un de ses employés menotté et emmené de force devant ses clients ? Vous pensez que vous aurez encore votre boulot demain ?

— Vous me menacez ? demanda-t-il un peu moins sûr de lui.

— Non. Je vous informe, répliqua-t-elle en soutenant son regard.

Il détourna les yeux le premier.

— Vendredi, après le travail, je suis allé au pub avec les gars. Ils vous le confirmeront. Et après on est allés manger un kebab.

Une fois qu'il eut commencé à parler, il n'y eut pas moyen de l'arrêter.

— Je suis rentré à 23 heures parce que je bossais ce week-end. J'ai travaillé de 8 à 18 heures samedi et on est allés en ville avec quelques collègues ensuite. Pareil que la veille, sauf que j'ai rencontré une fille à Glitterat-Leeds. Vous connaissez ? C'est une boîte derrière la gare. Je suis allé chez elle, je lui ai donné ce qu'elle voulait, j'ai pris son nom et son numéro et je suis rentré chez moi vers 9 heures du matin. J'ai à peine eu le temps de me doucher et de me changer pour aller au boulot. J'ai bossé de 10 heures à

16 heures avant d'aller dîner chez ma mère. Il y avait mes parents, ma sœur et son copain. Je suis resté assez tard : on a regardé une émission sur le foot. Joni et Chris m'ont ensuite déposé chez moi avant de rentrer chez eux. Voilà, comment s'est passé mon super week-end. Je ne sais pas ce qu'Amie vous a dit, mais elle vous a raconté des conneries.

— Merci, monsieur. J'aurais besoin que vous me fassiez une déposition en bonne et due forme avec le nom et les coordonnées de toutes les personnes qui pourront confirmer vos dires. On vous contactera pour arranger un rendez-vous, l'informa Paula avec un petit sourire.

— C'est vraiment nécessaire ? Tout ça à cause d'une foutue plainte pour tapage nocturne ? répondit-il sur un ton de nouveau agressif.

— Oui, monsieur, c'est nécessaire, répliqua-t-elle en reculant de quelques pas par prudence. Tout ceci n'a rien à voir avec une plainte pour tapage nocturne. Nous enquêtons sur un meurtre.

Son visage se figea.

— Un… un meurtre ?

— Oui, monsieur.

Paula n'était pas adepte des tactiques de choc, mais avec Steve Standish, elle était prête à faire une exception.

— Quelqu'un a assassiné Amie McDonald. Et il va falloir que vous répondiez à quelques-unes de nos questions.

35

Yorkie Cabbie avait installé ses locaux dans ce qui était autrefois le salon d'une villa victorienne, perdue entre Headingley et Meanwood. Ce qui avait été une grande demeure familiale abritait désormais une dizaine de petites entreprises. Coincée entre un immeuble de trois étages des années soixante hébergeant des bureaux et une église désacralisée transformée en centre de soins, la villa semblait être l'intruse alors qu'elle était la bâtisse la plus ancienne. La rue rappela à Kevin cette expression de dégoût qu'employait sa grand-mère irlandaise : « Ça a été fait en dépit du bon sens. »

Il poussa une lourde porte d'entrée qui donnait sur un couloir délabré avec un sol en vinyle craquelé et des murs beiges décrépis. Un panneau plastifié indiquait les différents locataires de l'immeuble et il chemina vers Yorkie Cabbie en passant devant un réparateur de téléphones et de tablettes. Kevin entra dans une pièce exiguë dotée d'une porte latérale et d'un comptoir à angle droit. Une grille en métal le séparait d'un bureau où les téléopérateurs, deux femmes et un homme, étaient penchés sur des ordinateurs portables, casque sur les oreilles. Leurs bribes de conversations hachées étaient comme un palimpseste verbal des futurs trajets. Derrière le comptoir était assise une femme d'une quarantaine d'années à l'air aigri. Elle le regarda de haut en bas avec une expression qui traduisait une existence faite de déceptions que Kevin n'allait en rien changer.

— Vous voulez un taxi, mon chou ? demanda-t-elle d'une voix lasse et nasillarde.

Kevin montra sa carte de police et elle sembla soudainement reprendre du poil de la bête.

— Oh là, brigade régionale. Pas locale. Ça a l'air excitant. Qu'est-ce que je peux faire pour vous ? lui demanda-t-elle sur un ton aguicheur qui ne cadrait pas avec son visage fatigué.

— Je cherche des informations sur une course effectuée mardi par un de vos employés. Je sais que les gens doivent passer par vous pour réserver un taxi. Ils ne peuvent pas les héler dans la rue, n'est-ce pas ? Du coup, j'imagine que vous êtes la personne à qui je dois m'adresser, dit-il par-dessus le comptoir en affichant son plus beau sourire.

— En effet. Personne n'est mieux placé que moi pour vous renseigner. Qu'est-ce que vous voulez savoir ?

— Mardi soir. Vers 23 heures. Je ne sais pas exactement où les clients ont pris le taxi mais il a fait un arrêt au 43 Fulwell Crescent avant de continuer sa course.

— Ah, ça complique un peu les choses, dit-elle en pianotant sur les touches de son ordinateur d'un air concentré. Voyons voir…

Kevin n'en revenait pas de la chance qu'il avait. Il était habitué aux excès de zèle des employés subalternes œuvrant derrière un écran d'ordinateur. Ils se retranchaient systématiquement derrière la protection des données, alors que l'information demandée était anodine et qu'il n'y avait rien d'illégal à la communiquer, ce qui avait le don de l'agacer. Avoir affaire à quelqu'un qui ne cherchait pas mesquinement à abuser du peu de pouvoir qu'il avait lui redonnait presque foi en l'humanité.

— Je vous remercie de votre aide, dit-il.

— Ça me semble important d'aider la police, répondit la femme, les yeux toujours rivés sur l'écran. Notre Penny a été attaquée pendant qu'elle promenait son chien l'année dernière et vos collègues ont fait un excellent travail. La petite ordure qui l'a agressée en a pris pour deux ans mais ce n'est pas la faute de la police si le juge a été une vraie chiffe molle.

Elle fronça les sourcils.

— Voilà. Il les a pris… Oh, c'est un charmant restaurant, c'est là que notre Jack a demandé sa petite amie en mariage. Un arrêt à Fulwell Crescent et ensuite… Tiens, ça, c'est bizarre.

— Quoi donc ?

— Eh bien, le chauffeur les a pris dans le centre-ville, les a conduits jusqu'à Fulwell Crescent avant de retourner en ville pour déposer l'homme à la gare. Ç'aurait été plus simple de le déposer en premier et surtout beaucoup moins cher.

Ça n'avait aucun sens pour cette femme mais Kevin savait exactement de quoi il retournait. Le soi-disant Mark avait voulu s'assurer qu'Amie ne se doute de rien à son sujet.

— Le chauffeur est en service en ce moment ?

— Je vais vérifier ça.

Elle cliqua plusieurs fois sur la souris avant de hocher la tête.

— Vous avez de la chance. Barry Cohen. Il est arrivé à midi. Attendez.

Elle se retourna et glissa sur sa chaise jusqu'à la réceptionniste la plus proche. Elle lui donna une tape sur l'épaule et elles se parlèrent à voix basse.

— Elle va l'appeler pour qu'il rentre, dit la femme en revenant au comptoir. Il fait une course à Cookridge. Il sera là dans dix minutes.

Kevin afficha un grand sourire entièrement sincère.

— Encore merci de votre aide.

— C'est un plaisir. Vous pouvez l'attendre dehors si vous voulez. Il conduit une Skoda Octavia grise. Je lui dirai qu'il peut vous parler sans souci.

Barry arriva quelques minutes plus tard, coincé derrière le volant de son taxi. De gros bourrelets de chair descendaient en vagues depuis ses épaules. Avec sa barbe de trois jours, il avait l'air d'un phoque échoué sur la côte. Kevin n'arrivait pas à l'imaginer sortir de la voiture et aider un client avec ses bagages. Il monta à l'avant et se présenta.

— Nous enquêtons sur une affaire sérieuse, expliqua-t-il. J'aimerais m'entretenir avec vous au sujet d'une course que vous avez effectuée mardi soir.

— Oui, grogna-t-il. Babs m'a dit. Ça va prendre longtemps ?

— Ça dépend de ce que vous allez pouvoir me raconter, répondit Kevin.

— Non, mais c'est parce que je suis en train de travailler. J'ai une femme et quatre gosses à nourrir.

Kevin frissonna en se demandant comment ses enfants avaient pu être conçus. Stella lui aurait reproché d'avoir des a priori, mais parfois c'était difficile de faire autrement.

— Plus vite nous commencerons et plus vite vous pourrez vous remettre au travail.

Barry soupira.

— C'est facile à dire pour vous, avec vos revenus d'inspecteur de police. Moi je galère. C'est toujours les travailleurs comme nous qui sont perdants. Je pense que vous devriez me rembourser les courses que je perds.

— Ce n'est pas comme ça que ça fonctionne.

Barry semblait au bord des larmes et Kevin se radoucit.

— Bon, on va faire comme ça : démarrez le compteur et faites le tour du pâté de maisons.

Barry n'eut pas besoin qu'on le lui répète et ils démarrèrent.

— Alors, cette course mardi soir ? Vous avez pris vos clients devant un restaurant ?

— C'est ça. Un joli petit endroit. Pas le genre de resto que je peux m'offrir. « Guadalupe », ça s'appelle. C'est en bas d'une ruelle qui donne sur Briggate ; on ne peut pas s'y rendre en voiture, alors ils m'ont attendu à Briggate.

— Il y avait combien de passagers ?

— Juste deux.

Barry se glissa dans la file de gauche avant de s'arrêter à un feu.

— Un homme et une femme.

— Vous pourriez me les décrire ?

— Pas vraiment. Je n'ai pas fait attention. J'ai juste regardé s'ils n'avaient pas trop bu et s'ils avaient l'air d'avoir l'argent pour payer la course. Je ne pourrais pas les reconnaître si je les croisais dans la rue. Qu'est-ce qu'il a fait le gars ?

Kevin s'était un peu attendu à ça. Mais il fallait bien tenter le coup.

— Vous avez entendu de quoi ils parlaient ?

— J'écoutais pas. Vous savez les conversations sont généralement sans intérêt. Il y a des gens qui se fichent de la tête des conducteurs des taxi qui ont des opinions très arrêtées, comme si on était des idiots sectaires. Mais merde, vous devriez entendre les conneries que je dois me farcir. Alors maintenant je laisse la radio allumée et j'essaie de ne pas les écouter. Je me souviens juste qu'ils étaient plutôt bavards et j'en déduis donc qu'ils ne devaient pas être mariés.

Le feu passa au vert et ils tournèrent au coin de la rue. Kevin se colla contre la portière pour éviter de frôler l'embonpoint du conducteur.

— Où les avez-vous déposés ?

— Elle est descendue à Fulwell Crescent. Je ne me souviens plus à quel numéro mais c'était devant un immeuble. Il l'a raccompagnée jusqu'à sa porte. Je gardais un œil sur eux au cas où ils auraient décidé de prendre la poudre d'escampette. Les gens essaient parfois de nous entuber, surtout tard le soir quand ils ont bu et qu'ils trouvent ça marrant d'arnaquer un chauffeur de taxi. Mais le gars l'a juste embrassée avant de remonter dans la voiture. Il portait des lunettes maintenant que j'y pense. D'épaisses lunettes comme en portent les bobos.

— OK. Et Babs a dit que vous l'aviez reconduit en ville ?

— Oui. Ça m'a étonné. Pourquoi traverser toute la ville pour y retourner ensuite ? J'aurais pu le déposer à la gare facilement avant de la reconduire chez elle. Je n'ai rien dit, mais selon moi il avait plus d'argent que de jugeote.

— Vous l'avez emmené à la gare, alors ?

— Exact.

Il n'y avait plus grand-chose à espérer mais Kevin continua à poser des questions malgré tout.

— Il vous a dit où il allait ?

— Non. Mais il s'est passé un truc bizarre. Il m'a dit que son train était à minuit moins dix. Sauf que nous, les chauffeurs de taxi, on connaît les horaires de trains parce qu'on emmène tout le temps des gens à la gare. Et je suis à peu près certain qu'il n'y a pas de train qui part de Leeds à minuit moins dix. Je peux me tromper, mais ça m'étonnerait.

— Je vérifierai.

— Ben, vous allez perdre votre temps.... Après l'avoir déposé, je l'ai vu entrer dans la gare. Mais je ne suis pas reparti tout de suite. J'ai fait une pause pour discuter avec un collègue. Et c'est là que je l'ai vu ressortir par une autre porte et retourner vers le centre-ville. Je sais pas ce qu'il mijotait.

Si Tony avait raison et que leur tueur était aussi prudent qu'ils le craignaient, ça semblait être une nouvelle tentative pour les désorienter. Mais il avait peut-être mal calculé son coup cette fois. Il y avait peu d'endroits en Grande-Bretagne aussi surveillés qu'une gare dans une grande ville. Kevin s'accorda un petit instant d'autosatisfaction : c'était une piste solide que Stacey pourrait explorer.

36

C'est seulement quand Flash émergea de la pièce à vivre et vint poser sa tête sur ses genoux en poussant un léger jappement que Tony se rendit compte que ça faisait un moment qu'il scrutait le vide devant son ordinateur. Il jeta un coup d'œil à l'horloge sur l'écran avant de quitter son bureau, étonné de voir tout le temps qui s'était écoulé.

— Excuse-moi, Flash, grommela-t-il. Tu dois avoir envie de te dégourdir les pattes.

Cinq minutes plus tard, ils étaient sur la colline. Tony marchait en faisant de grands zigzags et la chienne courait çà et là sur le sentier, flairant toutes les odeurs qui attiraient son attention. Un vent vif soufflait sur la lande et giflait le visage de Tony d'un côté puis de l'autre. Le ciel gris et menaçant annonçait une pluie imminente. Mais rien de tout cela ne le détournait de ses pensées. Il se creusait la tête pour comprendre ce qui se cachait derrière ce double meurtre que Carol et son équipe étaient chargés d'élucider.

L'empathie était à la base de tout ce qu'il faisait, que ce soit en tant que psychologue clinicien ou profileur. Son aptitude à se glisser dans la peau de quelqu'un, dans sa tête, dans son cœur était extraordinaire. Ça lui avait causé beaucoup de soucis ; la souffrance des autres avait parfois menacé son propre équilibre. Mais il l'avait accueillie malgré tout. Pendant toutes ces années où il pensait qu'il ne faisait que jouer à être humain, cette souffrance avait été comme un point de repère. Et même s'il commençait à faire confiance à l'intégrité de ses propres émotions, il trouvait toujours important de pouvoir s'identifier à quelqu'un qui éprouvait un certain mal-être.

Il avait eu peur de lui-même pendant très longtemps parce qu'il savait qu'il partageait de nombreux points communs avec des criminels récidivistes. Une mère qui ne lui avait jamais donné d'amour et le méprisait ouvertement. Une grand-mère autoritaire qui l'avait élevé et dont la cruauté aurait eu sa place dans les romans de Charles Dickens. Un père tellement absent que Tony ne l'avait réellement découvert qu'après sa mort. Le harcèlement, physique et verbal, dont il avait été victime à l'école. Et une première expérience sexuelle qui s'était transformée en humiliation. Son impuissance continuait de lui inspirer de la honte ; mais parfois il se demandait si le fait que ça lui ait épargné une relation plus sérieuse avec Carol, qui se serait soldée inévitablement par un autre échec, n'était pas la raison pour laquelle aujourd'hui encore il restait bloqué là-dessus.

Ce qui l'avait sauvé – c'était une chose à laquelle il pensait souvent maintenant qu'il y avait un chien dans sa vie –, c'était cette personne qui lui avait donné de l'amour quand il était un adolescent profondément désespéré. Une dame de cantine, aussi improbable que cela puisse paraître. Elle avait remarqué sa détresse et l'avait convaincu de l'aider à s'occuper de chiens abandonnés. Il avait vu son amour pour les animaux et senti qu'elle s'inquiétait pour lui. C'était arrivé à un moment de sa vie où son désespoir aurait pu le conduire à la catastrophe.

Pour honorer sa mémoire, il se devait d'utiliser ses capacités pour faire le bien.

À présent, il avançait à tâtons pour tenter de comprendre ce qui se cachait derrière ces crimes apparemment dénués de sens.

— Tu ne vises pas spécifiquement ces femmes, dit-il à haute voix.

Marcher et parler l'aidait toujours à y voir plus clair dans ses dossiers. Il avait l'habitude de parcourir son ancien bureau de long en large. Il faisait les cent pas durant des heures. Quand il s'était installé sur le *Steeler,* la petite péniche qui avait appartenu à son père, il avait commencé à arpenter le chemin de halage qui partait de Minster Basin et menait à un canyon secret entre les hôtels et les grandes tours de bureaux avant de déboucher dans une zone broussailleuse des banlieues proches. Mais pour le moment, il se retrouvait à camper dans la chambre d'amis du frère décédé de Carol Jordan et à parcourir la lande derrière la grange avec une chienne aux yeux fous qui s'affolait à la vue d'un mouton. Tony ne savait pas comment il avait pu échouer dans ces limbes. Mais il devait y rester jusqu'à ce que Carol se fasse à la sobriété. Même si ça le mettait dans une position inconfortable, toujours sur ses gardes.

— Ce sont des victimes interchangeables. Ça aurait pu être n'importe qui. Tu vas à des mariages. Pourquoi ? Est-ce que les mariages ont une signification symbolique pour toi ? Est-ce que c'est le mariage qui est important et non les femmes ?

Il enjamba un petit ruisseau marécageux qui se frayait courageusement un chemin à travers la végétation sauvage de la lande.

— Ou bien est-ce parce que les mariages te permettent de rencontrer des femmes seules disposées à se laisser séduire ? Parce que c'est un environnement où elles se repèrent facilement ? Où elles sont plus faciles à *identifier* ? Contrairement aux boîtes ou aux bars, où les femmes viennent rarement seules. Elles y vont avec leurs copines, en groupe. En revanche, une femme peut se rendre seule à un mariage. Parce qu'elle fait partie de la famille, ou parce qu'elle est une amie des mariés et que son absence serait mal acceptée.

Il se retourna pour avoir une vue d'ensemble du paysage et reprendre son souffle. La chienne se rua sur lui et lui donna des coups de museau contre la cuisse, comme pour lui reprocher sa paresse. Tony se remit en route et Flash fonça en avant, satisfaite.

— Tu apparais après les formalités, quand les gens sont en train de danser et boire ; tu t'es habillé en conséquence. Tu fais preuve de discrétion. Tu t'installes au bar et tu recueilles suffisamment d'informations pour te faire passer pour un ami de la mariée ou du marié auprès de la femme que tu choisiras. Ensuite, tu dragues ta cible. Mais ton but n'est pas simplement de l'attraper dans tes filets pour la tuer. Ce n'est pas de cela qu'il s'agit. Ton intention est plus tordue que ça. Tu veux que ces femmes t'aiment. Ou du moins, tu veux pouvoir le croire. Tu tiens à sortir avec elles pour fabriquer une réalité illusoire. C'est le *Truman Show*. Elles croient qu'elles sont dans le vrai monde, elles pensent que tu es vraiment attiré par elles, que tu es l'homme idéal. Parce qu'elles t'ont rencontré à un mariage et que beaucoup de femmes espèrent y trouver l'amour. Tu profites de cela pour créer une image dans leur tête. Tu les écoutes. Tu ne les dragues pas ouvertement.

Il fronça les sourcils, en se demandant où cette histoire allait le mener.

— Ensuite tu les tues. Tu ne fais pas que les tuer. Tu les détruis. Tu les étrangles d'abord avant de les conduire sur une route reculée où tu les brûles. Tu les anéantis.

Il s'arrêta de nouveau, les mains enfoncées dans ses poches.

— Qui est-ce que tu tues vraiment ?

— C'est une bonne question, docteur Hill.

La voix derrière lui le surprit tellement qu'il sursauta, perdit l'équilibre et faillit tomber. Si George Nicholas ne l'avait pas rattrapé, il se serait écroulé à genoux sur le sol marécageux.

— Désolé, je ne voulais pas vous faire peur. Je vous ai appelé il y a quelques minutes mais apparemment vous n'avez pas entendu.

Le voisin de Carol lâcha le bras de Tony et recula. Il était habillé pour marcher dans la campagne : pantalon en velours, bottes en caoutchouc Hunter, veste Barbour et casquette en tweed. Son teint rose était accentué par le vent et l'effort effectué pour grimper la colline et lui donnait l'air d'un parfait gentleman de la campagne anglaise.

— Désolé, j'étais en train de réfléchir, s'excusa Tony en esquissant un rictus.

— À haute voix, à ce que j'entends, répondit George en souriant. Je parle tout seul moi aussi. Après la mort de ma femme, je n'avais plus la force de parler avec qui que ce soit d'autre.

— Ça m'aide à mettre de l'ordre dans mes pensées, expliqua Tony en essayant de ne pas répondre trop sèchement.

D'après Carol, George était celui qui l'avait accueillie le plus chaleureusement dans la vallée. Il devait faire un effort pour se montrer plus avenant envers cet homme au lieu de le juger hâtivement sur sa tenue. Le problème, c'est qu'il avait passé sa vie professionnelle à juger les gens sur ce qu'ils choisissaient de montrer d'eux-mêmes. Ce n'était probablement pas maintenant qu'il allait arrêter. Surtout face à un propriétaire terrien snobinard qui avait laissé Carol reprendre le volant de sa voiture en sachant qu'elle avait trop bu.

— Comment se passe le retour au travail pour Carol ? demanda George en s'appuyant sur son bâton de berger recourbé.

— Vous devriez lui demander.

Tony savait que sa réponse était un peu abrupte, mais que pouvait-il ajouter ?

— Ça va peut-être vous sembler bizarre… commença George les yeux fixés sur l'horizon.

— Mais ?

— Mais je dois vous parler de quelque chose. Je ne veux pas que Carol soit de nouveau éclaboussée par un scandale.

Tony fut immédiatement en état d'alerte.

— Il va falloir m'en dire plus, George.

— Mes employés sont loyaux. Je tiens à le préciser d'emblée, dit-il avant de pousser un soupir. Une femme a posé des questions au sujet du dîner après lequel Carol a subi un test d'alcoolémie. Elle voulait savoir qui s'occupait du service ce soir-là. Elle a contacté Jackie qui gère la maison pour moi et lui a demandé sans détour combien de verres Carol avait bus.

Pendant quelques secondes, le silence fut troublé uniquement par le bruit du vent.

— Qu'a répondu Jackie ? demanda finalement Tony.

— Qu'elle ne parlait pas à la presse à scandale et que de toute façon, c'était contraire aux règles de l'hospitalité, dit-il avant d'ajouter avec un sourire soudain : Ensuite, elle lui a conseillé d'aller se faire voir.

— Si c'est la personne à laquelle je pense qui l'a questionnée, je ne blâme pas Jackie. Est-ce qu'elle a décrit à quoi ressemblait cette femme ?

George acquiesça.

— Elle était élégante, s'exprimait bien, avait de longs cheveux bruns. Elle portait des chaussures peu adaptées à notre campagne, selon Jackie.

— Ça m'a tout l'air d'être Penny Burgess de l'*Evening Sentinel Times*. Ça fait longtemps qu'elle cherche à discréditer Carol. Merci de m'avoir informé.

— J'ai bien peur que l'histoire ne s'arrête pas là. Un des policiers qui a arrêté Carol est passé chez moi hier. Il a parlé avec Jackie. Il lui a posé les mêmes questions que la journaliste. Combien de verres avait bus Carol.

Jackie a répondu qu'elle ne savait pas trop parce qu'elle n'était pas dans la pièce tout le temps mais que, selon elle, Carol n'avait pas bu plus d'un verre de blanc et un verre de rouge au cours de la soirée.

Tony savait que c'était un mensonge. Tout comme George, même s'il n'allait pas l'admettre.

— Il s'est contenté de ça ?

— Oui. Mais à mon avis il va revenir à la charge. Il suffit d'une personne qui parle, intimidée par la police.

Le cœur de Tony fit un bond dans sa poitrine. Il ne pouvait pas y avoir de bon moment pour révéler cette histoire, mais en l'occurrence, cela n'aurait pas pu plus mal tomber. Au beau milieu d'un dossier aussi déterminant. Avec le poids de la culpabilité que Carol portait déjà sur les épaules. Alors qu'elle commençait tout juste à remonter la pente. Il se remémora la dernière fois où elle s'était retrouvée mêlée à une affaire où des gens avaient commis une mauvaise action pour d'excellentes raisons, et il ne savait pas comment il allait pouvoir lui annoncer cette nouvelle.

37

Stacey parcourut les fenêtres ouvertes sur ses six écrans pour voir quels programmes, parmi ceux qu'elle avait lancés, tournaient encore et lesquels avaient fini par aboutir. Certains donnaient des résultats rapides : comme l'algorithme qu'elle avait piqué à un copain et qui analysait les données à partir du système de reconnaissance automatique des plaques et établissait le trajet probable d'une voiture en fonction des images fournies par les caméras, par exemple. On pouvait remonter dans le temps et exploiter les données existantes concernant les voitures de Kathryn McCormick et Amie McDonald mais aussi récupérer des informations à partir d'autres sources que celles fournies par les caméras officielles. Et il existait d'autres programmes qui étaient, disons, moins accessibles au commun des mortels.

Une de ces applications clandestines permettait de pêcher des informations sur les pages de réseaux sociaux selon un vaste éventail de critères et d'attributs. Elle avait créé ce programme quelques années auparavant et le développeur qui l'avait amélioré le lui avait transmis pour la remercier. Elle l'avait appliqué aux comptes Facebook, RigMarole et Twitter de Kathryn McCormick, sans que cela mène à des pistes concrètes. Kathryn n'était pas une accro aux selfies qui mettait régulièrement à jour son statut. Elle utilisait les réseaux sociaux avec modération et surtout pour des événements professionnels. La plupart de ses contacts étaient des collègues ou des membres de sa famille et le contenu des messages n'avait aucun intérêt pour les autres. Deux nouvelles personnes lui avaient envoyé des demandes d'ami sur son compte RigMarole après le mariage ; toutes les deux lui avaient écrit qu'elles étaient ravies d'avoir fait sa connaissance et l'avaient taguée sur les photos où elle apparaissait au second plan. Kathryn les avait acceptées et les remerciées. Mais ce n'était pas allé plus loin, même si les deux femmes avaient laissé des commentaires disant que le mariage avait été génial.

Stacey s'était renseignée sur elles. Tiffany Smith était une cousine de la mariée et Claire Garrity était responsable d'une boulangerie. Tiffany était inscrite sur RigMarole depuis des années et y avait un nombre d'amis relativement stable, n'ajoutant de nouvelles personnes que tous les deux mois environ. Ses posts étaient conventionnels : les enfants, les chiens, les gâteaux, les vacances, le karaoké, des mèmes plus ou moins drôles. Claire se connectait moins fréquemment sur son compte mais elle était inscrite depuis deux ans. Elle avait publié quelques photos des noces mais n'avait tagué personne. Vu son manque d'activité sur le site, Stacey en avait déduit qu'elle ne savait pas comment faire. Il n'y avait apparemment rien de suspect ni même de douteux concernant ces deux personnes.

En regardant l'écran, Stacey constata que les résultats de ses recherches sur les réseaux sociaux d'Amie commençaient à s'afficher. Des messages laissés par de nouveaux contacts apparurent à l'écran avec la date de leur rédaction. Ils remontaient à deux mois, cinq semaines, deux semaines. Deux semaines. Juste après le mariage. Stacey prit une grande inspiration. La dernière copine qu'Amie s'était faite sur son compte RigMarole était Claire Garrity. Elle l'avait acceptée comme amie le lendemain de la cérémonie. Claire avait laissé un commentaire sur une photo où on voyait Amie regarder avec mélancolie les festivités, le menton posé sur la main. On pouvait lire :

Je t'aime bien sur cette photo.

Ce à quoi elle avait répondu :

J'ai l'air triste comme la pluie.

Non, tu as l'air super romantique !!! Genre, un jour mon prince viendra.

LOL. Peut-être qu'il est déjà là...

J'espère pour toi, tu le mérites.

Et c'était tout. Mais il y avait un truc bizarre... comment la même personne pouvait-elle s'être liée d'amitié avec deux femmes assassinées juste après qu'elles avaient commencé à fréquenter un homme qui était probablement leur meurtrier ? La seule réponse logique c'était qu'il ne s'agissait pas de Claire Garrity. C'était le tueur lui-même qui s'était amusé à s'immiscer dans leur vie.

Elle s'était déjà levée, prête à aller partager sa découverte avec Carol quand elle eut une idée. Stacey utilisa une porte qu'elle avait ouverte par effraction quelques années plus tôt sur la plateforme digitale qui hébergeait le *Bradfield Evening Sentinel Times*. Elle entra le nom « Claire Garrity » et trouva sa réponse dans les avis de décès. Claire Garrity était morte dans un accident de la route dix semaines auparavant. Il n'y avait rien de suspect dans les circonstances du drame : un conducteur s'était endormi au volant de son camion sur l'autoroute M60 et avait percuté sa Fiat Punto. Comme elle se rendait rarement sur son compte RigMarole, personne n'avait pensé à le fermer. Le tueur avait trouvé le moyen d'y accéder et de l'utiliser pour ses projets tordus.

Stacey se leva si brusquement qu'elle faillit renverser sa chaise. Elle se dirigea vers le bureau de Carol. Seule la bonne éducation inculquée par ses parents la retint d'entrer sans prévenir. Elle frappa, attendit, saisit la poignée et entra dès que Carol lui en donna l'autorisation.

— Je crois qu'il est devenu ami avec elles sur RigMarole, lâcha-t-elle. Et il a volé l'identité d'une femme pour le faire.

— Je ne comprends pas.

Carol avait l'air déconcertée, comme l'étaient la plupart des gens quand Stacey lançait une affirmation sans explications. Stacey prit le temps d'exposer sa découverte. Carol haussa les sourcils.

— Pourquoi aurait-il fait une chose pareille ?

Stacey pensait parfois que Carol passait trop de temps à écouter Tony Hill. Même s'il les avait aidés à obtenir des résultats au cours des dernières années, Stacey n'était pas encore complètement convaincue par son approche. Dans les enquêtes pour meurtre, le mobile n'était pas important. Ce qui comptait, c'était le processus. Peu importait de savoir pourquoi le tueur tourmentait ses victimes. Ce qui comptait vraiment c'était l'opportunité que cela leur offrait. Qu'est-ce qu'ils allaient pouvoir tirer de ces indices numériques ? Où les mèneraient-ils ?

— Je n'en sais rien, répondit sèchement Stacey. Mais RigMarole pourrait connaître l'adresse IP de ces messages.

— Ils nous la communiqueront ?

Stacey haussa les épaules.

— Nous pouvons essayer d'obtenir un mandat, mais ils vont traîner des pieds même si on arrive à l'avoir. Mais je…

Carol leva une main.

— Combien de fois devrai-je vous le répéter, Stacey ? Je n'ai pas besoin de connaître tous les détails de ce que vous faites.

Ce qui signifiait en d'autres termes : « Si ça implique d'enfreindre la loi… moins j'en sais mieux je me porte. »

— Par ailleurs, continua Carol, il y a d'autres pistes à creuser. Si le tueur savait qu'elle était morte c'est probablement parce qu'il la connaissait de son vivant. Il a dû pirater son mot de passe pour utiliser son compte RigMarole, non ?

— Sans doute. Même si ça devait être un mot de passe ridicule comme le prénom de son mari, que le tueur a pu trouver dans l'avis de décès. Mais aujourd'hui, les gens se montrent un peu plus prudents. Tout le monde connaît quelqu'un qui s'est fait hacker.

— « Je suis en vacances à Marbella et on m'a volé mon sac ; s'il te plaît, envoie-moi deux cents livres pour que je puisse rentrer chez moi. »

— Exactement. Donc oui, peut-être qu'il la connaissait suffisamment pour découvrir un mot de passe un peu plus compliqué.

— Bon, on va montrer les photos que nous avons aux proches et aux collègues de cette Claire Garrity. Avec un peu de chance, quelqu'un reconnaîtra l'homme sur les clichés.

— Je vais voir de mon côté ce que je peux obtenir de RigMarole. Avec ou sans leur consentement, précisa Stacey en faisant semblant de lui adresser un salut militaire.

38

De retour dans le studio où il avait été relégué à cause de la trahison de sa femme, il ouvrit son ordinateur portable et parcourut les infos. Sa première sortie avait été considérée comme un fait divers curieux, quasiment ignoré par la presse même s'il avait fait l'objet de quelques articles sur Internet ; surtout depuis l'annonce que Kathryn était morte avant l'incendie de sa voiture. Mais avec un deuxième incident similaire dans le même secteur géographique, on avait commencé à dresser l'oreille et le dossier avait été requalifié de « mystère ». La police était peu loquace sur le sujet et on n'avait pas annoncé qu'Amie n'était pas morte elle non plus dans l'incendie. Mais tout le monde était intrigué par les circonstances bizarres de ces décès.

Personne n'avait fait le lien entre les meurtres et les mariages qui les avaient précédés. Personne ne parlait des derniers petits amis fréquentés par les victimes ou d'un mystérieux week-end dans les Dales. Mais ça finirait par venir, il en était certain. Maintenant qu'il y avait une véritable énigme à résoudre, les journalistes allaient farfouiller dans la vie des victimes. Et des proches finiraient par parler.

Il ne redoutait pas ce moment. Il n'avait pas peur de se faire prendre parce qu'il pensait que ça n'arriverait pas. Que ça ne pouvait pas arriver. Il avait pris soin de ne laisser aucune trace. Il avait effectué des recherches sur la criminalistique pour démêler le vrai du faux par rapport à ce qu'on pouvait voir dans les séries télévisées ou lire dans les romans policiers et il avait établi une liste de tout ce qu'il devait éviter : ne pas se rendre chez ses victimes pour prendre un café ou coucher avec elles. Ne pas les emmener pour une virée en voiture. Ne pas laisser de messages qui auraient permis de remonter jusqu'à leur source. Ne pas allumer ses téléphones jetables sauf quand il se trouvait là où il était censé être. Ne pas payer autrement qu'en liquide. Ne pas fréquenter de restaurants dont les abords étaient équipés de caméras de surveillance. En revanche, il était conseillé d'effectuer de subtils mais efficaces changements d'apparence qu'il pouvait facilement modifier, afin de ne pas attirer l'attention des gens qu'il côtoyait régulièrement.

Au départ, quand il s'était lancé dans son projet de vengeance, il s'était juré de ne pas se faire prendre pour pouvoir atteindre son objectif, à savoir tuer Tricia. Il devait la tuer, l'effacer, la détruire pour ce qu'elle lui avait fait. Pour avoir été humilié, pour avoir perdu tout ce qui comptait dans sa vie : sa présence à ses côtés, la luxueuse maison qu'ils avaient ensemble, l'entreprise qu'ils avaient créée à partir de rien et qui coulait lentement jour après jour, mais surtout ce profond sentiment de sécurité et de réussite que tout cela lui avait procuré. Comment avait-elle pu se retourner contre lui de cette façon ? Non parce qu'il avait mal agi, mais parce qu'elle avait décidé qu'il ne répondait pas à cette stupide imagerie romantique dont les films et les magazines lui avaient farci le crâne.

Quand elle avait disparu, sa colère à lui n'avait fait qu'augmenter. Personne ne voulait lui dire quoi que ce soit. Il ne savait rien. Et puis il avait eu un éclair de génie. Certes, elle avait fermé ses comptes sur les réseaux sociaux mais elle n'avait sans doute pas mis fin à ses échanges futiles avec ses amies. Il était prêt à parier qu'elle avait de nouveaux comptes qu'elle avait créés sous un autre nom. Et sous ce nom d'emprunt, Tricia avait dû retrouver ses amies de confiance. S'il pouvait espionner leurs comptes, il était à peu près certain qu'il finirait par découvrir l'identité derrière laquelle se cachait Tricia.

Mais il ne pouvait pas créer un nouveau compte, ça aurait été trop flagrant. Il devait se faufiler dans un compte existant pour pouvoir établir un lien avec les femmes que Tricia connaissait. Et ce, sans attirer les soupçons.

C'est alors qu'il avait eu une autre idée de génie. Tellement géniale qu'il en avait ri aux éclats.

Ça n'avait pas été trop compliqué à réaliser et, jusqu'ici, ça fonctionnait. Il avait réussi à devenir ami sur RigMarole avec deux des femmes dont Tricia était la plus proche. Mais ça prenait un temps fou. Plus les jours passaient, plus sa colère s'amplifiait. Le temps ne pansait pas ses blessures. Au contraire, il ravivait la douleur. Il ne trouverait jamais la paix tant qu'elle serait en vie, il en était intimement persuadé. L'existence de Tricia était un affront envers lui et tout ce qu'il aimait. Mais son meurtre ne s'avérerait satisfaisant qu'à la seule condition qu'il s'en sorte. Il ne tirerait aucun plaisir à la tuer s'il mettait sa propre vie en danger. Quand il avait décidé d'utiliser d'autres femmes comme substituts destinés à apaiser cette rage douloureuse, il savait que tout devait se dérouler à la perfection pour ne pas se faire prendre une fois qu'elle serait morte et qu'il deviendrait un des suspects.

La solution, comme toujours, était de considérer sous tous les angles toutes les étapes du processus. Qu'est-ce qui pouvait aller de travers ? Comment pouvait-il éviter tel ou tel problème ? Comment devait-il procéder pour se protéger ?

En tuant Amie, il avait compris que la préparation du meurtre lui procurait aussi une forme de satisfaction. Ça lui faisait du bien. Ce n'était pas un sentiment aussi puissant que lors du meurtre en lui-même, évidemment. Mais ça lui donnait l'impression de contrôler le processus du moment où il établissait le premier contact jusqu'à l'instant où il craquait l'allumette.

Il avait réussi à établir un lien avec ses victimes via RigMarole. Il pouvait les espionner, jouir de ce secret. Il pouvait « liker » les photos des mariages que leurs amis avaient publiées. Il pouvait même leur parler. Le plus beau, c'était qu'il restait hors de danger.

La dernière étape de cette première phase – attirer ses victimes dans son cottage des Dales – était chaque fois le plus risqué. Il craignait toujours qu'elles ne rechignent à venir sans connaître l'adresse exacte. Il avait une explication toute prête au sujet du code postal qui ne correspondait pas à celui du cottage. Mais jusqu'ici, aucune de ses victimes n'avait posé des questions à ce sujet. Quand il leur avait annoncé que l'endroit ne pouvait pas être localisé par un GPS, elles l'avaient cru et avaient accepté de le retrouver sur le parking d'un pub à proximité – sans télésurveillance – avant de le suivre jusqu'à destination dans leur propre voiture.

Qu'il les laisse venir avec leur véhicule était très futé de sa part. Ça les rassurait de pouvoir partir si les choses tournaient mal. Quant à lui, ça lui garantissait de n'avoir aucune trace d'ADN à l'intérieur de la voiture qu'il avait empruntée. C'était une idée géniale qui avait fonctionné à merveille en pratique.

Venait ensuite le grand plaisir de les conduire dans l'allée du jardin. Deux jours à céder à tous leurs caprices, à anticiper leurs envies, à trouver des raisons pour ne pas sortir ; il ne voulait pas qu'ils soient repérés par un randonneur du coin. Mais ça ne l'avait pas trop inquiété. Le dîner du vendredi soir était bien arrosé. Puis ils passaient au lit et pendant qu'ils faisaient l'amour, il se montrait aussi attentionné que possible. Il n'avait trouvé aucune des deux particulièrement séduisantes, mais il y avait des moyens de remédier à cela : l'imagination, les souvenirs, les câlins et les interminables préliminaires toujours appréciés des femmes.

Il partait du principe que si le sexe était bon, elles seraient heureuses de passer leur samedi au lit. Ils préparaient ensuite le repas ensemble. C'était exactement comme ça que s'étaient déroulées les choses avec Kathryn. Elle s'était montrée avide de lui faire plaisir et avait été enchantée par son attention. Il soupçonnait qu'elle était tellement excitée à l'idée d'avoir une nouvelle relation qu'elle ne voulait rien exiger de lui. C'était vraiment quelqu'un de faible et de facile à manipuler. Le dimanche après-midi, alors qu'elle était endormie par le GHB qu'il avait versé dans son champagne, il l'avait étranglée jusqu'à ce que ses yeux sortent de leurs orbites et que son visage passe du rouge au violet. Ça avait été plus difficile qu'il ne s'y était attendu mais imaginer le visage de Tricia lui avait permis de tenir le coup jusqu'à ce qu'elle arrête de se débattre et de gémir.

Son tout premier meurtre avait été bien différent. Ça lui avait paru irréel, comme dans un jeu vidéo. Il n'aurait jamais cru que c'était si facile de tuer pour de vrai. Il jouait avec Johnny Cape dans les bois situés entre les maisons mitoyennes d'Approach Street et le verger derrière le presbytère. Ils se battaient, suant et haletant, jusqu'à ce que Johnny lâche : « C'est comme ça que ta mère fait quand elle couche avec des hommes. » Johnny avait ensuite poussé des grognements d'animaux qu'il avait trouvés atrocement humiliants et blessants.

Il avait alors été envahi par une colère noire et avait saisi la première chose qu'il avait trouvée par terre. En l'occurrence, une branche de frêne grosse comme le bras d'un enfant. Il l'avait fracassée aussi violemment que possible sur la tête de Johnny et quand celui-ci s'était écroulé en poussant un cri, il avait posé la branche en travers de sa gorge et appuyé de tout son poids dessus, grognant sous l'effort. Comme ces hommes qui payaient leur loyer.

Les pieds de Johnny avaient tambouriné le sol de la forêt et ses yeux étaient devenus gros comme ceux d'une grenouille. Sa langue pendait hors de sa bouche et sa peau était devenue cramoisie. Puis il avait arrêté d'appuyer et le bois était redevenu calme. Même les oiseaux s'étaient tus. Mais peut-être qu'il n'entendait plus rien à cause de ce bourdonnement qui résonnait dans sa tête.

Il s'était relevé en chancelant et était rentré chez lui en courant. Dans la cuisine, sa mère préparait un hachis Parmentier pour le dîner. Il s'en souvenait bien. Il n'avait pas parlé de l'incident et avait agi comme si de rien n'était.

Quand la police était arrivée dans la soirée, il avait fait semblant d'être surpris et choqué. C'était juste un numéro parce qu'en réalité il s'en fichait. Il avait raconté à la gentille policière qu'il avait laissé Johnny dans les bois où il s'occupait d'améliorer leur cabane. Elle lui avait demandé s'il avait vu quelqu'un en rentrant chez lui et il avait répondu qu'il avait aperçu un homme dans les bois. Quand elle lui avait demandé à quoi il ressemblait, il avait décrit d'un air hésitant le gars qui travaillait au centre de loisirs où ils étaient allés l'été précédent. Ça avait été très facile de berner tout le monde.

Ça avait même fait l'objet d'une émission télévisée. Personne n'avait émis de réserves sur ce qu'il avait raconté. Personne n'avait été arrêté non plus, ce dont il se réjouissait. Il s'en serait voulu si quelqu'un avait été accusé à tort.

Il avait continué sa vie comme si rien ne s'était passé. Pas de cauchemars, pas de pipi au lit, pas de crise d'angoisse. Au début, les jeux avec Johnny lui avaient manqué, mais il avait compris que même son camarade vivant, ils n'auraient pas pu rester amis après ce qu'il avait dit sur sa mère.

La différence cette fois, c'est qu'il ne pouvait pas échapper à ses actes. Il avait du mal à regarder sa victime une fois qu'elle était morte parce que son visage n'était pas celui de Tricia. Elle avait juste remplacé celle qui méritait vraiment de mourir. Tuer lui avait fait du bien mais la jouissance n'avait pas duré. Il avait dû attendre la nuit pour porter le corps de sa victime dans sa voiture. Il l'avait recouverte pour ne pas la voir. C'est seulement après avoir mis le feu à sa voiture, effaçant la différence qu'il y avait entre elle et la femme qu'il voulait vraiment tuer, qu'un sentiment de puissance et de domination l'avait envahi. Et cette fois, il avait duré.

Il n'était pas inquiet au sujet de son ADN présent partout dans le cottage. Personne ne retrouverait sa trace ici. En théorie, le cottage était encore la propriété d'une entreprise qui n'existait plus depuis cinq ans ; une entreprise avec laquelle il n'avait jamais eu officiellement de lien. C'est Tricia qui avait fait brièvement partie du conseil d'administration. Le cottage lui avait été offert pour qu'elle passe sous silence les irrégularités fiscales de l'entreprise. Il avait été loué au noir pendant des années à une universitaire de Leeds qui s'y rendait le week-end, mais elle n'avait pas tellement protesté quand il avait mis fin à cet arrangement. Elle n'avait aucun moyen de s'y opposer de toute façon. Et personne ne pouvait remonter jusqu'à lui.

Ce n'était pas une raison pour se montrer imprudent. Ça l'avait rendu furieux que les choses ne se passent pas comme prévu avec Amie. Elle avait été plus difficile à satisfaire que Kathryn. Le samedi matin, elle avait insisté pour aller marcher alors qu'il pleuvait et que la visibilité était réduite. Il avait tout essayé pour lui faire changer d'avis mais elle s'était montrée inflexible. La pluie les avait toutefois obligés à mettre leur capuche. Il ne pensait pas que la poignée de randonneurs croisés en chemin puisse les reconnaître.

De retour au cottage, elle n'avait pas arrêté de parler des magasins de produits artisanaux et des salons de thé où ils pourraient se rendre le lendemain. Sa minutieuse organisation était en train de se fissurer. Mais il n'allait pas laisser cette idiote, qui ne pensait qu'à trouver un souvenir de leur premier week-end passé ensemble, gagner la bataille. Il devait reprendre les choses en main.

Il l'avait donc étranglée samedi après le dîner. Ça avait été plus facile cette fois parce qu'il savait à quoi s'attendre : les effets de la drogue, ses halètements et son corps se débattant pour respirer malgré son inconscience, l'horrible couleur de sa peau qui s'imprégnait de sang. Et surtout, le pur plaisir d'imaginer que c'était Tricia qu'il tuait.

Il ne ressentit aucune culpabilité après. Notamment parce qu'Amie avait commencé à lui taper sur les nerfs avec ses bavardages incessants sur des gens qu'il n'avait jamais rencontrés et des endroits où il n'était jamais allé. Pas étonnant que ses relations amoureuses n'aient jamais fonctionné. Tout tournait toujours autour d'elle. Il était plutôt soulagé qu'elle soit morte mais mal à l'aise de devoir passer tout le dimanche avec son corps dans le cottage. Ironiquement, il était allé faire une longue promenade pour s'éloigner d'elle.

Tout avait fonctionné à merveille, finalement. Il se sentait très bien. Tellement bien qu'il avait déjà prévu le prochain meurtre. Il se déroulerait à Manchester. Il y avait beaucoup de choix là-bas. Et avec un peu de chance, il trouverait une autre Kathryn et pas une autre Amie.

39

Comme c'était en semaine, il avait été possible d'acheter à la dernière minute deux billets pour le match de Bradfield Victoria contre Stoke City. C'était la meilleure idée que Tony avait eue après que Paula l'avait retrouvé dans le conteneur qui lui servait de bibliothèque, pour lui faire part de son inquiétude au sujet de Torin.

Il était en train de rattraper son retard de lecture quand elle avait frappé violemment à la porte. Le bruit sourd contre le métal l'avait fait sursauter. Personne ne venait jamais lui rendre visite ici à part Paula qui l'avait un jour déposé devant. Il ne fut donc pas totalement surpris de la trouver à sa porte.

— J'étais en train de lire, avait-il dit d'un air plaintif.

— Tant mieux pour toi. Je peux entrer ?

— Il n'y a qu'une chaise.

— Bon, alors prends ton manteau. Je t'invite à boire un café, avait-elle répondu sur un ton qu'elle réservait généralement aux enfants qui avaient vécu un événement traumatisant.

Sans discuter, il avait attrapé son anorak violet, cadenassé le conteneur derrière lui et couru rejoindre Paula qui était déjà en route, direction le café. Une fois à ses côtés, elle lui avait lancé un regard sceptique.

— C'est pour un pari que tu portes ça ?

— C'était en solde, avait-il répondu. Carol m'a dit que ça m'allait bien.

Paula avait renâclé.

— Elle voulait juste que tu changes ton infâme manteau marron.

Elle était entrée dans le café et avait avancé jusqu'au comptoir.

— Je crois que c'est le dernier endroit en ville où le serveur n'est pas un bobo, avait marmonné Tony tandis qu'ils s'installaient à une table tranquille pour savourer leur boisson. Bon, qu'est-ce que je peux faire pour toi, Paula ?

— C'est Torin.

Elle lui avait fait un bref compte rendu de ses inquiétudes avant de lui raconter comment elle avait découvert qu'il avait manifestement vendu un bijou ayant appartenu à sa mère.

— Il s'est fâché contre moi ensuite en me reprochant de violer sa vie privée. Il m'a dit aussi que je n'avais pas à fourrer le nez dans ses affaires et que ce qu'il faisait avec ne me regardait pas.

Tony avait poussé un soupir.

— J'espère que tu ne lui as pas dit un truc du genre « Tu es chez moi ici et c'est moi qui fixe les règles ».

— Je ne suis pas totalement idiote, avait-elle grommelé. Je n'ai pas insisté. Mais ces derniers jours, à la maison, il s'est muré dans le silence. Il ne dit rien, il est renfrogné, il évite de me regarder dans les yeux. Je ne sais pas quoi faire.

— Qu'est-ce qu'Elinor en pense ?

Paula avait changé de position sur sa chaise.

— Je ne lui ai pas raconté. Je ne l'ai pas beaucoup vue depuis cet incident et, pour être honnête, je préférerais ne pas avoir à lui parler de ce problème pour le moment tant que je ne l'ai pas réglé. Ils sont en sous-effectif aux urgences et elle a déjà suffisamment de travail comme ça.

— Et tu ne veux pas qu'Elinor pense que tu ne parviens pas à gérer la situation avec Torin, avait complété Tony. Parce qu'elle prendrait tout en charge.

— Oui, ça aussi, avait-elle admis avec réticence.

— Tu voudrais que je parle à Torin ?

— Tu veux bien ? Il te fait confiance. Quand tu viens dîner à la maison, il semble plus détendu.

— Ça, c'est un truc de mecs, avait répondu Tony avec autodérision. Non, mais plus sérieusement, c'est parce que je n'ai pas un rôle de parent à jouer. C'est toujours plus facile de parler avec quelqu'un d'extérieur. Il y a moins de risques de le décevoir. Il va se méfier si je débarque tout à coup chez vous juste après votre dispute, avait-il dit en buvant une gorgée de son café, les sourcils froncés, pensif. Il faut que ça paraisse naturel.

Et il s'était rappelé la fois où il avait emmené Torin voir jouer Bradfield Victoria. Ils avaient assisté au match et étaient ensuite allés manger un kebab. Ça s'était bien passé, d'après Tony. S'il n'avait pas renouvelé l'invitation c'est qu'il était presque impossible d'obtenir des billets pour un match le samedi maintenant que l'équipe jouait sa quatrième place au classement en vue de participer à la Ligue des Champions à la saison prochaine. Il avait dû se contenter de regarder les matchs suivants à la télévision, sur leur chaîne dédiée.

Tony et Torin avaient donc pris le bus mercredi soir pour se rendre à Ratcliffe, une banlieue assez multiculturelle de Bradfield. Au fil des années, toutes les couleurs et toutes les religions semblaient avoir migré dans ces rues étroites aux maisons mitoyennes en brique rouge. Rien qu'en marchant, on pouvait y entendre parler une vingtaine de langues différentes dans un rayon d'environ un kilomètre. Mais les jours de matchs, l'anglais reprenait le dessus tandis que, depuis les arrêts de tram et de bus, depuis les parkings, les supporteurs déferlaient dans les rues étroites qui menaient jusqu'aux gradins de Victoria Park. Le jaune vif porté par les supporteurs de l'équipe locale semblait apporter un rayon de soleil dans ces ruelles froides et humides, et des chants éclataient par moments tandis que la foule s'acheminait vers le temple du football.

— On sera dans la tribune Vestey ce soir, dit Tony. Elle est située sur le côté. Pas comme la tribune de Grayson Street où on était la dernière fois. Tu te souviens ?

— Oui, répondit Torin. On était assis juste derrière le but. On avait une super vue quand Pavlovicz a marqué.

— Oui. Tu sais d'après qui cette tribune a été baptisée ?

— Non. C'est intéressant ? demanda Torin en affichant un large sourire.

— À mon avis, oui. Mais je sens que je vais me prendre une veste...

— Surtout avec cet anorak ! répondit Torin en riant. Tu es prêt pour un hommage à Prince, ajouta-t-il avant de fredonner « *Purple Rain* ».

— Tu es trop jeune pour te souvenir de ça, répliqua Tony.

— Ma mère aimait bien Prince.

Son visage s'assombrit momentanément puis il se ressaisit :

— Bon, en quoi c'est intéressant ?

— La tribune porte ce nom en mémoire d'Albert Vestey. Il était avant-centre – autrement dit attaquant – dans l'équipe des Vics de 1929 à 1938. Il a marqué cent quatre-vingt-dix-sept buts pour le club et il a été sélectionné vingt-deux fois pour l'équipe d'Angleterre. Mais il n'a jamais inscrit de but en international. Les trois buts qu'il a marqués étaient des penalties. C'est intéressant, non ?

Torin lui donna un léger coup de poing dans l'épaule.

— OK, c'est plutôt intéressant.

Ils approchèrent des tourniquets qui menaient à leur partie de la tribune.

— Merci de m'avoir proposé de venir. Ça m'avait vraiment plu la dernière fois.

— En fait, je n'ai pas réussi à trouver de billets depuis la dernière fois. Sinon, je te l'aurais de nouveau proposé. Je regarde les matchs sur mon ordinateur portable. J'ai un abonnement à TVics. Tu peux venir les regarder avec moi sur le bateau quand je suis en ville.

L'adolescent acquiesça.

— Mais Paula m'a dit que tu avais emménagé chez Carol. Alors tu n'es jamais sur le bateau, j'imagine.

Tony afficha une moue.

— Je n'ai pas exactement emménagé chez elle. Je lui tiens plutôt compagnie. Je passe toujours deux ou trois nuits par semaine à Minster Basin. Donc la prochaine fois qu'il y a un match à domicile et que je suis dans le coin, je t'envoie un message.

— OK.

Ils commencèrent à grimper vers leurs sièges.

— Carol et toi, vous êtes genre en couple ?

— En voilà une question difficile, grommela Tony. Disons que chacun tient à l'autre. Mais nous ne formons pas un couple. Pas au sens conventionnel. Nous sommes un peu plus que des amis et un peu moins que des amoureux.

Il n'avait jamais eu besoin d'expliquer leur relation. Pourquoi il le faisait avec Torin, il n'en savait rien. Mais il savait que la meilleure façon de susciter les confidences était d'en faire soi-même.

Ils passèrent devant d'autres supporteurs pour rejoindre leurs places. Une fois assis, ils consultèrent la composition de l'équipe sur la fiche qu'ils avaient récupérée en chemin.

— Karabinits est de nouveau sur le banc de touche, constata Tony.

— Comment ça se fait que vous ne vous soyez jamais mis ensemble ?

— C'est compliqué. Mauvais timing ? La peur ? La crainte de gâcher ce qui marche entre nous ? Un peu de tout ça. Et puis je ne suis pas doué en amour.

Le coup de sifflet de l'arbitre lui épargna de répondre à d'autres questions. La première demi-heure passa rapidement. De l'action de bout en bout, un but dans chaque camp, quelques passes spectaculaires. La foule hurlait, s'agitait, chantait et tout le monde se fichait qu'il commence à pleuvoir : une bruine que le vent jetait à la figure de ceux qui étaient assis plus bas dans les gradins.

À la mi-temps, la moitié des supporteurs disparurent pour aller acheter de mauvais sandwichs et des boissons hors de prix. Tony sortit d'une de ses nombreuses poches une boisson énergisante et un sachet de popcorn. Il les tendit à Torin.

— Tiens, ça nous évite de faire la queue.

— Et toi ? demanda l'adolescent en lorgnant le snack, trop poli pour oser se servir.

Tony sortit une bouteille d'eau d'une autre poche.

— J'ai ce qu'il me faut.

Ils discutèrent de la première mi-temps et analysèrent les problèmes des milieux de terrain. Bientôt les gradins se remplirent de nouveau et la rumeur de la foule emplit le stade.

— Bon, c'est quoi le problème, Torin ? demanda Tony.

La seconde mi-temps commença et les cris des supporteurs s'amplifièrent dans un crescendo assourdissant. Paradoxalement, la foule autour d'eux faisait de cette tribune un lieu propice à la conversation.

— Je ne veux pas en parler, répliqua Torin en se renfrognant et en se penchant en avant pour suivre le match.

— On n'a jamais envie de parler des choses difficiles. Mais si on ne le fait pas, cela finit par empoisonner tout ce qu'il y a de bon dans nos vies. Tu t'es déjà disputé avec Paula. Jusqu'où ça va aller ? Tu as envie de te fâcher aussi avec Elinor ? Avec moi ? Pourquoi ?

— Tu ne peux pas comprendre.

— Je comprends qu'on puisse avoir honte. Je comprends aussi qu'on puisse craindre de perdre quelque chose, Torin. Tu as déjà subi une perte tragique et tu dois avoir encore plus peur de perdre ce qu'il te reste.

Torin se mordilla les lèvres mais ne dit rien.

— Tu ne dois pas avoir peur de ça. On ne va pas t'abandonner. Nous sommes de ton côté. Crois-moi, on ne te rejettera jamais, et ce, quoi que tu aies fait. On veut juste t'aider. Je veux t'aider. Je me souviens de ce que c'est d'avoir ton âge. Tout prend une importance démesurée dans notre esprit. Mais ce n'est jamais aussi grave qu'on l'imagine, dit-il avec un rire amer. Et crois-moi, j'ai eu une adolescence vraiment pourrie.

Torin lui lança un rapide coup d'œil.

— Je ne peux rien te dire, Tony. J'ai déçu tout le monde, je le sais. Mais le pire est encore à venir.

— Alors il faut prendre les devants. C'est toujours possible d'arranger les choses. On ne peut pas tout résoudre, j'en suis conscient, mais on peut toujours trouver une solution. C'est mon métier de gérer les problèmes des gens et les choses ne sont jamais aussi catastrophiques qu'on le croit.

— Personne ne peut m'aider, dit-il avec lassitude, les épaules basses. J'ai fait une grosse bêtise et ça va foutre ma vie en l'air.

Si Paula ne lui avait pas affirmé le contraire, Tony aurait pensé que Torin avait mis sa copine enceinte.

— Quoi ? Tu jettes l'éponge sans te battre ? Ce n'est pas ton genre. La façon dont tu as réagi face à la mort de ta mère n'est pas celle de quelqu'un qui se laisse abattre. Allez, Torin, quoi qu'il se soit passé, ce n'est pas la fin du monde.

En guise de réponse, Torin se leva et s'éloigna jusqu'au bout de la rangée. Tony lui emboîta le pas, récoltant des grognements et des plaintes de la part des spectateurs. Il descendit les vertigineuses marches derrière l'adolescent et ils débouchèrent presque en même temps dans le grand hall qui se trouvait derrière les gradins. Torin s'adossa au mur, s'accroupit par terre et enfouit sa tête dans ses bras croisés.

— Je suis désolé, murmura-t-il si faiblement que Tony l'entendit à peine.

Tony s'accroupit à côté de lui.

— Je sais. Tu te sentiras mieux après m'en avoir parlé.

— Je ne peux pas, répliqua-t-il d'une voix tremblante.

— Je ne vais pas te juger, Torin.

— Pas la peine, je le fais très bien tout seul, répliqua-t-il d'un air dégoûté. Je ne sais pas comment je vais pouvoir continuer à regarder les gens en face.

Tony passa un bras autour des épaules du jeune homme et le tira vers lui.

— Allez, mon grand. Tu connais mon métier. Après tout ce que j'ai entendu, je peux te dire que je suis blindé. Il faut que tu te confies à quelqu'un, alors pourquoi pas à moi ?

Torin frissonna avant de déglutir.

— Tu dois me promettre que tu n'en parleras pas à Paula ni à Elinor.

— Il faut qu'elles sachent, Torin.

— Je ne dirai pas un mot si tu ne m'en fais pas la promesse.

Il y aurait un moyen de régler ça plus tard, mais ce serait alors à Torin de le faire. L'important pour le moment, c'était de découvrir ce qui se passait.

— Promis, juré. Comme si tu étais un de mes patients.

— Je me sentais seul. Paula et Elinor sont cool mais…

— Elles n'ont pas quatorze ans.

— Je poste pas mal sur Instagram. Je suis plutôt doué pour prendre des photos intéressantes. Des tas de gens aiment ce que je fais et parfois ils laissent un commentaire, tu vois ?

Tony acquiesça. Il n'utilisait pas vraiment les réseaux sociaux mais il s'y intéressait parce qu'il avait besoin de connaître les habitudes des gens sur Internet. Beaucoup de prédateurs profitaient de l'anonymat qu'offrait cet environnement sans tabou et relativement peu risqué.

— Quelqu'un a commencé à te laisser des commentaires ? À dire qu'il appréciait beaucoup ton travail ?

Torin hocha la tête si imperceptiblement que Tony en déduisit qu'il acquiesçait.

— Une fille ?

— Elle était drôle, expliqua-t-il. Elle faisait vraiment des bonnes blagues sur plein de trucs. Elle aimait les mêmes groupes et les mêmes jeux vidéo que moi.

Ça ne devait pas être très difficile à découvrir. Même Tony pouvait réussir à trouver des informations en quelques clics sur Internet.

— Et elle te plaisait bien ? demanda-t-il doucement.

— Elle aurait plu à n'importe qui. Elle était magnifique, dit-il en poussant un soupir. Je n'en revenais pas qu'elle m'aime bien aussi.

— Et vous avez commencé à parler en privé ?

Torin leva la tête, au bord des larmes.

— J'étais tout seul. Elle m'a envoyé des photos. Et puis de courtes vidéos. Genre, sexy, tu vois ? expliqua-t-il en regardant Tony avec des yeux réclamant indulgence et pardon.

Tony sentit une vague de compassion monter en lui, mâtinée de colère envers les salauds qui avaient profité de lui. Il pouvait déjà prédire la suite et cela lui brisait le cœur.

— Elle t'a demandé de faire la même chose ?

Torin baissa de nouveau les yeux.

— Oui, répondit-il d'une voix rauque. Et je l'ai fait.

Tony posa une main sur son épaule juste au moment où une clameur s'élevait dans le stade. Bradfield avait manifestement marqué un but. Quand la ferveur retomba, il reprit la parole.

— Ils t'ont fait du chantage ? « Donne-nous de l'argent ou bien tous tes contacts recevront une copie des vidéos. »

— Oui. Ils m'ont demandé cinq cents livres.

— Du coup, tu as vendu le pendentif de ta mère ?

Il acquiesça.

— J'en ai obtenu cinq cent cinquante. Paula m'a appris ensuite qu'il se vendait à huit cent ; ça veut dire que celui qui l'a acheté m'a bien arnaqué lui aussi. Je suis un vrai con. Et puis ça ne va pas s'arrêter. Ils m'ont envoyé un nouveau message la semaine dernière pour me réclamer mille livres avant la fin du mois sinon ils enverront la vidéo à tous ceux que je connais et la mettront en ligne sur Internet, dit-il sur un ton désespéré.

— Comment tu les as payés ?

— Ils m'ont donné leurs coordonnées bancaires et m'ont dit d'aller dans une banque et de faire un virement sur leur carte de crédit. C'est une de ces cartes qu'on peut recharger en mettant de l'argent dessus. Comme quand on est à l'étranger. Si quelqu'un me posait des questions, j'avais prévu de dire que c'était pour un cousin qui avait pris une année sabbatique et qui avait besoin d'un peu d'argent. Mais on ne m'a pas posé de questions.

Probablement impossible à identifier, pensa Tony. Ils devaient mettre Stacey sur le coup.

— Je suis désolé que tu aies eu à te débrouiller tout seul avec ça. Je pense qu'on peut régler le problème. Mais tu dois d'abord en parler à Paula et Elinor.

Torin s'écarta de lui et lui lança un regard accusateur.

— Tu as promis !

— Je sais. C'est pourquoi j'ai dit que c'était *toi* qui devais le faire.

40

Assise devant sa coiffeuse, Eileen Walsh se démaquillait à l'aide d'un coton. Quand elle avait meublé sa chambre, elle avait acheté un miroir cerclé d'ampoules comme il devait y en avoir dans les loges des actrices de cinéma. Elle s'en fichait si ça faisait cliché : par moments, elle avait envie de se sentir comme une star, même si le seul théâtre où elle se produisait était celui de sa propre vie.

Elle possédait ce miroir depuis cinq ans mais ça n'avait rien changé à son existence. Son travail n'avait rien de glamour : infirmière au service chirurgie du Manchester Royal Infirmary, sa surcharge perpétuelle de travail n'était compensée que par de rares moments de satisfaction quand un patient qu'elle appréciait guérissait plus vite que prévu ou qu'une famille manifestait sa reconnaissance en la couvrant de remerciements et de chocolats. Mais l'état d'épuisement permanent dans lequel elle se trouvait l'empêchait de ressentir la moindre satisfaction morale à travailler dans le secteur de la santé.

À un moment, elle avait espéré que le mariage puisse la sauver de ce dur labeur. Un mariage avec le gentil Tim qui avait un bon poste dans une grande compagnie d'assurances. Ils s'étaient rencontrés quand sa mère avait subi une ablation de la vésicule biliaire et il était inexplicablement tombé amoureux d'elle. Ce n'était pas l'homme le plus excitant du monde, mais Eileen appréciait sa compagnie et elle pouvait s'imaginer vivre une vie confortable avec lui. La fin de la solitude et de ses soucis d'argent. La fin des heures de service interminables qui ne menaient nulle part pendant lesquelles elle traînait son corps fatigué. C'était une solution, s'était-elle convaincue.

La mère de Tim s'était bien rétablie, ce qu'il avait attribué aux bons soins d'Eileen. Deux mois plus tard, après quelques sorties au cinéma, au restaurant et à l'Apollo pour assister à des concerts assourdissants, il l'avait demandée en mariage et elle avait accepté. Ses parents avaient été à la fois soulagés et ravis. Ils pensaient qu'à trente-cinq ans, elle avait définitivement atteint sa date de péremption.

Huit jours plus tard, Tim était sur le point de traverser Whitworth Street près du carrefour avec Sackville Street quand un couvreur qui travaillait sur un échafaudage juste derrière lui avait lâché un tuyau d'écoulement en fonte. Il avait atterri douze mètres plus bas. Ces quelques secondes fatidiques avaient mis fin à toute une vie.

Eileen avait d'abord ressenti de la colère. Un instant de négligence l'avait privée de cette vie qui aurait dû être la sienne. Elle était triste pour Tim, bien entendu. Elle n'était pas le genre de garce attirée uniquement par l'argent. Mais il est vrai qu'elle était surtout triste pour elle. Il avait représenté son unique chance de pouvoir vivre et non plus seulement survivre. Et cette chance lui était passée sous le nez.

C'était pire que d'être plaquée parce que le chagrin prenait du temps. Quand un type vous larguait, vous pouviez tourner la page immédiatement. Alors que quand on perdait quelqu'un, on passait forcément par une période de deuil. Mais c'était terminé maintenant. Dix-sept mois avaient passé depuis l'enterrement et il était temps pour elle de chercher un autre homme.

Elle avait usé de son charme avec tous ceux qui, dans le service, pouvaient connaître un candidat potentiel. Fils, frères, célibataires, divorcés ou veufs. Peu importe. Elle était prête à partager son temps avec un féru de sport ou un collectionneur excentrique. Et même avec un fan de Jeremy Clarkson[1]. Elle pouvait se couler dans le moule de la femme qu'il souhaitait. Mais jusqu'ici, personne n'avait encore mordu à l'hameçon. Le temps commençait à manquer et Eileen voulait quitter son travail pour démarrer une nouvelle vie.

Elle essuya les dernières traces de maquillage et se pencha vers le miroir. Elle avait des cernes soulignés par des ridules. Elles n'étaient presque pas visibles mais ne feraient que s'accentuer. D'autres apparaissaient quand elle souriait, qui ne risquaient pas de s'estomper non plus. Bientôt on ne la regarderait plus. Elle deviendrait une de ces femmes d'âge moyen, avec quelques kilos en trop au niveau de la taille et une silhouette aussi peu excitante que les perspectives qui l'attendaient.

Peut-être que ce week-end lui porterait chance. Eileen haussa un sourcil d'un air aguicheur. Elle n'était pas mal pour son âge. Et les mariages rendaient les gens plus attirants. Elle l'avait déjà remarqué auparavant. L'amour se propageait comme une maladie contagieuse. Un mariage gay devait avoir le même effet aphrodisiaque qu'un mariage conventionnel, n'est-ce pas ? Greg et Avram devaient sans doute avoir des amis hétérosexuels. Certes, elle connaissait déjà la plupart des amis de Greg : ils travaillaient tous les deux dans le même service depuis sept ans.

Mais c'était différent avec Avram. Il travaillait à Media City. Il était producteur de documentaires pour la radio. Il devait avoir un carnet d'adresses vraiment intéressant. Statistiquement, certaines de ses

1. Célèbre animateur britannique spécialisé dans l'automobile. *(N.d.T.)*

connaissances devaient être des célibataires de son âge à la recherche d'une femme. Ça allait être un grand mariage. Cent quarante-trois personnes selon Greg. Elle devait avoir ses chances.

Eileen souleva le couvercle de sa crème de nuit pour s'en enduire le visage. Il ne restait plus que quelques jours avant d'y aller. C'était suffisant pour s'occuper de ses cils et se faire une manucure. Il n'y avait pas de mal à se montrer sous son meilleur jour.

Samedi marquerait peut-être un tournant dans sa vie. Mais si ce n'était pas le cas, ce n'était pas si grave. La solitude ne lui pesait pas. Elle se débrouillait bien toute seule. Elle avait des amis, du travail, elle avait une vie.

Mais oui, bien sûr… dit une petite voix sardonique dans sa tête. Tout à coup, la peur la submergea de nouveau. La peur de vieillir, de devenir infirme, seule, sans le confort d'un compagnon à ses côtés et d'un revenu rassurant. Ses parents retraités avaient du mal à joindre les deux bouts, mais au moins ils pouvaient compter l'un sur l'autre. Elle, elle n'aurait personne. Elle allait devenir une de ces vieilles dames qui sentent mauvais et vivent enfermées dans un studio, sans personne pour leur rendre visite, assises devant la télé toute la journée, réduites à manger des conserves de haricots à la sauce tomate et du pain de mie bon marché.

— Ressaisis-toi, Eileen ! s'exclama-t-elle.

Samedi, ce serait sa chance. Et elle la saisirait coûte que coûte.

41

Nouvelle semaine, nouveau stade de frustration pour la BREP. Un journaliste plus futé que les autres avait fait le rapprochement entre les deux morts, malgré les efforts de Carol pour taire les similitudes qui les reliaient. À présent, en plus de leurs collègues qui scrutaient leurs moindres mouvements, ils devaient affronter chaque matin une barrière de journalistes réclamant des infos. Le commissariat de Skenfrith Street était en permanence assiégé par une poignée de journaleux déterminés, convaincus que la police leur cachait quelque chose.

La réalité était bien différente. La réunion matinale n'avait débouché sur aucune nouvelle piste et les procédures habituelles n'avaient pas abouti. Les caméras de surveillance de la gare de Leeds n'avaient rien donné non plus : leur cible marchait tête baissée sans lever les yeux un seul instant. Stacey avait étudié les enregistrements des caméras à reconnaissance automatique de plaques dans la région des Dales au cours des deux week-ends où les victimes avaient été tuées, sans succès. Tous les conducteurs repérés à ces deux moments-là avaient un alibi.

— Nous avons quarante-trois habitants qui ont fait leurs courses, sont allés au travail ou voir un match de foot. Trente et un d'entre eux sont des hommes, expliqua Stacey. Ils ont tous des témoins qui confirment leurs dires et des alibis pour les créneaux horaires en question ces week-ends-là. Aucun d'eux n'a passé suffisamment de temps à proximité des lieux où on a retrouvé les corps pour avoir commis ces crimes. Par ailleurs, ce secteur est inaccessible en transports en commun.

En entendant ces mots, Tony leva les yeux, inclina la tête en fronçant les sourcils mais garda le silence.

— Nous avons aussi vingt-neuf vacanciers qui possèdent une propriété dans le secteur non couvert par des caméras de surveillance. Il s'agissait chaque fois de couples ou de familles sauf dans un cas. Là encore, on voit mal comment un de ces hommes aurait pu s'éclipser pour aller séduire nos et les tuer.

— Et celui qui était tout seul ? demanda Paula.

— Selon la police de Preston où il vit, il a été mis hors de cause pour les deux mariages qui ont eu lieu le samedi. Il est entraîneur au club de tennis local. Les samedis après-midi, il a trois cours : un pour les enfants et deux pour les adultes. Les deux samedis soir en question, il travaillait au bar du club à l'occasion d'une collecte de fonds. Sa présence a été confirmée, exposa Stacey d'un air désolé. Maintenant la police du Lancashire nous déteste autant que celles du North et du West Yorkshire parce qu'on leur a demandé de s'embêter à vérifier tous les alibis.

— Il a dû utiliser des voitures de location, supposa Tony d'un air détaché. Il est clair qu'il fait très attention à ne laisser aucune trace incriminante derrière lui. Il n'aura pas pris le risque d'avoir sa propre voiture à proximité des lieux des meurtres ou à l'endroit où il a laissé leur corps.

— Nous devons vérifier malgré tout, dit Carol. Est-ce qu'on a du nouveau du côté des photos prises lors des deux mariages ?

Alvin prit la parole.

— Comme nous l'avons dit plus tôt, nous avons retrouvé tous les invités présents aux mariages et nous avons compilé leurs photos et vidéos. Stacey nous a fourni une image de synthèse du tueur présumé que nous avons montrée aux invités mais personne ne semble l'avoir reconnu.

— Karim et moi avons fait le tour des amis, des familles et des collègues des victimes, intervint Kevin. À part l'ex-petit ami d'Amie qui affirme que l'homme sur l'image ressemble exactement au livreur de Valhalla qui dépose des colis chez elle – ce que nous avons vérifié, mais aucun des livreurs ne ressemble de près ou de loin au portrait – personne ne l'a reconnu. Je pense que nous devrions diffuser cette image dans les médias. Pourquoi pas sur *Crimewatch*[1] ?

— J'étais réticente jusqu'ici parce que le programme que Stacey a utilisé pour produire l'image n'a pas encore été testé ni approuvé par un tribunal, expliqua Carol. Je ne veux pas prendre le risque qu'un petit malin de la défense nous accuse par la suite de nous appuyer sur de la pseudoscience. En même temps, j'ai bien l'impression que nous sommes dans l'impasse, alors je pense que nous devrions en effet en parler aux médias.

Kevin grogna :

— Une ribambelle de nouvelles fausses pistes nous attend…

— Nous ferons appel en premier lieu aux policiers locaux sur le terrain, dit Carol. J'ai pensé que Karim et vous pourriez suivre les pistes qui semblent prometteuses.

— C'est comme le terrorisme, lança Karim. On sait qu'il est là quelque part mais on ne sait pas où. C'est comme si on attendait le prochain meurtre en espérant

1. Émission de télévision britannique qui fait appel au public pour obtenir des informations sur des crimes non élucidés. (*N.d.T.*)

qu'il fasse un faux pas cette fois. Comment éviter que ça ne se reproduise quand on n'a pas une seule piste valable ?

Il y eut un silence de plomb. Carol finit par reprendre la parole.

— En faisant notre travail. On finit par arrêter les gens comme lui en continuant à travailler d'arrache-pied jusqu'à ce qu'on les trouve.

Paula se pencha vers Karim et posa une main sur son bras.

— Tu finiras par t'habituer à ce sentiment, lui dit-elle doucement. Ça arrive tout le temps. Et on s'en remet.

— Oui, on s'en remet, renchérit Kevin.

Karim fixait la table des yeux tout en agitant nerveusement sa jambe gauche.

Carol s'éclaircit la gorge.

— Quelqu'un a quelque chose à ajouter ?

Tony se leva et se mit à marcher de long en large.

— Stacey a dit quelque chose tout à l'heure : « On ne peut pas se rendre là-bas en transports en commun. » Mais l'inverse est également vrai. Le tueur n'a pas pu repartir en prenant les transports en commun. J'ai pensé dans un premier temps qu'il avait quitté les scènes de crime à pied ou en courant. J'étais prêt à suggérer qu'on se renseigne sur toutes les propriétés qui se trouvent à une distance raisonnable de ces lieux à pied. Et puis je me suis demandé ce que j'entendais exactement par « distance raisonnable ». Moi, par exemple, je peux marcher sans problème une dizaine de kilomètres. Mais de nuit ? Même dans un environnement familier, ce n'est pas évident. Et il ne pouvait pas prendre le risque de marcher sur la route, on est d'accord ? Il aurait fini par croiser une voiture.

Carol l'interrompit :

— On a pensé à tout ça, Tony. Et on a écarté cette possibilité précisément pour cette raison. Nous n'arrivons pas à savoir comment il s'y est pris. Il pourrait avoir laissé sa voiture à proximité au cours du week-end et utilisé celle de la victime pour la conduire vers sa destination finale.

— C'est juste. Et c'est pourquoi je ne vous ai pas fait perdre votre temps. C'est exactement ce que je me suis dit moi aussi quand on est allés sur les lieux où on a retrouvé Amie McDonald. Comment avancer dans nos recherches avec si peu d'indices à notre disposition ? Et puis Stacey a fait sa remarque et j'ai compris tout à coup ce que je cherchais, dit-il avec un grand sourire sous le regard ahuri de ses collègues.

— Il va falloir que tu nous en dises plus, cher ami, répliqua Alvin. Je ne pense pas être le seul à être perdu.

— Carol, Paula ? Vous vous souvenez de l'herbe aplatie et de la terre retournée que je vous ai montrée près de la scène de crime ? Est-ce que la police scientifique a trouvé quelque chose ?

— Non, répondit Paula. On ne sait pas ce qui a laissé ces traces. Tout ce qu'on sait c'est que c'était quelque chose d'assez lourd ; probablement en métal ou en plastique assez solide pour marquer le sol de cette façon.

— On a les mesures ? demanda Tony en prenant son téléphone.

Il tapota sur l'écran.

— Je te dis ça tout de suite, reprit Paula. Le rapport est arrivé avant-hier seulement...

Elle alla jusqu'à son bureau et sortit le dossier.

— Les traces mesurent 71,6 centimètres de long sur 60 centimètres de large. D'après les techniciens, l'objet devait être légèrement plus petit parce qu'il semble avoir été traîné sur une courte distance.

Tony leva les yeux de son écran et afficha un sourire béat.

— Un vélo pliant Brompton mesure 58,5 centimètres sur 56,5 centimètres. Si on le lançait par-dessus le fossé, il laisserait quelques traces par terre, non ? Vu son poids ?

Il y eut un silence puis Carol demanda :

— Comment as-tu découvert ça ?

— Il y a des sentiers balisés qui traversent les champs près des deux scènes de crime. Vous étiez tous concentrés sur la route parce qu'il est arrivé par là.

— On aurait dû y penser, regretta Paula.

— Même si on y avait pensé, on se serait quand même concentrés sur la route, répliqua Kevin.

— Excellent ! lâcha Karim, les yeux pleins d'espoir.

— C'est pourquoi on le garde, dit Carol. Nous sommes souvent concentrés sur l'arbre qui cache la forêt. Lui, il a une vue d'ensemble. Paula, vois avec les techniciens si, sur les clichés de la scène de crime, on discerne quelque chose qui ressemble à des traces de pneus de vélo. Ça change la donne. On a quelque chose de solide à présenter à *Crimewatch*. Si on évoque la présence d'un cycliste et qu'on fait circuler son portrait, ils pourraient considérer que ça en vaut la peine. Quelqu'un a autre chose à ajouter ?

Silence.

— Alors au travail, conclut Carol d'un air las avant de se diriger vers son bureau.

Tony rejoignit Paula.

— Il vous a parlé ?

Elle secoua la tête.

— Il était très silencieux quand tu l'as ramené après le football. Et au petit-déjeuner, avant qu'Elinor ne descende, il s'est excusé de s'être emporté contre moi. Et moi, je me suis excusée d'avoir violé son intimité. Qu'est-ce qui se passe, Tony ?

Il poussa un soupir.

— J'ai promis de ne rien dire. Je ne veux pas risquer de perdre sa confiance. Désolé. Je peux passer ce soir, si tu veux ? Pour essayer de faire avancer le schmilblick ?

— Merci.

Il hocha la tête, prit son anorak violet et se dirigea vers la sortie. Paula envoya un message aux techniciens de la scène de crime puis se pencha en arrière sur son siège. En voyant Kevin près de la machine à café, elle décida que c'était le bon moment et se rapprocha de lui nonchalamment.

— Je pensais que tu revenais parmi nous pour de bon, Kev, dit-elle.

— Pourquoi tu dis ça ?

— D'après Carol, tu as accepté de revenir et de rester jusqu'à ce qu'elle trouve un autre inspecteur qu'elle apprécie suffisamment pour te remplacer.

Il acquiesça.

— C'est à peu près ça. Je profitais bien de ma retraite. Je ne suis pas du genre à rechercher les sensations fortes en poursuivant des criminels. J'ai fait mon temps et j'étais content de commencer une nouvelle vie.

— Mais Carol t'a convaincu de revenir ?

Il lâcha un petit rire.

— C'est l'argent qui m'a convaincu de revenir, Paula. Carol m'a proposé de retrouver mon ancien grade, de redevenir inspecteur. Elle m'a promis que quand elle trouverait le bon candidat, je pourrais partir avec une retraite d'inspecteur. Je ne vais pas te mentir en disant que ça ne m'a pas motivé. Stella et moi avons des projets. Et avoir un peu plus d'argent faciliterait les choses. Pourquoi tu me demandes ça ?

— Elle pense que je devrais passer l'examen pour devenir inspecteur.

Paula étudia attentivement son expression. Il n'avait pas l'air très surpris.

— Elle n'a pas tort, répondit-il. Qu'est-ce qui t'en empêche ?

Paula haussa les épaules. Ce n'est pas qu'elle manquait d'ambition, mais elle avait peur de ce que cela impliquait.

— J'aime ce que je fais. J'aime interroger les témoins et les suspects. J'aime bien être sur le terrain et pas coincée derrière un bureau à faire de la paperasse et à distribuer les tâches aux subalternes.

Kevin secoua la tête.

— C'est ce qui se passerait si tu travaillais dans une brigade criminelle conventionnelle. Tu sais bien qu'on ne procède pas comme ça ici. Je ne fais pas tellement de paperasserie, comme tu as pu le constater. Je suis surtout sur le terrain à m'occuper des basses besognes, à poser des questions, comme je le faisais quand j'étais lieutenant de police. La seule différence c'est que c'est un peu plus facile quand on a affaire à des collègues d'autres départements avec qui on travaille. C'est un peu plus facile d'obtenir de la coopération quand on est soi-même un haut gradé.

C'était vrai. Même si la BREP n'en était qu'à ses débuts, Paula avait noté qu'on rechignait à exécuter ses requêtes et ce, sans doute, parce que les personnes à qui elle demandait quelque chose étaient généralement plus gradées qu'elle. Ils ne refusaient pas catégoriquement, parce qu'ils savaient que Paula pouvait gravir les échelons et que ça pouvait leur retomber dessus aussi sec. Mais ils traînaient des pieds, échangeaient des regards avec leurs collègues, lui faisaient sentir qu'elle n'était pas des leurs.

— Est-ce que jouer du galon rend vraiment les choses plus faciles ? Est-ce que ça ne les agace pas un peu plus ?

Kevin arbora un grand sourire.

— Tu n'as pas besoin de jouer du galon, Paula. Tu dois juste pouvoir justifier d'une certaine autorité. Et il est temps que tu gravisses les échelons. On passe tous à autre chose. Carol Jordan partira à la retraite un jour ou l'autre et il faudra bien quelqu'un pour la remplacer.

Surprise, Paula lâcha un petit rire nerveux.

— Quoi ? Tu penses que je pourrais prendre sa place ?

— Pourquoi pas ? Tu es une bonne policière et tu as un bon relationnel. En plus, tu traînes moins de casseroles qu'elle.

Le visage de Paula s'assombrit. Elle aussi traînait des casseroles derrière elle, même si elle en avait moins que Carol.

— Tu as dû attraper une insolation dans ton jardin, dit-elle avec une fausse désinvolture.

— Et toi, tu devrais te prendre un peu plus au sérieux.

Il termina de préparer son café et s'éloigna. Paula le suivit du regard, envahie par un drôle de sentiment.

42

Penny Burgess vérifia l'heure sur son téléphone pour la troisième fois en autant de minutes. Il était en retard. Elle était assise à une table en Formica crasseuse dans un café d'autoroute qui sentait le graillon avec un latte qui ressemblait davantage à une tasse de lait vaguement aromatisée au café. En sortant d'ici, elle aurait besoin d'un bon shampoing et devrait déposer son manteau au pressing, si ça continuait comme ça.

Elle se demandait si l'agent de police Darren Finch avait eu des états d'âme. Elle était habituée à combattre les réticences de ses informateurs, mais pour ce faire, encore fallait-il qu'ils se montrent. Il avait déjà dix-neuf minutes de retard. C'est lui qui avait suggéré ce lieu, pas elle. Elle se demandait pourquoi un policier chargé de la circulation avait choisi une station-service pour la rencontrer. Pile le genre d'endroit où il pouvait tomber sur un collègue, d'après elle.

Peut-être qu'il était un peu bête et n'avait pas réussi à imaginer un autre endroit. Techniquement, ils se trouvaient dans le Lancashire et non dans le West Yorkshire, secteur pour lequel il travaillait, ce qui lui donnait peut-être une marge de sécurité, songea-t-elle.

Elle ne pouvait s'empêcher de se demander si elle avait adopté la bonne approche. Trouver les noms des policiers qui avaient arrêté Carol Jordan avait été relativement facile puisqu'elle avait mis Sam Evans dans sa poche. Il avait cherché leurs noms dans les registres du tribunal et avait réussi à les localiser. Penny avait tapé les noms des deux policiers sur Google et avait trouvé des photos de Finch encadrant des adolescents apprenant à conduire au cours d'un programme de sécurité routière. Elle avait téléphoné au commissariat d'Halifax et demandé à lui parler, en espérant qu'il soit en service ou en patrouille. On lui avait obligeamment répondu qu'il ne commençait son service qu'à 22 heures. D'après ce qu'elle savait du rythme de travail dans la police, elle avait supposé qu'il terminait à 7 heures le lendemain matin. Elle s'était donc levée tôt et s'était postée à l'arrière du commissariat, là où les policiers garaient leurs voitures.

À 7 h 20, elle avait vu Finch sortir du commissariat, bavardant avec une collègue. Ils s'étaient séparés et Finch s'était éloigné dans une BMW noire. Penny l'avait suivi en gardant ses distances car il n'y avait guère de circulation à cette heure matinale.

Finch s'était dirigé vers le centre-ville avant de quitter la route pour pénétrer dans un dédale de ruelles, à sens unique pour la plupart. Penny avait réussi à ne pas le perdre de vue pendant qu'il zigzaguait entre les rangées de maisons mitoyennes. Elle s'était demandé s'il l'avait repérée et s'il essayait de la semer. Il avait fini par ralentir pour chercher manifestement une place où se garer. Elle l'avait dépassé et avait laissé sa voiture un peu plus loin à l'entrée d'une allée.

Elle avait rebroussé chemin juste à temps pour voir Finch se garer. Elle avait attendu sur le trottoir qu'il sorte de sa voiture.

— Agent Finch ?

Il avait paru surpris.

— On se connaît ?

— Je suis Penny Burgess du *Bradfield Evening Sentinel Times*.

— Vous êtes loin de chez vous, avait-il constaté d'une voix rauque qui collait bien avec son allure.

Il l'avait considérée de la tête aux pieds avant de reprendre :

— Qu'est-ce que vous me voulez ?

— Je pense que vous êtes aussi indigné que moi au sujet de ces quatre conducteurs qui n'ont pas été inquiétés après le test d'alcoolémie que vous leur avez fait subir il y a quelques semaines.

Son visage avait changé d'expression. Sourcils froncés, menton levé bien haut d'un air agressif.

— Je n'ai rien à dire.

— Ça restera entre nous. Je cherche juste à avoir confirmation de certaines informations. C'est tout.

— Pas de commentaires.

— Ah bon ? Alors on passe tout ça sous silence ? Cinq personnes sont mortes et on ferme les yeux là-dessus ? Et pendant ce temps-là, Carol Jordan dirige la BREP et donne des ordres à des policiers comme vous ? Sans oublier que tout ça ternit votre image.

L'air toujours aussi méfiant, il avait jeté un rapide coup d'œil autour de lui.

— Ce n'est pas le lieu ni le moment.

Penny lui avait tendu sa carte.

— Alors dites-moi quand et où. Ce n'est pas juste que vous portiez le chapeau pour une énorme erreur que vous n'avez pas commise.

Il avait pris sa carte et s'était éloigné sans rien ajouter. Mais un peu plus tard le même jour, Penny avait reçu un texto provenant d'un numéro inconnu lui donnant rendez-vous à l'adresse où elle attendait maintenant.

Faire appel à sa fierté et à son indignation avait-il été une erreur ? Aurait-elle dû faire plutôt l'apologie de la justice ? Était-il plus idéaliste qu'il n'en avait l'air ? Elle espérait que ce ne soit pas le cas. Si elle ne faisait pas fausse route, cette histoire allait faire grand bruit. Elle serait en une de son journal et se retrouverait ensuite dans les quotidiens nationaux puis partout sur Internet. Son ambition n'était pas de rejoindre les grands groupes de presse ou la télévision, mais juste de se faire un nom et qu'il inspire le respect.

Elle entendit des pas lourds se rapprocher derrière elle. Elle résista à l'envie de se retourner et attendit qu'il s'assoie sur la chaise en face d'elle. Il portait une doudoune noire sur un polo noir et une casquette de même couleur baissée sur les yeux. Il avait l'air d'un rappeur minable, pensa-t-elle. Il déboucha une bouteille de Coca Zéro et en but une gorgée.

— Désolé du retard, s'excusa-t-il. J'ai fini plus tard que prévu. J'ai dû arrêter un idiot qui téléphonait en conduisant.

— Ça fait un crétin de moins sur les routes ce soir.

— Ouais. Bon, avant qu'on n'aille plus loin, je ne veux pas voir mon nom dans le journal.

— Pas de problème, on n'est pas obligé de le mentionner.

Il regarda son téléphone avec suspicion.

— Vous n'êtes pas en train d'enregistrer ?

Penny déverrouilla son téléphone et lui montra que l'enregistreur vocal n'était pas activé. En revanche, elle ne mentionna pas le second téléphone qui se trouvait dans sa poche et qui enregistrait leurs propos.

— C'est bon pour vous, agent Finch ? Je peux vous appeler Darren ?

— Appelez-moi comme vous voulez, mais pas à l'heure du dîner, répliqua-t-il en souriant à sa mauvaise blague.

Ce n'était manifestement pas un policier qui brillait par son intelligence, se dit-elle.

— Vous vouliez me parler de cette affaire d'éthylotest ?

Elle acquiesça.

— Il y a quelque chose de louche dans cette histoire : Carol Jordan qui échappe à toute sanction pour conduite en état d'ivresse au moment où elle prend la tête d'une nouvelle brigade.

— Vous croyez ? dit-il en se voulant sarcastique.

— Qu'est-ce que vous en pensez ?

— La décision est venue d'en haut, répondit-il.

— Comment vous le savez ?

— Comment ça pourrait s'expliquer autrement ? Il n'y avait aucun problème avec les éthylotests.

— Comment pouvez-vous en être sûr ?

Il afficha un sourire suffisant ; celui d'un homme qui se pensait infiniment plus intelligent que son interlocutrice.

— Si vous aviez un éthylotest défectueux dans votre boîte à gants, qu'est-ce que vous en feriez ?

Penny réfléchit à la question quelques instants.

— Je le ferais réparer ? Ou bien je le jetterais.

— Exactement, répondit-il d'un air satisfait. La nuit où c'est arrivé, il n'y avait apparemment aucun problème avec l'éthylotest. Les quatre conducteurs que nous avons arrêtés et à qui nous avons fait passer un test d'alcoolémie avaient tous une haleine alcoolisée. Et rien dans les résultats ne nous a laissés penser que quelque chose clochait. Mais je vais vous dire une chose : l'éthylotest n'a jamais été retiré de la circulation. Ni cette nuit-là, ni après que le tribunal a décidé d'abandonner les poursuites contre ces quatre personnes. Nous continuons d'utiliser le même éthylotest.

— Vous plaisantez ?

Il secoua la tête.

— Personne n'a jugé bon de s'en débarrasser. Comme si ça n'avait aucune importance. Et on a continué comme si de rien était.

— C'est d'un cynisme ! D'où venait l'ordre ?

Finch secoua la tête.

— J'en sais rien. De quelqu'un qui a un salaire beaucoup plus important que le mien.

— Vous n'en avez aucune idée ?

Il haussa les épaules et avala une autre longue gorgée de son Coca-Cola.

— Tout ce que je sais, c'est que quand l'affaire a éclaté, le magistrat du parquet a déclaré à la presse que les charges avaient été abandonnées parce que l'éthylotest s'était avéré défectueux et qu'il y avait trois autres cas similaires.

Il posa une main devant sa bouche et éructa avec une surprenante délicatesse.

— Qu'est-ce que vous avez pensé de tout ça sur le moment ?

Il poussa un soupir.

— Je me suis dit qu'il y avait peut-être eu un problème avec l'éthylotest. Je n'avais pas été de service les deux nuits précédentes et j'ai pensé qu'on avait oublié de m'en parler. Mais quand je suis rentré au commissariat, le lieutenant de service m'a dit que c'était la première fois qu'il entendait parler de ça et que l'éthylotest fonctionnait normalement. On l'a même testé nous-mêmes. Deux ou trois collègues ont soufflé dedans et comparé les résultats avec ceux obtenus par un autre éthylotest et c'étaient exactement les mêmes.

Penny but une gorgée de sa boisson, encore plus dégoûtante maintenant qu'elle était froide.

— Qu'est-ce que vous avez fait, alors ?

— On ne pouvait pas faire grand-chose. On ne peut pas se battre contre un ennemi invisible. On a gardé ça pour nous. Mon collègue et moi, on voulait se protéger au cas où le scandale éclaterait. Il est hors de question qu'on porte le chapeau si ça part en vrille. Je suis donc allé échanger quelques mots avec la gouvernante de la propriété de George Nicholas. J'ai tenté de lui faire admettre que Jordan avait bien picolé, mais sans succès. Elle sait où se trouve son intérêt. Tout ce qu'elle m'a dit c'est que Jordan avait « probablement » bu un verre de vin blanc et un de vin rouge en l'espace de quatre heures. Tu parles, dit-il sur un ton amer en affichant une moue qui ne l'était pas moins.

C'était difficile pour Penny de contenir sa joie en entendant cette incroyable histoire de la bouche d'une source aussi improbable.

— Qu'est-ce qui s'est passé, selon vous ?

— Il y a toujours des gens qui s'en sortent mieux que d'autres. Je n'ai aucune preuve de ce que j'avance, mais je pense que quelqu'un voulait vraiment que Carol Jordan prenne la direction de la BREP.

— Quelqu'un qui serait très haut placé au ministère de l'Intérieur, par exemple ? Après tout, la BREP est leur bébé.

Finch secoua la tête.

— Je suis un simple flic qui s'occupe de la circulation. Je sais pas comment les choses sont décidées. Tout ce que je sais, c'est que cinq personnes seraient probablement encore vivantes aujourd'hui si les charges n'avaient pas été abandonnées. Et que c'est le prix à payer quand les huiles veulent placer quelqu'un quelque part.

43

Tony sonna à la porte et attendit. Quand Torin l'ouvrit d'un coup sec, l'adolescent ne fut pas surpris de le voir. Il lui avait envoyé un texto pour lui dire qu'il allait passer. Tony sourit.

— Ça y est, Torin. Il va falloir se lancer, mon pote. Il faut régler tout ça.

— Tu avais promis ! s'exclama-t-il.

Tout à coup, il avait l'air d'un petit garçon prêt à éclater en sanglots.

— Et je tiens ma promesse. C'est toi qui dois parler.

— Je ne peux pas. Elles vont être furieuses.

— Pas contre toi. Elles auront mal *pour* toi, pas *à cause* de toi. Elles ne vont pas te tourner le dos. Je connais Paula depuis très longtemps et j'ai entièrement confiance en elle.

Torin s'apprêtait à bousculer Tony pour s'éclipser dehors quand une voix l'appela à l'intérieur.

— Tor, qui est à la porte ? demanda Paula. Si ce sont les Témoins de Jéhovah, dis-leur qu'on est lesbiennes.

— C'est juste moi, répondit Tony.

Paula apparut derrière Torin.

— Qu'est-ce que tu attends devant la porte ? Entre.

— On parlait football, expliqua Tony. Je ne voulais pas vous déranger.

Il avança, si bien que Torin fut obligé de reculer pour le laisser entrer.

— Ne me déçois pas, mon garçon, lui glissa gentiment Tony au passage.

Ils se dirigèrent tous vers le salon et Tony posa son anorak violet sur la rampe de l'escalier en passant. Elinor se leva du canapé pour l'accueillir.

— Ça fait plaisir de te voir. Paula ne m'a pas prévenue que tu devais venir.

— Je me suis dit qu'il était temps. Je sais que Torin a quelque chose à vous dire et je lui ai proposé mon soutien.

La colère et la trahison que ressentait Torin se lisaient sur son visage.

— Tu m'avais promis, lui reprocha-t-il.

Elinor parut déconcertée.

— C'est vrai. J'ai promis de te laisser parler.

— Ouais, mais tu n'as jamais dit que tu allais me mettre la pression pour que je le fasse.

— Personne ne te met la pression, Torin. Je suis là pour te soutenir.

— Ouais, c'est ça, répliqua Torin sur un ton sarcastique. Et maintenant elles savent que je cache quelque chose.

— On le savait déjà de toute façon, dit doucement Elinor. Nous vivons avec toi. Nous voyons bien que ça ne va pas. Nous t'aimons, Torin. Nous voulons t'aider.

— On ne peut pas m'aider, répondit Torin en se jetant dans un fauteuil. J'ai fait un truc vraiment stupide. Et maintenant ma vie est fichue.

Il y eut quelques secondes de silence.

— Il faut que tu nous en dises plus, reprit Elinor calmement. Mais avant, sache qu'on ne te laissera pas tomber, même si tu as fait un truc stupide.

— Tu dis ça maintenant, marmonna Torin.

— Je le dis parce que c'est la vérité. Tu fais partie de la famille, répliqua-t-elle avec son plus beau sourire.

— Que ça te plaise ou non, ajouta Paula. Alors, autant crever l'abcès.

Torin regarda en l'air, les yeux embués de larmes. Il passa rapidement une main sur son visage.

— Je me sentais seul, OK ? Vous êtes super toutes les deux. Vraiment. Mais parfois c'est un peu difficile d'être moi. Et puis il y a eu cette fille qui a commencé à liker mes photos et on s'est mis à discuter ensemble.

Il ferma les yeux.

— Et c'est allé un peu plus loin qu'une simple discussion, compléta Elinor doucement.

— C'est pas ce que tu penses, répliqua-t-il aussitôt. Tout s'est passé sur Internet.

— Ils font les choses différemment de nos jours, intervint Tony. Elle t'a envoyé des photos d'elle, c'est ça ?

— Oui, répondit-il en le regardant d'un air implorant.

— Et elles étaient plutôt olé olé ?

La gorge de Torin se serra.

— C'est un mot d'adulte bizarre... Mais, oui, elles étaient... du genre sexy.

Il croisa les jambes et frotta sa pommette du doigt.

— Elle m'a demandé de faire la même chose pour elle, et je l'ai fait, ajouta-t-il hâtivement.

— Tout ce qu'il y a de plus humain, jugea Paula.

Elle avait vu et entendu bien pire.

— Mais c'était en effet un peu idiot de faire ça, ajouta-t-elle en lança un coup d'œil à Tony.

— Je sais. Et ensuite... commença-t-il en grimaçant. Ensuite elle m'a dit que si je ne lui donnais pas d'argent, elle enverrait les vidéos à tous mes contacts et elle les publierait sur les comptes de mes réseaux sociaux.

— Mon pauvre... dit Elinor au bord des larmes.

Une larme perla au coin de l'œil de Torin.

— Raconte-leur, Tony.

Tony se leva, s'assit près de Torin sur le bord du fauteuil et passa un bras autour de ses épaules.

— Torin ne voulait pas vous faire de peine. Il a donc vendu un des bijoux de sa mère pour la payer. C'est comme ça que le pendentif a atterri sur Internet, Paula.

Elinor lança un coup d'œil à Paula.

— Quel pendentif ? De quoi il parle ?

— Je t'expliquerai plus tard, ce n'est pas vraiment le problème.

— Pourquoi je n'entends parler de ça que maintenant ? se plaignit Elinor.

— Parce que tu travaillais et que je n'ai pas eu l'occasion de t'en parler tranquillement. Je te raconterai tout plus tard, Elinor, répéta-t-elle en lui prenant la main. Tony ?

— Et maintenant on lui demande encore plus d'argent. On doit réfléchir à ça tous ensemble et trouver une solution.

Tony caressa l'épaule de Torin en espérant que ça lui apportait un certain réconfort.

— Y a pas de solution, répliqua Torin d'une voix lasse. Je vais devoir me faire à l'idée que ma vie est fichue. Tout le monde va se foutre de moi. Plus aucune fille ne voudra m'approcher.

Il baissa la tête.

— Je suis content que ma mère ne soit pas là pour voir ça.

— Ta mère te conseillerait d'arrêter de t'apitoyer sur ton sort et d'agir bêtement, répondit Elinor.

Torin leva les yeux, surpris par la dureté de sa réponse.

— Qu'est-ce que je peux faire d'autre ?

— Comme l'a dit Tony, on doit trouver une solution. Et dans ce cas précis, je ne vois qu'une chose à faire.

Trois paires d'yeux perplexes et dubitatifs la regardèrent.

— Nous avons la chance d'avoir Stacey Chen. Il y a des petits malins qui pensent pouvoir s'amuser avec nous, mais ils n'arrivent pas à la cheville de Stacey.

Plus tard au cours de cette nuit, après le départ de Tony et une fois Torin au lit, Elinor se blottit contre Paula sous la couette. Elles étaient serrées l'une contre l'autre, cherchant du réconfort.

— Je dois admettre que je suis vraiment soulagée que nous n'ayons pas eu à voir ces photos, murmura Elinor.

— Moi aussi. Je sais ce que c'est de ne pas pouvoir effacer certaines images de sa tête, confirma-t-elle en frissonnant. Jamais je n'aurais imaginé que c'était ça le problème.

Elinor se mit à rire, à sa grande surprise.

— Et moi jamais je n'aurais imaginé me retrouver dans une situation où Stacey Chen soit la réponse à ce genre de problème.

Paula l'embrassa.

— Moi non plus. Mais vu la façon dont elle s'est vengée de Sam Evans, ceux qui veulent s'en prendre à Torin vont avoir une mauvaise surprise.

Non loin de là, un autre membre de la BREP peinait à trouver le sommeil. Pour une fois, Kevin n'arrivait pas à fermer l'œil. Il dormait habituellement comme un bébé, mais il y avait quelque chose dans cette affaire qui le troublait profondément. Brûler le corps de femmes dans leur voiture était déjà très perturbant en soi. Mais ce qui motivait cet acte était encore plus cruel. Il y avait quelque chose d'impitoyable, de déshumanisant dans les actes perpétrés par le tueur. Il avait fait miroiter une idylle à ses deux victimes, une histoire d'amour même. Et sous couvert de cette promesse, il avait gagné leur confiance pour mieux les trahir. Ce salopard tordu ne se contentait pas de tuer ; il fallait aussi qu'il fasse souffrir. Il avait traité les deux femmes avec mépris. On aurait pu penser que ce détail n'avait aucune importance, que la seule chose qui comptait c'était le meurtre en lui-même. Mais pour Kevin, la cruauté dont avait fait preuve le tueur vis-à-vis de ses victimes en jouant avec leurs émotions aggravait son crime. Si on pouvait établir une gradation dans les meurtres, celui-ci serait en haut de l'échelle.

Il était allongé sur le dos et scrutait les ténèbres. Il se tenait immobile pour ne pas réveiller Stella. Il passa en revue toutes les actions qu'ils avaient menées pour comprendre les motivations du tueur jusqu'à ce que tout se mélange dans sa tête.

Il ferma les yeux et inspira profondément afin de calmer le maelström sous son crâne. Il tenta de nouveau de mettre de l'ordre dans ses pensées. Quels étaient les fondements de la criminalistique dans une affaire de ce genre ? Ça ne servait à rien d'espérer tirer quoi que ce soit des corps, calcinés comme ils l'étaient.

Il avait besoin de considérer ça sous un autre angle. Il devait penser aux victimes elles-mêmes comme sources potentielles d'indices. Leurs téléphones avaient disparu dans les flammes. Le tueur avait été très prudent concernant ses communications. Il les avait très peu contactées…

Tout à coup, une idée germa dans son esprit. Il se remémora les paroles d'Harrison Braithwaite : « Ils se sont embrassés pour se dire au revoir. Un baiser passionné mais rien de déplacé. »

Il avait dû la prendre dans ses bras. Le tueur avait dû la toucher. La bouche qu'il avait embrassée avait peut-être été réduite en cendres mais le manteau qu'Amie McDonald avait porté devait encore se trouver dans son armoire avec l'ADN du tueur.

Et Kevin avait un témoin qui serait peut-être capable d'identifier précisément de quel manteau il s'agissait.

Troisième partie

44

Ce soir, il se faisait appeler Richard. Pas Rick, Dick ou Richie mais Richard. C'est ce qu'il avait répondu à Eileen quand elle lui avait demandé si ses amis utilisaient un diminutif. Il avait passé la matinée sous sa véritable identité, celle de Tom Elton, patron de presse, à donner des instructions à des pigistes de Manchester pour écrire les articles dont il avait besoin pour les prochains numéros. Aucun d'eux n'en produisait d'aussi bons que Tricia, et il n'avait personne dans son carnet d'adresses qui soit capable de réviser et de réécrire un article comme elle. Il savait que ses magazines perdaient inexorablement en qualité et il connaissait la responsable.

Le savoir ne faisait que renforcer sa détermination à poursuivre ses plans. Chaque fois qu'il les menait à bien, il s'améliorait. Et chaque fois, c'était un peu plus facile. Au cours de ses recherches sur les techniques scientifiques de la police, il avait lu un article d'un certain Dr Tony Hill, un psychologue clinicien qui travaillait comme profileur pour la police, à propos de l'adaptation neuronale. Les scientifiques connaissaient ce mécanisme depuis longtemps. Quand vous prenez un stylo, vous percevez sa forme dans votre main, mais très rapidement votre système nerveux vous informe qu'il est inutile d'enregistrer cette sensation. Il se trouve que ça fonctionnait de la même façon avec la malhonnêteté. La première fois que vous mentez ou que vous commettez une mauvaise action, vous en êtes conscient de bout en bout. Mais plus vous répétez la même chose et plus c'est facile. Il avait toujours pensé que ça fonctionnait ainsi parce qu'on avait moins peur la deuxième fois qu'on commettait un acte dont on s'était sorti impunément auparavant. En réalité, c'était plus compliqué que ça. C'était le cerveau qui s'adaptait lui-même, qui voulait se sentir à l'aise après avoir franchi une ligne rouge.

C'est-à-dire après avoir fait des choses que la plupart des gens considéreraient comme répréhensibles.

Il était souligné dans le même article que commettre « de mauvaises actions » accélérait le rythme cardiaque et augmentait la quantité de transpiration produite par le corps. Mais la prise de bêtabloquants permettait de combattre efficacement ces problèmes. Ça n'avait pas été difficile de persuader son médecin de lui en prescrire. Surtout après avoir bu deux doubles expressos juste avant son rendez-vous. À présent, il se sentait encore plus sûr de lui.

En route pour le pub où il avait donné rendez-vous à Eileen, il s'était arrêté au Waitrose à Otley pour acheter des mets raffinés. Le pub en question était un restoroute en périphérie des Dales, dans une zone couverte par des caméras de surveillance. Les seules présentes dans le parking étaient braquées sur l'entrée de l'établissement. Il n'y avait presque aucun moyen d'être repéré ici. Et puis, il avait prévu de ne pas sortir de la Mercedes qu'il avait empruntée par prudence.

Ça aussi, ça avait été une idée de génie. Il avait préféré ne pas se rendre dans les Dales au volant d'un véhicule susceptible de révéler son identité ou son activité. Il avait d'abord envisagé de louer des voitures ; une différente chaque fois. Mais il aurait dû utiliser son permis de conduire et si les flics avaient commencé à le soupçonner et à le chercher, ça n'aurait pas été difficile de remonter jusqu'à lui.

Il s'était creusé la tête pour trouver une solution qu'il avait sous le nez depuis le début. Robbie Dawson. Ils avaient été à l'école ensemble et Robbie avait fait de la publicité pour son entreprise dans les magazines gérés par Local Words dès le départ. Il possédait une concession automobile spécialisée dans les voitures de fonction avec des succursales à Bradfield et à Manchester. De temps à autre, Elton avait emprunté une Mercedes haut de gamme pour impressionner des clients. Ça ne gênait pas Robbie qu'il débarque parfois à l'improviste pour lui emprunter une voiture. Et c'est ce qu'il avait fait. Robbie supposait qu'il voulait impressionner une femme, maintenant que Tricia était partie. Un hochement de tête suivi d'un clin d'œil et l'affaire avait été dans le sac. Les caméras à reconnaissance automatique des plaques ne repéreraient pas la présence d'un même véhicule à plusieurs reprises dans une certaine zone. Chaque fois qu'il se rendait dans les Dales, c'était dans une voiture qui passerait à travers le radar de la police scientifique.

Il se gara sous un grand chêne au bord du parking et patienta en écoutant la playlist de Bill Frisell qu'il avait créée sur son compte Spotify. Cinq minutes plus tard, un peu avant l'heure prévue, elle entra lentement dans le parking. Elle roulait au pas et quand elle fut bientôt à sa hauteur, il lui fit un appel de phares et vint se poster à côté d'elle. Il baissa la vitre et afficha son plus beau sourire.

— Ça me fait plaisir de te voir, dit-il avec sincérité.

Son sourire à elle était plus hésitant, comme si elle n'était pas tout à fait sûre d'elle.

— Moi aussi. Je te suis, alors ?

— Oui. Tu vas voir, on va passer un bon moment.

Enfin surtout lui, pensa-t-il en dépassant son véhicule pour s'enfoncer dans la nuit.

Étendue à côté de Richard dans le grand lit qui remplissait presque entièrement la petite chambre du cottage, Eileen songea qu'il n'avait aucun défaut. C'était vraiment un cadre romantique. Le cottage était niché au bout d'un chemin tortueux et escarpé. Il était cerné par des bois denses que la lumière de ses phares avait du mal à pénétrer. Le paysage au-delà des bois était désolé mais magnifique, lui avait-il affirmé.

L'intérieur du cottage était charmant. Elle s'attendait à quelque chose de kitsch, en accord avec ses propres souvenirs de vacances dans ce genre de maison ; mais la décoration était plutôt discrète voire spartiate et l'ensemble était douillet et réconfortant. Il lui avait affirmé que le cottage appartenait à un ami propriétaire de plusieurs magazines. Ils se connaissaient depuis l'enfance. Tom le lui prêtait plusieurs fois par an.

— J'aimerais bien avoir un ami comme Tom, avait-elle dit.

Il avait haussé les sourcils en souriant d'un air impertinent.

— Peut-être que ce sera le cas un jour.

Richard s'était donné du mal pour que tout soit parfait. Le dîner avait été un véritable festin composé de homard, de viande froide, de délicieux fromages, de raisin et de fruits secs accompagnés par de très bons vins. Il s'était montré attentionné tout au long du repas ; il lui avait posé des questions sur elle et sur son travail et semblait très intéressé par tout ce qu'elle racontait.

Le charme avait bien opéré. Il ne s'était pas jeté sur elle dans le canapé et n'avait pas essayé de la peloter maladroitement pendant qu'ils débarrassaient la table. Au lieu de ça, il s'était arrêté dans la cuisine, l'avait regardée droit les yeux et lui avait dit qu'elle était la première femme avec qui il se sentait bien depuis la mort de son épouse. Il avait ajouté qu'il ne pensait pas un jour trouver une autre femme comparable à Tricia et qu'elle lui avait permis de fermer une porte sur son passé et d'en entrouvrir une autre sur l'avenir. Il l'avait prise dans ses bras et l'avait embrassée avec une telle fougue qu'elle n'avait pas pu résister. Il s'était montré convaincant.

Passer de la cuisine à la chambre, une transition qui n'était jamais facile, s'était déroulé sans accroc. Lumière tamisée, pas de maladresses grossières en déboutonnant une chemise ou en dégrafant un soutien-gorge. Tout s'était passé en douceur. Il s'était montré aussi attentionné avec son corps qu'il l'avait été au cours de la conversation. Il était plein d'égards, imaginatif et franchement très bon, même s'il lui avait affirmé manquer de pratique. Ça l'avait fait rire.

— Si tu manques de pratique, alors je suis impatiente de voir ce que ce sera quand tu te seras remis en selle.

En guise de réponse, il avait replongé sous la couette et l'avait de nouveau fait gémir de plaisir.

Pourtant, elle demeurait dubitative, allongée là, épuisée et comblée, après la meilleure partie de jambes en l'air de sa vie : quelque chose la laissait perplexe. C'était trop beau pour être vrai. Elle ne se sentait pas à la hauteur d'un homme comme ça, c'était ça le problème.

Ce n'était pas qu'elle se dépréciait ou qu'elle pensait ne pas mériter quelqu'un comme lui. Mais Eileen savait où se trouvait sa place dans l'ordre hiérarchique des petites amies. Elle avait passé des années dans le service de son hôpital à observer les relations entre patients et visiteurs, la dynamique des couples et des familles. C'était important pour le bien des patients de savoir qui les aidait et qui les stressait. Qui se ressemble s'assemble, avait-elle coutume de dire.

Or, elle ne ressemblait pas à Richard.

Une fois passée l'excitation de sortir avec quelqu'un qui lui rappelait tellement sa femme, il ouvrirait les yeux. Avec un peu de chance, il la quitterait gentiment.

Elle savait que ça ne serait pas pour la vie et ne devait donc pas se faire d'illusions et tomber amoureuse de lui, malgré tous ses efforts pour lui plaire. Parce qu'il essayait bel et bien de plaire à la femme qu'il avait sincèrement aimée, celle qu'il ne pouvait plus avoir.

Eileen Walsh avait saisi l'opportunité qui s'était présentée à elle en sachant très bien que ça ne durerait pas. Elle avait donc décidé d'en profiter au maximum avant de retourner à sa vie d'avant, heureuse d'avoir été l'objet de toutes ces attentions pendant un bref instant.

Elle ne savait pas à quel point celui-ci serait bref.

La journée du samedi avait été moins pénible qu'il ne s'y était attendu. Ils avaient passé la matinée au lit, à boire du café et à faire l'amour. Elle n'était vraiment pas son genre de femme – le corps tonique et musclé de Tricia lui manquait – mais elle avait dû apprendre en exerçant son métier d'infirmière comment les corps fonctionnaient et il devait bien admettre qu'elle connaissait quelques petits mouvements pas désagréables. Pas de problème de ce côté.

L'après-midi ne s'était pas déroulé aussi facilement. Qu'est-ce qu'elles avaient toutes à vouloir marcher dans les Dales ? Il avait fini par l'emmener faire une promenade en forêt avant de monter jusqu'au sommet de la colline. C'était une balade ennuyeuse et il savait qu'il y avait peu de chance qu'ils croisent quelqu'un en chemin. Mais la vue depuis le sommet de la colline était suffisamment spectaculaire selon lui pour que cela vaille la peine de la gravir. Elle avait été essoufflée quasiment tout le long de la promenade et quand ils étaient finalement rentrés au cottage, elle avait eu envie de se prélasser dans un bon bain chaud. Il n'y avait vu aucun inconvénient, au contraire.

Ils avaient préparé le repas ensemble. Gigot d'agneau, gratin dauphinois et brocolis. Elle avait concocté une sauce étonnamment insipide avec les restes d'une bouteille de vin et des fines herbes qu'elle avait trouvées dans la jardinière. Il ne regretterait pas ses talents de cuisinière.

Beaucoup de vin – la part du lion pour elle – avant de se coucher tôt. Autant profiter du sexe tant qu'il était à disposition.

Un peu plus tard, alors qu'elle était pelotonnée contre lui, ronflant doucement, il sentit monter en lui une certaine angoisse à l'idée de ce qui l'attendait. Ce n'était pas le meurtre en lui-même qui l'inquiétait : plus il tuait, moins c'était difficile. Le problème c'est qu'il aimait bien cette femme. Elle n'était pas désespérée et en manque d'affection comme Kathryn ni une croqueuse d'hommes comme Amie. Elle semblait bien dans sa peau et à l'aise avec lui. S'il passait davantage de temps avec elle, il craignait de ressentir de la culpabilité à la tuer. Et il ne pouvait pas se le permettre. Peut-être devait-il précipiter les choses. La droguer au petit-déjeuner et terminer le travail une fois qu'elle aurait perdu connaissance. Il savait à présent qu'il pouvait supporter de passer une journée avec un corps dans le cottage.

Puis il songea que la tuer après le petit-déjeuner lui fournirait un alibi. Si la police établissait le lien entre les meurtres, elle découvrirait rapidement que les victimes avaient passé le week-end avec leur assassin. Or il pouvait retourner à Bradfield, entouré de ses proches. « Monsieur l'agent, je ne pouvais pas être avec Eileen Walsh cet après-midi-là parce que je regardais un match de football au Sportman's Arms avec cinq de mes amis. » C'était assez malin. Il pourrait prendre son temps après le match et mettre le feu plus tard dans la soirée.

L'autre chose à laquelle il avait pensé pendant qu'il essayait de trouver le sommeil, c'est qu'il n'aurait pas à attendre trop longtemps avant de pouvoir régler son compte à Tricia une bonne fois pour toutes. Il avait créé un profil de meurtrier qui séduisait les femmes avant de les tuer et de brûler leur corps dans leur propre voiture. Si elle mourait de la même façon, ça donnerait l'impression qu'elle avait été victime du même tueur en série. Il devait faire en sorte qu'elle se retrouve à un mariage. Ce n'était pas impossible. À leur âge, beaucoup de gens autour d'eux se mariaient. Où qu'elle se trouve, elle sortirait de sa cachette pour assister au mariage d'une de ses amies. Maintenant qu'il avait trouvé un moyen d'entrer par effraction dans la vie de ses proches, il pourrait obtenir des infos si l'occasion se présentait. Tout ce qu'il avait à faire c'était attendre qu'un mariage se présente et il pourrait ensuite s'occuper de cette garce. Certes, il ne pourrait pas l'approcher en public. Mais il finirait par trouver le bon moment. C'était tout ce qu'elle méritait. Elle lui avait pris tout ce qui comptait pour lui.

Ce serait un plaisir de lui rendre la pareille.

45

Harrison Braithwaite sembla surpris de trouver Kevin devant sa porte le lendemain matin.

— Je ne pensais pas vous revoir, s'étonna-t-il en se dirigeant vers ses oiseaux.

Kevin le suivit, un lourd sac à la main.

— Je ne savais pas si vous aviez une marque préférée de graines pour les oiseaux, mais le vendeur de l'animalerie m'a dit que c'étaient les meilleurs, dit Kevin en sortant un gros paquet du sac.

Braithwaite fronça les sourcils et regarda le paquet.

— Vous avez acheté des graines pour moi ?

Kevin sourit.

— Oui, enfin, surtout pour les oiseaux. Vous m'avez dit qu'Amie vous faisait des courses alors j'ai pensé que ça vous dépannerait le temps que vous trouviez une solution.

Braithwaite se laissa tomber dans son fauteuil, la lèvre tremblotante.

— C'est très gentil. Combien je vous dois ?

Kevin secoua la tête et s'assit en face du vieil homme.

— Rien du tout. Je suis passé à l'animalerie acheter de la nourriture pour chats et je me suis dit que ça pourrait vous rendre service. Ce n'est pas pour vous soudoyer, ajouta-t-il avec un sourire.

— C'est vraiment très aimable. Je ne sais pas quoi dire, bredouilla-t-il en passant une main sur sa bouche. Merci beaucoup.

— Il y a une question que j'ai oublié de vous poser la dernière fois.

Braithwaite se pencha en avant, tout ouïe.

— Je ne suis pas sûr de pouvoir vous renseigner davantage, mais demandez-moi toujours.

— Savez-vous quel manteau portait Amie le soir où elle est rentrée avec Mark en taxi ?

Braithwaite se tritura l'oreille.

— Elle portait son plus beau manteau. Celui qu'elle portait toujours quand elle sortait en ville. C'est un manteau croisé en pied-de-poule noir et blanc avec un col montant. Genre col roulé, vous voyez ?

Kevin n'en revenait pas de la chance qu'il avait. C'était une description très précise.

— C'est parfait, répondit-il. Je peux vous demander un service ? Pouvez-vous m'accompagner jusqu'à l'appartement d'Amie à l'étage et regarder s'il est là ?

— Il devrait, répliqua-t-il. Elle portait son anorak quand elle est partie vendredi. Pour aller marcher dans les Dales.

Il se leva de son fauteuil avec difficulté.

— Mais je vais venir avec vous quand même pour vérifier ça.

Il suivit Kevin dans l'escalier en s'arrêtant à chaque marche. Arrivé devant la porte de l'appartement, Kevin enfila une paire de gants bleus en caoutchouc.

— Ne touchez à rien s'il vous plaît, monsieur Braithwaite.

Le vieil homme acquiesça.

— Je regarde ces émissions sur les crimes à la télé et je sais qu'il ne faut pas polluer la scène.

Ils pénétrèrent dans l'appartement. Les manteaux d'Amie McDonald étaient suspendus au mur derrière la porte. Il y avait un manteau noir en laine, un châle écossais gris et blanc, un imperméable vert foncé et enfin le manteau en pied-de-poule noir et blanc avec un col montant qu'avait décrit le vieil homme. Kevin eut envie d'esquisser un petit pas de danse mais il se retint.

— C'est celui-là ? C'est le manteau qu'elle portait quand Mark l'a embrassée devant la porte ?

Braithwaite hocha la tête.

— Oui, répondit-il sur un ton chagriné. Ça me rappelle des souvenirs de voir ses affaires ici. Je ne la verrai plus jamais porter un de ces manteaux. Elle était pleine de vie. Je n'arrive pas à me faire à l'idée qu'elle soit morte.

— Je suis désolé de vous infliger ça, s'excusa-t-il.

Il sortit un sac à scellés de sa poche, le déplia et plaça le manteau à l'intérieur en prenant soin de ne pas le contaminer avec les fibres de sa propre veste.

— Vous pensez qu'il y a des traces de l'ADN du tueur sur le manteau ? C'est ça ?

— Les chances sont minces, mais ce n'est pas impossible.

Braithwaite secoua la tête d'un air émerveillé.

— C'est incroyable ce qu'on peut faire de nos jours. Quand j'avais votre âge, on pensait que les empreintes c'était le top du top. Aujourd'hui, il paraît que ce n'est pas si fiable que ça. Maintenant on ne jure plus que par l'ADN. Et dans quelques années il se passera la même chose pour l'ADN que pour les empreintes, vous ne pensez pas ?

C'était une bonne remarque, pensa Kevin. Plus la technologie se développait, plus les réponses devenaient confuses.

— Je n'en sais trop rien, répondit-il. Espérons que ces gugusses qui travaillent dans les labos nous apporteront quelques réponses, cette fois.

— Je comprends pourquoi vous êtes tout excité, conclut Braithwaite avec des sanglots dans la voix. Mais c'est trop tard pour Amie. Elle ne méritait pas ce qui lui est arrivé. Peut-être que vous retrouverez le tueur, mais ça ne la ramènera pas.

46

Ça avait beau être un dimanche, Stacey était déjà derrière sa muraille d'écrans quand Paula arriva au bureau avec un carton de six doughnuts.

— Ça fait un peu cliché, jugea Stacey quand Paula lui tendit la boîte dans laquelle elle piocha un doughnut au caramel. Qu'est-ce que tu fais ici un dimanche alors qu'on n'a aucune piste ?

— Je pourrais te retourner la question.

— Contrairement à toi, je n'ai pas de vie et pas de famille en dehors du travail. Soit je restais chez moi à me prendre la tête sur un code dont j'ai besoin pour créer une nouvelle application, soit je venais ici me prendre la tête sur l'avalanche de données inutiles que génère cette affaire.

Stacey sélectionna un bloc de données sur un écran et le déplaça en diagonale vers un autre.

— Mais ça n'avance pas.

Elle arrêta de tapoter sur son pavé tactile et se concentra sur son doughnut.

— En fait, si je suis ici, c'est pour une affaire de famille, expliqua Paula. Je suis d'abord passée chez toi mais comme tu n'y étais pas, j'ai pensé que tu serais ici.

— Précisément parce que je n'ai pas de vie…

Il y avait une amertume inhabituelle dans la voix de Stacey. Avant Sam, sa vie de célibataire lui avait toujours convenu. Elle avait des amis – Paula et quelques geeks qui partageaient avec elle sa passion pour l'informatique et la programmation – et ça semblait lui suffire. Si on lui avait posé la question, Paula aurait dit que Stacey était satisfaite de sa vie. C'était avant que Sam ne prenne une grande place dans son cœur et bouleverse tout. Stacey n'était pas du genre à faire des confidences mais le peu qu'elle lui avait confié indiquait qu'il la rabaissait. Chaque fois que Paula pensait à lui, elle sentait monter en elle l'envie de le gifler jusqu'à ce que ses oreilles soient en sang. Elle n'aurait jamais fait ça, évidemment. Elle n'était pas encline à la violence. Mais si elle avait l'occasion de l'humilier ou de lui nuire professionnellement, elle n'aurait aucun scrupule à lui faire payer le mal qu'il avait infligé à son amie.

— C'est surtout que, comme toute l'équipe, tu es obsédée par ces crimes, répliqua Paula. Mais je le répète, c'est une affaire de famille qui m'amène.

Elle posa un iPhone sur le bureau de Stacey et le poussa vers elle.

— C'est un iPhone 6, constata Stacey.

— C'est surtout une bombe qui a fait de gros dégâts dans la vie de Torin.

Stacey haussa les sourcils.

— Ça a l'air… grave.

— Ça l'est.

Paula résuma la situation cauchemardesque qu'ils traversaient. Stacey ne parut ni surprise ni scandalisée.

Quand Paula termina son récit, Stacey acquiesça.

— Tout ça n'a rien de nouveau, Paula.

— Je sais. J'ai déjà entendu parler de ce genre d'histoires. Des adolescents qui se suicident de honte et de désespoir. Des gamins qui fuguent parce qu'ils ont le sentiment qu'ils n'ont plus aucun avenir. Je ne veux pas que ça arrive à Torin. Pas tant que je serai là, dit-elle rouge de colère.

— Je comprends, répliqua Stacey. Mais tu ne pourras sans doute pas empêcher qu'une partie du désastre se produise, que ce qu'il a fait soit rendu public. Cependant, il y a quelques mesures pratiques à prendre qui pourraient limiter les dégâts. Il y a des chances pour que les agresseurs n'aient pas encore mis la main sur tous ses contacts. Donc ce qu'il doit faire – et ce, sans attendre – c'est les supprimer tous, un par un, de son téléphone. Il devra faire la même chose ensuite avec tous ses comptes sur les réseaux sociaux. Un par un, manuellement, pas en utilisant une commande du genre « tout effacer ». Une fois que les choses se seront calmées, il pourra en créer de nouveaux. Mais pour le moment, il doit se rendre invisible et rester invisible.

— Ça mettra fin à tout ça ?

— Honnêtement ? J'en doute. Mais ça mettra tellement de bâtons dans les roues de ses agresseurs qu'ils passeront à autre chose. Oh, et il faut qu'il efface aussi tous ses contacts e-mail et que tu me donnes son ordinateur portable. Il se peut fort qu'ils en aient pris le contrôle et qu'ils l'espionnent chaque fois qu'il l'utilise. En fait, ce serait bien que tu envoies un texto à Elinor tout de suite pour qu'il m'apporte son portable et sa tablette. Je pourrai vérifier s'ils sont infectés et les nettoyer.

Paula s'exécuta aussitôt.

— Tu ne peux pas retrouver la trace de ceux qui s'en sont pris à Torin ? Et les empêcher d'agir à la source ?

Stacey soupira.

— C'est très peu probable. Ces cyberattaques proviennent de pays dont les gouvernements autorisent l'existence de serveurs anonymes qui effacent toute trace d'informations dans les e-mails et les messages.

— De Russie, par exemple ?

— Plus probablement des Philippines. Je ferai ce que je peux mais je n'ai pas beaucoup d'espoir.

Puis, comme si une idée venait de lui traverser l'esprit, elle demanda :

— Combien d'argent ont-ils demandé ?

— Cinq cents livres dans un premier temps. Torin les a payés et ils lui ont demandé ensuite mille livres. Ils lui ont donné jusqu'à la fin du mois pour payer.

Son téléphone émit une petite sonnerie.

— C'est Torin. Elinor va le déposer. Il sera là dans un quart d'heure.

— Ils se donnent beaucoup de mal pour peu d'argent, fit remarquer Stacey. Généralement ils ne réclament pas moins de cinq mille livres.

— Ils se sont adaptés à la victime, supposa Paula. Un ado de l'âge de Torin peut trouver quelques centaines de livres mais il n'arrivera jamais à réunir rapidement cinq mille livres. Il vaut mieux avoir un petit quelque chose que rien du tout. Et puis s'ils font la même chose avec d'autres jeunes, ça peut rapporter gros.

— Tu as raison. Et ils ont des images de lui. Ils peuvent les monnayer sur un site porno, argua Stacey.

Paula écarquilla les yeux d'horreur.

— Ils les mettraient sur un site porno ?

Réalisant la portée de ce qu'elle venait de dire, Stacey fit aussitôt machine arrière.

— Probablement pas. Il est beaucoup trop vieux pour les pédophiles.

Mais pas pour les pervers qui aiment les adolescents, pensa Paula. C'était une perspective sinistre.

— Écoute, je vais faire de mon mieux. J'ai quelques contacts qui flirtent avec l'illégalité. Je vais voir si je peux leur soutirer quelques infos. En attendant, nous allons essayer de minimiser les dégâts.

Elle saisit le téléphone.

— Tu peux me donner son code PIN ? Je vais jeter un œil pendant qu'on l'attend.

— Trois neuf cinq deux trois neuf, dit Paula.

Elle avait insisté pour qu'il lui donne le code avant de quitter la maison. Elle avait dû lui faire la promesse qu'elle n'en profiterait pas pour se montrer curieuse. Elle pouvait comprendre qu'il ne lui fasse pas entièrement confiance vu qu'elle avait fouillé dans ses affaires sans sa permission. Elle pouvait vapoter un peu en attendant Torin même si ce dont elle avait vraiment envie, c'était une cigarette. Mais elle avait arrêté et elle n'avait pas envie de reprendre cette mauvaise habitude. Vapoter ferait l'affaire.

Elle poussa un profond soupir. Elle aurait bien aimé que Stacey use de sa baguette magique comme elle le faisait souvent dans leurs dossiers. Mais hélas, la magie ne semblait plus opérer à la BREP.

47

Carol était nerveuse après le dîner. Elle feuilletait impatiemment les pages « Tendances » du journal du dimanche.

— Qui n'a rien de mieux à faire que de lire un article sur les « Dix meilleures assiettes pour un repas en plein air » ? Ou sur « Comment repeindre son escalier en bois pour le rendre chic » ?

Elle connaissait très bien la réponse. Quelqu'un qui n'essayait pas d'éviter de penser à une vodka tonic rafraîchissante ou à un verre de pinot gris tellement froid qu'il lui ferait mal aux dents.

Qui essayait-elle de berner ? À cet instant même, elle se serait contentée de boire un verre de blanc bon marché chaud comme de la pisse et produit en Albanie. Ou d'une percée dans l'enquête, pour ne plus penser à cette terrible envie de boire qui la taraudait. Elle avait l'impression de s'enfoncer dans des sables mouvants. Comment pouvait-elle résoudre un dossier aussi compliqué alors que son cerveau avait cessé de fonctionner normalement ?

Tony leva les yeux de l'article qu'il lisait sur sa tablette.

— Quelqu'un qui a un escalier ?

— Très drôle.

Carol lui lança un regard noir et jeta le journal.

— Cette affaire est en train de me tuer. Pourquoi on ne trouve rien ? On est condamnés à faire tourner sans fin des données dans les programmes de Stacey dans l'espoir qu'ils recoupent des informations sur lesquelles nous pourrions nous appuyer. On va sans doute être obligés de lancer un appel dans la presse.

— À moins qu'il ne récidive. S'il s'en tient à un cycle de trois semaines, il devrait y avoir une nouvelle voiture incendiée ce soir. Plus il récidive, plus nous nous rapprochons de lui parce que sa façon de procéder se dévoile un peu plus chaque fois. Plus nous en apprendrons sur lui, plus nous pourrons anticiper ses actions et l'empêcher de nuire.

Il se passa une main dans les cheveux.

— C'est terrible à dire mais plus il tue, plus il me facilite la tâche. C'est le pire aspect de mon métier, Carol. Je culpabilise de ne pas réussir à cerner les détails importants dès le début.

— Personne n'en est capable. Et si tu étais vraiment honnête avec toi-même, au lieu de t'apitoyer, tu serais d'accord avec moi et tu arrêterais de culpabiliser.

La douceur de son ton contrastait avec l'âpreté de ses paroles. Carol tendit le bras vers lui et prit une de ses mains dans les siennes.

— Tu n'es pas omniscient.

— Non. Te voilà contrainte de lancer un appel dans les médias qui peut mener à tout et n'importe quoi.

— Vu comment les choses avancent... reprit Carol avant d'être interrompue par la sonnerie de son téléphone. C'est le North Yorkshire... Commandant Jordan à l'appareil.

— Ici la commissaire Henderson. Le poste de commandement vient de me contacter. J'avais demandé à être prévenue dès qu'un véhicule incendié était signalé dans les Dales. Nous avons reçu un appel d'un groupe de motards au sujet d'une voiture en feu sur une aire de stationnement entre Blubberthwaite et Scarholme. Après Wharfedale.

— Merci de m'avoir appelée. Quelqu'un est en route ?

— Les pompiers et une voiture de police, répondit sèchement Henderson.

— Pouvez-vous demander au chef des pompiers de ne pas éteindre le feu à moins qu'il ne présente un danger ?

— J'ai déjà donné des instructions dans ce sens en pensant que c'est ce que vous auriez souhaité. Bien sûr, nous ne pouvons pas savoir à ce stade s'il s'agit d'un accident ou si cet incendie est lié à l'affaire, mais j'ai pensé qu'il valait mieux prendre certaines précautions.

— Parfait, madame la commissaire. Merci beaucoup pour ce que vous avez fait. Je me rends sur place avec les membres de mon équipe aussi vite que possible. Si les agents de la patrouille voient un corps dans la voiture, pourriez-vous faire en sorte d'envoyer des techniciens de la police scientifique sur les lieux ?

— C'était mon intention. J'enverrai un officier sur place si la situation l'exige avec qui vous pourrez vous entretenir.

— Merci madame, dit Carol avant de raccrocher.

Elle sourit d'un air chagriné à Tony.

— C'est reparti, apparemment. Il faut que j'enfile quelque chose qui me donne davantage l'allure d'une policière qu'un pantalon de jogging et un sweat à capuche.

— Où se trouve la voiture ? demanda-t-il en se dirigeant vers la bibliothèque où Carol rangeait ses cartes.

— Wharfedale. Entre Blubberthwaite et Scarholme. Encore des noms ridicules du North Yorkshire, ajouta-t-elle en passant derrière le paravent qui séparait son espace nuit du reste de la maison.

Tony sortit une carte d'état-major Landranger qui couvrait la partie nord de Wharfedale et l'étala sur la table. Il l'étudia attentivement jusqu'à ce qu'il trouve la rivière Wharfe et remonta son tracé jusqu'aux lieux-dits mentionnés par Carol. Les deux localités ne semblaient pas être beaucoup plus grandes que des hameaux et il n'y avait ni église ni pub entre les deux.

En revanche, une piste cyclable longeait la rive du fleuve qui était opposée à la route. Deux passerelles permettaient de traverser.

— Carol ! Il y a une piste cyclable près de la route.

Elle émergea de derrière son paravent vêtue d'un pantalon noir et d'un pull-over gris.

— Quoi ?

— Regarde, la piste longe la Dale. Si on ne se trompe pas au sujet de cette histoire de vélo, il pourrait bien y être en ce moment même.

Carol se pencha par-dessus son épaule, comprenant tout de suite l'importance de ce qu'il lui montrait.

— Merde, lâcha-t-elle en prenant son téléphone.

Elle rappela aussitôt la commissaire Henderson.

— Nous pensons qu'il est en train de s'enfuir à vélo, dit-elle sans préambule. Il y a une piste cyclable qui longe la Dale. Il ne doit pas y avoir beaucoup de sorties sur cette piste qui mèneraient jusqu'à un parking. Pourriez-vous mettre en place un périmètre de surveillance ?

Henderson n'était pas du genre à tergiverser et c'était tout à son honneur.

— Je vais en parler à mes hommes et voir ce que nous pouvons faire. Mais il est sans doute déjà loin. Dans tous les cas, je m'en occupe, dit-elle avant de raccrocher.

Carol se tourna vers Tony.

— C'est du bon travail de flic, le félicita-t-elle.

Il haussa les épaules.

— On travaille depuis longtemps ensemble. On a déteint l'un sur l'autre. Tu me devances parfois aussi avec tes intuitions psychologiques.

— C'est gentil de ta part de me dire ça, mais je ne suis pas sûre d'être d'accord avec toi sur ce point. Bon, tu viens avec moi, Sherlock ?

Une fois dans la voiture, Tony se cala dans son siège et posa sa nuque sur l'appui-tête.

— Ils ne l'attraperont pas, annonça-t-il.

Carol fonça jusqu'à la nationale qui menait vers le nord.

— Comment tu peux en être aussi sûr ?

— Parce qu'il est très prudent. Il planifie tout dans le moindre détail. Il a dû prévoir combien de temps mettraient les pompiers pour arriver jusqu'à l'incendie et combien de temps il lui fallait pour retourner à sa voiture. Mais une chose m'intrigue. La plupart des criminels récidivistes finissent toujours par monter d'un cran dans leurs actions. Soit les intervalles entre les crimes diminuent, soit ils deviennent plus violents ou plus élaborés. Or, ce n'est pas le cas ici. Et c'est un élément important. Par ailleurs, c'est quelqu'un qui fait extrêmement attention à ne laisser aucune trace qui pourrait mener jusqu'à lui. Non pas parce qu'il a peur de se faire prendre en tant que tel, mais parce qu'il a une mission à accomplir. Et s'il ne se montre pas assez prudent, s'il se fait prendre à cause d'une stupide erreur, il ne pourra pas atteindre son objectif.

Carol lui jeta un rapide coup d'œil.

— Qu'est-ce qui te faire dire ça ?

— Tu connais mes méthodes, Watson, répliqua-t-il avec un grand sourire. C'est ce qui explique le mieux son comportement. Il cible les mariages parce qu'il peut y trouver le genre de victimes dont il a besoin. Une femme ouverte à la possibilité d'une idylle. Mais ça n'offre aucune garantie sur l'âge ou le physique. Il se fiche de ces femmes en tant que personnes. L'important c'est ce qu'elles représentent pour lui.

— Et qu'est-ce qu'elles représentent ?

— La femme qu'il veut tuer.

— Et pourquoi il ne la tue pas ?

Un long silence. Carol s'engagea sur la quatre voies et poussa le Land Rover légèrement au-dessus des cent trente kilomètres/heure.

— Qu'est-ce qui l'en empêche ?

— Si je le savais… Peut-être est-elle déjà morte ou hors d'atteinte ?

— Peut-être qu'il veut s'entraîner avant de s'en prendre à elle ?

Tony réfléchit longuement à ce qu'elle venait de dire avant de pousser un profond soupir.

— Il y a un truc qui cloche : il fait tout à la perfection depuis le début.

— Pas forcément.

Carol déboîta brusquement pour doubler une camionnette de livraison.

— On ne voit que le résultat final. La disposition du corps. On ne sait pas du tout quel est son rituel avant de tuer ses victimes. C'est peut-être ça qu'il essaie de perfectionner.

C'était une bonne remarque et Tony ne trouva rien à objecter.

— Tu as raison, répondit-il. Tu vois, je te l'avais dit que je n'étais pas aussi bon qu'on le croit. Nous savons seulement comment il s'y prend au début et à la fin. Nous ne savons pas ce qui se passe entre les deux ni qui il cherche vraiment à tuer.

48

Stacey ne se rendait jamais sur les scènes de crime. Pas vêtue d'un tailleur Stella McCartney et chaussée de mocassins Nicholas Kirkwood. Et même si elle avait été habillée de façon appropriée, elle ne se serait pas ramenée au milieu de nulle part pour rester plantée les bras ballants à faire semblant d'être utile. Sa place était là où elle se trouvait présentement. Et donc, tandis que les flammes dévoraient l'intérieur de la Vauxhall Astra d'Eileen Walsh, Stacey était assise dans son bureau, attendant de recevoir de nouvelles données pour alimenter son système en espérant cette fois que quelqu'un trouverait quelque chose de tangible qui rassasierait ses machines.

En attendant, elle avait une autre tâche à effectuer. Stacey avait toujours quelque chose à faire quand son travail officiel ne la monopolisait pas. Mais ce soir, la mission dont elle était investie revêtait une dimension personnelle qui manquait généralement dans son travail. Certains de ses collègues qui la connaissaient moins bien qu'ils ne croyaient auraient probablement minimisé, à tort, l'impact de cette dimension personnelle sur elle.

Stacey détestait les gens qui abusaient de la technologie numérique. Elle était offusquée qu'on gâche la beauté et la pureté fondamentales d'Internet. Ils avaient corrompu l'invention la plus révolutionnaire du vingtième siècle en la transformant en un outil à fabriquer de l'insignifiance, de la méchanceté, une machine à escroquer et à saper l'essence de la démocratie. La famille de Stacey était originaire de Hong Kong : ils avaient personnellement subi les effets de la tyrannie et de l'oppression et ça faisait mal à Stacey que des opportunistes et des idiots se servent d'un outil aussi extraordinaire qu'Internet à des fins immorales et malhonnêtes. C'était cette colère qui la poussait à accomplir son travail de policière, sans oublier l'opportunité ainsi offerte de fourrer son nez dans les données personnelles des gens ; une indiscrétion qu'elle justifiait comme une nécessaire violation de vie privée. Après tout, elle était du côté des gentils.

Elle avait passé une bonne partie de l'après-midi avec Torin à effacer ses données personnelles sur différents appareils. Il avait arboré une expression morose pendant qu'ils s'étaient attelés à cette tâche et qu'ils avaient fermé ses comptes sur les réseaux sociaux. Elle avait tenté de lui expliquer ce qu'elle faisait et pourquoi elle le faisait mais il l'avait devancée en disant :

— Je sais. Si je n'avais pas été aussi idiot, tu n'aurais pas à effacer toute ma vie. J'ai compris. Est-ce qu'on peut juste terminer, s'il te plaît ?

Elle n'avait pas insisté. Elle se serait sentie également triste et dégoûtée à sa place. La part d'exhibition n'était pas ce qu'il y avait de plus grave. On pouvait s'en remettre. Mais voir disparaître toute sa vie sur les réseaux sociaux ? Ça l'aurait tuée. Elle compatissait donc avec le jeune homme.

— Quand tout ça sera terminé et que tu voudras de nouveau revenir sur les réseaux sociaux, je te montrerai comment mettre en place un système qui te permettra d'empêcher que ça se reproduise, lui promit-elle.

— On peut faire ça ?

— Oui. Enfin *moi,* je peux le faire.

— Merci. Je suis désolé.

— Tu n'as pas eu de chance. La plupart des gens parviennent à dissimuler leurs petits secrets. Mais ne crois pas que tu sois le seul dans ce cas, poursuivit-elle en sachant très bien de quoi elle parlait. Les adultes aussi commettent ce genre d'erreurs.

Une fois qu'ils eurent terminé, il fila prendre le bus pour rentrer chez lui. Il avait laissé son téléphone à Stacey qu'elle avait connecté à son système. Quand – ce serait quand et non pas si – ses maîtres chanteurs le contacteraient de nouveau, elle userait de toutes les armes à sa disposition pour découvrir l'identité des responsables et où ils se cachaient.

Évidemment, dix minutes à peine après que leur fut parvenue la nouvelle d'une autre voiture incendiée, un message s'afficha sur le téléphone de Torin. Stacey imagina un réseau de filaments clignoter entre le téléphone et la personne qui avait enclenché le processus tandis que des rangées de nombres défilaient sur l'écran de l'ordinateur qu'elle avait dédié à Torin pour la soirée. Le traqueur d'adresse IP qu'elle avait lancé fonctionnait et suivit le signal jusqu'à sa source.

En vain. Comme elle l'avait redouté, le traqueur se heurta à ce qu'on aurait pu qualifier de mur en brique numérique. La personne qui avait envoyé le message à Torin était calée en informatique. Elle savait comment acheminer un message à travers un serveur sans se faire repérer. Stacey étudia l'écran et vérifia deux ou trois détails. Comme elle le soupçonnait, le cul-de-sac se trouvait quelque part aux Philippines, une juridiction où il n'y avait pas moyen d'identifier hackers, fraudeurs et autres escrocs.

Stacey poussa un long soupir. Même elle ne pouvait pas y parvenir. Elle se pencha en arrière sur son fauteuil et fixa les panneaux acoustiques du plafond en fronçant les sourcils. Leur surface criblée de trous lui faisait penser aux photos de la surface de la Lune prises par un module lunaire.

— C'est quoi ton problème ? grommela-t-elle, en colère contre elle-même pour avoir des pensées aussi frivoles dans un moment pareil.

Elle s'étira, fit quelques mouvements d'épaules pour évacuer la tension et considéra ses options. Elle avait complètement échoué à traquer le message. Mais il y avait une autre piste à explorer, même si elle risquait de mener à une nouvelle impasse. Torin avait payé la somme exigée par les maîtres chanteurs sur le compte d'une carte de crédit rechargeable. La banque émettrice devait avoir les coordonnées du propriétaire du compte.

Cependant, il serait probablement impossible d'obtenir ces renseignements. Les banques ne divulguaient pas de telles informations. C'était déjà assez difficile d'obtenir un mandat pour accéder à ce type de renseignements dans le cas d'un délit très grave, alors ce n'était même pas la peine d'y penser dans un cas comme celui-ci. Stacey lança une recherche sur le code guichet attaché à la carte. À son grand étonnement, il s'agissait d'une succursale d'une banque de Bradfield. Quelqu'un était entré dans une banque qui se trouvait à moins d'un kilomètre de Skenfrith Street et s'y était procuré une carte de crédit prépayée.

Celui qui s'était attaqué à Torin n'était pas un escroc résidant à l'autre bout de la planète. Il était tout proche.

49

L'incendie était encore trop récent pour qu'on puisse approcher du véhicule. Tony pouvait sentir la chaleur à vingt mètres de là. De temps à autre, une flamme léchait l'encadrement des vitres mais il n'y avait visiblement plus grand-chose à brûler. L'odeur était âcre et écœurante. Un mélange de plastique brûlé, de produits chimiques provenant de la garniture du véhicule et de chair calcinée. Un crâne noirci et un squelette carbonisé étaient visibles contre la structure en métal du siège. Il fut parcouru d'un frisson.

— Tu ne restes pas pour regarder, murmura-t-il si bas que personne ne put l'entendre. Ce n'est pas le feu qui te motive. C'est la destruction. Tu incinères tes victimes afin de leur ôter toute humanité. Tu punis quelqu'un à travers elles. Ce sont juste des victimes de substitution.

Carol s'éloigna des techniciens de la police scientifique qui rôdaient aux abords de la scène de crime.

— C'est la même chose que dans les autres cas, annonça-t-elle.

— Pas tout à fait, répliqua-t-il en marchant jusqu'à l'extrémité de l'aire de repos, obligeant Carol à le suivre. Il y a un mur en pierre sèche de ce côté-ci de la route. Il mesure plus d'un mètre de haut. La rivière se trouve de l'autre côté. Pour rejoindre la piste cyclable, il faut y aller à vélo ou bien marcher en portant le vélo sur environ cinq cents mètres avant d'atteindre une passerelle qui enjambe la Wharfe.

— Il faudra donc lancer une recherche minutieuse ici dès qu'il fera jour, rebondit Carol.

Elle s'accroupit, tourna la tête en direction de la voiture calcinée et observa la surface du sol.

— Ce ne serait pas une trace laissée par un pneu de vélo ? demanda-t-elle en désignant une empreinte terreuse à quelques mètres du pare-chocs arrière.

Tony s'accroupit à côté d'elle.

— Ça en a l'air.

Carol se releva.

— Je pourrais avoir le technicien en chef ici ? lança-t-elle.

Une des silhouettes vêtues d'une combinaison blanche se détacha du groupe.

— Qu'est-ce que je peux faire pour vous, madame ?

Tony esquissa une moue. Carol détestait qu'on l'appelle comme ça et détestait les gens qui, comme la commissaire Henderson, y voyaient une marque de respect.

« C'est de la misogynie d'un autre temps, avait-elle dit un jour à Tony. C'est une façon de nous remettre à notre place. »

Il avait parfaitement compris ce qu'elle entendait par là. Ça avait l'apparence d'une marque de respect mais en réalité c'était exactement le contraire.

— Je préférerais que vous m'appeliez commandant Jordan, répliqua-t-elle sèchement. Je ne suis pas châtelaine. Je voudrais que vous vous accroupissiez et que vous penchiez la tête dans cette direction. En tant qu'expert, diriez-vous que ce sont des empreintes de pneu de vélo, là ? Ces traces de terre derrière la voiture.

Le technicien obéit. Il regarda dans la direction qu'elle lui avait indiqué.

— OK, je vois. Il a plu dans l'après-midi. La pluie s'est arrêtée vers 18 heures, les traces ont dû être laissées ensuite. Si je ne me trompe pas, la chaleur de l'incendie les a séchées.

Il adressa à Carol un genre de salut militaire avec deux doigts de sa main droite.

— Bien vu. Vous pensez qu'il s'est enfui de la scène de crime à vélo, c'est ça ? J'ai entendu que vous aviez ordonné de surveiller les différentes sorties de la piste cyclable.

Il afficha un petit sourire en coin.

— Le truc avec un vélo tout-terrain, c'est qu'on n'est pas obligé de suivre la voie principale. Le suspect pourrait avoir atteint Bicker Edge avant même que nous ayons reçu l'appel d'urgence.

— Ce n'est pas un vélo tout-terrain, répliqua Carol. C'est un vélo pliable. Nous l'avons découvert sur la précédente scène de crime. Je veux qu'on fasse une recherche minutieuse le long de la berge jusqu'à la passerelle dès qu'il fera jour. S'il a emprunté ce chemin, il se peut qu'il ait laissé quelques traces derrière lui.

— C'est possible, mad… commandant. Je doute que cela nous mène bien loin. Mais on ne sait jamais. On pourrait avoir de la chance et trouver des dommages visibles sur le pneu.

— J'en doute, intervint Tony. J'ai du mal à imaginer qu'il puisse avoir négligé quelque chose de ce genre. Croyez-moi, ce n'est pas son style.

Le technicien haussa les épaules.

— Si vous le dites. Mais on vérifiera ça de toute façon.

Il rejoignit son équipe en jetant un rapide coup par-dessus son épaule à Tony et Carol.

— Tu viens de te faire un nouvel ami, dit Carol.

— Je fais ce que je peux.

— Je vais aller demander à l'expert incendie s'il pense que notre suspect a utilisé un détonateur. Je me demande s'il s'est donné un peu de marge pour pouvoir s'échapper.

Tony fronça les sourcils.

— Ça vaut le coup d'essayer. Mais à mon avis, il n'a rien laissé au hasard. Il se sera assuré que le feu a bien pris avant de s'enfuir afin d'éviter que quelqu'un n'empêche la réalisation de son *autodafé*.

— De son quoi ?

— Son autodafé, quand on brûlait des hérétiques sur un bûcher. L'Inquisition espagnole. Les gens transformés en torches humaines.

Il lui sourit d'un air triste.

— Désolé. Tu sais bien que ma tête est remplie d'informations pas toujours très utiles.

— Ce n'est pas que cette information soit inutile mais ce n'est simplement pas le lieu ni le moment pour la sortir.

Avant qu'il ne puisse répliquer quoi que ce soit, le téléphone de Carol se mit à sonner.

— Kevin, dit-elle, qu'est-ce que vous avez pour moi ?

— Une bonne et une mauvaise nouvelle.

— Comme d'habitude. Dites-moi.

— J'ai parlé avec les équipes du North Yorkshire chargées de surveiller les points de sortie de la piste cyclable le long de la rive. L'équipe chargée de la partie est était en train de se mettre en place pour la surveillance quand une femme est passée par là. Elle promenait son chien.

— Des tas de gens font ça, moi y compris. Je suis d'ailleurs très étonnée que Flash ne m'ait pas encore trouvé de cadavre. Bon, mais qu'est-ce que cette dame a raconté ?

— Elle rentrait chez elle quand elle a vu les policiers. Elle leur a dit qu'elle avait failli être renversée par un cycliste qui a déboulé sur le chemin à fond la caisse. Elle a dit, et ce sont ses mots : « Il roulait sur un de ces tout petits vélos pliables comme celui qu'avait Hugh Bonneville dans *W1A*. »

Comme Carol ne réagissait pas, il continua.

— C'était une série télévisée qui se moquait de la BBC, chef.

— Je sais, Kevin. Bonneville avait un vélo pliable comme celui que nous soupçonnons le tueur d'utiliser. Est-ce qu'elle a vu quelque chose d'utile ?

— Elle était un peu secouée et en colère contre le cycliste et s'est donc retournée pour voir où il allait ; il a apparemment quitté la piste au niveau du chemin qui mène au village. Quelques minutes plus tard, elle a entendu une voiture démarrer et s'éloigner.

— Elle n'a pas vu la voiture ?

— Malheureusement non.

— Et c'était quoi la bonne nouvelle ?

Kevin s'éclaircit la gorge.

— Ben, c'était ça, en gros.

— Nous avons donc une voiture non identifiée qui s'est éloignée dans une direction indéterminée peu de temps avant que nos équipes ne se soient mises en place ?

— Oui, c'est à peu près ça.

— Est-ce qu'elle a réussi à le voir ?

— Oui, mais pas tant que ça. Il portait une tenue de cycliste noire en lycra, un casque et des lunettes. Il portait aussi une lampe frontale et les feux de son vélo étaient allumés. Elle a été éblouie par la lumière.

Carol poussa un soupir.

— Bon, j'imagine que c'est toujours mieux que rien. Ça confirme au moins qu'il s'échappe à vélo comme on le soupçonnait. Est-ce que vous pouvez transmettre ces infos à Stacey ? Elle va en avoir besoin pour lancer une recherche dans le système de reconnaissance automatique des plaques sur les voitures qui ont quitté les Dales. À plus tard, Kevin, dit-elle avant de raccrocher. Tu as compris de quoi on parlait ?

— L'essentiel. Une dame qui promenait son chien a vu notre homme, mais pas suffisamment pour en faire une bonne description. Et elle pense qu'il est parti en voiture, c'est ça ?

— T'as tout pigé. Peut-être que Stacey trouvera quelque chose en faisant des recoupements avec les infos obtenues précédemment grâce au système à reconnaissance automatique des plaques.

— À moins qu'il n'ait pas quitté les Dales.

Carol leva la tête.

— Tu penses qu'il vit ici ?

— C'est possible. Manifestement, il connaît très bien le coin. Il sait aussi comment se déplacer sans se faire repérer par des caméras. Ce n'est pas difficile d'aller jusqu'à Bradfield, Leeds ou... Il n'y a pas quelqu'un qui a dit que cette voiture venait de Manchester ?

— Pas exactement Manchester. Elle est immatriculée au nom d'Eileen Walsh, répondit Carol du tac au tac.

Elle avait une mémoire étonnante et se souvenait de tout ce qu'elle entendait. C'était parfois plus précis qu'un enregistrement.

— Une adresse à Salford.

— Alors il n'est pas déraisonnable de penser qu'il pourrait vivre dans les parages. Ou alors il possède un pied-à-terre par ici. Il peut y rester jusqu'au lundi matin avant de quitter les Dales pour reprendre le chemin du travail. Je ne sais pas si c'est d'une quelconque utilité, mais...

— Mais c'est une autre piste à creuser. Tu as souvent dit qu'un meurtre à caractère sexuel était généralement précédé par d'autres crimes. Qu'est-ce que ça serait ici ?

— Marchons, proposa Tony.

Il réfléchissait toujours mieux en marchant. Ils longèrent la scène de crime et partirent dans la direction opposée à celle empruntée supposément par le tueur. La température avait rapidement diminué et Tony n'était pas mécontent de porter son nouvel anorak. La nuit était claire et fraîche ; les volutes de fumée qui traversaient le ciel faisaient penser au passage d'une brosse sur un tableau noir où un enfant aurait dessiné des étoiles.

— Pas le genre de trucs qu'on voit d'habitude. Pas de cruauté envers les animaux, ni d'actes de vandalisme, ni de crimes sexuels mineurs. Ce n'est pas exactement un crime à caractère sexuel, exposa-t-il en agitant les bras. Je pense qu'il a des relations sexuelles avec elles. Il a mis en place un stratagème visant à séduire ses victimes et sans doute coucher avec elles. Comme je l'ai déjà dit, il va les trouver à un moment où elles sont ouvertes à une idylle. Il les invite à passer un week-end dans les Dales mais ça n'éveille pas leurs soupçons parce qu'elles sont déjà sorties volontairement avec lui à plusieurs reprises. Elles ont confiance en lui. Ça ne colle pas avec les crimes sexuels en série habituels.

— Peut-être que c'est juste du cinéma. C'est peut-être une fois qu'il les a attirées ici qu'il arrête de jouer les gentils et qu'il révèle son vrai visage, les viole et les torture ?

Tony réalisa qu'il avait froid aux mains et les enfonça dans ses poches.

— C'est possible, concéda-t-il. Mais c'est difficile à confirmer dans la mesure où nous n'avons aucun témoin du comportement du tueur et des victimes. Personne ne semble avoir assisté à des disputes au restaurant ou dans la rue ; les victimes ne se sont pas plaintes auprès d'amis. Tout ce que nous savons de lui c'est qu'il se comporte en parfait gentleman, qu'il est attentionné et qu'il est encore sous le coup de la disparition tragique de sa femme.

— Et sa femme, d'ailleurs ?

— Sa femme ou sa petite amie… Je ne crois pas qu'elle soit morte. Je pense que c'est cette femme qu'il veut tuer. C'est un homme obsédé et déterminé à aller jusqu'au bout de cette obsession.

— Tu veux dire tuer la femme qu'il aimait ?

— Il continue de l'aimer mais elle ne l'aime plus. J'ai pensé dans un premier temps qu'il ne pouvait pas la tuer parce qu'elle était déjà morte. Mais plus j'y réfléchis, plus je doute de cette théorie. La disparition d'une personne est vécue comme un abandon pour ses proches. Si elle était morte, je pense qu'il se vengerait sur n'importe quelle personne qu'il pourrait tenir pour responsable. Les médecins qui n'ont pas réussi à la soigner ; les policiers qui n'ont pas réussi à la protéger ; l'automobiliste qui…

Il se tut brusquement en prenant conscience de la maladresse qu'il s'apprêtait à faire vis-à-vis de Carol.

— Enfin bref, il chercherait quelqu'un sur qui rejeter la faute. Ce n'est pas ce que ces femmes représentent pour lui.

— Tu crois donc qu'elles sont vraiment des victimes de substitution ?

— Oui. Et les tuer lui procure un certain réconfort. Le sentiment qu'il peut contrôler les choses autour de lui. Parce qu'elle l'a privé de ce pouvoir et de ce contrôle en le quittant.

Tony se figea.

— Il a organisé tout ça avec infiniment de soin. Il sait qu'il doit se montrer très prudent pour ne pas se faire prendre jusqu'à ce qu'il puisse la tuer. Qui qu'elle soit. Et il finira par le faire. Parce qu'on ne peut pas l'arrêter. Et en attendant, il va continuer, encore et encore.

Aussitôt après avoir prononcé ces mots, Tony comprit l'erreur qu'il venait de commettre. Il le vit dans les yeux de Carol. La culpabilité qu'elle ressentait pour les victimes de Dominic Barrowclough était déjà assez pénible comme ça. À présent, elle culpabilisait de ne pas pouvoir arrêter le tueur. La vision que Carol avait des choses était simple. Son travail consistait à rendre la justice. Sa mission, c'était d'arrêter des criminels dangereux pour les mettre derrière les barreaux. De sauver des vies. Tous les jours, des gens pouvaient continuer à vivre, cuisiner, faire des courses, dormir, rire, aimer… parce qu'elle faisait son travail. Mais il venait de lui dire qu'elle n'était pas assez bonne. Aucun d'eux n'était assez bon pour stopper cet homme.

50

Paula n'avait pas arrêté de bâiller en se rendant au travail. Elle était rentrée de Wharfedale à 2 heures du matin passées et sa nuit sur le canapé lui avait donné des courbatures à des endroits surprenants. Il n'y avait plus de chambre d'amis maintenant que Torin vivait avec elles, et Paula ne voulait pas perturber le sommeil d'Elinor qui avait des journées épuisantes.

Elle s'arrêta de nouveau au magasin de doughnuts en chemin. L'accueil chaleureux et familier de l'employé estonien qui était là le matin lui donna matière à réflexion. Quand un employé derrière un comptoir de doughnuts commençait à vous appeler par votre prénom, il était temps de mettre fin aux mauvaises habitudes. Elle avait remarqué qu'elle avait un peu forci dernièrement. Elle allait vers un âge où il était infiniment plus facile de prendre du poids que d'en perdre, et Paula aimait trop se sentir en forme et bien dans son corps pour y renoncer au profit de la friture et du sucre. En payant une boîte contenant une dizaine de doughnuts, elle se promit que c'était la dernière fois qu'elle s'arrêtait ici.

Kevin, Ambrose et Karim étaient déjà arrivés dans les bureaux de la BREP. Une agréable odeur de café flottait dans l'air. Les trois hommes se jetèrent sur les gourmandises comme des enfants affamés. Sucre et caféine, c'était le carburant dont ils avaient besoin après un meurtre.

— Où est Stacey ? demanda Paula, surprise de voir la porte de son bureau fermée et les lumières éteintes.

— Aucune idée, répondit Alvin. Elle n'était pas là quand je suis arrivé.

— Peut-être que Sam l'a kidnappée ? suggéra Kevin la bouche pleine de crème « douceur de fraises ». Et qu'il la retient en otage jusqu'à ce qu'elle règle sa situation avec la banque.

— Ne plaisante pas avec ça, maugréa Paula. Comment se fait-il qu'aucun d'entre nous n'ait remarqué à quel point ce type était faux-cul quand on travaillait avec lui ?

— C'est un faux-cul intelligent, expliqua Kevin. Ce n'était pas un mec sympa mais ce n'était pas non plus un sale type.

— Bon, sérieusement, personne ne sait où est Stacey ?

— Elle doit travailler à un projet mystérieux avec une entité extraterrestre, répondit Alvin. Du coup, je pense que je suis en droit d'hériter de ses doughnuts.

— Attends, de quel droit tu parles, mon gars ? demanda Kevin en prenant un doughnut « coco sensation ».

— Je suis le plus costaud ici et j'ai donc besoin de plus de carburant.

La porte s'ouvrit et Carol entra, accompagnée de sa chienne. Elle avait l'air ne pas avoir dormi, pensa Paula. Elle jeta un coup d'œil à la boîte et secoua la tête d'un air réprobateur.

— Mauvaise influence, dit-elle.

Elle se laissa tomber lourdement à la table et prit un gâteau couvert de glaçage au café.

— J'ai besoin d'un café, ajouta-t-elle avec un sourire fatigué.

Paula se leva aussitôt. Les habitudes avaient la vie dure. Elle était dévouée à Carol comme au premier jour. Même aujourd'hui, alors qu'elle vivait avec Elinor, elle continuait de faire tout son possible pour faciliter la vie de Carol.

— Tu sais où est Stacey ? demanda-t-elle en se dirigeant vers la machine à café.

Carol se retourna et vit la porte fermée.

— Non. Je pensais la trouver ici. Tony n'est pas là non plus ?

Kevin et Alvin échangèrent un regard surpris.

— Non, chef, répondit Karim. Et on aurait eu du mal à le manquer avec son anorak violet.

Carol sembla étonnée.

— Il est parti vingt minutes avant moi.

C'était la première fois qu'elle révélait publiquement le changement qui s'était opéré dans leur vie domestique. Paula était déjà au courant par Tony et elle avait seulement partagé l'information avec Elinor et Stacey. Pour que Carol dépasse sa réserve habituelle et en vienne à parler de sa vie personnelle, c'est qu'il devait s'être passé quelque chose...

— Peut-être qu'ils se sont enfuis ensemble, suggéra Kevin.

— Ça impliquerait une certaine forme de communication réciproque, remarqua Carol avec une pointe d'ironie. Mais avec ou sans eux, il faut que nous avancions aujourd'hui. Nous pensons que la victime s'appelait Eileen Walsh et qu'elle était infirmière au Manchester Royal Infirmary. La police de Manchester est en train de rechercher son dentiste. Dès que nous aurons confirmation, nous passerons sa vie au peigne fin. Comme nous l'avons fait avec les deux autres victimes. Peut-être que nous aurons de la chance cette fois. Et Dieu sait que nous en avons besoin. Mais pour le moment, nous devons prendre notre mal en patience, dit-elle sur un ton grave.

Paula lui donna une tasse de café pour qu'elle retrouve son énergie de flic et s'assit.

— On ne peut pas mener quelques enquêtes discrètement ? demanda Karim.

— Non. Pas tant que nous n'avons pas de certitude sur son identité. Ce serait dommage de faire peur à quelqu'un qui a peut-être simplement prêté sa voiture à une amie pour le week-end.

Carol but une petite gorgée de café et esquissa une moue parce qu'il était brûlant.

— L'expert en incendie est arrivé sur la scène de crime peu de temps après le début du brasier, donc s'il y a quelque chose d'important à découvrir, il est le mieux placé pour le faire. En attendant, Paula, je voudrais que tu enquêtes sur la piste Claire Garrity que Stacey a dénichée sur les réseaux sociaux. Va trouver son mari et montre-lui le portrait-robot. Peut-être que ça lui dira quelque chose. Quant à vous, continua Carol en s'adressant au reste de l'équipe, il n'y a pas grand-chose à faire à part réexaminer ce qu'on a déjà décou…

Avant qu'elle ne puisse terminer sa phrase, la porte s'ouvrit et James Blake, vêtu de son uniforme, entra dans les bureaux de la brigade. Le chef de la police était un homme corpulent mais son uniforme était censé mettre davantage en valeur son autorité plutôt que son embonpoint.

— Magnifique, dit-il sur un ton sarcastique. Trois femmes sont mortes dans les mêmes circonstances et notre équipe de choc se la coule douce en mangeant des doughnuts autour d'un café.

Karim se redressa mais les autres restèrent assis et lancèrent un regard noir à Blake. Carol essuya ses doigts collants sur une serviette en papier pour gagner un peu de temps, en essayant de ne rien laisser transparaître de sa colère et de son désarroi. Elle sentit l'angoisse lui tordre le ventre.

— Bonjour monsieur, dit-elle. Vous êtes venu assister à notre briefing ?

Blake lâcha un petit rire.

— Un briefing ? D'après ce que j'entends, vous n'avez pas grand-chose à briefer. Cela fait six semaines maintenant que Kathryn McCormick a été assassinée et à ma connaissance, vous n'avez toujours pas de suspect. Comme si ça ne suffisait pas, il y a eu une deuxième victime et je viens d'apprendre que le corps d'une autre femme de Manchester a été retrouvé brûlé dans sa voiture. Quel est le problème, commandant Jordan ? Est-ce que votre équipe n'est pas à la hauteur de la tâche ?

— Nous avons affaire à un tueur très intelligent. Il a une bonne connaissance des techniques de la police scientifique, expliqua Carol.

Elle pouvait sentir sa gorge se nouer, comme si elle était sur le point de pleurer. Elle ne devait pas craquer devant Blake et encore moins devant son équipe. Sous la table, elle planta ses ongles derrière son genou.

Blake traversa impérieusement la pièce, étudia les tableaux où étaient affichées des photos de la scène de crime et ceux couverts d'inscriptions apparemment sans lien entre elles, certaines écrites par des membres de la brigade et d'autres par Tony.

— Il n'y a ni ordre ni méthode là-dedans, se plaignit-il. Si nous faisions venir une équipe d'experts pour évaluer vos avancées dans l'enquête, ils auraient du mal à trouver le moindre sens à tout ça.

Il se retourna en secouant la tête.

— Vous avez encore une semaine pour faire vos preuves, commandant Jordan. Vous et votre équipe de pieds nickelés. Je demanderai ensuite une expertise : un audit complet de tout ce que vous avez réalisé jusqu'ici. Je vous suggère donc de progresser. Il vaudrait mieux pour vous que vos notes concernant cette affaire soient claires et lisibles afin qu'un policier digne de ce nom puisse en tirer quelque chose.

Il y eut un lourd silence après son départ.

— Merde, lâcha Paula. On est fichus s'il fait venir une équipe d'évaluation.

— Pourquoi ? demanda Carol sèchement.

— Parce qu'on ne fait pas toujours tout dans les règles, répliqua Kevin. Ça nous rend vulnérables.

— Alors il faut qu'on trouve une solution à ce problème, enchaîna Alvin de sa voix grave faussement réconfortante qui contribua néanmoins à détendre un peu ses collègues mais donna à Carol le sentiment d'être encore plus incompétente.

— Bon, dit Kevin d'une voix traînante, j'ai peut-être quelque chose qui va nous permettre d'avancer dans la bonne direction. D'après Harrison Braithwaite, le voisin d'Amie McDonald, l'assassin présumé d'Amie l'aurait embrassée passionnément devant sa porte. Je me suis dit que c'était difficile d'embrasser la victime comme ça sans laisser un peu de son ADN sur le manteau. Il se trouve que ce manteau est facilement reconnaissable et M. Braithwaite l'a trouvé tout de suite sur le portemanteau d'Amie. Je l'ai donc pris et je suis allé le déposer au labo. Avec un peu de chance, on trouvera de l'ADN. Et s'il y a bien une chose que j'ai apprise avec Tony, c'est que les tueurs en série ne commencent pas leur carrière criminelle par un meurtre. Je suis sûr que son ADN se trouve dans le fichier des délinquants.

Carol sembla reprendre du poil de la bête en entendant Kevin jusqu'à ce qu'il arrive à la conclusion. Elle secoua la tête.

— Bon travail, Kevin, mais Tony pense que le profil de ce tueur est différent du schéma habituel. Nous avons parlé des motivations du meurtrier hier soir et il pense que ce qui importe pour lui c'est d'avoir la maîtrise des choses. S'il finit par sortir du bois, ce sera pour agresser un policier ou s'en prendre à un barman pour avoir refusé de lui servir un verre d'alcool en dehors des heures légales.

— Peu importe, intervint Karim. Quoi qu'il ait fait, on arrivera à faire le lien s'il se trouve dans les données.

— Ce n'est pas si simple, expliqua Paula. C'est un manteau. Amie est forcément entrée en contact avec beaucoup d'autres personnes. Rien qu'au cours de cette soirée. Si elle a pris un taxi pour se rendre en ville, Elle a été en contact avec énormément d'ADN qui se trouvaient à l'intérieur de la voiture. Un des serveurs lui a peut-être pris son manteau. Encore de l'ADN. Sans oublier l'ADN avec lequel elle aura été en contact dans le taxi qui l'a ramenée chez elle. Et on ne sait pas si elle a reporté ce manteau entre cette soirée et le jour où elle a été tuée. Donc oui, on pourrait avoir de la chance, et des traces d'ADN c'est toujours mieux que rien, mais ça ne nous apportera pas de réponse définitive.

Carol poussa un soupir.

— Parfois je me dis que l'ADN cause plus de problèmes qu'il n'en règle.

Kevin gloussa, l'air content de lui.

— Quoi ? Vous n'allez quand même pas me dire que vous regrettez l'époque où on faisait parler les suspects à grands coups de claque dans la figure ?

— Bien sûr que non. Mais je me demande parfois si la technologie n'est pas en train de rendre obsolète notre travail d'enquêteur. Bientôt les interrogatoires seront menés à partir d'algorithmes et des aptitudes comme celles de Paula seront considérées comme négligeables.

Carol s'essuya la bouche et jeta sa serviette en papier en direction de la poubelle mais manqua sa cible. Elle se leva.

— Bon, écoutez. Ne faites pas attention à ce que je dis. On va attraper ce salopard, croyez-moi. On va l'avoir.

Elle se dirigea vers son bureau, tête haute, épaules redressées, suivie par sa chienne. Les membres de l'équipe se regardèrent. Malgré son attitude, ils savaient très bien qu'elle ne croyait pas un mot de ce qu'elle venait de dire.

51

Tony était allé se coucher avec la conviction qu'il devait intervenir pour libérer Carol de ce sentiment de culpabilité qui la tourmentait. Quand ils étaient rentrés de la scène de crime au petit matin, ils avaient discuté dans la fraîcheur de la nuit pendant que Flash gambadait derrière la grange, fêtant sa libération après avoir gardé la maison.

Ça lui brisait le cœur qu'elle se sente responsable de la mort de ces cinq personnes tuées par un chauffard ayant échappé aux sanctions à cause d'elle, et coupable également de n'avoir pas empêché un meurtrier de récidiver. Ces tourments s'étaient ajoutés à d'autres qu'elle avait longtemps tenté de garder à distance avec l'alcool. Elle était hantée par la mort de son frère et celle de sa femme bien-aimée. Par celle des policiers sous ses ordres qui avaient rencontré des tueurs plus impitoyables qu'eux. Par celle de toutes les victimes qu'elle pensait avoir laissées tomber à cause de la lenteur de la justice.

Elle n'était responsable d'aucune de ces morts mais ça la rongeait malgré tout. Il avait essayé de lui parler sur un mode thérapeutique mais elle avait vu clair dans son jeu au bout de quelques minutes et était allée aussitôt dans la grange pour se faire un thé. Il avait appelé la chienne en la sifflant et ils étaient rentrés à leur tour. Il avait tenté de lui parler comme à une amie cette fois, mais Carol lui avait dit d'arrêter de la traiter avec condescendance avant de lui suggérer qu'il était peut-être temps qu'il se retire dans sa chambre à l'autre bout de la grange.

Il avait mal dormi parce qu'il s'inquiétait pour elle. Il avait rencontré beaucoup d'alcooliques parmi ses patients et ses collègues. Il savait à quel point il lui était difficile de rester sobre à ce moment précis. Il l'avait vue devenir presque folle de colère et de chagrin mais il ne l'avait jamais vue sur le point de craquer comme maintenant. Quand il se réveilla le lendemain matin, il sut qu'il devait faire quelque chose pour l'aider à maîtriser ses émotions.

Une recherche de dix minutes sur Google lui permit de mettre au point son plan d'action. Elle était déjà partie promener le chien quand il sortit de la douche pour prendre son petit-déjeuner. Elle avait mentionné une réunion à la BREP, mais il avait d'autres projets. Il s'assura de partir bien avant elle pour qu'elle ne puisse pas voir qu'il ne prenait pas la direction de Bradfield mais celle de Hebden Bridge et d'Halifax.

La bâtisse devant laquelle il se gara était une villa victorienne encadrée par deux tourelles aux coins. La pierre avait été noircie par la fumée et la suie des usines. Quelques maisons dans la ruelle arborée avaient été ravalées afin de retrouver leur couleur crème originelle, mais la maison de la famille Barrowclough arborait son héritage industriel avec fierté. Il resta dans la voiture pendant quelques minutes en essayant de se persuader encore une fois qu'il faisait le bon choix. Tout le monde n'aurait pas été d'accord sur ce point. Mais pour Tony, essayer de sauver Carol d'elle-même était plus important que des considérations morales. Il avait un devoir envers elle ; il ne devait pas la décevoir.

La femme qui ouvrit la porte avait l'air exténué de quelqu'un qui avait perdu beaucoup de poids trop rapidement. Ses cheveux bruns étaient ternes et certains avaient blanchi. Elle était vêtue de façon négligée ; ses vêtements étaient chics et manifestement coûteux, mais ils n'étaient pas du tout assortis à son gilet en laine mal boutonné.

— Madame Barrowclough ?

Elle hocha la tête.

— Je suis le Dr Tony Hill. Je suis spécialiste de la psychologie du risque. Je travaille avec la police. Je sais que vous avez souffert d'un terrible choc dernièrement et je vous exprime mes sincères condoléances. Je pense que vous êtes la personne la plus à même de me renseigner sur Dominic et j'espère que vous allez accepter de me parler.

Elle eut l'air perplexe, comme s'il s'était adressé à elle dans une langue étrangère.

— Ça ne va pas le faire revenir...

— Non. Mais ça pourrait nous aider à mieux comprendre certaines choses pour essayer de faire en sorte que ce qui est arrivé à Dominic n'arrive à personne d'autre.

— Nicky. On l'appelait Nicky, pas Dominic.

— Excusez-moi. Peut-être pourrions-nous parler de lui autour d'une tasse de café ?

Il n'était pas très fier de ce qu'il faisait, mais Carol était plus importante pour lui qu'une mère en deuil. Il fut surpris de découvrir, après toutes ces années, qu'il y avait apparemment une hiérarchie dans l'empathie.

Mona Barrowclough n'opposa aucune résistance. Elle recula et lui fit signe d'entrer. Elle ouvrit la marche dans le couloir lambrissé et peint dans un rose teinté de gris qui avait probablement un nom du genre « nez de lapin ». La moquette d'un rouge vif étouffait le bruit de leurs pas. Au bout du couloir, ils entrèrent dans une grande cuisine équipée d'un four Aga. La pièce donnait sur une véranda remplie de plantes en fleurs. Ça lui rappela les premières pages d'un roman de Chandler.

Elle désigna d'un geste vague une grande table entourée de chaises qui avaient l'air très confortables.

Tony s'assit et pendant qu'elle lui tournait le dos pour remplir la bouilloire, il vérifia que l'enregistreur de son téléphone était bien enclenché.

Elle prit son temps pour préparer le café qui s'avéra trop dilué et qu'ils burent dans des tasses en porcelaine.

— Vous n'avez pas connu Nicky, commença-t-elle. C'était un gentil garçon. Tellement gentil. Il ne sortait jamais sans me prendre dans ses bras et me faire un bisou. Mais il a toujours été insouciant. Déjà tout petit.

— J'imagine que sa disparition a provoqué un grand vide dans votre vie.

Elle but une gorgée de café. Ses yeux étaient tristes et son regard lointain.

— Oui, c'est exactement ça. Un grand vide.

— Ce doit être difficile. Ça a dû être un grand choc pour vous.

Il la laissa tranquillement raconter son histoire en la regardant dans les yeux, l'air intéressé. Tony avait passé des années à apprendre comment aider les gens à évacuer leur peine et leur souffrance. Mais ça n'avait jamais paru aussi important qu'aujourd'hui.

Elle poussa un long et profond soupir.

— Un choc, certainement. Mais ça n'a pas été une surprise. C'est peut-être un peu bizarre de dire ça à propos de son propre enfant mais j'ai toujours su qu'il ne ferait pas de vieux os. Il était imprudent. Il agissait sans réfléchir. Nous avons pourtant essayé de lui apprendre à faire plus attention, mais ça n'a servi à rien. Il a eu tellement d'accidents quand il était petit ; les services sociaux sont même venus à la maison.

Elle fit un bruit de gorge entre le rire et la toux.

— Ce n'était pas facile tous les jours, vous savez.

— Est-ce qu'il avait déjà eu des accidents au volant de cette voiture ?

— Il l'a plusieurs fois endommagée parce qu'il n'était pas assez attentif. Dans les parkings, ce genre d'endroits. Mais il n'a jamais vraiment eu d'accident.

Nicky aimait la vitesse mais c'était un bon conducteur. Il savait comment maîtriser une voiture. S'il n'y avait pas eu Casey, sa petite amie, tout ça ne serait jamais arrivé. Elle n'avait jamais envie de sortir en ville. Elle voulait toujours aller à Leeds ou à Bradford ou dans un pub de campagne perdu où il y avait des concerts. Du coup, Nicky buvait...

Sa voix se fêla et ses yeux s'embuèrent de larmes.

— Et qu'est-ce qu'il se passait quand il buvait ?

— Il avait l'impression qu'il était indestructible, répondit-elle en tournant la tête en direction de la véranda. J'espérais un peu qu'il se fasse arrêter. J'étais assez bête pour penser que ça pourrait mettre un terme à ces idioties.

— Et il s'est fait arrêter.

Mona serra sa tasse fermement.

— Ça lui a fait du bien. Quand nous avons été contactés par la police ce soir-là, nous avons pris la décision de ne pas venir le chercher. On s'est dit que passer quelques heures en cellule au milieu de voyous ivres et de toxicomanes lui servirait de leçon.

Probablement pas, pensa Tony. Ce n'était pas du genre à impressionner quelqu'un comme Dominic qui pensait que les règles ne s'appliquaient pas à lui.

— Et ça a été le cas ?

Elle sembla se tasser encore un peu plus sur sa chaise.

— Pensez-vous. Il a dit que ça ne changerait rien et que même si on lui interdisait de conduire, il continuerait quand même. « Je changerai de voiture et j'en trouverai une qu'ils n'auront pas dans leurs fichiers », nous a-t-il dit.

Le cœur de Tony fit un bond dans sa poitrine. C'était exactement ce qu'il avait besoin d'entendre. La phrase qui pouvait déculpabiliser un peu Carol. Dominic Barrowclough aurait continué à boire et à conduire même si le tribunal lui avait interdit de reprendre le volant. C'était un imbécile arrogant et irresponsable ;

rien n'aurait pu modifier le destin qu'il s'était lui-même tracé.

Mona continuait de parler et Tony se força à être attentif. Il devait prendre son mal en patience.

— Son père était furieux. Il disait que si Nicky avait l'interdiction de conduire et qu'il continuait malgré tout, il le mettrait à la porte de la maison et de l'entreprise. Il travaillait pour son père. Mon mari est agent immobilier. Vous avez besoin de conduire une voiture dans ce métier. Ça m'a fait tellement de peine ; je ne savais pas comment Nicky allait pouvoir s'en sortir.

Homme-enfant de la génération Y, pensa Tony. Des parents qui déresponsabilisent de jeunes adultes d'une vingtaine d'années.

— Mais son permis de conduire ne lui a pas été retiré ?

— Non. Le tribunal a affirmé que l'éthylotest était défectueux. Ils ont donc dû abandonner les charges contre lui, expliqua-t-elle en secouant la tête. Je ne savais pas trop quoi en penser. Nicky s'en était sorti et il avait toujours un toit et un travail. Son père et moi avons eu une petite discussion avec lui après le procès et nous lui avons remonté les bretelles. Mais il ne nous a pas pris au sérieux. Il disait qu'il ne risquait rien derrière un volant et que personne ne pourrait l'empêcher de conduire. Ni la police, ni le tribunal, ni son père.

Elle croisa les bras sur sa poitrine, les mains serrées sur ses coudes.

— Je ne sais pas ce que nous avons raté. Nous avons fait de notre mieux, mais il était capable de tout. Je ne sais pas d'où ça lui venait. Nous n'agissons pas de manière impulsive, mon mari et moi.

— Vous ne devriez pas culpabiliser, conseilla Tony. Il y a énormément de facteurs qui nous poussent à devenir qui nous sommes. Nicky a-t-il eu une blessure à la tête quand il était enfant ?

Elle parut surprise.

— Comment le savez-vous ? Il est tombé du haut d'un toboggan quand il était petit. Il n'avait pas encore deux ans. Il a perdu connaissance. Il est resté en observation deux nuits à l'hôpital mais ils ont dit qu'il allait bien. C'est ce qui l'a rendu comme ça ?

— C'est possible.

Tony toucha son front.

— Cette partie du cerveau ici, le lobe frontal, est celle qui contrôle les impulsions. Parfois une blessure à la tête peut changer l'attitude de quelqu'un de façon spectaculaire. Il ne faut pas vous sentir responsable, madame Barrowclough. Les recherches menées sur notre attitude face au risque ont mis en évidence que les blessures au cerveau avaient un impact plus important qu'on ne le pensait.

Il n'y avait quasiment rien de vrai là-dedans mais il espérait que ça l'empêcherait plus tard de se demander pourquoi il était venu lui poser toutes ces questions.

— Alors toutes les fois où nous avons essayé de le raisonner, ce n'était pas par méchanceté qu'il ne nous écoutait pas ? Il ne pouvait pas faire autrement ?

— Dans une certaine mesure, oui. Quand il vous disait qu'il continuerait à conduire malgré tout, c'était probablement parce qu'il ne pouvait pas aller à l'encontre d'impulsions contraires à la logique et au bon sens. A-t-il dit autre chose au sujet de sa détermination à vouloir continuer à conduire ?

Elle réfléchit quelques instants.

— Il n'arrêtait pas d'insister sur le fait que personne n'avait le droit de lui dicter ce qu'il devait faire ; qu'il était plus en sécurité derrière un volant même en ayant bu qu'un tas de gens qui étaient sobres en conduisant. Ça me met en colère, rien que d'y repenser.

— Je comprends, dit Tony d'une voix douce.

— Je ne peux plus marcher dans les rues de cette ville à présent. J'ai tellement honte de ce que Nicky a fait. Quatre personnes sont mortes à cause de lui. Quatre familles brisées. Mais elles, elles ne ressentent pas cette culpabilité. Je n'arriverai jamais à m'en remettre, docteur. Même si vous me dites que tout ça provient d'un problème dans le cerveau de Nicky, je m'en voudrai toujours.

Tony n'en doutait pas. Elle vivrait le restant de ses jours avec ce fardeau. Il n'y avait rien qu'il puisse dire pour la réconforter. Il lui avait au moins donné quelque chose à quoi se raccrocher quand elle se sentirait accablée par la culpabilité.

Mais le plus important dans tout ça, c'était que cette conversation enregistrée sur son téléphone pourrait peut-être soulager Carol.

52

Que la carte rechargeable créditée de cinq cents livres par Torin ait été émise par une banque locale offrait à Stacey plusieurs options inattendues. Habituellement, tout ce qu'elle ne pouvait pas régler à l'aide d'un ordinateur ne l'intéressait pas. Mais pour une fois, elle décida qu'elle devait s'éloigner de ses écrans pour aller sur le terrain.

Elle n'aurait pas agi comme ça pour tout le monde. Mais Paula était son amie. Au fil des années, elles étaient passées de la méfiance à la loyauté réciproque. Stacey en avait eu la preuve avec le soutien qu'elle avait reçu de son amie après la trahison de Sam. Comme cela concernait Torin et qu'il occupait une place particulière dans le cœur de Paula, Stacey était prête à tout pour l'aider.

Elle s'était levée très tôt, en partie parce qu'elle allait devoir traiter des données en provenance de la scène de crime, mais aussi et surtout parce que son plan était extrêmement risqué et qu'elle voulait être certaine d'avoir bien assuré ses arrières.

À 3 heures du matin, elle avait terminé ses recherches et préparé tout le matériel dont elle pensait avoir besoin. Elle avait mal dormi, ce qui était inhabituel, et elle s'était réveillée anxieuse. Même pour quelqu'un d'habitué à tout contrôler, ce qu'elle était en train de mettre en place n'avait rien de rassurant. Kevin avait raison quand il affirmait que leurs méthodes les rendaient vulnérables. Ça ne l'avait jamais gênée concernant ses exploits numériques. Elle savait qu'elle pouvait se montrer plus rusée que n'importe quel enquêteur qui voudrait la coincer. Mais aller sur le terrain était différent. Elle préférait ne pas dresser la liste de toutes les infractions qu'elle allait potentiellement commettre. Ça avait quelque chose d'effrayant.

Stacey sortit une vieille boîte de thé au kava qu'elle avait achetée quand elle avait commencé à sortir avec Sam, une période de sa vie où elle se sentait dans un état d'anxiété permanent. Deux grandes tasses ne produisirent aucun effet notable. Elle allait devoir trouver le courage d'aller au bout de son projet toute seule.

À 9 h 30, les paumes moites, elle entra dans la succursale de la Northern Bank sur Campion Way et demanda à voir le directeur. N'ayant pas de rendez-vous, elle dut faire face à un peu de résistance. Mais son mandat contraignit les gardes à la laisser passer et quinze minutes plus tard elle était assise en face d'un homme dénommé Patrick Haynes qui était le directeur de l'agence, à en croire la plaque posée sur son bureau. Il était parfaitement rasé et avait la coiffure impeccable d'un homme qui passait trop de temps à se regarder dans le miroir ; sa chemise, par contre, ne le mettait pas en valeur. Elle lui allait probablement mieux quand il était debout, mais assis, elle était toute froissée et on pouvait entrevoir un début de bedaine à travers les entrebâillements.

— Alors, de quoi s'agit-il ? demanda-t-il.

Il était presque cordial mais elle pouvait sentir une certaine nervosité dans sa voix.

— Je suis l'agent Xing Ming, dit-elle en présentant une carte de police qui n'était pas celle de la BREP. Comme vous pouvez le voir, je travaille pour la brigade antiterroriste.

Haynes parut déconcerté.

— Je ne comprends pas.

— Ceci vous aidera peut-être à mieux comprendre ?

Stacey sortit une enveloppe de son sac et la lui tendit. Elle posa ensuite le sac négligemment sur le bureau.

Il tira deux feuilles de l'enveloppe : un mandat émis par un juge dans le cadre de la loi antiterroriste qui imposait à la banque de fournir toutes les informations liées à une carte de crédit prépayée dont le numéro figurait en bas du document. Il fronça les sourcils en le parcourant.

— Je ne comprends toujours pas.

— Cela me semble pourtant parfaitement clair. Conformément aux enquêtes que nous avons menées dans le cadre de la loi antiterroriste, nous avons découvert que cette carte a été utilisée pour faire des achats liés à la préparation d'attentats. Nous avons obtenu un mandat et vous êtes dans l'obligation de me dire qui a acheté cette carte de crédit prépayée et quand.

Stacey délivra son petit discours avec une autorité qui ne laissait rien deviner de ses palpitations et du filet de sueur qui lui coulait le long de la colonne vertébrale.

— C'est tout ? Je dois juste vous donner cette information ?

— Oui, c'est aussi simple que ça.

— Je crois que je dois d'abord en parler au siège social, dit-il avec hésitation.

Elle jeta un coup d'œil à sa montre.

— Je vous en prie. Mais ils vous diront la même chose que moi.

Elle se pencha légèrement en avant et ajouta d'un air assuré :

— Écoutez, nous avons fait les choses le plus discrètement possible. Ce mandat m'aurait autorisée à venir accompagnée d'une multitude de policiers pour fermer cette banque le temps nécessaire. Comment ce serait interprété dans les médias ? La Northern Bank est apparemment impliquée dans le financement du terrorisme. Votre siège social apprécierait… En tout cas, c'est une affaire assez urgente.

Elle le fixa avec un regard glacial.

— S'il y a un problème, mon équipe se trouve à cinq minutes d'ici. Je peux vous assurer qu'ils se fichent de la réputation de votre banque.

Il ouvrit la bouche puis la referma, l'air embarrassé, avant que l'instinct de conservation ne reprenne le dessus.

— Bon, il me semble que tout est en ordre dans ces documents. Donnez-moi juste quelques secondes… s'excusa-t-il avant de se lever de son fauteuil.

Son cœur accéléra dans sa poitrine. Elle ne devait pas le laisser sortir du bureau pour parler avec un collègue.

— Faites ce que vous avez à faire ici, répliqua-t-elle brusquement en indiquant son ordinateur. Vous avez accès aux systèmes.

Elle se pencha en avant et tourna son écran afin de voir ce qu'il faisait.

— C'est une question de sécurité. On ne doit pas impliquer plus de personnes que nécessaire.

Il s'éclaircit la gorge et commença à tapoter sur son clavier désuet.

— Je comprends. C'est juste que je suis surpris, bredouilla-t-il. Je n'arrive pas à…

— C'est toujours le cas, répondit-elle sèchement, les yeux fixés sur l'écran.

Elle n'en revenait pas d'avoir réussi à s'en tirer.

— Il doit y avoir une erreur, reprit Haynes, incrédule. Je connais ce client. Ce n'est pas un terroriste. Il est plombier. Il nous a demandé un prêt l'année dernière pour développer son entreprise.

Stacey sortit son téléphone et prit une photo des renseignements affichés sur l'écran. Norman Jackson. Une adresse à Harriestown.

— J'entends ce que vous dites. Il y a peut-être une explication simple à tout ça.

Elle se leva.

— Merci de votre aide. Je vous demanderai de ne parler à personne de cette conversation. Pour des questions de sécurité… et en tant que banquier, vous savez à quel point la confidentialité est importante, n'est-ce pas ?

Haynes sourit d'un air hésitant.

— Absolument.

Il se leva, fit le tour du bureau pour lui montrer la sortie. Stacey prit son sac en glissant subrepticement le faux mandat à l'intérieur. Le cœur battant la chamade, elle passa devant le directeur, traversa le hall d'entrée et franchit la porte.

Une fois dehors, Stacey lâcha un soupir de soulagement. Elle s'adossa contre un mur de brique, ferma les yeux, et attendit que sa respiration revienne à la normale. Elle l'avait fait. Elle avait quitté ses écrans, était allée sur le terrain et avait réussi à berner cet homme sans trop de mal.

Elle savait maintenant qui avait essayé de détruire la vie de Torin.

53

Il n'y avait personne dans la coquette maison mitoyenne de l'entre-deux-guerres où Sean Garrity avait vécu avec sa défunte épouse Claire. Paula se dirigea vers la maison d'à côté, qui était nettement plus négligée. À travers le bow-window du salon, elle découvrit une pièce en désordre jonchée de jouets et de vêtements. Elle sonna à la porte et entendit des pleurs d'enfants en guise de réponse. Une jeune femme blonde coiffée d'une queue-de-cheval ouvrit la porte. Elle portait un bébé dans les bras et un bambin au visage barbouillé était accroché à sa jambe. Elle semblait sur le point de se mettre à pleurer comme le bébé.

— Qu'est-ce que vous voulez ? demanda-t-elle.

Paula tendit sa carte de police.

— Je cherche Sean Garrity. Il n'y a personne chez lui, apparemment.

— Ben, c'est normal, non ? Il doit être au travail. Le veinard.

Elle secoua la jambe mais ne réussit pas à se débarrasser de l'enfant qui regardait Paula comme si elle était une créature venant d'une autre planète.

— Vous savez où il travaille ?

— Il gère un pub gastronomique à Kenton Vale. C'est quoi le nom déjà… ?

Elle plissa les yeux tandis qu'elle fouillait dans ses souvenirs.

— Le Dog and Gun ? proposa Paula qui se souvenait avoir lu quelque chose dans le journal au sujet de la rénovation du pub traditionnel des environs en un établissement plus chic.

— Oui, c'est ça. Il nous avait invités pour l'ouverture. Je n'avais qu'un seul enfant à l'époque... dit-elle d'un air rêveur avant d'être brutalement ramenée à la réalité par les cris du bébé.

Elle essaya de le calmer, sans succès.

— Vous le trouverez là-bas. Il y est tout le temps depuis la mort de sa femme. Vous savez que sa femme est morte ? C'est pour ça que vous voulez le voir ?

— Merci pour votre aide, répondit Paula en reculant, heureuse d'échapper à l'odeur de lait tourné et de renfermé qui collait à cette femme épuisée.

Elle remonta en voiture et s'éloigna fenêtre ouverte pour pouvoir vapoter. La cigarette lui manquait. Vapoter lui donnait l'impression d'être comme le jeune enfant accroché à la jambe de sa mère. Il y avait quelque chose d'infantilisant dans ce substitut de cigarette qui lui donnait envie d'arrêter ça aussi. Elle arriva au Dog and Gun dix minutes après l'ouverture.

Le mobilier était en bois faussement vieilli. On voulait recréer ici un décor plus proche de la ruée vers l'or que du passé industriel de Bradfield. Le type branché derrière le bar se redressa en la voyant, pensant sans doute qu'elle était la première cliente de la journée. Son sourire disparut quand elle lui présenta sa carte de police et qu'elle demanda à voir Sean Garrity.

— Il est derrière, l'informa-t-il. Je vais le chercher. C'est au sujet de ce connard qui a tué Claire ?

— Vous voulez bien aller prévenir M. Garrity que je suis ici ? demanda Paula avec un sourire.

Sean Garrity fit son apparition quelques secondes plus tard. C'était un grand type dégingandé au crâne rasé et à la barbe fournie. Un look que Paula trouvait assez ridicule. Il portait une chemise à carreaux boutonnée jusqu'au col et un jean moulant taille basse. Une paire de boucles d'oreilles en argent représentant des têtes de mort venait compléter le tableau. Mais les cernes noirs qu'il avait sous les yeux et le verre de rhum qu'il tenait à la main n'avaient rien de très tendance.

— Vous êtes flic ? lança-t-il d'un air agressif. C'est au sujet de cette enflure qui a tué ma femme ? Vous allez l'envoyer en prison ?

— Est-ce qu'on pourrait discuter dans un endroit plus discret ?

Il fit un geste en direction de trois box au fond du bar.

— Ça ira, là-bas ?

Paula acquiesça et le suivit. Sa démarche était légèrement chancelante et elle pouvait sentir des relents d'alcool émanant de sa personne. C'était un homme qui essayait de noyer son chagrin dans la boisson. Pas la meilleure configuration pour obtenir des informations.

Il se laissa tomber dans un des box et lança un regard noir à Paula.

— Alors ? Qu'est-ce qui se passe ?

— Je ne fais pas partie de l'équipe qui enquête sur ce qui est arrivé à votre femme, précisa-t-elle en parlant lentement et calmement. Je travaille pour la Brigade régionale des enquêtes prioritaires.

Il renâcla et but une gorgée de sa boisson.

— Ce qui est arrivé à Claire mériterait une putain d'enquête prioritaire aussi, vous ne trouvez pas ?

— Je comprends votre désarroi, monsieur Garrity, mais je ne peux pas parler de cette affaire parce que je n'en connais pas les circonstances.

— Qu'est-ce que vous faites ici, alors, si ce n'est pas pour Claire ? répliqua-t-il en vidant son verre. Norrie, apporte-moi la bouteille !

— Est-ce que votre femme utilisait beaucoup les réseaux sociaux ?

— Qu'est-ce que ça a à voir avec le reste ?

— Nous pensons que quelqu'un a piraté le compte RigMarole de Claire après son décès, et nous essayons de trouver qui est cette personne et comment elle s'y est prise.

Le barman arriva précipitamment avec une bouteille de rhum artisanal à l'étiquette prétentieuse et ridicule. Garrity lui fit signe de s'éloigner avant de remplir son verre.

— Quel genre de taré ferait ce genre de chose ?

Le genre qui aime prendre son pied en jouant avec ses victimes.

— Nous pensons que c'est lié à une série de crimes particulièrement graves. Connaissez-vous par hasard le mot de passe de Claire sur RigMarole ?

— Oui. C'était « Claire890714 ». Sa date d'anniversaire à l'envers. Le 14 juillet 1989. Mais elle utilisait rarement RigMarole. Elle avait la flemme. Elle aimait parler aux gens directement et pas envoyer des messages débiles à des personnes qu'elle n'avait jamais rencontrées.

Ce n'était pas un mot de passe très compliqué à trouver, pensa Paula. Toutes les informations dont le tueur avait besoin se trouvaient probablement dans l'avis de décès. Stacey avait raison. Les gens étaient malheureusement trop négligents avec leurs mots de passe. Elle sortit la photo de son sac et la posa sur la table.

— Connaissez-vous cet homme ?

Garrity la regarda.

— Je ne crois pas. Ce n'est pas un de nos amis et je ne l'ai jamais vu ici. Norrie ? lança-t-il à l'attention du barman. Il saura mieux que moi.

Il tendit la photo à Norrie quand il arriva devant leur table. L'homme la regarda attentivement.

— Ce n'est pas un de nos clients réguliers. C'est tout ce que je peux affirmer. Il a fait quelque chose ?

— Il aurait piraté le compte RigMarole de Claire après son décès.

Norrie afficha une moue de dégoût.

— C'est dégueulasse, ça.

— Ça vaudrait peut-être le coup de faire un saut à Freshco.

En voyant l'air perplexe de Paula, Garrity poursuivit.

— Claire y travaillait. Elle était responsable du rayon boulangerie. C'est peut-être un de ces cassos qui travaillent là-bas. Il y en a quelques-uns que je n'aimerais pas avoir ici comme client.

Il sortit du box et faillit tomber en se levant.

— Bon, si vous n'avez plus de questions, on a du travail qui nous attend, pas vrai, Norrie ? dit-il avant de s'éloigner en essayant vainement de paraître sobre.

— Il a du mal à se remettre de la mort de sa femme, expliqua Norrie. C'était vraiment un type super avant, vous savez. Il adorait Claire.

— Il a besoin d'aide, analysa Paula. Vous ne lui rendez pas service en acceptant de lui servir de l'alcool. Croyez-moi, j'ai vu des collègues s'engager sur cette mauvaise pente.

Le Freshco de Kenton Vale se trouvait à dix minutes en voiture. Il lui fallut presque autant de temps pour trouver une place de parking avant de pouvoir entrer dans le magasin. Les allées étaient remplies de clients comme c'était généralement le cas en journée. Toutes les couches de la société étaient représentées ici, pensa-t-elle en passant à côté d'un homme à l'air endormi portant un pantalon de jogging et un T-shirt maculé de taches avant de croiser une vieille femme poussant un chariot contenant un paquet de pain de mie, une bouteille de lait et une boîte de haricots.

Deux heures plus tard, elle retrouvait la lumière du jour, hébétée et frustrée. Le bureau des ressources humaines du supermarché avait insisté pour s'entretenir avec le siège social avant de regarder la photo qu'elle avait prise avec elle. Mais une fois qu'ils avaient eu le feu vert, elle avait dû reconnaître qu'ils avaient fait tout leur possible pour l'aider. On lui avait présenté les collègues de Claire à la boulangerie mais comme personne ne semblait reconnaître l'homme sur la photo, la responsable des ressources humaines l'avait conduite dans d'autres rayons du supermarché et avait montré le cliché à tous les membres de l'équipe qu'ils avaient rencontrés. Personne ne le reconnaissait. Une caissière avait affirmé l'avoir déjà vu à sa caisse, mais ses collègues avaient levé les yeux au ciel et l'une d'elles lui avait dit : « Arrête de vouloir faire ton intéressante, Varya. »

Ce fut un fiasco. La responsable des ressources humaines fit des copies de la photo et lui promit de les afficher dans la salle du personnel et sur les tableaux d'informations aux quatre coins du supermarché. Mais Paula ne se faisait pas d'illusions. Encore une piste qui ne menait nulle part. Elle n'avait jamais connu d'affaire semblable. Une enquête générait toujours un tas de frustrations, mais les choses finissaient toujours par tourner à leur avantage ; grâce à une négligence du tueur, d'un témoignage qui mettait à mal un alibi ou la découverte d'un indice déterminant.

Mais leur homme était malin. Trop malin pour eux, hélas. Carol Jordan, Tony Hill et Stacey Chen étaient les meilleurs policiers qu'elle connaissait. Le reste de l'équipe comptait des flics qu'elle aurait choisis elle-même pour former un groupe d'élite. Et pourtant, ils n'avaient guère avancé en l'espace de six semaines. Blake était une brute mais il fallait le prendre au mot. Il brûlait d'envie de leur tomber dessus parce que Carol Jordan avait contrecarré ses plans par le passé. Mais il y avait d'autres personnes haut placées dans la hiérarchie sans griefs contre eux qui finiraient par lui emboîter le pas. Tôt ou tard, ces gens se retourneraient contre eux. S'ils n'obtenaient pas des résultats rapidement, la brigade ne serait bientôt plus qu'un souvenir.

54

Il n'avait jamais été aussi débordé. Même quand l'entreprise marchait bien avec Tricia, il avait beaucoup de temps pour lui. Mais mener soigneusement son projet à exécution pour parfaire sa revanche ne lui laissait pas de répit. Il ne s'agissait pas seulement d'avoir des rendez-vous avec des femmes, il fallait aussi préparer le terrain. Il n'utilisait que des téléphones jetables pour leur envoyer des textos ou pour leur parler. Pour couvrir ses traces, il ne passait des coups de fil que dans les villes où ces femmes vivaient et il se débarrassait ensuite des cartes SIM et des batteries. La seule fois où il avait passé des coups de téléphone depuis Bradfield, c'était quand il avait courtisé une de ses victimes là-bas. En même temps qu'il s'occupait de son entreprise, il s'occupait de sa chasse aux femmes qui le faisait courir dans tous les sens. Heureusement, il arrivait souvent à concilier ces deux activités et écrire des messages à sa nouvelle cible entre deux rendez-vous dans d'autres villes.

L'autre soir, alors qu'il se rendait en voiture à Liverpool et qu'il écoutait la retransmission d'un match de Bradfield Victoria, il avait entendu quelque chose qu'il avait bien aimé. Les commentateurs parlaient pendant la mi-temps des chants et de l'inventivité des supporters en la matière. Un des commentateurs avait mentionné un chant qu'il avait entendu dans les gradins à un moment où une des équipes, soutenue par les supporteurs en question, passait un mauvais quart d'heure : « Vous êtes pas les premiers. Nous, on se fait battre toutes les semaines. » Ça lui avait fait penser à sa confrontation finale avec Tricia et à ce qu'il pourrait lui dire. Un truc du genre : « T'es pas la première. Je m'en suis pris à d'autres bien avant toi. » C'était pas trop mal, mais il trouverait certainement quelque chose de plus percutant.

Ce matin-là, il avait déjà supervisé la mise en page de deux magazines et s'était entretenu avec d'importants annonceurs au sujet des ventes. Les derniers chiffres n'étaient pas très satisfaisants ; il allait devoir leur proposer des tarifs plus attractifs. Mais pour le moment, il avait rendez-vous avec Carrie McCrystal, une femme d'affaires à la tête d'une chaîne de salons de beauté dans le Nord. Il espérait qu'elle allait lui offrir de bonnes recettes publicitaires pour écarter les difficultés qui l'assaillaient de toutes parts. Il pourrait peut-être même engager quelqu'un pour s'occuper du travail éditorial dont s'était efficacement acquittée Tricia.

Elle arriva à l'heure ; elle était à elle seule une publicité ambulante pour son business. Ses cheveux lui tombaient en cascade sur les épaules ; ils étaient noirs, brillants, soignés. Son maquillage impeccable mettait en valeur ses yeux bleu pâle et ses lèvres charnues. Elle portait une élégante veste avec une jupe droite et des escarpins beige. Il ne put cacher son admiration en la voyant. Il prenait soin de son apparence et appréciait quand les autres faisaient de même. C'était une façon de témoigner du respect à ses interlocuteurs. Tricia avait toujours fait elle aussi attention à elle mais c'était pour mieux cacher son hypocrisie. Il n'allait donc pas juger Carrie McCrystal au premier abord.

Ils se retrouvèrent dans une petite salle de réunion qu'il utilisait pour des briefings avec son équipe. La décoration était simple mais chic et ne laissait rien entrevoir de la situation actuelle de l'entreprise. Il lui servit un café et la laissa bavarder au sujet de la météo et de la circulation jusqu'à ce qu'ils s'assoient l'un en face de l'autre à la table.

— Vous vous demandez sans doute pourquoi j'ai souhaité vous rencontrer, dit-elle en préambule.

— J'imagine que vous voulez discuter de contrats publicitaires.

Elle esquissa un sourire félin.

— Oh, Tom, dans ce cas je serais passée par Marianne de la publicité. Nous avons toujours réussi à trouver un terrain d'entente. Non, je viens vous parler de quelque chose d'autrement plus important aujourd'hui.

Il se pencha en arrière sur son fauteuil, la tête légèrement penchée sur le côté.

— Je vous écoute, dit-il.

— J'ai entendu dire que votre associée avait quitté l'entreprise…

Il eut du mal à contenir sa colère. Imaginer que des gens puissent discuter de sa vie privée le mettait hors de lui. Il devait passer pour un raté à leurs yeux et tout ça à cause de Tricia.

— Les gens changent, répliqua-t-il en prenant sur lui.

— À qui le dites-vous. Nous sommes des entrepreneurs et nous savons très bien que les choses ne durent jamais. J'ai pensé que ça vous intéresserait d'avoir une autre associée. Je n'ai pas d'expérience particulière dans la gestion de magazines, mais j'ai une excellente attachée de presse qui a exactement le profil requis. Melanie était rédactrice en chef de *Leeds Alive* avant que je ne l'engage. Je pense qu'elle ferait des merveilles à ce poste et j'ai des tas d'idées à proposer concernant la publicité.

Elle afficha un grand sourire. Un sourire aux dents longues, pensa-t-il. Prêtes à vous dévorer.

— C'est une proposition très intéressante, Carrie, répondit-il.

Une bouée de sauvetage pour l'entreprise qu'il avait passé sa vie à construire. Une chance de sauver ce que Tricia avait pratiquement détruit. Mais avait-il vraiment envie de mettre son avenir entre les mains de quelqu'un d'autre ? Comment allait-il pouvoir récupérer les parts de Tricia ? Il ne pouvait pas vendre ce qui ne lui appartenait pas.

Elle ouvrit son volumineux sac à main et en sortit une chemise cartonnée.

— J'aimerais vous faire une proposition. Je n'ai évidemment pas accès à certaines informations confidentielles. Je suis depuis longtemps ce que vous faites – j'ai d'ailleurs noté une légère baisse de qualité récemment, mais je trouve que c'est une bonne petite entreprise.

Elle poussa la chemise vers lui.

— Dites-moi si je suis loin du compte.

Il ouvrit le dossier. Au début, il eut du mal à lire les chiffres, mais après quelques secondes de concentration, il dut admettre qu'elle avait visé remarquablement juste. Il se demanda presque si elle avait fait appel aux lumières de Tricia avant de venir. Mais non, ce n'était pas un complot. Ça n'avait aucun sens d'imaginer ça. Le rapport avait été établi par quelqu'un qui avait de l'expérience dans ce secteur et qui savait où regarder. Il prit son temps pour parcourir son estimation de la valeur de l'entreprise et sa proposition de rachat.

Il fut momentanément sous le choc. Il s'était résigné à ce que son entreprise disparaisse. Il savait qu'elle n'était pas en bonne santé ; il savait qu'il se focalisait trop sur l'éditorial au détriment du reste. Le déclin graduel de ses magazines était aussi à mettre sur le compte de Tricia et cela n'avait fait que renforcer sa détermination et son ressentiment.

Carrie McCrystal lui offrait une alternative qui mettait fin à une partie du désastre que Tricia avait provoqué. Son offre financière était un bon début. Il devait rencontrer cette Melanie et juger de ses compétences avant de décider si elle était capable de faire la différence. En tout cas, ça pouvait lui offrir un peu de répit. La seule question était de savoir s'il avait vraiment envie de s'en sortir ou s'il préférait aller jusqu'au bout quoi qu'il en coûte.

Il n'y avait pas à hésiter. Il regarda Carrie dans les yeux.

— Je pense que nous partons sur de bonnes bases, annonça-t-il.

Tricia n'allait pas être tirée d'affaire pour autant. Bien au contraire. Pour vendre sa part de l'entreprise, ce serait plus facile si elle était morte. Elle ne pourrait pas contredire sa version des événements s'il prétendait qu'elle lui avait cédé ses parts. La tuer n'était plus seulement une affaire de revanche. C'était devenu une affaire d'argent.

55

Le Dr Dave Meyers n'était pas un inconnu pour la plupart des membres de la BREP. Paula et lui se connaissaient depuis leurs débuts dans la police, à l'époque où la criminalistique moderne en était à ses balbutiements. Il avait travaillé sur l'analyse de l'ADN dans une annexe du ministère de l'Intérieur à Bradfield, et quand le gouvernement avait privatisé le service de la police scientifique, il avait été recruté par un des nouveaux acteurs du secteur pour diriger un laboratoire privé. Quand l'ancienne BEP de Bradfield avait été créée, son labo était toujours leur première escale chaque fois qu'une affaire nécessitait des analyses scientifiques. James Blake s'était constamment opposé à Carol au sujet du coût que représentaient le Dr Dave et son équipe, soutenant qu'il y avait à disposition des services moins chers.

Carol avait campé sur ses positions en affirmant qu'en payant peu, on obtenait des résultats calamiteux. Souvent, elle finissait par obtenir gain de cause parce que Blake avait peur que la presse ne découvre qu'il avait insisté pour rogner sur les dépenses dans une enquête sur un homicide. Parfois, la vanité d'un homme pouvait être utilisée à bon escient.

Une des conditions de Carol avant d'accepter la direction de la BREP avait été de pouvoir faire appel au Dr Dave et à son équipe quand elle le jugerait nécessaire. Le manteau d'Amie McDonald récupéré par Kevin avait donc été déposé au laboratoire de pointe qui se cachait derrière la façade anonyme d'un entrepôt d'une zone industrielle en périphérie de la ville. Il avait insisté sur l'importance du manteau dans une enquête sur de multiples meurtres et le Dr Dave avait promis de faire tout son possible, même s'il était dubitatif.

Généralement, le laboratoire transmettait ses résultats par mail et en discutait par téléphone avec l'équipe responsable de l'enquête. Ce fut donc une surprise de voir le Dr Dave en personne entrer dans les bureaux de la BREP. Paula leva les yeux de son ordinateur sur lequel elle était en train de mettre à jour ses notes et afficha un grand sourire en le voyant franchir la porte avec son allure décontractée. En dehors de son laboratoire et privé de sa blouse, il ne ressemblait en rien à un scientifique dont la marque de fabrique était la précision. Ses grosses mains brunes semblaient plus adaptées au travail manuel qu'aux tâches minutieuses qu'il accomplissait tous les jours. Avec sa casquette de baseball, sa barbichette, son pantalon large et ses lunettes perchées sur le bout du nez, il faisait penser à un universitaire anticonformiste. Paula et lui étaient amis depuis des années, partageant un goût pour la musique et les comédies. Quand ils étaient tous les deux célibataires, ils sortaient souvent ensemble pour voir des spectacles comiques et assister à des concerts. Encore aujourd'hui, ils se retrouvaient régulièrement avec leurs conjoints respectifs pour aller écouter de la musique.

Elle se leva pour aller à la rencontre de Dave.

— Qu'est-ce que tu fais ici ? lui demanda-t-elle en le prenant dans ses bras.

Il fronça les sourcils.

— Tu voulais sans doute dire : « Salut, Dave, ça fait plaisir de te voir. »

— Tu veux un café ?

— Oui, pourquoi pas ? Kev est dans le coin ?

— Non, il est parti briefer l'équipe qui gère les relations avec les médias au sujet de la dernière affaire, expliqua-t-elle en se dirigeant vers la machine à café. Au fait, je te présente Karim Hussain, notre dernière recrue.

Dave adressa un signe de la main à Karim qui n'avait pas quitté des yeux le nouveau venu depuis qu'il était entré.

— Salut, Karim. Je suis Dave Myers.

— Le roi de l'analyse ADN, ajouta Paula en préparant un expresso pour Dave.

— Plus tellement aujourd'hui, répliqua l'homme.

Il se tassa sur une chaise qu'il fit rouler jusqu'au bureau de Paula. Il sortit de sa poche une enveloppe et la posa à côté du clavier de l'ordinateur.

— Kev nous a apporté un manteau appartenant à Amie McDonald en pensant qu'il y avait peut-être de l'ADN utilisable dessus.

Paula posa son café à côté de lui et regarda l'enveloppe.

— Et c'est le cas ?

— Il y a de l'ADN. Le problème, c'est qu'il y en a trop.

Paula poussa un grognement.

— Des traces mélangées ?

— Des traces d'ADN complexes, répondit Dave. Je ne sais pas si Amie a jamais apporté son manteau au pressing, mais si c'est le cas, ça ne date pas d'hier. Kev m'a demandé de me concentrer sur les manches et le dos du manteau, à l'endroit où on pose ses bras pour embrasser quelqu'un. Il a également apporté la brosse à dents d'Amie afin que nous puissions éliminer son ADN, mais ça ne nous a pas aidés. Même en l'écartant de l'équation, j'ai estimé que nous avions au moins six ou sept traces d'ADN différentes à l'extérieur du manteau aux endroits clés.

— Vous ne pouvez pas savoir quand elles ont été déposées ? demanda Karim. Elles ne se superposent pas les unes sur les autres ?

Dave secoua la tête.

— Ce n'est pas comme ça que ça marche. Ces traces sont toutes mélangées. Elles peuvent avoir été déposées dans n'importe quel ordre. C'est comme quand on fait une soupe. On ne peut pas dire quand on tient le bol entre ses mains si les carottes ont été ajoutées avant les oignons. Et si on met les ingrédients dans le mixeur, on ne sait même plus si ce sont des oignons ou des échalotes.

Karim sembla déconcerté par l'analogie mais Paula était habituée au style de Dave.

— Si nous avions un suspect, pourrais-tu extraire son ADN de cette soupe ? demanda-t-elle.

— Peut-être, mais rien n'est moins sûr.

— Il me semble avoir lu quelque part qu'il existe de nouveaux programmes informatiques qui peuvent déterminer la séparation de mélanges complexes, dit Paula.

— Des gens travaillent en effet là-dessus, répondit Dave. Ils utilisent une série d'algorithmes complexes qui prédit la probabilité de différentes séquences basée sur l'analyse statistique. Ils appellent ça le génotypage probabiliste. Ils sont en train d'effectuer des expérimentations aux États-Unis. Ça pose de gros problèmes. Si on prend le même mélange d'échantillons et qu'on le passe dans deux programmes distincts, on obtient des réponses complètement différentes. Les chercheurs ont envoyé le même mélange d'échantillons à des analystes choisis au hasard et les réponses obtenues n'étaient pas les mêmes. Donc non, je ne placerais pas beaucoup d'espoirs dans cette technique pour obtenir une condamnation à partir d'un indice comme celui-ci. Tout est là, conclut-il en tapotant l'enveloppe. Kev a dit que c'était une priorité absolue, c'est pourquoi je suis venu moi-même expliquer les résultats au cas où il y aurait des questions.

— Merci Dave, dit Paula en poussant un soupir.

— Désolé d'avoir ruiné tous vos espoirs.

— Tu n'y es pour rien. Mais cette affaire nous épuise. Il y a plus d'impasses que dans un lotissement des années soixante-dix. Chaque fois qu'on prend un virage, on se heurte à un mur.

— Même avec la meilleure volonté du monde, on ne peut pas faire des miracles, la rassura Dave en se levant. Ça ne se passe pas comme à la télé. L'analyse d'échantillons mixtes se fera mais ce n'est pas pour tout de suite.

Paula soupira.

— Alors peut-être que dans quelques années, un brillant policier travaillant sur des affaires non élucidées fera appel à un Dave Myers 2.0 pour résoudre notre affaire à l'aide des nouvelles technologies.

— Ne perds pas espoir. Tu es une bonne policière, Paula. Parfois on a besoin d'utiliser les bonnes vieilles méthodes pour résoudre une affaire. C'est ce que je dis aux jurés quand j'en ai l'occasion. Avec une empreinte parfaitement nette et une demi-douzaine de témoins, on n'a plus vraiment besoin de chercher des traces d'ADN. Allez, bonne chance !

Il lui fit un signe de la main avant de sortir.

— On est mal, lâcha Karim.

— J'en ai bien peur, répondit Paula. Mais ce n'est pas une raison pour baisser les bras.

Avant qu'elle ne puisse en dire davantage, Stacey entra dans les bureaux de la brigade d'un air affairé.

— Ah, parfait, annonça Stacey. Toi et moi on est attendues quelque part.

— Ah bon ?

— Oui. Je t'expliquerai dans la voiture.

— Et moi ? demanda Karim sur un ton plaintif.

— Monte la garde et écris ton rapport, lui ordonna Stacey.

— Où est-ce que vous serez si la chef demande ?

— En train de combattre le crime, répliqua Stacey avec fermeté avant de sortir.

Paula haussa les épaules et écarta les bras.

— Je n'ai pas la moindre idée de ce qui se passe. Mais mon petit doigt me dit que c'est important. À plus tard.

56

Carol descendit du quai de Minster Basin pour se rendre sur une petite péniche joliment peinte dont le nom, *Steeler*, se déployait sur un bandeau noir et or. Le pont remua sous son poids. C'était le domaine de Tony, comme la grange était le sien. Il l'avait héritée d'un père qu'il n'avait pas connu et, à sa grande surprise, le rat de bibliothèque qui vivait parmi des piles de livres et de papier s'était transformé en batelier ordonné. Vivre dans un espace aussi confiné nécessitait une discipline et une rigueur dont elle ne l'aurait jamais cru capable. Le stockage de ses livres dans un conteneur maritime l'y avait aidé et il en avait fait une bibliothèque qui aurait rendu Carol claustrophobe. Bien sûr, il avait toujours son bureau à l'hôpital psychiatrique de Bradfield Moor, qui lui procurait probablement tout le désordre dont il avait besoin.

Elle n'avait aucune idée de la raison pour laquelle il lui avait demandé par texto de le retrouver au bateau plutôt que dans les bureaux de la brigade. Elle lui avait posé la question mais il l'avait ignorée et elle n'avait donc eu d'autre choix que de quitter le commissariat pour se rendre jusqu'au canal. L'ancien Grosvenor Canal était parallèle à Skenfrith Street et invisible derrière les hauts immeubles, mais une étroite allée conduisait jusqu'au chemin de halage menant à Minster Basin. Cinq ans auparavant, il fallait être téméraire pour s'aventurer seule le long du chemin de halage et ce, même accompagnée d'un chien. Mais l'argent de l'Union européenne avait permis la rénovation du chemin et l'installation d'un bon éclairage public pour le rendre moins obscur. Les entreprises locales avaient mis la main à la poche et financé l'aménagement paysager. Aujourd'hui, c'était un agréable raccourci à travers le centre-ville.

Flash allait et venait le long de la berge mais n'abandonnait jamais Carol très longtemps. Quand le chemin déboucha sur le canal, la chienne courut jusqu'au *Steeler* devant lequel elle s'arrêta, oreilles dressées et langue pendante. Carol éprouvait de la reconnaissance envers George Nicholas pour l'avoir forcée à prendre la chienne.

Quand elle monta sur la péniche, le colley bondit sur le toit et s'y allongea, la tête entre les pattes, scrutant le canal à la recherche de tout ce qui pouvait menacer sa maîtresse.

Carol toqua contre l'écoutille avant de descendre les marches qui menaient à la cabine principale. Tony était assis à sa table, un livre entre les mains.

— Ne te lève pas. Je n'ai pas apporté de cafés, l'avertit-elle.

Elle s'assit sur le banc capitonné en face de lui.

— Tu as manqué la réunion de ce matin.

— Je suis désolé mais j'avais plus urgent à faire.

— Pourquoi tu m'as demandé de venir ? Qu'est-ce qu'il y a de si mystérieux pour qu'on ne puisse pas en parler au bureau ?

— Ça n'a rien de mystérieux, répondit-il. C'est juste que ça doit rester privé.

L'estomac de Carol se noua. Le mot « privé » n'annonçait rien de bon. Elle ne pourrait pas supporter un autre coup dur. Elle se redressa et croisa les mains sur la table.

— Qu'est-ce qui se passe encore ?

— Je m'inquiète pour toi, répondit-il. La façon dont tu te laisses ronger par la culpabilité.

Carol renâcla.

— Je ne peux rien y faire. Ce sont les circonstances qui en ont décidé ainsi. Il faudrait être un monstre pour être insensible à ce qui s'est passé.

— Je suis d'accord. La culpabilité est parfois inévitable. Mais elle est en train de te détruire, Carol, et tu as besoin de la combattre.

— Qu'est-ce que tu me fais là ? Une séance de thérapie ? Je ne suis pas une de tes patientes.

— Non, tu es mon amie. Ma meilleure amie. Tu as été ma seule amie pendant des années jusqu'à ce que je sache m'y prendre. Je ne peux pas te voir submergée par le remords et rester les bras croisés. Tu te flagelles pour des choses dont tu n'es pas responsable.

Elle secoua la tête.

— Cinq personnes sont mortes, Tony. À cause de mon ambition.

— Je suis content que tu évoques ce point, rebondit-il. Je sais que ça te ronge mais tu n'es absolument pas responsable. Une connexion avec les victimes n'est pas un lien de causalité.

Il disait n'importe quoi. Comment ne pouvait-elle pas être responsable de ces morts ?

— Tu te trompes, le contredit-elle.

Tony sortit son téléphone de sa poche et le posa sur la table en face de lui. Il fit défiler l'écran quelques instants.

— Je me suis rendu à Halifax ce matin. C'est pourquoi j'ai manqué la réunion. Je suis allé parler à Mona Barrowclough. La mère de Dominic.

— Pourquoi ? Tu ne crois pas qu'elle a déjà assez souffert comme ça pour venir remuer le couteau dans la plaie ?

— Nous avons eu une discussion très intéressante. Tu peux tout écouter si tu veux, mais il y a deux ou trois choses en particulier auxquelles je voudrais que tu prêtes attention.

Il lui fit signe de se taire.

— Écoute, s'il te plaît.

Il appuya sur le bouton « play » de son portable. La voix bizarre d'une femme résonna dans la cabine.

— Il a dit que ça ne changerait rien et que même si on lui interdisait de conduire, il continuerait quand même. « Je changerai de voiture et j'en trouverai une qu'ils n'auront pas dans leurs fichiers », nous a-t-il dit. Son père était furieux. Il disait que si Nicky avait l'interdiction de conduire et qu'il continuait malgré tout, il le mettrait à la porte de la maison et de l'entreprise. Il travaillait pour son père. Mon mari est agent immobilier. Vous avez besoin de conduire une voiture dans ce métier. Ça m'a fait tellement de peine ; je ne savais pas comment Nicky allait pouvoir s'en sortir.

On entendit la voix de Tony ensuite.

— Mais son permis de conduire ne lui a pas été retiré ?

— Non. Le tribunal a affirmé que l'éthylotest était défectueux. Ils ont donc dû abandonner les charges contre lui. Je ne savais pas trop quoi en penser. Nicky s'en était sorti et il avait toujours un toit et un travail. Son père et moi avons eu une petite discussion avec lui après le procès et nous lui avons remonté les bretelles. Mais il ne nous a pas pris au sérieux. Il disait qu'il ne risquait rien derrière un volant et que personne ne pourrait l'empêcher de conduire. Ni la police, ni le tribunal, ni son père. Je ne sais pas ce que nous avons raté. Nous avons fait de notre mieux, mais il était capable de tout. Je ne sais pas d'où ça lui venait. Nous n'agissons de manière impulsive, mon mari et moi.

Carol sentit la tête lui tourner. Elle avait du mal à en croire ses oreilles.

— Tu peux repasser l'enregistrement ? murmura-t-elle.

Il obéit.

— Tu vois ? dit doucement Tony. Ça n'avait rien à voir avec toi. Même si Dominic Barrowclough avait écopé d'un retrait de permis de conduire ce jour-là, il aurait conduit sous l'emprise de l'alcool la nuit où il est rentré dans la Mini. Ce n'est pas de ta faute, Carol.

Elle ne put retenir ses larmes. Elle s'en voulait de se laisser aller ainsi mais c'était plus fort qu'elle. Les paroles de Mona Barrowclough ne l'avaient pas absoute mais l'avaient suffisamment soulagée pour qu'elle entrevoie un peu de lumière dans l'océan noir de sa culpabilité.

— Tu devrais tout écouter, lui conseilla Tony. Au cas où tu penserais que je l'ai poussée à dire ça.

— Ce n'est pas ton style, répondit Carol d'une voix tremblante. Merci.

Elle s'éclaircit la gorge et s'essuya les yeux d'un revers de main.

— Maintenant il faut que je retourne au bureau pour voir si quelqu'un a trouvé le dossier dentaire d'Eileen Walsh, annonça-t-elle avant de se lever pour partir.

Au dernier moment, elle se retourna et fit trois pas en direction de Tony. Elle se pencha en avant vers lui alors qu'il la regardait d'un air surpris, et déposa un baiser maladroit sur son front.

— Je ne te mérite pas, dit-elle.

— Ce n'est pas une question de mérite. L'important c'est de savoir quels bénéfices on retire de tout ça.

Ils se regardèrent dans les yeux. Envahie par l'émotion, Carol recula et remonta à l'extérieur.

— À plus tard, lança-t-elle, sans vraiment savoir ce que l'avenir leur réservait.

57

Paula attacha sa ceinture et démarra.

— Parle, Stacey. Dis-moi où on va sinon on restera plantées sur ce parking jusqu'à la tombée de la nuit.

— Harriestown. 71 Camborne Street.

— C'est à quelques rues de chez nous. Pourquoi on va là-bas ?

Paula s'inséra dans la circulation et mit mentalement le cap sur Camborne Street.

— Parce que celui qui habite à cette adresse a un problème avec sa chaudière.

Paula poussa un grognement.

— Tu sais, si tu ne veux pas que les gens aient des préjugés racistes, tu devrais vraiment faire un effort pour que ce que tu dises soit compréhensible. Pourquoi on doit aller voir la chaudière du 71 Camborne Street ?

— On n'y va pas pour ça, répliqua Stacey en lui jetant un regard en coin. Bon, je vois que tu ne comprends pas. Comme tu le sais, je ne suis pas parvenue à remonter jusqu'à l'adresse IP du salopard qui a extorqué de l'argent à Torin. Il ne restait plus que la carte de crédit prépayée sur laquelle il a déposé de l'argent. Ça aurait dû mener à une impasse là aussi. Je m'attendais vraiment à voir un code guichet issu d'une banque privée louche dans un paradis fiscal à la législation nébuleuse. Ce qui aurait été aussi incompréhensible pour moi que mes précédentes paroles pour toi.

— Et ce n'était pas le cas ? demanda Paula en s'arrêtant à un feu avant de se tourner vers son amie. C'est pour ça qu'on s'est lancées dans une chasse aux chaudières sur Camborne Street ?

— Non seulement cette carte n'a pas été émise par une banque louche, mais elle ne se trouve pas non plus dans un paradis fiscal. Cette carte a été émise par une agence de la Northern Bank à Bradfield.

— Non ?!

— Et ouais. Campion Way pour être précise, ajouta Stacey avec un grand sourire. Désolée pour ce jeu de mots pourri.

— OK. Notre maître chanteur est donc du coin ?

— De toute évidence. Cette banque a encore des règles très strictes concernant la vie privée des clients et leurs données sont très bien protégées.

Paula sourit.

— Tu as fait quelque chose de mal, c'est ça ?

— En effet. J'ai prétendu être une policière de l'antiterrorisme.

Paula resta bouche bée et pila involontairement, provoquant un coup de klaxon de la voiture derrière eux.

— Quoi ? Tu as vraiment prétendu travailler pour l'antiterrorisme ?

Stacey haussa les épaules, ce qui n'était pas un mouvement facile à exécuter avec sa ceinture de sécurité bouclée.

— Oui, plus ou moins. J'ai fabriqué de faux papiers d'identité. Je me suis fait appeler Xing Ming. En mandarin ça signifie « nom et prénom », gloussa-t-elle.

Paula la regarda avec perplexité.

— C'est une blague ? Tu n'as pas falsifié des documents d'identité ?

— J'ai parié sur le fait qu'un directeur de banque s'appelant Patrick Haynes n'avait pas d'ancêtres chinois, expliqua-t-elle sérieusement. Tout ça c'était une façon de me détendre, de ne pas trop prendre au sérieux cette histoire d'antiterrorisme. J'ai fabriqué des faux papiers mais aussi un faux mandat pour obtenir des informations.

— Dis-moi que c'est une plaisanterie. Parce que là, je vois la fin de notre carrière se profiler très sérieusement.

— Je ne plaisante pas. Mais je te rassure, je n'ai laissé aucune trace qui permette de remonter jusqu'à moi.

— Sauf que tu es la seule policière d'origine chinoise à Bradfield et qu'il y avait probablement des caméras de surveillance...

— J'ai gardé la tête baissée. Et j'ai parlé avec mon plus bel accent anglais. Il n'y aura pas de retour de bâton, je te le promets. J'ai flanqué la trouille à ce M. Patrick Haynes en lui faisant le coup du secret défense. Il m'a donné toutes les informations relatives à la carte. Elle a été achetée il y a cinq mois par un certain Norman Jackson. Je n'ai pas pu voir l'état de son compte sur l'écran ni les transactions effectuées ; seulement son nom et son adresse. Il est plombier.

— D'où cette histoire de chaudière ?

— D'où la chaudière. T'as tout pigé. Je l'ai contacté ce matin et lui ai demandé où il travaillait pour savoir si je pouvais passer lui déposer une pièce détachée pour une réparation dont j'avais parlé avec sa secrétaire. J'ai réussi à rassurer le banquier en lui disant que le sympathique plombier qui leur avait emprunté trente-cinq mille livres n'allait pas utiliser cet argent pour acheter des armes ou confectionner des bombes et lancer son propre jihad à Harriestown.

Elle fronça les sourcils, pensive.

— Je ne pense pas qu'il creusera davantage la question. Je crois vraiment que je l'ai impressionné et que j'ai réussi à lui faire peur.

— Sans aucun doute. Wouah, Stacey, je n'en reviens pas. Malgré tout, je ne crois pas que tu devrais quitter ton bureau trop souvent. Tu as manqué la prestation de Blake ce matin. Pour résumer, il est venu nous remonter les bretelles. Et comme l'a justement fait remarquer Kevin, quand on contourne les règles et qu'en plus on n'obtient pas de résultats, on se met en danger.

— Mais j'ai obtenu des résultats, Paula.

— Oui. Un plombier à Harriestown. C'est qui, ce gars ?

— C'est bizarre mais ça fait moins peur qu'un groupe de criminels opérant à l'autre bout du monde. Ce type vit à trois rues de chez toi. Il est marié et il dirige sa propre petite entreprise. Il a trois employés et il a obtenu quatre étoiles sur Google. C'est probablement un loup solitaire qui a croisé le chemin de Torin et qui s'est inventé une relation avec lui.

— Ça, ce sera à Tony de nous expliquer, commenta Paula en s'engageant sur la voie de droite qui conduisait à Harriestown. Les gens sont bizarres.

— Tu dois me promettre de ne pas le frapper.

Paula pensa tout à coup à quelque chose.

— Mais qu'est-ce qu'on va faire ? On ne peut pas l'arrêter. Et je ne veux pas que Torin aille au tribunal.

— J'ai réfléchi à cette question, reprit Stacey. Je pense qu'on devrait lui mettre la pression et le menacer de l'embarquer au poste. On parlera ensuite de justice réparatrice. Soit il rembourse l'argent extorqué à Torin en jurant de ne plus jamais faire un truc pareil, soit on applique sa propre méthode et on annonce à tout le monde à travers les réseaux sociaux et la presse locale que c'est un pervers et un maître chanteur. Entre nous, je pense qu'on peut vraiment lui flanquer la trouille.

— Est-ce que ça sera suffisant ? Qu'est-ce qui l'empêchera de récidiver ? Qui nous dit qu'il n'est pas déjà en train de cibler d'autres personnes ?

Stacey parut surprise.

— Mais je croyais que tu t'inquiétais juste pour Torin ?

— Oui, c'est le cas, mais je ne veux pas que ce type pense qu'il peut récidiver avec d'autres gens.

Elles roulèrent en silence pendant quelques minutes.

— Torin est encore mineur, non ?

— Oui, il a quatorze ans.

— Je pense qu'on pourrait donner un avertissement à ce type et le mettre sur le registre des délinquants sexuels. Torin n'est pas du tout obligé d'être impliqué là-dedans. Cet avertissement ne concerne que notre homme. Du coup, pas de procès, pas de couverture médiatique. Mais on lui bousille bien sa vie.

Elle avait raison, pensa Paula. Avec un avertissement, Jackson pouvait se retrouver sur la liste des délinquants sexuels pendant deux ans. Il ne pourrait pas changer d'adresse, ni de travail ni de coordonnées bancaires sans le signaler à la police.

— Tu sais vraiment comment t'y prendre pour pourrir la vie des gens.

— C'est le monde numérique. C'est mon domaine. Fini de jouer la gentille fifille.

Il y avait une camionnette blanche garée dans l'allée du 71 Camborne Street. Les mots *Jackson, plombier*, étaient inscrits sur les côtés du véhicule. Paula trouva une place de parking une centaine de mètres plus loin et les deux femmes rebroussèrent chemin à pied jusqu'à la maison.

— J'ai l'impression d'être dans un épisode de *Cagney et Lacey*[1], plaisanta Paula en roulant des mécaniques.

Stacey poussa un grognement.

— Et moi je suis Cagney dans le duo, c'est ça ?

Elles s'engagèrent dans l'allée au moment où un homme à la carrure imposante portant un jean usé et une chemise à carreaux sortait de la maison. Ses

1. Série télévisée américaine mettant en scène la vie de deux femmes policières *(N.d.T.)*

manches étaient remontées, révélant des tatouages aux motifs celtiques entrelacés sur ses avant-bras. Il leur jeta un coup d'œil et ouvrit la porte arrière de la camionnette. Il avait dans les quarante-cinq ans. Ses cheveux châtains en bataille commençaient à grisonner. Il avait le teint rougeaud et le ventre d'un homme qui buvait trop et trop souvent.

— Monsieur Jackson ? s'enquit Paula. Norman Jackson ?

Il s'écarta de la portière et les regarda de la tête aux pieds.

— Oui, c'est moi. Qu'est-ce que je peux faire pour vous, mesdames ?

Accent local, ton cordial, sourire sympathique. Les premières impressions, savait Paula, pouvaient être trompeuses. Il n'avait pas l'air de quelqu'un qui méritait une belle déculottée.

— Je suis le lieutenant McIntyre et voici l'agent Stacey Chen. Norman Jackson, vous êtes en état d'arrestation pour chantage et possession d'images pédopornographiques. Vous avez le droit de garder le silence mais cela pourra être utilisé contre vous si vous omettez un élément lors de votre interrogatoire et que vous en parlez plus tard au tribunal. Tout ce que vous direz pourra servir de preuve.

Elle avait à peine terminé sa phrase que l'homme se mit à bafouiller.

— Qu'est-ce... Je ne... Comment ça, je... De quoi vous parlez ? Du chantage ? Des images pornographiques ? Vous vous trompez. Je ne sais pas de quoi...

— Il y a endroit où on pourrait parler de tout ça ? intervint Stacey. Ou est-ce que vous préférez nous accompagner au poste pour subir un interrogatoire ?

Il semblait sous le choc.

— C'est une erreur, balbutia-t-il avant de regarder tout autour de lui. C'est une blague ?

— Vous êtes en état d'arrestation, monsieur Jackson. Alors ? Vous préférez parler ici ou au commissariat ? réitéra Paula.

Il se mordit la lèvre.

— Les propriétaires de la maison sont à leur travail. On peut parler à l'intérieur. Mais vous faites une terrible erreur. Je ne sais pas de quoi…

— Ne vous fatiguez pas, l'interrompit Stacey.

Ils le suivirent jusque dans la cuisine où le placard sous l'évier était vide et le siphon absent. Des outils étaient éparpillés sur l'égouttoir. Ils s'assirent autour d'une petite table, les deux femmes en face de Jackson. Stacey sortit son téléphone et enclencha l'enregistreur. Elle nomma toutes les personnes présentent et précisa l'heure et le lieu de l'enregistrement. Elle sortit ensuite une feuille avec les informations de la carte bancaire écrites en grosses lettres noires.

Il fronça les sourcils.

— Qu'est-ce que c'est ?

— Ça ne vous dit rien ? demanda Paula sur un ton incrédule.

— Non. C'est quoi ?

— Une somme d'argent extorquée à un adolescent de quatorze ans. La somme a été déposée sur une carte de crédit prépayée.

Il haussa les épaules.

— Qu'est-ce que j'ai à voir là-dedans ?

— La carte a été achetée à partir de votre compte bancaire. Vous êtes le propriétaire légal de cette carte qui a été utilisée pour extorquer de l'argent. Cette somme a été payée pour vous empêcher de mettre en ligne des photos pédopornographiques, expliqua Stacey.

Paula se pencha en avant et le regarda dans les yeux. Elle pouvait sentir l'odeur rance du café dans son haleine.

— Vous n'allez pas pouvoir vous en tirer, cette fois. On vous a pris la main dans le sac.

Mais leurs paroles eurent l'effet contraire à celui escompté. Il parut d'abord soulagé avant d'avoir l'air triste en entendant Stacey. Triste, mais pas effrayé.

— Je ne comprends pas, reprit-il. J'ai bien acheté une carte. J'ai mis cinquante livres dessus. Mais ce n'était pas pour moi. C'était pour ma fille. Elle va faire un voyage scolaire à Londres et elle ne voulait pas prendre de liquide. Elle a dû la perdre ou bien on la lui a volée et elle n'a pas osé nous en parler. Je vous l'avais bien dit que c'était une erreur, conclut-il en arborant un grand sourire.

— Vous me prenez pour une idiote ? demanda Paula. Vous n'avez pas mieux que ça ?

— C'est la vérité, protesta-t-il avant de regarder sa montre. Écoutez, c'est presque l'heure du déjeuner. On peut faire un saut au lycée pour parler avec Elsa, ma fille. Elle pourra tout nous expliquer.

Paula et Stacey échangèrent un regard.

— Vous êtes sûr que vous voulez impliquer votre fille là-dedans ? Ce sont des faits très graves, lui rappela Paula. Si les choses vont jusqu'au procès, vous en prendrez au moins pour cinq ans avec les preuves que nous avons. Mais si vous admettez votre culpabilité, nous n'irons pas plus loin qu'un avertissement. Ça évitera à votre victime de témoigner devant un tribunal. Vous serez enregistré sur les registres des délinquants sexuels pendant deux ans. Mais personne ne le saura, à moins que vous ne commettiez un autre délit, évidemment.

— Vous écoutez ce que je dis ? Je n'ai rien fait de mal ! Je ne vais pas admettre quelque chose que je n'ai pas fait. Être inscrit sur le registre des délinquants sexuels ? Non, mais ça va pas ! J'ai lu le genre de trucs qui arrivaient aux gens qui se retrouvaient sur cette liste. De la merde de chien dans la boîte aux lettres, des graffitis sur les murs de la maison, des fenêtres cassées. Je ne veux pas de ça. Pas pour quelque chose qui n'a rien à voir avec moi.

Il y avait de l'indignation dans sa voix et son visage était devenu tout rouge. Il semblait être sur le point d'avoir une attaque avant même d'être jugé.

Paula lui en voulait encore plus. Comment pouvait-on essayer de cacher ses crimes sexuels en se servant de sa propre fille ? Elle n'avait aucune envie de mêler Elsa Jackson à toute cette affaire, mais si c'était l'unique moyen de coincer son père, elle n'hésiterait pas, après ce qu'il avait fait à Torin.

— Allons-y, alors. Menotte-le, Stacey.

— Quoi ? Vous ne pouvez pas faire ça !

— Vous êtes en état d'arrestation. C'est comme ça que nous procédons avec les gens que nous arrêtons, répliqua sèchement Paula.

— N'humiliez pas Elsa devant ses amis. Écoutez, tout ça c'est un malentendu, mais ça laisse des traces. Ayez un peu de compassion.

Il semblait sur le point de se mettre à pleurer. Mais même les criminels en étaient capables.

Stacey fit un petit signe de tête à Paula comme pour lui rappeler que ce n'était pas une véritable arrestation. Paula poussa un soupir.

— OK. Mais un seul mouvement et c'est le Taser. Croyez-moi, ce sera encore plus humiliant pour vous que de porter des menottes en plastique.

Ils le conduisirent jusqu'à la voiture et le firent asseoir à l'arrière. Paula se pencha vers lui.

— Dans quel lycée est Elsa ?

— À Kenton Vale.

Le nom fit tilt dans la tête de Paula. Kenton Vale était le lycée où allait Torin. Les choses se précisaient et plus elle en savait et plus elle avait l'impression de s'aventurer en terrain miné.

58

Quand le téléphone sonna, Alvin était la seule personne présente dans les bureaux de la brigade. Carol était dans le North Yorkshire pour une conférence de presse et Kevin faisait à nouveau du porte-à-porte pour interroger les invités des différents mariages. Karim était parti déjeuner avec son cousin en visite depuis Glasgow et Paula et Stacey avaient disparu. Alvin était impatient de pouvoir aller déjeuner lui aussi mais il devait attendre que l'un d'entre eux revienne. C'était le problème avec une petite équipe : on devait se serrer les coudes. Pour oublier les gargouillements de son ventre, il replongea dans ses notes pour voir s'il n'était pas passé à côté de quelque chose.

Alvin était conscient qu'il était celui qui devait faire le plus ses preuves dans l'équipe. Paula, Kevin et Stacey avaient travaillé à la précédente BEP de Carol ici même à Bradfield. Ils avaient collaboré ensemble pendant des années et réussi à résoudre plusieurs affaires dans cette ville et ailleurs. Karim, lui, était juste un débutant ; on tolérait qu'il commette parfois des erreurs mises sur le compte de son inexpérience. Mais Alvin était dans le métier depuis aussi longtemps que Paula. On attendait de lui un certain niveau de performance, même s'il venait d'un plus petit commissariat avec une moyenne de cinq meurtres par an, dont la plupart étaient familiaux ou commis par de jeunes hommes sous l'emprise de l'alcool qui se fichaient des conséquences de leurs actes. Ça n'avait pas été très difficile d'y être le meilleur lieutenant. Personne n'avait été plus surpris qu'Alvin de se voir proposer un poste au sein de la BREP après avoir aidé Carol et son équipe dans une précédente affaire.

Mais même avec la meilleure volonté du monde, relire ses notes ne lui apprendrait rien de plus. Avec un peu de chance, leurs collègues de Leeds les contacteraient bientôt pour leur confirmer que la dernière victime était bien Eileen Walsh et ils pourraient se remettre au boulot. Quand le téléphone sonna, il crut que c'était eux et il lui fallut quelques secondes pour comprendre ce que disait la personne à l'autre bout du fil.

— Excusez-moi, vous pouvez répéter ?

— Je suis Denise, du service client de Freshco. Je vous appelle au sujet de la photo.

La voix était nasale et l'accent était celui des environs de Bradfield, ce qui ne facilitait pas la compréhension de ses propos.

— De quelle photo parlez-vous ?

— Je ne suis pas sûre de parler à la bonne personne... Est-ce que je suis bien à la Brigade régionale des enquêtes prioritaires ?

— Oui, je suis le lieutenant Ambrose.

— Ah, très bien. Le lieutenant McIntyre m'a laissé sa carte au cas où quelqu'un reconnaîtrait l'homme sur la photo. Est-ce qu'elle est là ?

— Désolé, elle est sortie pour le moment, mais nous travaillons sur la même affaire. Est-ce qu'il s'agit du Freshco où... – il fouilla dans sa mémoire – Claire Garrity travaillait ?

— Oui. En fait, il se trouve qu'en arrivant au travail, j'ai regardé attentivement la photo et je me suis dit « c'est lui ».

— Qui ça, lui ?

— L'homme qui a déposé une réclamation. Je vous l'ai dit, je travaille au service client.

Elle lui parlait comme à un enfant à qui elle expliquait pour la énième fois quelque chose qui allait de soi.

— Il s'est plaint d'avoir trouvé un objet dans son pain. J'ai dû appeler Claire pour qu'elle lui parle. Elle s'occupait du rayon boulangerie. Il voulait savoir comment une chaussette d'enfant avait atterri dans son pain au levain.

— Une chaussette d'enfant ? demanda Alvin sans comprendre.

— Il s'est énervé bien comme il faut. Mais on ne peut pas lui en vouloir. C'est quand même particulier de trouver une chaussette dans son pain. Surtout quand en plus il n'y a pas moyen de savoir si elle propre ou sale et que vous avez déjà entamé votre pain. Il était livide. Il a raconté que sa petite amie avait été tellement dégoûtée qu'elle avait vomi tout son petit-déjeuner. Et ce n'est évidemment pas comme ça qu'on a envie de commencer sa journée.

Denise n'était clairement pas le genre de témoin à qui il fallait tirer les vers du nez.

— Non, c'est sûr, répondit-il sans conviction. Bon, mais pour en revenir à la photo de l'homme que vous a laissée le lieutenant McIntyre : vous êtes sûre que c'est celui qui est venu se plaindre au sujet du pain ?

— Oui, j'en suis sûre. Il ne portait pas de lunettes quand il est venu nous voir, mais il ressemble à l'homme sur le portrait. Je me souviens bien de lui parce que c'était une réclamation qui sortait de l'ordinaire. Généralement, c'est toujours la même chose : une erreur à la caisse. Un défaut sur la couture d'un vêtement. De la nourriture périmée avant la date limite de vente. Mais une chaussette dans du pain ? On s'en souvient. Et puis quand il est revenu ici, c'était juste après le décès de Claire. Vous savez qu'elle est morte ? Enfin, bref, je me souviens d'autant plus de lui qu'il voulait lui parler. Pour la remercier. Et j'ai dû lui dire qu'elle était morte dans des circonstances tragiques.

Elle marqua une pause par décence et Alvin en profita pour saisir sa chance.

— Si je comprends bien, l'homme sur la photo est venu vous voir pour adresser une réclamation au sujet d'une chaussette retrouvée dans son pain et il s'est entretenu avec Claire Garrity, c'est ça ?

— Oui, c'est ce que je viens de vous dire. Elle était vraiment navrée. Elle a assuré qu'elle ferait tout son possible pour découvrir ce qui s'était passé. Elle lui a évidemment offert un autre pain et lui a dit qu'elle contacterait le siège social pour obtenir un dédommagement. Enfin bref, il s'est avéré que la chaussette était tombée dans le pétrin par accident. Elle faisait partie d'un lot de vêtements pour enfants acheté par un des employés de la boulangerie mais personne ne comprend très bien ce qui s'est passé. Enfin bon, notre homme est revenu un autre jour pour nous remercier d'avoir pris sa réclamation au sérieux. Le siège social l'avait contacté pour lui dire qu'ils allaient lui verser un dédommagement et il voulait remercier Claire en personne. Mais il n'a pas pu vu qu'elle était morte.

— Vraiment tragique.

Et maintenant la question à soixante-quatre mille dollars.

— Est-ce que vous connaissez par hasard le nom de cet homme ?

— Ça doit être inscrit dans les dossiers. Je peux jeter un œil. Il y a une récompense ?

Alvin leva les yeux au ciel.

— Désolé, mais vous devrez seulement vous contenter du sentiment d'avoir accompli votre devoir, j'en ai peur. Bon, mais vous voulez bien quand même vérifier le nom de l'homme pour moi ?

— Je demandais juste au cas où, répondit Denise en poussant un soupir. Attendez un instant.

Alvin entendit d'abord le bruit du combiné qu'elle reposait, ensuite le cliquetis des touches d'un clavier et enfin les marmonnements de Denise pendant qu'elle effectuait sa recherche. Puis ce fut le silence.

— Allô ? Vous êtes toujours là ?

— Oui. Vous avez trouvé quelque chose ?

— Oui, tout est là sur l'écran : Tom Elton, 426 Minster Tower, Walker Wharf, Bradfield.

Alvin n'en revenait pas. Il gribouilla l'adresse aussi vite que possible.

— Il y a un numéro de portable aussi, si vous le voulez ?

— Oui, s'il vous plaît, dit-il en écrivant les informations qu'elle lui donnait. Vous m'avez été d'une aide très précieuse, Denise. Pouvez-vous me rappeler votre nom de famille ?

— Chowdhry, dit-elle avant de l'épeler. La famille de mon mari est originaire d'Inde.

— Je vais vous envoyer un agent à Freshco pour prendre votre déclaration. Sur tout ce que vous m'avez déjà dit et sur ce qui pourrait vous revenir en mémoire. Quand terminez-vous le travail ?

— Je travaille jusqu'à 20 heures.

— Parfait, j'organise ça tout de suite. Merci beaucoup, Denise. Vous avez été d'une aide extraordinaire.

Quand il assimila pleinement ce qu'elle venait de lui dire, Alvin sentit la joie monter en lui. Ce témoignage à lui seul allait peut-être leur permettre de résoudre cette affaire.

— De rien, répondit-elle. Ce sera un autre jour dont je me souviendrai.

Alvin raccrocha et se leva. Il était en train d'effectuer une petite danse de joie quand Karim entra dans les locaux. Il eut l'air désarçonné en voyant Alvin se trémousser dans les bureaux de la brigade.

— Pas mal, constata Karim en remuant des hanches et des mains à la manière d'un danseur de Bollywood.

Honteux, Alvin s'arrêta soudainement.

— On a enfin de la chance, annonça-t-il, légèrement hors d'haleine. Je voudrais que tu te rendes au Freshco de Kenton Vale pour prendre la déclaration d'un témoin. Je crois que nous allons pouvoir mettre un nom sur notre tueur.

59

C'était la pause déjeuner au lycée de Kenton Vale ; des nuées d'adolescents circulaient en groupe, aussi discrets et organisés que des abeilles. L'activité fut suspendue et les conversations cessèrent subitement quand une voiture de police se gara sur le parking du personnel de l'établissement scolaire. Des centaines de collégiens observèrent le trio d'adultes entrer dans le bâtiment principal avant de retourner à leurs occupations. Un ou deux d'entre eux affirmèrent que l'homme était le père d'Elsa Jackson, mais ils se trouvaient trop loin pour en être vraiment certains.

Paula avait téléphoné à la principale un peu plus tôt pour lui expliquer qu'elles avaient besoin d'interroger Elsa Jackson en tant que témoin et qu'elles étaient venues accompagnées de son père, son représentant légal.

— Merci de ne pas la mettre dans l'embarras, avait dit ce dernier sur un ton brusque.

Paula ne tentait pas particulièrement d'épargner sa fille ; en vérité, elles avaient déjà enfreint tellement de règles qu'il n'y avait plus qu'à continuer en espérant que tout se termine bien. Elle espérait que Lorna Meikle n'était pas dans les parages. Paula ne voulait pas que Jackson sache qu'elle était la tutrice d'un camarade d'école de sa fille. Les choses risqueraient alors de devenir vraiment compliquées.

— Vous n'avez pas intérêt à lui souffler la réplique, le prévint-elle. Si vous commencez à lui dicter certaines réponses, je vous dégage d'ici.

Après que les deux femmes eurent montré leurs cartes professionnelles, la secrétaire de l'école les conduisit jusqu'au bureau de la principale. Heureusement, dans un établissement qui comptait mille cinq cents élèves, seuls les professeurs de Torin auraient pu la reconnaître comme parent d'élève. Leurs pas résonnèrent sur le lino du couloir. Personne ne pouvait s'approcher discrètement du bureau de la principale, se dit Paula. La porte du fond était entrouverte et quand Stacey frappa, une voix à l'accent écossais prononcé les invita à entrer.

Anna Alderman se leva quand ils entrèrent. Âgée d'une quarantaine d'années, elle était grande et robuste. Elle portait un pull noir avec un col en V et une jupe plissée grise en tweed. Tandis qu'elle faisait les présentations, Paula pensa que la principale aurait fait une redoutable joueuse de hockey.

— Elsa vous attend dans une salle de réunion. Je lui ai dit que quelqu'un souhaitait lui parler. Comme vous me l'avez demandé. Pouvez-vous me dire de quoi il s'agit au juste ?

— C'est un malentendu, lâcha Jackson. Plus vite ce sera réglé et mieux ce sera.

— Comme vous l'a dit ma collègue, Elsa est interrogée en tant que témoin, expliqua Stacey.

— Très bien. Puisque M. Jackson est présent… Je vais vous conduire jusqu'à elle.

Ils retournèrent à l'accueil avant de traverser un long couloir où ils croisèrent deux délégués de classe à l'allure dégingandée.

— Où est-ce que vous allez ? demanda Alderman.

— M. Merton nous a demandé de mettre en place le matériel au labo pour l'expérience de cet après-midi, répondit l'un d'eux.

— D'accord, mais vous ne devriez pas traîner dans le couloir à l'heure du déjeuner, comme vous le savez.

Ils balbutièrent des excuses avant de s'éloigner rapidement.

— Désolée pour ça mais c'est le règlement : les élèves ne sont pas autorisés à circuler dans l'établissement pendant les pauses.

— C'est rassurant de voir que vous maintenez une discipline stricte, dit Paula.

— C'est nécessaire. Ce sont des adolescents. Ils n'en feraient qu'à leur tête si on ne les cadrait pas.

Elle s'arrêta devant une porte fermée.

— Elsa est ici, annonça-t-elle en s'apprêtant à l'ouvrir.

— Merci. Nous prenons le relais maintenant, intervint Stacey avec fermeté.

— Très bien, mais ça semble un peu...

— Encore merci pour votre aide, conclut Paula en posant la main sur la poignée.

— Si vous avez besoin de quoi que ce soit, je suis dans mon bureau, dit la principale avant de s'éloigner en jetant un dernier coup d'œil par-dessus son épaule.

Paula ouvrit la porte et entra, suivie de Jackson. Stacey ferma la porte derrière elle et s'y adossa.

Elsa, une jeune fille brune, était assise à une table, penchée sur son téléphone.

Elle leva les yeux en les entendant entrer. Elle eut l'air déconcertée puis consternée en voyant son père. Elle observa ensuite les deux femmes. Paula lui présenta sa carte de police.

— Je suis le lieutenant McIntyre... commença-t-elle avant que la jeune fille n'éclate en sanglots.

Jackson fit un pas dans sa direction mais Paula lui saisit fermement le bras.

— Laissez-la.

Elle sanglota pendant quelques secondes, les mains plaquées sur le visage, avant de se calmer. Elle les regarda ensuite les yeux rougis et empreints de tristesse.

— Je suis désolée, papa, s'excusa-t-elle la gorge nouée.

— Ton père est en état d'arrestation, expliqua Paula. Pour chantage, entre autres. Nous voudrions te poser quelques questions.

Elle s'assit sur une chaise en face d'Elsa et lui lança un regard sévère. Ce n'était pas la Paula McIntyre qui faisait tranquillement avouer les criminels. C'était une femme en colère qui défendait quelqu'un qu'elle aimait.

Elsa lança un regard implorant à son père et passa les mains dans ses cheveux coupés court.

— Vous ne pouvez pas faire ça. Vous vous trompez.

— Il y a un malentendu, lui expliqua Jackson. Réponds juste à leurs questions et on finira par tirer tout ça au clair. Dis-leur ce qui s'est passé avec la carte de crédit que je t'ai achetée. Celle que tu as perdue...

— Ça suffit, l'interrompit rageusement Paula. Je vous ai demandé de ne pas vous en mêler, monsieur Jackson. Encore une intervention de ce genre et nous réglons tout ça au poste avec les services sociaux.

Elle était elle-même étonnée de voir à quel point elle pouvait se montrer remarquablement désagréable quand elle agissait hors du cadre légal, pensa-t-elle.

— Asseyez-vous, maintenant, et taisez-vous.

Il obéit et se tordit les mains, ses tatouages se contorsionnant suivant la contraction des muscles.

— Explique-leur, ma chérie.

— Elsa, est-ce que vous avez la carte de crédit que votre père vous a achetée ? demanda doucement Stacey en jouant la gentille policière contrairement à Paula.

— Oui, murmura-t-elle.

— Ce n'est pas possible, s'écria Jackson en bondissant sur ses pieds. Vérifie dans ton portefeuille, tu as dû la perdre ou bien on te l'a volée.

— Monsieur Jackson, lança Paula d'une voix tonitruante. C'est mon dernier avertissement.

— C'est moi, papa, avoua-t-elle au bord des larmes. Je suis désolée. Je ne voulais pas que ça aille si loin.

Jackson, sidéré, tomba sur sa chaise comme si ses jambes ne pouvaient plus le porter.

— Je... je ne comprends pas, balbutia-t-il.

— Tu as fait du chantage à Torin McAndrew, reprit Paula. C'est ce que tu es en train de d'avouer ? Tu l'as forcé à payer cinq cents livres pour ne pas diffuser des images pornographiques de lui sur Internet ?

Elsa acquiesça.

— Je voulais l'humilier comme il l'a fait avec moi.

— Attends une minute, intervint Jackson soudainement indigné. Qu'est-ce que tu... Qu'est-ce qu'il... Où est-ce que tu as trouvé des photos de ce garçon ? Si c'est lui qui a envoyé des images obscènes à ma fille, comment ça se fait que ce n'est pas lui qu'on arrête ?

— On l'a poussé à envoyer ses images. Il pensait être engagé dans une liaison sur Internet, mais la vérité c'est que votre fille a utilisé des photos d'une autre fille pour lui tendre un piège et lui faire croire qu'elle était intéressée par lui, expliqua Stacey. Et nous l'interrogerons aussi au sujet des photos, vous pouvez être rassuré sur ce point. Les torts sont peut-être partagés. Mais seule Elsa a extorqué de l'argent à quelqu'un dans cette affaire. Cinq cents livres, c'est beaucoup d'argent.

— Et où ce jeune homme a-t-il trouvé une somme pareille ? Il n'a pas l'air d'être si innocent que ça...

Jackson se montrait plus agressif à présent.

Paula se tourna vers lui.

— Où est-ce qu'il a trouvé l'argent ? Il a vendu un bijou qui appartenait à sa mère décédée. Elle a été assassinée il y a quelques mois et il a hérité de ses biens. Il a dû vendre son bijou préféré pour payer votre fille. Parce qu'elle menaçait de détruire sa vie.

Il y eut un long moment de silence avant que Stacey ne prenne la parole.

— Pourquoi est-ce que tu as fait ça à Torin, Elsa ?

La jeune fille fit une grimace.

— J'aime vraiment beaucoup Torin. J'espérais qu'il allait m'inviter à venir avec lui au bal de fin d'année.

Mais il ne l'a pas fait. Tout le monde avait trouvé un partenaire et lui n'avait encore demandé à personne. J'ai essayé de lui faire comprendre subtilement que j'étais intéressée mais il ne réagissait pas.

Une fois sur sa lancée, elle déballa tout.

— L'autre jour, on glandait tout près de la bibliothèque et j'ai dit à Torin un truc du genre : « Hé, Torin, tu ferais bien de me demander maintenant si je veux aller avec toi au bal de fin d'année parce que je suis la seule fille sympa qui reste. » Il m'a regardée comme si j'étais une vraie merde et m'a répondu : « Plutôt crever. » Vous imaginez à quel point je me suis sentie humiliée ? Il aurait pu me répondre en faisant une petite blague, je sais pas, mais non, il m'a répondu un truc rabaissant. Tout le monde s'est moqué de moi. Et ça a continué pendant des jours. Des filles s'arrêtaient pour me dire des trucs, genre : « Hé, Elsa, j'ai entendu dire que Jimmy Barker de la classe des handicapés cherchait quelqu'un pour aller au bal. T'as intérêt à te grouiller, si ça t'intéresse. » Vous ne pouvez pas savoir à quel point ce qu'il a dit m'a pourri la vie. Alors j'ai décidé de me venger.

— Tu as donc contacté ce pauvre garçon sur Internet pour lui faire croire qu'une jolie jeune femme expérimentée voulait avoir une relation avec lui ?

Paula savait qu'elle était dure avec Elsa mais elle s'en fichait.

— Tout ça pour une histoire de bal de fin d'année ? demanda son père incrédule. Parce qu'un petit con n'en a rien à faire de toi ?

— Je ne voulais pas que les choses aillent si loin, gémit Elsa. Je ne pensais pas qu'il essaierait de trouver de l'argent. Je pensais juste qu'il allait supplier pour que ça s'arrête.

— Tu aurais pu mettre fin à tout ça à n'importe quel moment, Elsa. Mais tu ne l'as pas fait. Il était presque au bord du suicide à cause de toi.

Paula était sans pitié.

— Je suis désolée, s'excusa-t-elle. Je lui rendrai l'argent et je vous promets que j'effacerai toutes les photos et vidéos.

— Des vidéos ? répéta son père qui semblait à son tour prêt à fondre en larmes.

— Ce n'est pas comme ça que ça marche, rétorqua Paula. Tu as enfreint la loi. Tu peux faire une croix sur tes études et tes perspectives professionnelles. Tu vas avoir un casier judiciaire.

— Lieutenant McIntyre ? l'interrompit Stacey. Je pourrais échanger un petit mot avec vous, à l'extérieur ?

Paula la suivit à contrecœur, consciente que Jackson et sa fille allaient pouvoir se parler. Une fois la porte refermée, Stacey lui dit :

— Tu y vas un peu fort, Paula. On ne peut pas l'inculper. Nous avons violé toutes les règles de déontologie. Sans compter qu'une inculpation signifie que Torin devra se présenter au tribunal. Et comme l'a habilement fait remarquer M. Jackson, Torin est techniquement responsable d'avoir diffusé des images obscènes. De plus, à un moment, Jackson ou sa fille finiront par te voir à une réunion parents-profs ou à un forum sur l'orientation et ils découvriront ton lien avec Torin. Et là, les choses tourneront mal et on se retrouvera illico presto en taule avant même que les affaires internes ne s'en mêlent.

Paula s'adossa contre le mur et ferma les yeux.

— Je me suis laissé emporter par mes émotions.

— Oui, répondit Stacey.

— Mais elle doit payer.

— Je sais. Et je crois savoir comment.

60

Stacey était de retour derrière son bureau depuis une demi-heure quand Karim rentra avec le témoignage officiel de Denise Chowdhry. Elle avait eu le temps de cerner qui était ce Tom Elton. Mais elle était impatiente de savoir si Karim avait d'autres informations à lui fournir qui pourraient lui faciliter le travail.

Il était déjà devant le copieur multifonctions et scannait la déclaration écrite. Il jeta un coup d'œil vers elle.

— J'ai aussi un enregistrement numérique, dit-il hâtivement.

— Je t'ai envoyé une planche photo qui comprenait celle du permis de conduire d'Elton. Est-ce que tu l'as reçue à temps pour la montrer à Mme Chowdhry ?

Il acquiesça.

— Tout ça est mentionné dans la déclaration. Nous avons téléchargé la planche photo sur son ordinateur afin qu'elle puisse les voir convenablement. Elle a désigné Elton tout de suite, sans la moindre hésitation. Par contre, qu'est-ce qu'elle est bavarde ! J'ai cru que je n'allais jamais pouvoir sortir de son bureau.

— En même temps, elle est très observatrice, constata-t-elle avant de retourner à ses recherches.

— Est-ce que la chef est déjà arrivée ?

— Elle est en route, comme les autres membres de l'équipe.

Sauf Paula, qui devait avoir une petite conversation avec Torin en ce moment même. Stacey s'installa devant ses écrans et continua ses recherches sur les empreintes numériques laissées par Thomas Jonathan Elton. Elle avait déjà trouvé les plus évidentes : permis de conduire, véhicules enregistrés au nom de son entreprise, son adresse actuelle (différente de celle qu'il avait donnée à Freshco), des informations sur son entreprise et l'état de ses finances, et plusieurs articles mentionnant Elton et son associée, Tricia Stone. Le dossier prenait de l'ampleur ; quand Carol serait de retour, il y aurait un tas d'informations intéressantes à présenter à l'équipe.

Kevin et Alvin arrivèrent bientôt. Après avoir vérifié qu'Elton n'était pas à son bureau, Kevin s'était fait passer pour le gérant d'un magasin de jardinage qui envisageait une campagne de pub pour son entreprise. Au cours de la conversation, il en avait appris un peu sur Elton et allait ajouter ces informations au dossier. Alvin était retourné voir les collègues de Kathryn McCormick. Presque tous ceux ayant affirmé avoir vu « David » avaient désigné Tom Elton sur la planche d'identification. Lentement mais sûrement, ils accumulaient des preuves indirectes. Tony se promenait tranquillement entre les bureaux, regardant par-dessus les épaules des uns et des autres pendant qu'ils travaillaient, et prenait connaissance des informations qu'ils avaient récoltées.

Quand Carol finit par arriver à la brigade, tout le monde était sur le pied de guerre, sauf Paula qui n'était toujours pas là.

— Beau travail, tout le monde. Mettre un nom sur un suspect est un grand pas en avant.

— Nous avons bien plus qu'un nom maintenant, rebondit Kevin, enthousiaste comme il l'était toujours quand l'étau se resserrait. Nous savons que cet homme possède une entreprise qui ne va pas très fort depuis que son associée a claqué la porte il y a environ trois mois. Son associée était également sa compagne. Sa vie a donc été quelque peu bouleversée dernièrement.

Tony se redressa en entendant cela.

— Je me demandais qui il voulait réellement tuer. Je crois que tu as répondu à ma question.

Kevin consulta ses notes.

— Tom Elton dirige une entreprise qui produit différents magazines haut de gamme distribués dans un périmètre restreint. On peut en trouver quelques-uns ici à Bradfield. *Les Nouvelles de Harriestown*. *La Voix du Vale*. *Le Courrier du Chevin*. Ils sont distribués gratuitement dans les boîtes aux lettres. Il y a quelques articles de journalistes locaux, des recettes, des conseils pour le jardinage, des critiques de restaurants, ce genre de trucs. Chez nous, il va directement à la poubelle. En fait, ces magazines sont financés par la pub. Tricia était chargée de convaincre les annonceurs et supervisait chaque numéro. Elle écrivait aussi certains articles. Elle avait rejoint l'entreprise six ans auparavant quand Elton démarrait et ils se sont mis en couple il y a environ quatre ans.

Il releva la tête en affichant un sourire impertinent.

— La femme qui travaillait au département publicité n'a pas eu besoin que je l'encourage à me raconter les potins. Personne dans l'entreprise ne sait ce qui s'est passé entre Tricia et Elton. Un lundi, ils ont simplement constaté qu'elle n'était plus là. Elle est revenue vider son bureau quand Elton était en déplacement. Elle a dit à son équipe qu'il était temps pour elle de partir vers de nouveaux horizons. Et c'est tout. Elle n'a pas communiqué sa nouvelle adresse, rien du tout. Et elle a changé de numéro de portable.

Stacey écrivit une note sur sa tablette.

— Je m'en occupe, dit-elle.

— Bravo, Kevin. Et qu'est-ce que fait exactement Elton dans cette entreprise ?

— Il s'occupe du graphisme, de la mise en page, des relations avec l'imprimeur et les distributeurs. Avant, il s'occupait aussi de certains annonceurs : ceux avec qui il collaborait depuis le début. Maintenant il doit tout gérer et s'occuper aussi de la partie éditoriale. C'est donc un homme très occupé.

— Ça n'a pas dû te plaire, de récupérer une charge de travail aussi lourde, marmonna Tony. Une autre raison d'en vouloir à Tricia.

— Par contre, poursuivit Kevin en levant un doigt, il aurait eu un rendez-vous cette semaine avec une femme d'affaires du coin dont il est ressorti tout guilleret. Il a dit que la situation allait s'améliorer bientôt et qu'il pourrait déléguer à quelqu'un d'autre la gestion de contenu.

— Eh ben Kev, commenta Alvin. Je m'étais toujours demandé comment tu t'y étais pris pour épouser Stella, mais manifestement tu sais parler aux femmes.

Kevin arbora un large sourire.

— Mon numéro de charme ne marcherait pas avec toi, Alvin.

— Excellent, le félicita Carol. Je pense qu'il faut que nous parlions à Tricia Stone. Si vous pouviez retrouver sa trace Stacey, et Paula peut…

Elle regarda autour d'elle.

— Où est Paula ?

— Elle est en chemin, répondit Stacey. Elle avait quelque chose d'urgent à régler.

Elle tapotait rapidement sur son clavier sans que personne y prête vraiment attention : Stacey était toujours en train de taper ou de gribouiller quelque chose. Elle envoya un message urgent à Paula pour lui dire de se présenter au bureau aussi vite que possible. Torin était important, bien sûr. Mais un meurtre l'emportait toujours sur la vie privée des policiers.

— Autre chose, maintenant que nous avons un nom, intervint Tony. Je ne sais pas si vous vous en souvenez mais j'avais dit que s'il était prudent, il prendrait garde à ne pas utiliser sa propre voiture dans la zone des meurtres. Stacey, j'imagine que tu as les informations concernant son permis de conduire ?

Elle acquiesça.

— Karim, enchaîna Carol, voyez avec tous les loueurs de voitures dans la zone de Bradfield. Nous savons quand il a rencontré les victimes. S'il a loué des voitures à ces dates, on fera encore un grand pas en avant.

— Grâce à la planche photo qui a permis de l'identifier, on sait qu'il a été en contact avec Claire Garrity, la femme dont il a piraté le compte, pour s'amuser avec ses victimes sur RigMarole. Il savait qu'elle était morte et qu'il pouvait usurper son identité.

— Selon son mari, un enfant aurait pu trouver son mot de passe en moins de cinq minutes, rappela Stacey.

— Et cinq personnes l'ont reconnu sur la planche photo d'identification comme étant l'homme qui se faisait appeler David et qui draguait Kathryn, ajouta Alvin.

Carol sourit et ses yeux pétillèrent de joie comme cela n'était pas arrivé depuis longtemps.

— C'est vraiment du bon travail, les complimenta-t-elle. Stacey, tu as quelque chose pour nous ?

— Il a quarante-quatre ans et il est Scorpion.

Les membres du groupe se mirent à rire.

— Il est né le 6 novembre à l'hôpital de Bradfield Cross. Ses parents sont Doris et Kenneth Elton. Sa mère est décédée il y a deux ans d'un cancer du sein et Kenneth vit maintenant à Eyam dans le Derbyshire.

— Le village de la peste, commenta Tony.

— Quoi ? demanda Carol en se tournant vers lui.

— La peste est arrivée dans ce village à cause de puces qui se trouvaient dans un rouleau de tissu en provenance de Londres. Le pasteur a persuadé les habitants de se couper du monde pour éviter la propagation de l'épidémie. Désolé, conclut Tony avec un sourire gêné.

Carol poussa un grognement.

— Stacey ?

— Elton a obtenu un diplôme de graphisme aux Beaux-Arts de Manchester. Il a collaboré avec différents magazines de Dundee avant de revenir ici travailler pour le *Dales Living Magazine* mais aussi pour une revue locale de Leeds. Il y a six ans, il a créé sa propre entreprise, Local Words. Il possède dix-sept magazines basés dans des villes du Nord. Il cible les quartiers prospères qui veulent entretenir un « esprit village ».

Sa voix traduisait de l'ironie et un certain mépris. Pour Stacey, il y avait quelque chose d'idiot à vouloir vivre dans un village alors qu'on pouvait choisir la ville.

— Jusqu'à récemment, il habitait dans un immeuble de haut standing près de Minster Basin, poursuivit-elle en regardant Tony. Il pouvait sans doute voir ton bateau depuis son balcon. Quand Tricia a quitté l'entreprise, il a dû déménager parce que le bail était à son nom et qu'elle l'a annulé.

— Pourquoi est-ce que c'était à son nom ? demanda Carol.

— Sans doute pour frauder le fisc, grommela Alvin. Peut-être que l'entreprise le lui sous-louait ou un truc dans le genre.

— Il a déménagé dans un secteur moins chic. Ça reste un bel appartement moderne qui se trouve derrière la gare, sans vue sur le canal. Le point négatif c'est qu'il a un parking souterrain, ce qui rend difficile une opération de surveillance si on choisissait cette option.

Carol haussa les épaules.

— On verra le cas échéant. Quoi d'autre ?

— L'entreprise louait quatre véhicules. Pour autant que je sache, il utilisait la BMW. Ils ont aussi deux Volkswagen Passat et une camionnette Peugeot qui sont toutes assurées pour Elton et cinq de ses employés. Il a tous ses points sur son permis de conduire et un casier vierge. Il a donné à Tricia trente pour cent de l'entreprise il y a trois ans. Il voudra sans doute racheter ses parts ou la convaincre de les vendre à une tierce personne, sans quoi il devra lui reverser une grosse partie de ses profits sans rien avoir en retour.

— De quoi attiser encore plus son ressentiment, marmonna Tony. De son point de vue, il a toutes les raisons du monde de la détester. À qui iront ses parts si elle meurt ?

— Je ne sais pas, répondit Stacey. Je ne peux pas accéder à toutes les informations, tu sais.

— Ce qui t'agace profondément, la taquina Kevin.

— Pour le moment, il n'a pas de problèmes financiers mais si ses recettes continuent de dégringoler, ça pourrait s'aggraver. D'après deux articles à propos de l'entreprise publiés dans des revues spécialisées, ses passe-temps sont le football et le jazz.

— Pas le vélo ? s'enquit Tony.

— Les gens qui aiment pédaler ne roulent pas en mini-vélo, objecta Kevin.

— Peut-être pas, mais tu dois bien te débrouiller avec un vélo et être en bonne forme pour retourner rapidement à l'endroit où tu as garé ta voiture. Je pense que c'est un bon cycliste.

— Ou alors il a un vélo d'appartement dans sa chambre, suggéra Carol. Autre chose, Stacey ? Pas de propriété dans les Dales ?

— Je n'ai rien trouvé. Mais je vais continuer de chercher.

— OK, dit Carol en se penchant en arrière sur sa chaise. Il faut que nous parlions à Tricia Stone. Elle pourrait nous aider à y voir plus clair, poursuivit-elle avant de regarder de nouveau autour d'elle. Mais enfin, où est Paula ? Stacey, est-ce que vous pouvez retrouver la trace de Tricia Stone ? J'aimerais que Paula l'interroge. Nous avons fait un grand pas en avant. L'identification d'Eileen Walsh n'a toujours pas été confirmée mais le médecin légiste pense qu'il pourra extraire de l'ADN utilisable. Nous avons enfin identifié notre homme mais tout ça n'est que présomptions pour l'instant. Il nous en faut plus.

Elle se leva et alla jusqu'au tableau où le moindre élément lié à l'enquête était exposé.

— Voyons ce que Paula va pouvoir obtenir de Tricia Stone. Si nous ne parvenons pas à en apprendre plus, on le convoque ici demain. Secouons l'arbre et voyons ce qu'il en tombe.

Elle lâcha un petit rire de dérision.

— Vu ma chance, ce sera un fruit empoisonné.

61

Paula attendait Torin dans la cuisine quand il rentra de l'école.

— Prends quelque chose à boire et assieds-toi à la table.

Ce n'était pas une requête. Elle serrait sa tasse de café entre ses mains en repassant dans sa tête ce qu'elle allait dire pendant qu'il se servait un sirop à l'eau. Il était tellement nerveux que les glaçons tintaient contre les parois du verre comme des percussions.

— Bonne journée ? demanda Paula.

Il haussa les épaules. Ils échangèrent un coup d'œil avant qu'il ne tourne la tête et ne regarde en direction du jardin par la fenêtre de la cuisine.

— Moi, je n'ai pas passé une très bonne journée. Néanmoins, grâce à Stacey, nous avons découvert qui t'a arnaqué et extorqué de l'argent. Au début, nous pensions que c'était un groupe de cybercriminels parce que Stacey a remonté la piste des messages et s'est heurtée à un mur en débouchant sur une adresse IP aux Philippines. Mais elle n'est pas du genre à abandonner aussi facilement. Elle a donc jeté un œil à la carte de paiement sur laquelle tu as versé l'argent. Elle pensait qu'elle allait de nouveau aboutir à une impasse. Genre, banque privée dans un paradis fiscal avec une législation sur le secret bancaire beaucoup plus stricte qu'en Suisse. Mais il s'est avéré que la carte de crédit avait été émise par une banque de Bradfield.

Perplexe, Torin fronça les sourcils.

— Je ne comprends pas. Tu veux dire que c'est quelqu'un d'ici ?

— Tout à fait. Quelqu'un qui vit à quelques rues de chez nous.

Il semblait vraiment déconcerté.

— Quoi ? Enfin, je veux dire, pourquoi ? Qui ferait un truc pareil ? C'est quelqu'un que je connais ?

— C'est quelqu'un que tu as blessé, Torin. Un adolescent peut réagir de manière inconsidérée dans certaines situations et à votre âge on se pose rarement la question de savoir si la vengeance est proportionnée à l'attaque subie, expliqua Paula avec amertume. C'est ce qui s'est passé avec la personne que tu as heurtée : celle-ci a répliqué de façon démesurée.

Il secoua la tête.

— Je n'ai blessé personne au point de mériter ça, protesta-t-il. Je suis quelqu'un de gentil. Je ne m'en prends pas aux gens. Vraiment, Paula. Je suis sérieux. Je ne suis pas comme ça.

Paula sirota son café en l'observant par-dessus sa tasse. Il ne semblait vraiment pas comprendre de quoi elle parlait. L'embarras et l'humiliation qu'il avait infligés à Elsa Jackson lui étaient passés au-dessus de la tête. Elle posa sa tasse.

— Elsa Jackson.

Il écarquilla les yeux, manifestement sous le choc.

— Elsa ? Et qu'est-ce que je suis censé lui avoir fait ?

— Tu l'as humiliée devant ses amis.

— Moi ? répondit-il en fronçant les sourcils.

Après quelques secondes de silence, il pencha la tête sur le côté et demanda lentement :

— Est-ce que c'est lié à cette histoire de bal de fin d'année ?

Paula acquiesça.

— Tu lui as répondu « Plutôt crever » quand elle t'a proposé d'y aller avec elle. Devant tout le monde. Ce n'était pas très sympa de ta part.

Il secoua la tête comme s'il refusait d'entendre la vérité.

— C'est pas comme ça que les choses se sont passées. Elle ne m'a pas laissé finir ma phrase. J'allais dire : « Plutôt crever que d'aller à cette fête pourrie. » Mais elle est partie juste après que j'ai dit « Plutôt crever ». Elle est partie en trombe. J'aime bien Elsa. Si j'étais allé à une soirée nase comme le bal de fin d'année, je lui aurais probablement proposé. Et elle m'a fait un coup pareil ? Elle m'a fait souffrir au point d'avoir envie de mourir. J'ai vendu le collier de ma mère parce qu'une fille idiote et égocentrique s'est imaginé que je l'avais traitée comme de la merde ? Putain, Paula, j'espère que tu vas le lui faire payer. C'est complètement fou. Pourquoi elle s'est montrée aussi horrible avec moi ?

— Parce que tu l'as blessée et qu'elle a ensuite pété les plombs. Je suis d'accord avec toi, sa réaction est complètement disproportionnée par rapport à ce que tu lui as dit, mais à ses yeux, c'est toi qui as commencé.

Elle pouvait lire la tristesse sur son visage. Elle prit sa main et la serra.

— Mais elle ne va pas s'en tirer comme ça, j'espère ? Tu l'as arrêtée ?

— En fait, c'est son père que j'ai arrêté, parce que c'est lui qui a acheté la carte. Je me suis un peu plantée sur lui, dit-elle en souriant. Bon, mais en tout cas je ne vais pas arrêter Elsa.

— Paula ! protesta-t-il.

— Écoute-moi bien. Si on l'arrêtait, il ne fait aucun doute que toute cette affaire se terminerait devant les tribunaux. Le procureur la poursuivrait probablement en justice. Ce qui signifie que tu devrais témoigner contre elle. Même si les médias ne seraient pas en droit de citer vos noms parce que vous êtes mineurs, tu crois vraiment que cette histoire ne s'ébruiterait pas immédiatement dans ton école ? Ça serait pire que ce qu'Elsa a menacé de faire. Et d'ailleurs, à ce propos, elle affirme qu'elle n'aurait jamais mis sa menace à exécution. Elle voulait te faire peur, c'est tout, elle ne voulait pas aller plus loin. Mais tu as payé trop vite. Ironique, non ?

Il poussa un soupir.

— C'est pas juste.

— Autre chose encore. OK, elle t'a fait du chantage, mais tu lui avais envoyé des photos et des vidéos. Et techniquement, tu es coupable d'avoir diffusé des images obscènes d'un mineur.

— Quoi ? s'écria-t-il en reculant sur chaise, stupéfait. Mais c'est moi sur les images !

— Peu importe. D'après la loi, tu as commis un délit. C'est ce qu'a tout de suite compris le père d'Elsa et il l'a laissé entendre. Si on arrêtait Elsa, son avocat affirmerait que tu as commis un délit en premier lieu et tu te retrouverais sans doute devant le tribunal à cause de ça. Stacey et moi, on ne veut pas prendre ce risque.

Il tapa des mains sur la table.

— Alors elle va s'en tirer comme ça ? Elle me torture, elle me fait du chantage et on ne fait rien ?

— Du calme. Tu me connais, non ? Et ne dis pas qu'on ne fait rien, s'il te plaît. Nous avons conclu un marché avec les Jackson. Le collier de Bev est encore en vente sur le site Internet. Ils ont accepté de le racheter, même s'il coûte beaucoup plus cher que le prix initial. Tu vas le récupérer. C'est une première chose.

Ses yeux s'emplirent de larmes. Il lutta pour les contenir.

— Merci, articula-t-il.

— Ce n'est pas terminé. Stacey a été surprise de voir qu'une fille de quatorze ans était capable de naviguer dans les arcanes du Web comme ça. Elle a discuté avec elle de son intérêt pour le monde numérique et elle a découvert qu'Elsa était très précoce en informatique. Stacey s'est un peu reconnue dans cette fille. Et donc, Elsa va passer trois heures par semaine avec elle pour développer ses compétences en programmation.

Torin fit une moue.

— C'est pas juste. Pourquoi elle devrait tirer avantage de ce qu'elle a fait ? C'est moi la victime ici.

Paula se mit à rire.

— Tu crois qu'elle va s'amuser ? Tu n'imagines pas à quel point Stacey est tyrannique. Ça durera jusqu'à ce qu'elle quitte l'école. Ça va être comme de passer trois années en prison, Torin. Elsa t'a fait souffrir pendant quelques semaines. Stacey va lui mener la vie dure pendant des années. Oui, c'est vrai, elle en tirera bénéfice plus tard. Mais je pense que toi aussi tu as appris quelque chose.

— Que je ne dois pas avoir confiance en Internet, grommela-t-il.

— Oui, ça aussi. Et j'espère que tu réfléchiras à deux fois à l'impact que peuvent avoir tes paroles.

— J'ai jamais...

— Je sais. Mais les gens ne prennent pas toujours les choses comme on l'imagine. Alors pour éviter toute ambiguïté, réfléchis avant de parler.

Elle était sur le point d'ajouter quelque chose quand son téléphone signala qu'elle avait reçu un message.

— Oh, merde, la chef a remarqué mon absence.

Elle poussa un soupir, se leva et prit son sac.

— Elinor devrait rentrer à 19 heures ; il y a des pâtes à la bolognaise au frigo. Sois gentil et râpe du parmesan pour elle.

Elle fit le tour de la table pour le prendre dans ses bras et l'embrassa sur le sommet du crâne.

— Tout ira bien, le rassura-t-elle. On s'en est sortis sains et saufs.

— Tout le monde ne peut pas en dire autant, marmonna-t-il. Merci.

62

Paula retourna à temps au bureau pour entendre Carol conclure la réunion.

— Désolée, chef, s'excusa-t-elle. J'avais un problème important à régler.

— Au beau milieu d'une enquête pour homicide ? demanda Carol sur un ton glacial.

— Oui, répondit Paula sans se démonter.

Elle avait toujours été un peu agacée par ces femmes policières qui se servaient de leurs enfants comme excuses. Mais depuis qu'elle avait la responsabilité de Torin, elle savait que certaines situations ne pouvaient pas attendre.

— C'était urgent. Les choses stagnaient ici et j'étais joignable à tout moment par téléphone.

— Il y a du nouveau maintenant, répondit Carol un peu moins sèchement. Nous avons un nom à mettre sur le visage de notre homme. Il a été reconnu par plusieurs invités du mariage où il a mis le grappin sur Kathryn McCormick. Et il a rencontré Claire Garrity à son travail. Toutes les informations sont dans le dossier qui a été actualisé par Kevin. Je veux que tu interroges son ex. Stacey essaie de retrouver sa trace.

Sur ce, Carol tourna les talons et se dirigea vers son bureau.

— J'ai bien merdé, grommela Paula à l'attention de Kevin.

— Mauvais timing. Tu aurais dû savoir que ce n'était pas le bon moment pour abandonner ton poste.

— C'est quand même mon enquête à Freshco qui nous a permis d'avancer.

— Et elle le sait. Mais ce n'est pas le moment de déconner, surtout si tu souhaites prendre du grade. Elle n'est pas des plus commodes depuis qu'elle fait tourner la BREP.

Paula afficha un air contrit.

— Je crois que je préférais quand elle buvait.

Kevin haussa les sourcils.

— Elle a arrêté ?

— Oui. Tony m'a dit qu'il lui avait mis la pression après son arrestation et qu'elle s'y tenait depuis.

Kevin siffla entre ses dents.

— Pas étonnant qu'elle s'investisse autant dans cette affaire. Elle veut se prouver quelque chose.

Paula acquiesça.

— J'étais vraiment pénible quand j'ai arrêté de fumer et que je suis passée au vapotage. Je sais ce qu'elle ressent. Enfin bon, je ferais bien d'aller voir ce que Stacey a pour moi.

Grâce au miracle de la technologie, la BREP avait pu localiser Tricia Stone, bien qu'elle se soit installée dans les collines au-dessus de Marbella. Stacey avait retrouvé sa trace en contactant la rédaction d'un magazine anglophone pour les expatriés. En l'espace d'une heure, Paula avait réussi à convenir d'un entretien par Skype qui devait être enregistré grâce aux bons soins de Stacey.

La webcam d'un ordinateur portable n'arrangeait le physique de personne, mais malgré une image déformée, Paula pouvait voir que Tricia Stone était quelqu'un qui prenait soin d'elle. Elle n'avait pas une beauté à couper le souffle mais son maquillage et sa coupe de cheveux mettaient en valeur son visage délicat et lui donnaient un regard ensorcelant.

— Merci d'avoir accepté de me parler, dit Paula en préambule. Ça vous dérange si j'enregistre cette conversation ? Pour pouvoir en garder une trace ?

— Allez-y, je n'ai rien à cacher. Mais de quoi s'agit-il, au juste ? Qu'est-ce que Tom a fait ? Votre message était assez vague.

Elle parlait sur un ton sec et professionnel. Son accent du Yorkshire était presque imperceptible.

— Nous pensons que Tom pourrait contribuer à faire avancer une enquête sur une série de crimes. Je suis désolée, mais je ne peux pas vous en dire plus à ce stade.

— Je ne sais pas comment je vais pouvoir vous aider. Je ne l'ai pas vu et je ne lui ai pas parlé depuis près de trois mois.

— Vous vouliez éviter tout contact avec lui ?

Elle afficha une moue amère.

— Quand la décision est prise, mieux vaut tourner la page.

— C'est donc vous qui avez décidé de rompre ?

Tricia eut l'air perplexe.

— Pourquoi ça vous intéresse ?

— J'essaie de me figurer quel genre d'homme est Tom. Dans quel état d'esprit il était.

Elle lâcha un petit rire sardonique.

— Il était furieux. C'est moi qui ai décidé de rompre et ça ne lui a pas du tout plu.

— Ça vous ennuierait de me dire pourquoi vous l'avez quitté ?

— Je ne vois pas en quoi ça vous regarde.

Même sur Skype, on pouvait sentir qu'elle n'était pas du genre à se laisser faire.

— Je comprends. Mais ce serait utile si vous acceptiez de m'en parler, insista Paula en souriant. Je suis désolée, nous posons souvent des questions qui peuvent paraître superflues et indiscrètes, mais ça nous permet parfois de faire le lien entre différentes informations.

— Et vous ne voulez toujours pas me dire ce qu'il a fait ?

— À ce stade, nous ne savons pas encore s'il a fait quelque chose.

Tricia esquissa un sourire.

— Vous n'allez rien me dire, n'est-ce pas ? Donc soit je vous fais confiance, soit je raccroche, si je comprends bien ?

Paula comprenait pourquoi Tricia avait réussi à persuader des journalistes d'écrire dans leurs magazines et s'était occupée des annonceurs. Elle avait l'air franc et sympathique. Il était temps de jouer sur le même registre. Ou du moins de donner le change.

— Oui, en gros c'est ça. Mais vu que vous n'entretenez plus vraiment de contact avec lui depuis votre séparation, je suppose que vous ne vous sentez pas redevable de quoi que ce soit. Alors pourquoi ne pas m'aider ?

Elle compta les secondes pendant que Tricia considérait sa proposition. Huit, neuf, dix, onze...

— OK. J'ai mis fin à notre relation parce que je ne pouvais plus supporter ses humeurs. Entendons-nous bien : il ne s'est jamais montré violent avec moi. Il balançait des objets mais n'a jamais levé la main sur moi. Il y a un mur dans l'appartement que nous avons dû repeindre à trois reprises parce qu'il avait perdu son sang-froid. Une fois ça a été une barquette de nourriture thaï, une autre fois une bouteille de Baileys et la dernière fois ça a été un pichet de sangria.

— Un homme qui a du tempérament, on dirait ? tenta-t-elle pour voir où ça les mènerait.

— Plutôt lunatique. Il perdait patience facilement mais ça ne durait pas. Une fois la colère passée, il se reprenait aussitôt et faisait en sorte que la situation ne se reproduise plus. C'était quelqu'un de très doué en affaires. Il ne perdait jamais son sang-froid avec son équipe ou ses clients mais il se lâchait plus tard, en privé. Et il cherchait ensuite un moyen de les avoir.

— Pas facile de vivre avec quelqu'un comme ça, commenta Paula afin de la faire parler et d'encourager d'autres révélations.

— Non, mais je pense que je m'y étais habituée. Tom pouvait aussi se montrer très charmant et attentionné. Surtout quand ça lui permettait d'obtenir ce qu'il voulait.

— Qu'est-ce qui vous a décidée à partir, alors ?

Tricia sourit.

— Vous êtes vraiment obstinée. Vous auriez fait une bonne journaliste.

— Sauf que je ne suis pas douée pour écrire. Pourquoi l'avez-vous finalement quitté ?

— Ça semble idiot quand je le raconte, dit-elle en poussant un soupir. Je suis allée au mariage d'une amie toute seule parce que Tom n'avait pas envie de passer du temps avec des gens qu'il n'appréciait pas tellement.

Une alarme retentit dans sa tête, mais Paula n'en montra rien et laissa Tricia continuer.

— Je me suis fait draguer par un homme charmant. Intelligent, drôle, et célibataire parce que sa petite amie avait refusé de le suivre en Espagne où il avait acheté un bar. Il était revenu juste pour le mariage. Nous avons gardé le contact via Internet. Tout à coup, j'ai compris que même si Gary – c'est son prénom – n'avait pas que des qualités, Tom, lui, avait tous les défauts. J'ai compris que j'avais besoin de changement, qu'être avec Tom me transformait en quelqu'un que je ne voulais pas être. Je faisais toujours attention à mes gestes, à mes paroles ; je tentais en permanence de maintenir la paix entre nous. Je me suis donc mise à chercher du travail en Espagne. Le but n'était pas d'y aller pour retrouver Gary : je ne voulais pas risquer de troquer la peste contre ce qui aurait pu être le choléra. Je voulais simplement démarrer une autre vie. Quand un nouveau travail s'est présenté, j'ai pris mon courage à deux mains et je suis partie.

— Ouah, ça demande beaucoup d'audace, jugea Paula.

Son admiration n'était pas feinte. Elle n'avait pas toujours fait preuve d'autant de lucidité dans sa propre vie.

— Ça s'est passé quand ?

— Il y a presque trois mois. Nous étions partis marcher dans le Peak District. Tom a piqué une de ses crises parce que l'hôtel s'était trompé dans la réservation et nous nous sommes retrouvés dans une toute petite chambre double. Et c'est là que je me suis dit : ça suffit. Sur le chemin du retour, il n'a pas arrêté de répéter qu'il allait démolir leur réputation sur TripAdvisor et Facebook. J'ai eu un genre de déclic et je me suis dit que c'était maintenant ou jamais. Je lui ai demandé de s'arrêter sur une aire de repos et je lui ai annoncé que c'était fini. J'aurais sans doute dû attendre que nous soyons rentrés à la maison, mais pour être tout à fait franche avec vous, j'avais peur qu'il ne s'en prenne physiquement à moi cette fois.

— Comment a-t-il réagi ?

— Il ne m'a pas prise au sérieux. Il a dit que je ne savais pas ce qui était bon pour moi, que je penserais différemment après une bonne nuit de sommeil et que je comprendrais à ce moment-là que je ne serais jamais heureuse sans lui. Il a redémarré et nous a ramenés chez nous.

Elle secoua la tête comme si elle n'arrivait toujours pas à y croire.

— Qu'est-ce qui s'est passé ensuite ?

— J'étais censée aller voir des clients le lendemain. Je suis donc partie tôt, comme d'habitude. Je suis allée chez un concessionnaire avec qui on travaillait et j'ai échangé ma voiture contre une camionnette. J'ai acheté des cartons dans une papeterie. Je suis retournée à l'appartement après le départ de Tom et j'ai pris toutes mes affaires. Vêtements, livres, CD. Je suis repartie en milieu d'après-midi et je suis arrivée sur la côte sud en fin de journée. J'ai pris une chambre d'hôtel et le lendemain, j'ai embarqué pour Santander.

— Excusez-moi, mais ça semble un peu extrême comme stratégie. Aviez-vous peur de sa réaction en découvrant que vous vouliez vraiment le quitter ?

— Pour dire la vérité, oui. Je pensais qu'il essaierait de m'arrêter.

— Aviez-vous peur qu'il ne se montre violent ? Même s'il ne vous avait jamais agressée physiquement auparavant ?

— Je ne savais pas trop de quoi j'avais peur. Tout ce que je savais c'était qu'il fallait que je parte et que je ne voulais pas subir la réaction de Tom.

— Il a essayé de vous contacter ?

Elle afficha un sourire en coin.

— Je me suis débarrassée de mon téléphone et je m'en suis procuré un autre en Espagne. Il m'a inondée de mails et de messages sur les réseaux sociaux au point que j'ai fermé tous mes comptes. Comment m'avez-vous trouvée, au fait ?

— Ma collègue est la reine du cyberespace.

Tricia eut l'air inquiet.

— Mais si c'est comme ça que vous m'avez retrouvée, il y arrivera peut-être lui aussi.

Paula lui adressa un sourire rassurant.

— C'est très peu probable. Nous avons accès à des données que Tom ne pourra jamais obtenir.

— Vraiment ? Vous ne dites pas ça juste pour me rassurer ?

— Non, vous pouvez me croire. Bon, mais après avoir arrêté d'utiliser tous vos moyens de communication habituels, comme vous avez fait pour garder le contact avec lui ? Pour le bail de l'appartement, pour vos parts dans l'entreprise ?

— Par l'intermédiaire de mon avocat. C'est un vieil ami qui ne m'aurait jamais trahie au profit de Tom, même si celui-ci a tout fait pour qu'il retourne sa veste. Tom a un besoin pathologique d'obtenir ce qu'il veut et quand les choses ne fonctionnent pas comme il le souhaite, ça se passe mal. Mais entendons-nous bien, la plupart du temps, les choses se passent bien car il sait charmer son monde. C'est le bon côté chez lui, celui que la plupart des gens voient.

Maintenant qu'elle avait le sentiment d'en savoir un peu plus sur le caractère de Tom Elton, Paula décida qu'il était temps de changer de tactique.

— Vous m'avez dit que vous aviez marché dans le Peak District. Est-ce que vous faisiez ça régulièrement ?

— Pas autant que nous l'aurions aimé. Le travail nous occupait beaucoup. Mais oui, nous aimions le Peak District. Comme le père de Tom vit là-bas, à Eyam, il pouvait faire d'une pierre deux coups. Nous nous y rendions peut-être une fois par mois.

— Et les Dales ? Vous y alliez ?

— Quasiment jamais. C'est plus près à vol d'oiseau, mais c'est plus rapide de rejoindre le Dark Peak et ses paysages spectaculaires par l'autoroute.

Elle poussa un soupir.

— C'est une des choses que j'apprécie dans cette région de l'Espagne : il y a de belles randonnées à faire dans les collines derrière Marbella.

— Tom n'allait donc pas dans les Dales ? Pour marcher ou faire du vélo ?

— Pas du tout. Pourquoi vous me posez toutes ces questions sur les Dales ?

Elle le découvrirait bien assez tôt si elle cherchait sur Internet.

— Juste par curiosité. Ce n'est pas important. Des amis communs vous ont-ils raconté comment avait réagi Tom à votre départ ?

Tricia lâcha un petit rire.

— Oui. Beaucoup m'ont rapporté qu'il était furieux et qu'il se sentait plus offensé que meurtri. Il était apparemment révolté que je sois partie sans un mot.

Il ne me souhaitait que du malheur, où que je sois. Heureusement, je peux compter sur la discrétion des quelques personnes qui savent où je me trouve.

Paula avait épuisé ses questions. Vu qu'ils n'avaient pas eu de contact depuis trois mois, il n'y avait aucune raison qu'elle lui demande si elle avait remarqué des changements dans son comportement ou dans ses habitudes. D'après ce qu'elle avait appris de Tom Elton, son profil collait avec celui du tueur. Tony aurait peut-être un avis différent, mais elle en doutait.

— Merci d'avoir accepté de me parler, Tricia. Je suis désolée si tout cela a fait ressurgir des souvenirs douloureux.

— Pas vraiment douloureux. C'est encore le début, mais les choses se passent bien entre Gary et moi. Et j'adore mon nouveau travail. J'ai fait les bons choix, lieutenant. Je n'ai aucun doute là-dessus. Je ne regrette même pas d'être restée si longtemps avec Tom. Même s'il me faisait peur parfois. J'ai appris beaucoup en travaillant pour Local Words. Je n'aurais jamais pu faire ce travail sans cette expérience. Je vous souhaite bonne chance pour votre enquête.

— Merci. Bonne continuation à vous.

Elle interrompit la connexion et se pencha en arrière sur sa chaise.

Tricia lui avait annoncé qu'elle le quittait sur une aire de repos après avoir rencontré un autre homme à un mariage. C'était un élément inespéré. Une nouvelle preuve à verser au dossier.

63

Après le bref compte rendu que Paula avait fait de sa conversation avec Tricia Stone, Tony était retourné sur son bateau. Il avait besoin de paix et de silence pour réfléchir. Ce que Paula avait rapporté était presque trop évident. Mais parfois ce qui semblait trop beau pour être vrai l'était vraiment. Tout n'avait pas à être sublimé et transformé. Un homme incapable d'assouvir directement ses désirs – dans ce cas précis, tuer la femme qui l'avait rejeté – pouvait tout à fait être enclin à accomplir un acte cathartique aussi proche du scénario original que possible. D'autant plus que ces meurtres n'étaient pas des crimes sexuels. La façon dont les délinquants sexuels agissaient généralement obéissait à une codification complexe qui les forçait à commettre des actes éloignés de l'élément déclencheur. Ici c'était différent. Voilà pourquoi Tony avait besoin de temps et d'espace pour réfléchir sur le meurtrier. L'Assassin des mariages, comme il le surnommait.

Il n'y avait pas beaucoup d'espace sur le bateau pour faire les cent pas. Dix pas, demi-tour. Dix pas, demi-tour. Mais c'était suffisant. Surtout s'il prenait son temps. Il commença par réciter les quelques phrases d'introduction de ses profils, tout en marchant en rythme. « Le profil psychologique qui suit ne doit pas être considéré comme un portrait-robot et doit être utilisé avec précaution. Le profil établi peut ne pas correspondre en tout point à la personnalité du criminel même s'il y a de fortes probabilités que les caractéristiques mises en évidence soient proches de la réalité. Ce rapport exprime des suppositions et des hypothèses mais en aucun cas des certitudes. Un tueur en série laisse des traces en commettant ses crimes. Tout ce qu'il fait, consciemment ou non, correspond à un schéma. Déterminer ses motivations permet de comprendre la logique du tueur. Cela peut ne pas nous paraître logique, mais pour lui c'est quelque chose de fondamental. Sa façon de penser est si particulière qu'il n'est pas aisé de le saisir. Parce qu'il est unique, les moyens pour l'arrêter, l'interroger et comprendre ses motivations doivent être adaptés en conséquence. »

Ça valait pour l'Assassin des mariages comme pour n'importe quel criminel sexuel. La première question à se poser était de savoir si cette distinction était réelle. D'après son expérience, il le croyait. Un homicide sexuel était lié à un désir sexuel. Que les tueurs l'admettent ou non, le meurtre et le rituel entourant celui-ci avaient pour unique objectif de satisfaire leurs désirs. Généralement, ce désir avait été perverti et déformé par leurs expériences. Mais meurtre et sexe étaient inextricablement liés : les esprits tordus trouvaient dans le premier une catharsis que le commun des mortels recherchait dans le deuxième.

Selon lui, ces trois meurtres n'étaient pas des catharsis sexuelles. La tension qu'ils soulageaient n'était pas d'ordre sexuel mais émotionnel. Si le meurtrier couchait avec ses victimes – et tout bien considéré, Tony pensait que c'était probablement le cas –, le sexe ne constituait pas la motivation première. « C'est une autre façon de les séduire, dit-il. Une autre étape dans la construction artificielle de cette histoire d'amour. »

Avant même qu'il n'entende ce que Tricia avait à leur raconter, il était convaincu que les victimes n'étaient pas des substituts sexuels. Les hommes qui tuaient pour ces raisons-là avaient tendance à choisir des victimes ayant des points communs. Ces femmes – les deux premières en tout cas et peut-être aussi Eileen Walsh – offraient plus de dissemblances que de points communs : leur apparence, leur profession, leur style de vie, leurs intérêts étaient complètement différents.

« Tu cherches un autre genre de substitution, dit-il en s'arrêtant devant la porte de sa cabine. En partant, Tricia a détruit tes projets. Elle t'a privé de ta maison. Elle a mis en péril l'entreprise que tu avais créée. À cause d'elle, tu as commencé à inspirer la compassion ou le mépris sur le mode : "Je t'avais dit qu'elle était trop bien pour lui." Tu voulais la tuer. Mais tu es intelligent. Même si tu avais su où elle était partie, tu n'aurais pas pu te débarrasser d'elle. Pas tout de suite. Tu aurais été le premier suspect. L'homme qui avait été rejeté, l'homme qui voulait se venger. »

Il avait donc élaboré un autre plan. Une répétition macabre de ce qu'il aurait voulu – non, de ce qu'il avait *l'intention* – de faire subir à Tricia le moment venu. Il s'y était pris avec une grande précaution. Il avait manifestement passé de longues heures à s'informer sur les techniques de la police scientifique pour ne laisser aucune trace. Il avait vérifié sur une carte la présence des caméras de surveillance qu'il lui fallait éviter. Il savait aussi comment s'y prendre pour changer légèrement d'apparence, de façon temporaire. Il croyait qu'il était plus intelligent que les policiers et qu'il pouvait se montrer plus rusé qu'eux.

Sa seule erreur était d'avoir volé l'identité de Claire Garrity. C'était typiquement le genre d'erreur qu'on commettait quand on était trop confiant. Il n'avait pas pu résister à l'envie de faire partie de l'histoire, même si c'était incognito. Il avait fouillé dans la vie d'une femme morte pour découvrir son mot de passe. Il s'était infiltré dans la vie de ses victimes pour devenir leur ami.

Mais peut-être tout cela ne faisait-il pas partie du projet initial. Peut-être que voler l'identité de Claire n'était qu'une étape pour retrouver la trace de Tricia ? Se lier d'amitié avec ses proches en endossant l'identité de quelqu'un d'autre dans l'espoir de localiser son ex ? Mais la possibilité de s'infiltrer lui-même dans le monde de ses victimes avait été trop tentante pour qu'il parvienne à y résister.

C'était un homme qui avait besoin d'être admiré et aimé. Il était devenu assez puissant dans son petit univers pour croire qu'il avait réussi à satisfaire ses désirs. Toutefois, Tricia avait détruit cette illusion et à présent il essayait de la reconstruire.

« Je ne peux pas faire ton profilage », dit Tony en cessant de marcher. Il aurait pu tenter de dresser son profil quelques jours auparavant. Mais maintenant qu'il y avait un suspect, son analyse était biaisée. Pour profiler un criminel, il ne fallait rien savoir du suspect. Le danger résidait dans la tentation de faire coïncider le profil avec la personne en ligne de mire. Si plusieurs options se présentaient, c'était difficile de ne pas choisir celle qui correspondait le mieux à la personne qui était déjà suspectée. Tous les profileurs avaient en mémoire une célèbre affaire des années quatre-vingt-dix dans laquelle un tueur avait continué à tuer des femmes parce que la police et le profileur étaient restés sur leurs premières intuitions et avaient campé sur leurs positions.

Donc, pas de profil. Cela ne signifiait pas qu'il ne pouvait pas se rendre utile. Il pouvait mettre ce temps à profit pour élaborer une stratégie qu'il voulait soumettre à Carol avant l'interrogatoire de Tom Elton le lendemain. Si c'était toujours à l'ordre de jour une fois la nuit passée.

Ce dont il était certain, c'est que Paula et Carol allaient mener l'interrogatoire. Paula parce qu'elle était la meilleure pour interroger les suspects. Elle savait déceler les faiblesses de son interlocuteur et le déstabiliser. Elle savait tour à tour provoquer la colère et détendre l'atmosphère afin d'obtenir des confidences. L'Assassin des mariages – ou plutôt Tom Elton – lui résisterait peut-être, mais Tony en doutait. Carol serait présente également, parce que c'était toujours mieux d'avoir deux femmes dans la pièce face à un homme. Soit celui-ci se sentait insulté en estimant qu'on ne le prenait pas assez au sérieux, soit il se détendait parce qu'il se sentait en position de force face à des femmes. C'était très rare qu'un homme considère les femmes comme des égales.

Le duo gentil flic/méchant flic restait un cliché parce qu'il fonctionnait encore parfois. Dans cette affaire, Tony pensait que Paula était en mesure de flatter l'ego d'Elton tandis que Carol pourrait saper sa confiance en lui chaque fois que cela serait possible. Là où Paula n'aurait pas de mal à comprendre que les femmes soient attirées par lui, Carol pourrait, au contraire, jouer les sceptiques ou les incrédules. Quand Paula se montrerait admirative des connaissances du tueur en matière de criminalistique, Carol écarterait tout cela d'un revers de main en faisant remarquer qu'on savait tout maintenant grâce aux émissions de télévision et aux podcasts. Et quand Paula interrogerait patiemment le suspect sur son emploi du temps et ses alibis, Carol interviendrait en objectant qu'il leur manquait une simple preuve matérielle et que tout le monde commettait des erreurs.

Il s'assit à la table du coin salon et commença à rédiger ses notes pour Paula et Carol.

« Et enfin, quand il pense que vous avez épuisé toutes vos munitions, quand il est sur le point de se lever pour partir, Carol révèle que Paula a parlé à Tricia. Il ne connaîtra pas la teneur de cette conversation ; il ne saura pas ce qui l'attend au tournant. »

C'était à ce moment-là, Tony le savait, qu'on commettait des erreurs.

Tony n'était pas le seul à se demander comment les choses allaient se dérouler le lendemain. Dans les landes au-dessus de sa maison, Carol espérait que marcher allait l'aider à mettre un peu d'ordre dans ses idées.

Elle était revenue travailler dans la police parce qu'elle pensait que c'était un point d'ancrage au milieu d'une mer tumultueuse. Son travail avait toujours été un havre, l'endroit où elle pouvait s'épanouir et exprimer son talent. Quand elle regardait les femmes qu'elle avait connues à l'école et à l'université, elle n'enviait pas leur vie. Ni leurs maris, ni leurs mariages, ni leurs enfants. Elle n'avait jamais désiré ce genre de choses. Son dévouement pour la justice avait toujours été ce qui comptait le plus pour elle. Ses sentiments pour Tony, l'amitié qu'elle portait à des collègues comme Paula et John Brandon – tout cela était intimement lié à son identité de policière.

À présent, elle sentait tout cela lui échapper. Elle était devenue ce qu'elle avait passé toute sa vie d'adulte à combattre. Elle était alcoolique et avait provoqué la mort d'innocents. Elle avait participé à un acte de corruption, prétendument noble, mais en quoi était-elle différente des autres flics corrompus qui essayaient toujours de justifier leurs mauvaises actions ? Son équipe détestait Sam Evans pour avoir simplement communiqué des informations à la presse. Qu'est-ce qu'ils penseraient d'elle s'ils apprenaient qui elle était vraiment ? Ses propres écarts la poussaient à fermer les yeux quand les membres de son équipe prenaient des libertés avec le règlement.

Peut-être qu'elle aurait pu vivre avec ça si elle avait continué à faire ce qui avait été une seconde nature pour elle. Mais même ça, elle n'y arrivait plus. Il y avait un homme en liberté qui tuait des femmes quand bon lui semblait. Sept semaines d'investigations sans relâche et ils n'avaient quasiment rien. Leur échec la blessait. Elle n'avait pas réussi à aider son équipe à obtenir des résultats. Maintenant, ils allaient en subir les conséquences.

Le fil ténu qui reliait Tom Elton aux trois meurtres aurait dû la rendre optimiste. Mais cette fois, tout ce qu'elle ressentait, c'était un profond désespoir. Elle ne croyait pas qu'ils allaient pouvoir arrêter cet homme. Ils n'avaient pas assez d'éléments pour coincer quelqu'un qui était manifestement très prudent. Et ils n'avaient plus assez de temps pour creuser davantage. Blake et ses acolytes étaient sur son dos et leurs motivations n'avaient rien à voir avec la justice, quoi qu'ils en disent.

Son instinct lui conseillait d'attendre et d'explorer le moindre recoin de la vie de Tom Elton. Mais elle savait que si elle faisait confiance à son instinct, elle pouvait mettre son équipe dans une situation délicate. Des experts viendraient fouiner, chercher la petite bête, traquer la moindre faute dans leur enquête. Elle avait arraché les membres de son équipe à leur précédent poste où ils accomplissaient du bon travail en leur promettant quelque chose de plus stimulant, de plus gratifiant, quelque chose qui pouvait changer la façon d'exercer le métier de policier. Elle ne pouvait pas se contenter de hausser les épaules et renoncer à ses engagements.

Quelle que soit sa décision, elle devait les protéger. Si cela signifiait démissionner, alors elle le ferait. Elle interrogerait le suspect avec Paula le lendemain matin et ferait de son mieux. Et si ça ne fonctionnait pas, elle devrait prendre un certain nombre de décisions difficiles.

64

Alvin et Kevin attendaient au quatrième étage de Local Words, près des portes de l'ascenseur, quand Tom Elton en sortit. Il leur jeta un regard interrogateur mais continua sur sa lancée en direction de son bureau. Alvin avança d'un pas pour lui bloquer le passage. Elton lui lança un regard noir et fit un pas de côté pour le contourner.

— Monsieur Elton ? dit Alvin avec politesse.

Elton s'arrêta et observa Alvin en fronçant légèrement les sourcils.

— Oui ? Vous désirez ? répondit-il sur un ton désinvolte.

— Je suis le lieutenant Ambrose de la Brigade régionale des enquêtes prioritaires.

Il présenta sa carte tandis que Kevin se rapprochait de lui.

— Et je suis l'inspecteur Matthews. De la même brigade.

Elton haussa les sourcils, écarta légèrement les narines et arbora une expression qui frôlait le mépris. Cependant, sa voix était neutre.

— Vraiment ? Qu'est-ce qui vous amène ici ?

— Nous aimerions vous poser quelques questions sur une enquête en cours, expliqua Alvin.

Alors qu'il parlait, la porte de l'ascenseur s'ouvrit et deux hommes en sortirent avec un café à la main ; ils avaient tous les deux un sac en bandoulière et portaient une jolie barbe bien fournie.

— Bonjour, patron, dit l'un.

Elton lui jeta un coup d'œil.

— Bonjour. J'arrive dans une minute, précisa-t-il pendant que l'autre ouvrait une porte avec sa carte magnétique et la maintenait délibérément ouverte pour l'attendre.

Elton fit un geste vague de la main et les deux hommes disparurent à l'intérieur.

— Peut-être serions-nous mieux dans mon bureau ?

— En fait, reprit Kevin, nous aimerions que vous nous suiviez au commissariat. Ça sera plus facile pour tout le monde. Ça évite l'embarras d'être interrogé sur son lieu de travail. Et puis il y a tout sur place si nous avons besoin de vous montrer certaines choses ou de prélever des échantillons, expliqua-t-il en le regardant froidement dans les yeux.

— Des échantillons ? De quoi s'agit-il exactement ?

— Si ça ne vous dérange pas, nous préférerions ne pas en discuter ici.

— Et si moi, ça me dérange ? demanda-t-il sur un ton légèrement provocateur, mais d'une voix calme et presque amusée.

— Nous pouvons régler cela de façon aimable et discrète, ou non. C'est à vous de voir, monsieur, dit Kevin en faisant un pas en avant.

— Et qu'est-ce que c'est, la façon mal aimable ? Vous me plaquez au sol, me passez les menottes et me sortez de force de l'immeuble ?

Il les provoquait clairement à présent. Kevin devint rouge.

Alvin garda son calme.

— Nous vous mettrons tout simplement en état d'arrestation. Le reste, nous le ferons uniquement si vous êtes assez bête pour tenter de résister. Ce qui ne nous gênerait pas, parce que ça nous donnerait un motif indéniable pour vous inculper, répliqua-t-il avec un sourire. On y va ?

— Est-ce que j'ai besoin d'un avocat ? Ce n'est pas ce qu'on dit généralement à ce stade ? Et vous de répondre dans ce cas : « Si vous n'avez rien fait de mal, pourquoi auriez-vous besoin d'un avocat ? »

— C'est à vous de voir, répondit Kevin. Vous pouvez réfléchir à la question sur la route du commissariat de Skenfrith Street.

Il fit un geste en direction de l'ascenseur.

— Après vous, monsieur.

Carol et Paula étaient dans les bureaux de la brigade avec Tony. Une puissante odeur de café embaumait l'air. Carol regarda sa montre pour la troisième fois en quelques minutes.

— Il devrait être là, maintenant.

— La circulation, dit Paula.

Quelques secondes plus tard, Kevin entra.

— La circulation, annonça-t-il, ce qui fit éclater de rire ses collègues sans qu'il comprenne pourquoi.

— Comment ça s'est passé ? demanda Tony.

— Il a essayé de prendre les choses à la rigolade, mais quand il a compris que nous ne jouions pas, il est devenu plus sérieux. Il a passé tout son temps à téléphoner à l'arrière de la voiture. Il a parlé avec son avocat et a annulé des rendez-vous.

— Il a pris qui comme avocat ? demanda Paula.

— À ton avis ? répondit Kevin sur un ton qui laissait craindre le pire.

— Cette fichue Bronwyn Scott, se lamenta Paula.

Bronwyn Scott était une avocate renommée de Bradfield. On racontait sur le ton de la blague que quand vous vous allouiez les services de Scott, la police savait que vous étiez coupable mais le jury, lui, croyait le contraire. Il y avait une pointe de vérité là-dedans. Scott avait croisé le fer avec la BEP de Bradfield à de nombreuses reprises, mais elle était aussi l'avocate à qui ils faisaient appel pour défendre un des leurs. Elle se fichait de la personne pour laquelle elle travaillait : elle savait adapter son discours à ses clients.

— Exactement, confirma Kevin. Elle est au tribunal en ce moment même, mais elle sera là d'ici une heure.

— J'ai installé Elton dans une salle d'interrogatoire avec un agent en uniforme pour lui tenir compagnie. Alvin est parti à la cantine lui prendre un café.

Même si la BREP avait probablement la meilleure machine à café de tous les commissariats de police du Royaume-Uni, celle-ci était réservée à ceux qui faisaient respecter la loi et non à ceux qui l'enfreignaient.

Carol ne se voyait pas attendre encore une heure. Elle se sentait comme une pile électrique et avait le cerveau embrumé. La sobriété était censée vous rendre plus alerte ; mais en ce qui la concernait, il lui avait toujours fallu au moins deux verres pour émerger. Elle croisa le regard de Tony et lui sourit d'un air triste.

— Je sais que c'est dur d'attendre. Ça nous met tous sur les nerfs. Mais c'est encore plus dur pour Elton. Nous savons ce que nous avons contre lui et où nous allons. Lui ne sait rien.

— Comment ça s'est passé pour Karim avec les agences de location de voitures ? demanda Kevin.

— Ça n'a rien donné, répondit Paula. Et nous attendons toujours l'identification de la troisième victime. Nous n'avons pas eu de chance non plus avec les dentistes ; nous comptons donc sur le labo pour extraire de l'ADN.

— J'espérais vraiment qu'on allait obtenir quelque chose avec les loueurs de voitures, regretta Tony. Il a dû avoir accès à un autre véhicule dont on ne sait rien.

Carol regarda d'un air sombre le tableau couvert de données liées à l'enquête.

— Merde... J'espère que nous ne sommes pas allés trop vite en besogne.

Une quarantaine de minutes plus tard, Alvin vint les avertir que Scott était arrivée et qu'elle s'entretenait avec son client.

— Je me demande de quoi ils peuvent bien s'entretenir à ce stade, marmonna Paula tandis qu'ils empruntaient le couloir pour se rendre dans la salle d'interrogatoire.

Tony et Kevin se retirèrent dans la salle de surveillance. Paula ajusta l'oreillette dissimulée derrière une mèche de cheveux et, au signal de Carol, elles entrèrent dans la pièce. Comme à son habitude, Scott était élégante et tirée à quatre épingles : elle portait une veste noire bien ajustée sur un chemisier blanc dont les longues pointes du col rappelaient des lames couteaux.

— Commandant Jordan, dit-elle. Contente de vous revoir en selle.

— Maître Scott. Toujours un plaisir, répondit-elle.

Carol prit son temps pour jauger une première fois Elton. Il ressemblait davantage à la photo de son permis de conduire qu'au portrait généré par le programme de Stacey, mais si on lui mettait une paire de lunettes sur le nez, il devenait tout à fait reconnaissable. Il semblait calme et ne montrait aucun tic nerveux. C'était assez inhabituel. La plupart des gens auraient été stressés à sa place. Les suspects qui n'avaient commis aucun crime piquaient généralement une crise quand ils se retrouvaient en salle d'interrogatoire, probablement parce qu'ils regardaient trop de séries télévisées.

— Et madame McIntyre. Toujours lieutenant, Paula ?

Scott était apparemment d'humeur agressive.

— Oui, et contente de l'être. J'ai réussi à ne pas être rétrogradée.

Le sourire de Scott était assez tranchant pour couper un steak cuit à point.

— Pourquoi sommes-nous ici ? demanda l'avocate.

C'était un bon début.

— Parce que nous voudrions poser quelques questions à votre client.

Paula prenait les choses en main, comme convenu. Carol était contente de céder sa place ; elle savait que Paula était meilleure qu'elle pour ça.

— Pourrions-nous savoir à quel propos ? Je suppose que la BREP ne s'occupe pas des contraventions impayées ?

— Nous enquêtons sur une série de meurtres.

Elton ne réagit pas aux paroles prononcées par Paula.

— Trois femmes ont été brûlées dans leurs voitures en différents endroits des Dales. Toutes les trois étaient déjà mortes au moment de l'incendie. Les autopsies indiquent qu'elles ont probablement été tuées par strangulation.

— Fascinant. Et qu'est-ce que mon client a à voir là-dedans, exactement ?

— Nous pensons qu'il pourrait nous aider dans notre enquête. Monsieur Elton, connaissez-vous une femme du nom de Kathryn McCormick ?

Il fronça les sourcils et secoua la tête.

— Pas que je sache.

— Ou Amie McDonald ?

— La chanteuse ? demanda-t-il avec un petit sourire narquois. Je ne fréquente pas ces milieux-là.

— Pas la chanteuse. Une infirmière de Leeds, intervint Carol.

— Non, pas du tout. Je n'ai jamais rencontré quelqu'un qui travaillait à l'hôpital de Leeds.

Paula fit glisser sur la table un agrandissement de la photo prise au bar pendant le mariage où l'homme qui se faisait appeler David était entré en contact avec Kathryn McCormick.

— Est-ce que c'est vous sur la photo, monsieur Elton ?

Il se pencha en avant pour observer le cliché.

— Je ne porte pas de lunettes, répondit-il. Ce n'est donc pas moi.

— Ça vous ressemble beaucoup.

Il regarda Paula avec dédain.

— La coupe de cheveux est complètement différente de la mienne.

— Les lunettes, la coupe de cheveux. Ce sont des détails accessoires. En revanche, le menton, les oreilles, la forme de la bouche. Les ressemblances sont assez troublantes, je trouve.

Scott intervint.

— Oh, arrêtez. Sur une photo agrandie qui a visiblement été prise à l'aide d'un téléphone portable et de loin ? J'en doute.

Paula sortit une autre photo prise au mariage où « Mark » avait rencontré Amie McDonald.

— Et sur celle-là ? Ce n'est pas vous non plus ?

Cette fois, il jeta un rapide coup d'œil au cliché.

— Toujours pas. Encore une fois, je ne porte pas de lunettes. Cette coupe est ridicule et je n'ai pas la même couleur de cheveux.

— Et alors ? objecta Carol. Comme si vous ne pouviez pas faire ces changements en l'espace de quelques minutes.

— Ce n'est pas moi, répéta Elton sans élever la voix, comme si c'était une évidence.

— Où est-ce que vous voulez en venir ? demanda Scott. Où avez-vous eu ces photos ?

— Elles ont été prises lors de deux mariages, à trois semaines d'écart. C'est là que les deux premières victimes ont rencontré l'homme qui les a tuées.

— Vous êtes sûre de ça ? demanda Scott du tac au tac.

— Nous savons qu'elles ont été toutes deux abordées par un homme qui s'est fait passer pour un invité que ni la mariée ni le marié ne connaissaient. Elles sont sorties ensuite avec le meurtrier à plusieurs reprises avant de partir en week-end avec lui. On a finalement retrouvé les corps des victimes dans leurs voitures incendiées non loin de la route. Donc oui, je pense que nous pouvons affirmer que l'homme qui les a approchées avait l'intention de les tuer depuis le début.

Scott gloussa.

— C'est de la spéculation. Avez-vous des preuves ? Je pense déjà pouvoir apporter plusieurs explications plausibles au cas où mon client en aurait besoin.

Les choses n'avançaient pas aussi bien que Carol et Paula l'avaient espéré. Elton ne semblait pas du tout décontenancé et il n'y avait pas moyen d'ébranler les certitudes de Scott. Il était temps de prendre une direction que Paula espérait assez inattendue pour désarçonner Elton.

— Vous avez affirmé que vous n'aviez jamais rencontré Kathryn McCormick ni Amie McDonald. En revanche, vous avez rencontré Claire Garrity.

Il sembla surpris. Il ouvrit la bouche pour parler mais Scott lui coupa l'herbe sous le pied.

— C'est votre troisième victime ?

— Non. Nous n'avons pas encore identifié formellement la troisième victime. Claire Garrity a rencontré M. Elton à titre professionnel en tant que responsable du rayon boulangerie chez Freshco.

Paula marqua une pause et Elton en profita pour répondre.

— C'est exact. Elle s'est occupée de ma réclamation.

Il lâcha un petit rire, aussi faux que le fond d'une valise de trafiquant.

— J'ai trouvé une chaussette d'enfant dans le pain que j'avais acheté.

Paula posa deux clichés de captures d'écran devant eux. Cette fois, Elton s'agita sur sa chaise, mais son visage resta impassible.

— Claire Garrity a mis en ligne sur RigMarole une photo de Kathryn McCormick au mariage et l'a invitée à devenir son amie.

Elle marqua une nouvelle pause. L'expression de Scott changea. Le doute semblait s'insinuer en elle.

— Le problème c'est que Claire n'a jamais été invitée au mariage. Tout comme notre homme mystère.

— Des pique-assiette, apparemment, constata Scott sur un ton désinvolte.

D'autres captures d'écran.

— Trois semaines plus tard, Claire Garrity a mis en ligne sur *sa* page RigMarole une photo d'Amie McDonald au mariage auquel elle avait assisté et lui a envoyé une demande d'amis. Elle est la seule personne à avoir demandé aux deux femmes qui avaient assisté à ces mariages de l'ajouter sur RigMarole.

Bronwyn Scott se pencha en arrière sur sa chaise, l'air ennuyé.

— Franchement, je pense que la personne que vous devriez interroger est Claire Garrity du rayon boulangerie chez Freshco.

Paula crut apercevoir un éclair de panique dans les yeux d'Elton.

— Seulement, il y a un problème, répondit-elle doucement. Claire Garrity est morte depuis près de trois mois. Ce que votre client savait puisque l'employée chargée du service client chez Freshco le lui a dit.

Paula s'interrompit, mais le visage d'Elton resta inexpressif.

— Et alors ? dit Scott en se penchant en avant. Ce n'est pas vraiment un secret d'État, si ?

— Celui qui a mis en ligne ces photos s'est servi de l'identité de Claire pour le faire. Seul le tueur aurait pu avoir intérêt à demander l'amitié de ces deux femmes. À l'heure où nous parlons, nous recherchons l'adresse IP d'où proviennent ces communications.

Cette fois, elle aperçut un fugace changement d'expression dans les yeux d'Elton. Ses épaules se relâchèrent très légèrement.

Paula entendit la voix de Tony dans son oreille :

— Il s'est protégé de ce côté-là.

Mais elle l'avait déjà compris toute seule. Elle n'avait pas besoin qu'il lui dise de ne pas insister sur ce point.

Maintenant, c'était au tour de Carol. Elle croisa les bras sur sa poitrine et lança un regard noir à Elton.

— Vous pouvez mentir tant que vous voulez, mon petit monsieur. Mais nous pouvons prouver que vous connaissiez ces femmes. Nous avons des photos. Nous savons que vous avez utilisé différentes identités et que vous avez tenté de changer d'apparence. Vous êtes le seul lien entre Claire Garrity, ces mariages et ces femmes. On va s'occuper de vous et, croyez-moi, on vous fera tomber pour ces meurtres. Continuez de nier, Tommy. Parce que plus vous nous cachez la vérité et plus nous démontrerons que vous n'êtes qu'un menteur, lui dit-elle, les mains à plat sur la table, penchée en avant, ses yeux dans les siens.

Paula posa une main sur son bras, pour la calmer.

Tout ça avait été convenu d'avance, évidemment. Scott se redressa et applaudit doucement.

— Vous n'êtes pas à votre place ici, commandant Jordan. Vous devriez vraiment faire du théâtre.

Carol l'ignora, tendit le bras pour prendre le dossier de Paula et en sortit deux autres feuilles de papier.

— Nous savons ce que vous avez fait. Nous savons que vous mentez. Mais continuez sur cette voie. Voici une liste de dates et d'heures. Précisez où vous étiez aux heures et aux dates mentionnées, Tommy.

Elle prononçait son surnom comme s'il s'agissait d'une insulte.

— Toutes les dates, précisa-t-elle.

— Comment voulez-vous que je me souvienne d'où je me trouvais... commença-t-il en tirant la feuille vers lui, ... un mardi, il y a plus d'un mois ?

— Vous êtes un homme moderne, répliqua Carol. Prenez votre téléphone et consultez votre agenda.

— Je proteste, s'indigna Scott. C'est de la recherche à l'aveuglette. L'interrogatoire est terminé.

— Je ne crois pas, la contredit Paula. Soit votre client obtempère, soit je le mets en état d'arrestation et vous ne pourrez plus intervenir en sa faveur. Vous savez que ce commissariat est une vraie passoire. Un peu de coopération ne vous ferait pas de mal. Prouvez-moi qu'il est vraiment le pauvre innocent qu'il prétend être. Monsieur Elton, nous allons vous donner un peu de temps pour considérer tout cela avec maître Scott.

Paula se leva.

— Prenez votre temps. On vous apportera des cafés et des sandwichs.

Scott leva les yeux.

— Votre café, lieutenant. Pas ce jus de chaussette qu'ils servent à la cantine.

— N'y comptez pas, répliqua Carol. Vous ne méritez que du café bas de gamme, dit-elle avant de se lever. Remplissez la liste de votre plus belle écriture, Tommy.

— Maintenant, murmura Tony dans l'oreille de Paula. Assène-lui le coup de grâce, maintenant !

Elle réunit les documents en regardant Elton de haut en bas.

— Tricia affirme que vous avez un tempérament violent.

Elle obtint enfin une réaction. Elton recula sur sa chaise comme quelqu'un qui aurait vu un fantôme.

— Quoi ?

— Elle dit qu'elle a dû faire repeindre le mur du salon trois fois parce que vous aviez balancé des objets quand vous étiez en colère.

— C'est faux, protesta-t-il en essayant de ne pas laisser transparaître ses émotions.

— Elle m'a raconté sa rencontre avec un homme à un mariage auquel vous n'aviez pas voulu l'accompagner. Un homme qui lui a fait prendre conscience de vos défauts. Une femme seule à un mariage qui tombe sous le charme d'un inconnu. Ça ne vous rappelle rien ?

Son visage s'assombrit. Il serra les mâchoires.

Au moment où elle atteignait la porte, Paula s'arrêta et se retourna.

— Oh, et elle m'a dit aussi où elle vous avait largué. Sur une aire de repos, monsieur Elton. Exactement le genre d'endroit où vous vous êtes débarrassé de vos victimes.

65

Carol était dans son bureau, stores baissés, le front posé contre la vitre froide de la fenêtre.

— On s'y est pris trop tôt, déplora-t-elle.

— Vous étiez obligées de passer à l'action. Même si vous n'avez pas grand-chose pour le moment, vous l'avez secoué, la rassura Tony.

— Tu l'as vu. Il t'a semblé secoué ?

— À la fin, oui. Quand Paula l'a pris au dépourvu, il a eu l'air sous le choc. Puis furieux. Qu'est-ce que vous pouviez faire d'autre ?

Elle se tourna vers lui.

— J'aurais peut-être dû attendre une demi-heure de plus pour avoir confirmation de l'identité d'Eileen Walsh. Alvin, Kevin et Karim sont sur place en ce moment et passent son appartement au peigne fin pour trouver des traces de lui. Peut-être que ça donnera quelque chose.

— Et tu pourras alors l'inculper.

Il allait lui caresser le bras mais elle s'écarta.

— J'ai fait un cauchemar la nuit dernière, dit-elle. Michael et Lucy.

Elle n'avait pas besoin d'en dire plus. Tony avait lui aussi de temps en temps des flash-back de ce carnage. Il se demandait souvent si retourner sur la scène du crime était une sage décision, même si Carol s'était attelée à rénover la grange de fond en comble pour effacer toutes les traces du drame. Derrière l'apparence d'un renouveau, le souvenir du meurtre hantait encore les lieux. Il le sentait parfois quand il y était et il avait du mal à imaginer que le quotidien de Carol n'en soit pas troublé. Ce qui était vraiment miraculeux, c'était que ces cauchemars ne soient pas plus fréquents.

Ou peut-être qu'elle les refoulait, tout simplement. La possibilité qu'elle souffre d'un état de stress post-traumatique lui avait déjà traversé l'esprit. Ce qu'elle avait vu et vécu sur le plan personnel et professionnel aurait suffi à rendre dingue d'autres personnes. Mais en bon professionnel qu'il était, il l'aurait repéré.

— Je suis désolé, dit-il. Ça t'arrive souvent ?

Elle secoua la tête.

— De moins en moins, répondit-elle avec un sourire hésitant. Le fait que tu sois dans les parages a peut-être aidé. Tu dois bien être bon à quelque chose à part jouer aux jeux vidéo.

— Je n'ai pas été très utile cette fois-ci, regretta-t-il en s'adossant contre un meuble de rangement. Tu vas quand même pouvoir le cuisiner sur ses alibis, maintenant.

— Des preuves indirectes, rien d'autre. J'ai besoin de quelque chose de tangible, de solide, mais ça ne vient pas. Tu l'as vu quand on lui a dit qu'on cherchait l'adresse IP d'où provenaient les messages de Claire Garrity. Il était détendu. Il a pris ses précautions. Il est sans doute allé dans le dernier cybercafé existant de Bradfield pour envoyer ses messages. Ou bien il les a envoyés depuis une bibliothèque ou le bureau de quelqu'un.

Tony soupira.

— Probablement. Il est très malin. Alors entre dans son jeu. Fais-lui sentir qu'il n'est pas aussi malin qu'il le croit.

— Il est trop coriace pour ça. Évoquer Tricia l'a ébranlé mais il sait qu'elle ne peut rien raconter sur sa vie au cours des trois derniers mois.

Carol donna un violent coup de pied dans la corbeille à papier, envoyant son contenu valser sur le sol.

— Et merde, gémit-elle avant de s'accroupir pour tout ramasser.

Typique de la bonne élève qu'elle était, songea Tony. Toujours à essayer de faire de son mieux. C'était sa croix. Inflexible en matière de justice, elle pensait aussi qu'elle était la personne la mieux placée pour la rendre. Elle avait toujours été exigeante avec elle-même.

Paula profita de la pause pour parler avec Elinor. Elles se retrouvèrent dans le Starbucks en face de l'hôpital de Bradfield Cross, leur point de rendez-vous habituel quand elles avaient vingt minutes de battement devant elles.

La veille, elles avaient discuté des conséquences désastreuses de la liaison amoureuse virtuelle de Torin. Elinor était tombée d'accord avec Paula. Elle avait secoué la tête en souriant en imaginant Elsa passer trois heures par semaine avec Stacey.

— Elsa va devenir une programmatrice millionnaire, avait-elle prédit.

— Comme ça, elle pourra se faire pardonner en offrant de luxueux cadeaux à Torin.

Mais tout ça c'était hier, et les deux femmes avaient pour principe de ne pas s'attarder sur les problèmes réglés. Elles n'étaient pas du genre à ressasser les décisions prises. À chaque jour suffisait sa peine. Il était temps pour elles de s'occuper des problèmes du moment.

Paula s'affala sur sa chaise et remua sa cuillère dans son café-crème.

— Nous n'avons rien sur ce type. Nous savons que c'est lui, mais ce que nous avons contre lui est fin comme de la tulle.

— Très poétique, répondit Elinor. Tu t'es mise à écrire des vers en secret ?

Paula ne put s'empêcher de sourire. Et c'était encore une fois grâce à Elinor.

— Dès que je peux. Mais tout ça m'inquiète vraiment. Ce type est sûr de lui, calme. Assuré sans en faire trop. Si on ne parvient pas à trouver quelque chose de solide avec la troisième victime, il va s'en tirer tranquillement avec le sentiment d'être le roi du monde, dit-elle avant de pousser un soupir. Et d'autres femmes vont mourir.

— Peut-être qu'il va prendre peur et qu'il arrêtera après avoir été tiré d'affaire.

— Ces types-là n'arrêtent jamais. Ils s'interrompent puis recommencent. Pour l'ivresse. Pour ressentir un sentiment de toute-puissance. Et il n'y a rien de plus enivrant que de prendre la vie de quelqu'un et de s'en sortir impunément.

— Tu commences à parler comme Tony, constata Elinor en lui serrant la main.

— Je l'ai écouté pendant des années. Ç'aurait été surprenant que ça ne déteigne pas un peu sur moi.

— Tu as eu d'autres affaires avant qui n'ont pas abouti. Tu sais bien que tu ne peux pas toujours mettre les méchants en prison.

— Je sais. Mais ces échecs ont eu lieu à des périodes où il y avait aussi beaucoup de succès. C'est la première affaire importante de la BREP et on est sous les feux des projecteurs. Il y a pas mal de gens qui ont intérêt à ce qu'on échoue. Ils doivent se frotter les mains en ce moment même.

Elinor poussa un soupir.

— C'est désolant. Quel genre de personne préfère placer ses petites ambitions personnelles avant la vie des gens ? Oh, mais c'est vrai que j'ai rencontré des chirurgiens… dit-elle en souriant. Tu dois t'élever au-dessus d'eux, Paula. Tu dois être meilleure qu'eux. Tu dois retourner dans cette salle d'interrogatoire et faire de ton mieux. Et si tu échoues ? C'est quoi cette fameuse citation déjà… ? « Essayer encore. Rater mieux. » Je sais que ça fait mal. J'ai perdu suffisamment de patients pour le savoir. Mais ça ne remet pas en cause tes qualités. Retourne dans cette salle d'interrogatoire et donne tout ce que tu as. Je continuerai de t'aimer quoi qu'il arrive.

Paula lui fit un petit signe de tête.

— Je sais. J'ai vraiment de la chance de t'avoir et de te retrouver quand je rentre. Carol ne peut compter que sur elle malgré tous les efforts de Tony.

Elton et Scott semblaient aussi détendus qu'un couple d'amis réunis pour prendre le thé quand Carol et Paula revinrent. La feuille de papier avait été remplie en lettres capitales. Scott la tendit à Carol.

— Tenez. Comme vous pouvez le constater, personne n'est en mesure de confirmer les alibis de mon client à certaines dates. Soit il était chez lui, soit à l'hôtel dans une autre ville.

— Ça n'a aucune valeur, alors, dit Carol avec un rictus.

— Pas tout à fait, répliqua Elton. Ma voiture est équipée d'un ordinateur de bord. Il vous dira où était la voiture les soirs en question. Si c'est nécessaire, je vous donnerai accès à cet ordinateur qui vous prouvera que je ne suis pas parti à la rencontre de ces femmes ces soirs-là.

— Mais puisque vous n'avez pas de preuves substantielles contre mon client, nous n'accepterons pas de le faire. Il vous faudra obtenir un mandat pour ça, ajouta Scott.

— Comme vous pouvez le voir, dimanche dernier, j'étais au Sportman's Arms pour regarder Bradfield Vic se faire laminer par Chelsea. Avec un groupe d'amis, expliqua-t-il sans la moindre agressivité.

Il parlait normalement, comme s'il racontait à un ami ce qu'il avait fait au cours de ce week-end.

— Largement le temps de retourner dans les Dales et d'assassiner Eileen Walsh, contra Carol.

— Encore une femme dont je n'ai jamais entendu parler, répliqua-t-il nonchalamment.

— Bon, si vous n'avez rien d'autre, commandant Jordan, mon client et moi allons vous laisser, maintenant.

Scott saisit son bloc-notes et son stylo en argent Tiffany qu'elle rangea dans un petit sac à bandoulière en cuir.

— Ça a été une perte de temps totale. Si vous voulez interroger de nouveau mon client, vous feriez bien d'avoir un peu plus d'éléments qu'un portrait généré par ordinateur et une réclamation chez Freshco. Sinon ce sera moi qui porterai plainte pour harcèlement.

Elle lança un coup d'œil à Elton pour lui signifier qu'il était temps de partir.

Mais il resta assis.

— Si j'étais responsable de tout ça, je serais mort de rire, lâcha-t-il avec mépris. Vous êtes tellement à court d'idées et de preuves que vous vous raccrochez à de minuscules coïncidences pour essayer d'accuser un innocent, pendant que le tueur est en liberté et probablement en train de planifier tranquillement son prochain meurtre.

Il se leva.

— Je croyais que vous étiez censés représenter l'élite ? Je me souviens avoir lu des articles dans les journaux quand la brigade a été créée. Des flics de choc, railla-t-il. Des flics en toc, oui. Si j'étais votre homme, je danserais dans les rues. Avec vous aux commandes, les meurtriers sont tranquilles.

66

Carol était assise sur le canapé, coudes sur les genoux, tête posée entre les mains.

— Il s'est bien foutu de nous.

Elle répétait cette phrase à intervalles réguliers depuis près d'une heure. D'après Tony, elle avait dû ressasser la même chose pendant le trajet en Land Rover jusqu'à la grange.

— Vois ça comme une incitation à passer à l'action.

C'était une réponse médiocre mais c'était la seule qui lui était venue à l'esprit.

— Je n'ai pas besoin d'une « incitation à passer à l'action ». J'ai besoin de preuves, bon sang. L'équipe a passé la vie d'Eileen Walsh au peigne fin cet après-midi mais ça n'a rien donné. Quelques annotations sur un calendrier, un numéro de téléphone à carte prépayée suivi du prénom « Richard », cette fois. Pour l'instant, aucune trace de lui sur des photos. Il devient très bon à ce petit jeu, Tony.

— Qu'est-ce que tu vas faire ?

— Qu'est-ce que je peux faire ? J'ai demandé que des équipes le surveillent vingt-quatre heures sur vingt-quatre, sept jours sur sept. S'il est assez bête pour croire qu'il peut continuer à tuer tranquillement, il se trompe.

Il s'attend à être surveillé. Tu auras explosé tout ton budget bien avant un éventuel faux pas. Tony savait qu'il valait mieux ne pas exprimer tout haut ses pensées qui étaient à la fois celles du clinicien et celles de l'ami. Ce dont Carol avait besoin pour le moment, c'était de pouvoir espérer qu'une issue soit possible. Il ne voulait surtout pas penser à ce qui se passerait dans le cas contraire.

Leur discussion fut interrompue par un coup de sonnette.

— Quoi encore ? grommela-t-elle avant de se lever et de se traîner jusqu'à la porte.

Elle regarda à travers le judas.

— C'est cette fichue Penny Burgess.

Elle se retourna et s'adossa contre la porte, comme pour empêcher une intrusion.

— Si tu ne lui parles pas maintenant, elle te tendra un guet-apens plus tard. Sans doute dans un lieu public très fréquenté.

Tony bondit sur ses pieds et se précipita vers la porte.

— Laisse-moi lui parler.

Il la poussa gentiment et entrouvrit la porte en posant un pied derrière pour éviter que la journaliste ne puisse voir à l'intérieur.

— Penny, dit-il en poussant un soupir pour bien lui faire comprendre à quel point c'était une emmerdeuse – élégante, certes, mais pénible.

— Docteur Hill. Encore ici. Comme c'est mignon. Carol est là ou vous êtes tout seul ?

Carol s'avança.

— Je suis là. Je vis ici. Et vous, qu'est-ce que vous faites là ?

— Je suis venu vous rendre service. Nous sommes en train d'écrire un article et je voulais vous prévenir. Et obtenir un commentaire à chaud, bien entendu.

— Je n'ai rien à vous dire, répliqua Carol. Je ne parle pas des affaires en cours avec la presse. Vous devez vous adresser au bureau qui gère les relations avec les médias.

— Ce n'est pas à propos de l'affaire. Même si trois meurtres, ce n'est pas rien. Et pas d'arrestation en vue d'après ce que j'ai entendu.

Tony et Carol restèrent silencieux. Ils avaient tous deux suffisamment d'expérience pour ne pas se laisser décontenancer aussi facilement.

Penny sourit.

— Ça valait le coup d'essayer... Non, si je suis ici – je suis désolée de revenir encore une fois là-dessus –, c'est au sujet de ce fameux éthylotest défectueux. Depuis que nous avons parlé la dernière fois, j'ai mené ma petite enquête. Ces cinq personnes sont mortes pour rien, ça mérite notre attention, n'est-ce pas ?

De nouveau, silence.

— OK, je vais aller droit au but. S'il faut en croire ce qu'a déclaré le service des poursuites judiciaires devant le tribunal, l'éthylotest dans lequel vous et quatre autres automobilistes avez soufflé et qui a indiqué un dépassement du taux d'alcoolémie était en fait défectueux. C'est bien ça ?

— C'est ce qu'a dit le tribunal, oui, confirma Carol.

Elle était prudente et ne voyait aucun intérêt à discuter sur ce point.

— J'ai un problème avec ça, dit Penny en écartant une mèche de cheveux que le vent avait poussée devant ses yeux. L'éthylotest en question n'a jamais été retiré pour dysfonctionnement ni réparé. Ni même révisé ou analysé. Une autre patrouille l'a utilisé par la suite. Et il est toujours en circulation. Comment est-ce possible ?

Impassible, Carol ne répondit rien. Mais Tony pouvait sentir son bras trembler derrière lui.

— Ce n'est pas du ressort du commandant Jordan, justifia-t-il.

— Mais c'est de mon ressort, répliqua Penny. Selon mes sources, les policiers qui vous ont soumise au test d'alcoolémie vous ont arrêtée, vous ont conduite au commissariat d'Halifax et, accessoirement, ont promené votre chienne – dit-elle en regardant Flash, dont la tête était collée à la cuisse de Carol. Ces policiers sont assez énervés par cette affaire. Ils sont certains d'avoir effectué une arrestation dans les règles, en utilisant du matériel sur lequel on n'a pas détecté la moindre anomalie par la suite.

Il était temps de contre-attaquer.

— Et alors ? demanda Tony. Les flics passent la moitié de leur vie à râler pour une raison ou pour une autre. Ce n'est pas nouveau.

— Peut-être... Et ç'aurait pu n'être rien d'autre qu'une curieuse anomalie si un témoin ne m'avait affirmé avoir vu le commandant Jordan boire toute la soirée. Au moins cinq verres de vin rouge suivis d'un verre de porto.

Le silence était tel qu'on pouvait entendre la respiration du chien.

— Je ne crois pas que l'éthylotest soit défectueux, affirma calmement Penny.

Elle venait d'asséner un coup fatal et elle le savait.

— Qui est intervenu, Carol ? Ça ne peut pas être James Blake. C'est le chef de la police de Bradfield mais il n'a pas le pouvoir de faire ça. Et puis, tout le monde sait qu'il vous déteste. Alors qui, Carol ? Est-ce que cette décision vient du ministère de l'Intérieur ? John Brandon, votre ancien patron, est à leur botte maintenant, n'est-ce pas ?

— Vous êtes vraiment à côté de la plaque, Penny, lâcha Tony. Vous feriez mieux de regarder d'un peu plus près les autres personnes qui s'en sont sorties cette nuit-là. Ce n'est peut-être pas un vaste complot visant à innocenter Carol. Peut-être s'agit-il tout simplement d'une affaire de corruption locale. Un officier de police rendant un service à un ami ou à un amant sans en mesurer les conséquences et qui craint maintenant un retour de bâton. Vous avez pensé à ça ?

Elle parut déconcertée pendant quelques secondes avant de se mettre à rire.

— Bien essayé, docteur, mais c'est raté. Même si ça s'est déroulé comme vous le suggérez, j'ai toujours un témoin qui affirme que Carol a bu au-delà de la limite légale quand elle a pris le volant ce soir-là. Et c'est tout ce dont j'ai besoin. Les lecteurs en tireront leurs propres conclusions.

— Pourquoi est-ce que vous faites ça ? demanda Tony. Pourquoi cherchez-vous à détruire la carrière d'une bonne policière ? Des gens mourront parce que la meilleure flic de la région ne pourra plus travailler à cause de vous.

Penny haussa les sourcils.

— Des tas de gens sont morts pendant qu'elle était en poste. Vous avez laissé pas mal de cadavres derrière vous, tous les deux. Malgré ça, je ne cherche pas à régler mes comptes. Ça n'a rien de personnel. C'est une question de justice. Ce n'est pas parce que vous êtes policière, Carol, que vous êtes au-dessus des lois ; quand on commence à jouer à ce petit jeu, où ça s'arrête ? Le mot « justice » a-t-il encore un sens quand on privilégie ses intérêts personnels ? Quelle justice pour ces cinq personnes qui sont mortes parce que Nicky Barrowclough a pris le volant complètement ivre ?

Elle parlait avec une certaine véhémence et Flash se mit à grogner.

— Sans commentaire, répondit Tony avant de fermer la porte.

Il se retourna et prit Carol dans ses bras. Elle se laissa faire jusqu'à ce que Penny Burgess arrête d'appuyer sur la sonnette et parte. Elle s'écarta ensuite de lui avant de donner un coup de poing contre la porte.

— C'est terminé, cria-t-elle. Je suis fichue. Et tout ça à cause de cette foutue Penny Burgess qui va me descendre !

Elle ferma les yeux en agitant la tête.

— Elle va pourrir ma réputation. La BREP n'existera plus après ça. Et tous les membres de l'équipe seront salis eux aussi par ricochet.

Elle traversa la pièce et se laissa tomber dans un fauteuil.

— Je suis fichue, Tony, fichue.

Il se tenait toujours près de la porte, ne sachant pas s'il devait se rapprocher d'elle.

— Elle ne parviendra pas à faire publier son article. Son rédacteur en chef n'aura pas le cran de s'en prendre à la police ni au ministère de l'Intérieur.

— Elle ira voir ailleurs, alors. Elle tient un scoop et elle ne le lâchera pas. Elle est coriace, tu le sais. Je suis vraiment foutue.

La tête dans les mains, elle se balança d'avant en arrière. Flash vint se coucher à côté d'elle. Prudemment, comme s'il jouait à un, deux, trois, soleil, Tony se rapprocha également. Quand il arriva près d'elle, il s'accroupit et posa une main sur son genou.

— Personne n'y croira, dit-il.

— Oh que si, marmonna-t-elle entre ses mains. Les chefs de la police ont fait de moi une star. Les membres de mon équipe sont considérés comme des flics d'élite. Et les gens n'aiment rien tant que de voir chuter des gens comme nous.

Carol releva la tête.

— Si ça ne tenait qu'à moi, je m'en irais, ajouta-t-elle avant de pousser un soupir. Mais je ne suis pas toute seule. Il y a tous les autres : Paula doit passer l'examen pour devenir inspectrice. Aucune chance. Kevin, qui est revenu juste pour moi, sera exclu. Alvin, qui a fait venir sa famille ici pour pouvoir travailler à la BREP. Karim, la meilleure recrue que nous pouvions espérer pour la brigade et qui ne pourra jamais gravir les échelons maintenant. Quant à Stacey... si je ne suis plus là pour la protéger, elle finira en prison ou bien devra partir elle aussi. La police perdra la meilleure analyste numérique du pays. Et puis il y a toi. Tu seras éclaboussé toi aussi ; toi et tout ton travail. C'est un vrai désastre.

Elle se leva de nouveau et se mit à faire les cent pas.

— Et cette ordure de Tom Elton ? Il se fiche déjà de nous. Je ne sais pas qui nous remplacera, mais il leur échappera. Il va continuer sur sa lancée. Certes, d'après la loi des probabilités, un flic finira par l'arrêter sur la route avec le cadavre d'une femme dans son coffre. Mais combien de femmes vont encore mourir avant que ça n'arrive ? Et Tricia ? Qui va garantir sa sécurité en Espagne ? Je ne peux pas le supporter, Tony. Je ne peux pas laisser ça arriver. Je ne veux plus avoir de sang sur les mains, je n'en... articula-t-elle avant de se frapper la poitrine.

Elle était en train craquer devant lui. Il aurait su quoi faire s'il avait été à l'hôpital de Bradfield Moor. Il aurait fait en sorte qu'on lui administre un sédatif et il se serait occupé d'elle ensuite. Mais il était chez elle. Elle l'avait accueilli dans son foyer. Il devait agir en ami et non en médecin. Il la rejoignit donc, tenta de la prendre dans ses bras mais elle fit volte-face, furieuse, poings serrés, le visage déformé par un rictus.

— Je ne tolérerai pas ça, grogna-t-elle. Je n'ai plus rien à perdre, Tony. Je vais l'empêcher de continuer. Je vais le suivre jusqu'au prochain mariage où il se rendra.

Elle prit une profonde inspiration.

— Je vais le suivre et je vais le tuer.

67

Ils se querellèrent jusque tard dans la nuit et s'arrêtèrent seulement le temps que Carol fasse le point avec les policiers chargés de surveiller Elton. Rien de ce que Tony lui disait ne pouvait entamer sa détermination. Il ne parvenait pas à l'ébranler.

— Quoi qu'il se passe maintenant, c'est terminé pour moi. Avant de tomber, je vais faire une dernière chose.

— Tu ne sais même pas avec certitude si Elton est coupable, protesta Tony. Tu le penses, mais...

— Toutes nos preuves indirectes l'accusent. Psychologiquement parlant, ça ne fait aucun doute. Tu l'as dit toi-même après avoir écouté la conversation entre Paula et Tricia. Et tu as vu sa réaction quand Paula a mentionné ce prénom.

— Il était peut-être simplement surpris que vous ayez réussi à la contacter, contrairement à lui.

Carol secoua la tête, exaspérée.

— Et les photos, alors ? C'est bien lui. On convoquera des experts judiciaires qui pourront tout comparer dans le moindre détail.

— OK, alors. Prouve-le.

Elle secoua la tête.

— On n'ira jamais jusque-là. Le procureur n'envisagera aucune poursuite judiciaire s'il n'y a pas au moins cinquante pour cent de chances de succès, tu le sais aussi bien que moi. Et les jurés n'aiment pas ce genre de preuves ; ils ont l'impression d'être enfumés par la science.

Tony marcha de long en large devant elle.

— Tu ne ferais pas ça. Tu ne pourrais pas tuer quelqu'un de sang-froid. Tu n'as pas assez de cran.

Elle le toisa du regard.

— Si tu le dis, lança-t-elle avec d'un air de défi.

La dernière carte qu'il joua était très risquée.

— J'ai tout fait pour me conduire en ami avec toi ce soir, dit-il en essayant de contenir son exaspération. Mais à présent, je dois agir en médecin.

— Quoi ? Tu penses que je suis malade ? rétorqua-t-elle d'une voix lasse, blessée.

— Il est possible que tu souffres d'un TSPT. Trouble de stress post-traumatique…

— Je sais ce que signifie TSPT ! Et je ne suis pas une victime.

— Il n'y a aucune honte, Carol. Ça ne change rien à ton intelligence, à ta bravoure ou à ton engagement. C'est aussi réel qu'une fracture. Il n'y a vraiment aucune honte à avoir.

Elle lâcha un petit rire.

— Vraiment ? Dis ça à tous les soldats qui ont été réformés. On n'en voit pas beaucoup occuper de hauts postes ou exercer d'importantes responsabilités. De toute façon, c'est hors sujet. Je ne souffre pas de TSPT.

— De mon point de vue de médecin, si. Tu devrais être en arrêt maladie et suivre un traitement.

— Vraiment ? Et quels sont mes symptômes, *docteur* ? s'enquit-elle avec mépris.

— Tu m'as dit toi-même que tu faisais des cauchemars. C'est un des symptômes.

— Si faire des cauchemars était une raison pour être mis en arrêt maladie, alors plus personne ne travaillerait dans les services d'urgence. Nous voyons tous des choses horribles que nous revisitons pendant notre sommeil. Tu dors mal depuis des années, tu l'as admis toi-même. C'est une des premières choses que tu m'as dites quand nous avons travaillé ensemble la première fois.

Elle se leva et se mit à faire les cent pas dans la pièce. Flash releva momentanément la tête avant de la reposer sur le tapis. Elle avait bien assez gambadé au cours de la soirée.

— Il y a une différence entre avoir des insomnies et faire des cauchemars.

— Faire des cauchemars ne fait pas de moi une malade, Tony. Appelle Paula et demande-lui comment elle dort. Et comment dort Elinor après une mauvaise journée aux urgences. C'est tout ? C'est uniquement là-dessus que tu fondes ton diagnostic ?

— Tu es en train de parler de tuer quelqu'un comme si c'était quelque chose de normal, comme si c'était une solution acceptable à un problème.

— Tu crois que c'est une décision facile à prendre ? Une décision prise à la légère ? Tony, j'ai consacré ma vie à vouloir rendre la justice. Cette vie est en train d'imploser. Penny Burgess et les autres chacals de son espèce vont me prendre ce qui compte le plus pour moi. Je vais disparaître sans laisser de traces. Si je veux continuer à me regarder en face, je dois donner du sens à ma vie. Sauver des vies humaines, c'est important. Tu ne peux pas le nier.

— Mais ce n'est pas en te transformant en tueuse sans pitié que tu vas t'en sortir. Je sais ce que c'est que de tuer. Il m'a fallu des années de thérapie pour m'en remettre, des années passées avec Jacob pour qu'il m'aide à guérir.

— C'était différent, Tony. Tu n'avais pas l'intention de tuer. C'était de la légitime défense. Ce dont je parle est différent. Je te parle de justice. Je te parle de sauver des vies, pas d'en prendre.

— Ce n'est pas de la justice. Ça s'appelle rendre justice soi-même, contra-t-il en élevant la voix. Mais enfin, tu entends ce que tu dis, Carol ?

— Il n'y a pas d'autre solution. Il n'y a pas de preuves. Combien de fois je vais devoir le répéter ? Comment peut-on l'arrêter autrement ? Il a carte blanche pour continuer à assassiner des femmes dont le seul crime sera d'être allées à un mariage, et il le sait. Tu l'as vu aujourd'hui. Cette confiance. Cette arrogance. Si je ne l'arrête pas, il continuera. Il n'y a rien à ajouter. Bon alors, quels autres symptômes j'ai, selon toi ?

C'était comme de parler à un mur. Non, plutôt à une barricade faite de pneus, parce que tout ce qu'il lui disait rebondissait dessus.

— Tu vas devenir comme ceux que tu as passé ta vie à pourchasser. Tu seras une meurtrière. Quelqu'un qui rend justice lui-même. On te méprisera pour ça. Tout ton travail sera déconsidéré.

Carol se retourna.

— Ensuite.

— Carol…

— J'en ai marre de tes prétendus symptômes. Quoi d'autre ?

— Tu te mets vite en colère et ton humeur change vite.

Elle éclata de rire.

— À qui la faute ? Tu m'as poussée à arrêter de boire. D'un coup. Tout mon corps me réclame sans arrêt un verre d'alcool, surtout quand on travaille sur une affaire comme ça. Oui, c'est vrai, je suis irascible. Mais l'inverse serait vraiment étonnant !

Tony leva les mains en signe de frustration.

— Tu étais déjà nerveuse bien avant que je ne t'aide à combattre ta dépendance à l'alcool. Je pense que tu es cliniquement dépressive depuis la mort de Michael et Lucy. Peut-être même avant ça. Mais j'étais trop proche de toi pour le voir. Parce que tu vas à peu près bien quand tu es avec moi. Tu te sens en sécurité avec moi parce que je te donne toujours la possibilité d'agir exactement comme tu le souhaites. J'ai été ton complice, Carol. Un complice involontaire. Je t'ai facilité la vie. Parce que je t'aime, je n'ai pas été à la hauteur pour toi.

Ses paroles les réduisirent au silence. Il avait rompu un accord tacite selon lequel ils devaient éviter d'aborder certains sujets, par peur des conséquences. Il détourna les yeux en premier. Comme toujours. Parce qu'elle avait besoin qu'il cède.

— Je crois que tu ferais mieux de partir, conclut Carol sur un ton glacial. Il n'y a rien d'autre à ajouter.

68

Les jours passèrent et l'équipe de la BREP répéta pour le meurtre d'Eileen Walsh les procédures effectuées pour les deux assassinats précédents, sans obtenir davantage de résultats. Carol passait le plus clair de son temps dans son bureau, à lire et à relire les rapports qui leur parvenaient. Plus les heures passaient et plus Stacey était exaspérée de voir que toutes les pistes numériques qu'elle faisait tourner dans son programme n'aboutissaient à rien. Quand Alvin entrait dans les bureaux de la brigade, il avait envie d'en repartir aussitôt. Karim semblait s'enfoncer dans la déprime : il avait l'œil hagard et ne faisait plus l'effort de se coiffer. Paula interrogeait les collègues d'Eileen Walsh, une tâche qui semblait sans fin vu la complexité des roulements au sein du NHS. Quant à Tony, personne ne savait où il se trouvait. La seule fois où il était réapparu dans les bureaux de la brigade, Carol lui avait jeté un coup d'œil avant de s'éloigner.

— C'est comme un de ces gadgets qui donnent la météo, avait raillé Paula. Ces petites maisons avec un homme et une femme chacun à une extrémité d'une tige : quand un des personnages sort de la maison l'autre rentre à l'intérieur.

Kevin était chargé de la tâche qui, en théorie, pouvait s'avérer la plus fructueuse. Il supervisait ceux qui surveillaient les faits et gestes de Tom Elton. Deux équipes de deux policiers se relayaient toutes les six heures. Le premier jour, Elton était allé au travail, avait déjeuné avec une femme qu'ils avaient identifiée comme étant Carrie McCrystal – propriétaire de salons de coiffure –, puis s'était rendu à un rendez-vous en fin d'après-midi à York où il avait dîné avant de passer la nuit à l'hôtel. Le deuxième jour, il s'était rendu à Leeds où il avait pris un café avec deux hommes d'affaires avant de retourner à Bradfield. Il avait passé le reste de la journée à son bureau et était allé ensuite au pub de l'autre côté de la rue avec deux personnes qui travaillaient pour lui. Il avait bu une bière exotique hors de prix en bouteille avant de rentrer chez lui. Il n'avait pas bougé de la nuit. Il était retourné le lendemain matin au travail et avait déjeuné avec un membre du conseil d'administration de Bradfield Victoria. Après le travail, il était allé jouer au bowling avec des collègues. Et c'est tout ce qu'ils savaient parce que la surveillance avait été interrompue vendredi soir.

Les problèmes avaient commencé par un coup de fil de John Brandon à Carol ce matin-là. Ils ne prenaient même plus la peine d'échanger quelques plaisanteries au téléphone. Brandon était allé droit au but.

— Est-ce que vous avez avancé ?

Carol se pinça l'arête du nez dans l'espoir que cela atténuerait le mal de tête qu'elle traînait depuis deux jours.

— C'est difficile. Nous avons affaire à quelqu'un qui a une très bonne connaissance des techniques scientifiques de la police et il est suffisamment malin pour rester sous les radars.

— Ça veut dire non.

— Ça prend du temps.

Elle l'entendait respirer. Il était contrarié. Tant mieux, parce qu'elle aussi.

— Avec la BREP, nous étions censés faire des économies, dit-il. Et vous avez mis en place une opération de surveillance – seize policiers se relaient tous les jours – autour d'un homme contre qui, de votre propre aveu, vous n'avez rien, à part quelques preuves indirectes et des coïncidences.

— Elton est notre homme, monsieur. J'en suis sûre.

Un soupir.

— Aussi fiable que soit votre instinct, Carol, j'ai six chefs de la police qui ne me lâchent pas d'une semelle. Ils partagent les coûts de vos opérations, vous êtes au courant. Et ils se plaignent de ce que vous faites avec leurs budgets.

— Sauver des vies ne devrait pas être une question d'argent, rétorqua-t-elle.

— C'est vrai. Mais c'est comme ça que ça fonctionne. Tout est une question de budget. Moins de policiers sur le terrain, on reclassifie certains crimes pour améliorer les statistiques, on réalise des économies sur les expertises médico-légales. Personne ne veut travailler comme ça mais les hommes politiques ne nous laissent pas le choix.

— Qu'est-ce que vous essayez de me dire ?

— Les chefs de la police me mettent la pression pour que je fasse cesser votre opération de surveillance au motif que vous essayez de coller ce crime sur le dos du suspect quoi qu'il en coûte. Et nous savons à quel point c'est dangereux.

— Ce n'est pas ce qui se passe, protesta Carol.

— Il n'empêche qu'ils veulent mettre un terme à tout ça immédiatement. J'ai néanmoins réussi à gagner du temps. Il pourrait même y avoir un peu de répit. Le procureur de Bradfield va venir à Skenfrith Street cet après-midi pour passer au crible le dossier. Il dira s'il y a matière à engager des poursuites. À partir de là…

— Ça veut dire que j'ai quoi ? Quatre heures devant moi pour trouver quelque chose ?

— C'est ça. Je suis désolé, Carol. C'est vraiment dommage que votre première affaire soit aussi compliquée à résoudre.

— Mais n'est-ce pas précisément notre rôle ? De nous occuper des affaires compliquées, difficiles à résoudre ?

— C'est ce que je croyais. Nous ne sommes pas maîtres de notre destin, Carol.

Mais bien sûr qu'on peut l'être, pensa-t-elle après qu'ils eurent raccroché. Elle avait passé trois jours à examiner sa décision sous tous les angles, en attendant que Penny Burgess lâche les chiens sur elle. Elle avait même pensé parler à Brandon de cette épée de Damoclès suspendue au-dessus d'elle. Mais il ne pouvait pas la protéger de la presse, et révéler quelque chose qui n'était même pas sûr d'arriver aurait donné à ses supérieurs une raison de vouloir se débarrasser d'elle au plus vite.

Rien n'avait changé. S'ils n'arrêtaient pas Elton, d'autres femmes allaient mourir. Elle en était certaine. Les hommes dans son genre continuaient tant qu'on ne les stoppait pas. Sans preuves suffisantes pour le poursuivre en justice, il ne restait plus qu'une option.

Si elle devait choisir une arme, elle prendrait un couteau. Un couteau de cuisine bien affûté, facile à cacher dans son sac. Elle le lui planterait sous les côtes, directement dans le cœur, avant de lui asséner un autre coup dans le ventre. Ce ne serait pas facile pour elle de violer la loi. Mais l'acte en lui-même ne serait pas si difficile à perpétrer. Elle avait vu le résultat trop souvent pour imaginer le contraire.

Et ensuite ? Elle irait en prison, évidemment ; et ultime ironie, elle ferait peut-être appel à Bronwyn Scott pour la défendre. Du moment que personne ne suggérait qu'elle souffrait de responsabilité atténuée et fasse venir Tony à la barre des témoins pour sortir sa rengaine sur le TSPT. Elle n'avait aucun désir de fuir sa responsabilité pour l'acte qu'elle allait commettre. Elle en assumerait les conséquences.

En tant que flic, on ne la ménagerait pas. Sauf que tuer un homme qui s'en prenait à des femmes pourrait lui donner un certain prestige. Mais ce ne serait pas suffisant. Elle serait placée dans le secteur des prisonniers vulnérables et passerait la majorité de son temps enfermée dans sa cellule. Ça ne serait pas si difficile, tout bien considéré. Elle pourrait lire, dormir, écouter la radio. Elle serait logée, nourrie, habillée. Dans de meilleures conditions que soixante pour cent de la population mondiale sans accès aux sanitaires ou à l'eau potable.

Carol croyait qu'elle pouvait y arriver. Elle avait passé presque six mois toute seule quand elle avait quitté son travail. Elle avait débarrassé la grange de tout ce que Michael et Lucy y avaient mis et elle avait complètement rénové l'intérieur. Après ça, elle pensait pouvoir tout affronter, ou presque. Avec un peu de chance et un juge compatissant, elle passerait moins de dix ans derrière les barreaux. Sa vie serait loin d'être terminée. Elle pourrait vendre la grange, mettre l'argent de côté et acheter quelque chose d'autre ailleurs quand elle sortirait.

Sa chienne lui manquerait, par contre. Plutôt mourir que de demander à Tony de prendre Flash, mais elle savait qu'il le lui proposerait et elle accepterait. Il lui rendrait visite aussi. C'était une chose dont elle pouvait être sûre.

Tout ça n'avait rien d'insurmontable.

Peter Trevithick, le procureur, avait l'air légèrement stressé d'un homme très occupé. Il était difficile de définir son âge, qui devait se situer entre trente-cinq et cinquante-cinq ans. Il portait un costume large et froissé, mais sa chemise était propre et repassée et sa cravate parfaitement nouée. Il avait un léger accent rural de l'Ouest mais sa façon de réfléchir n'avait rien de rustique. Carol avait déjà travaillé avec lui à plusieurs reprises et elle admirait son esprit d'analyse.

— On m'a demandé d'évaluer les dégâts de cette enquête, annonça-t-il une fois qu'ils se retrouvèrent seuls dans son bureau. Mais vous le savez, n'est-ce pas ?

Carol acquiesça.

— Je sais quelle réponse ils attendent de votre part.

— Qui n'est pas du tout celle que vous souhaitez.

Il retira sa veste et la déposa sur le dos d'une chaise.

— Je dois travailler en toute impartialité, Carol.

— Je sais.

— Mais je vais essayer de pencher dans votre sens. Je sais que vous êtes une excellente policière. Vous ne faites pas les choses à moitié et ne choisissez pas la solution de facilité. À la différence de certains de vos collègues. Bon, mais peut-être pourriez-vous tout me raconter depuis le début ?

Ce qu'elle fit. Elle lui raconta leurs progrès laborieux dans l'enquête et les impasses auxquelles ils avaient abouti. Il écouta attentivement et prit des notes dans un carnet Moleskine. Quand il avait des doutes sur tel ou tel point, il posait des questions. Il faisait parfois quelques remarques mais elle ne savait pas de quel côté allait pencher la balance.

Quand elle finit par se taire après avoir retracé les derniers jours d'Eileen Walsh, il hocha la tête avec compassion.

— Je comprends entièrement votre point de vue, dit-il. Mais en l'état actuel des choses, je ne peux rien faire. Je n'ai pas assez d'éléments pour pouvoir justifier des poursuites. Je suis désolé, Carol. Vous savez comment on travaille de nos jours – il faut qu'il y ait au moins cinquante pour cent de chances de succès sinon il ne se passera rien. Et à ce stade, j'estime les chances de succès à quinze pour cent si vous avez le jury en votre faveur, jugea-t-il d'un air vraiment triste. Le pire c'est que je pense que vous avez raison. Ce Tom Elton est louche. Mais ce n'est pas ce que vos supérieurs veulent entendre.

— Vous allez suspendre la surveillance, c'est ça ?

Trevithick acquiesça.

— Je n'ai pas d'autre choix, j'en ai peur.

Il se leva et enfila sa veste.

— Mais je vais vous dire quelque chose, Carol. Je suis sûr qu'on entendra de nouveau parler de Tom Elton.

Vous ne pouvez pas savoir à quel point vous avez raison.

— Merci, Peter. Je suis sûre que nous aurons l'occasion de reparler de cette affaire ensemble.

— Je l'espère, Carol. Je vous souhaite bonne chance pour clore ce dossier.

69

Se garer était toujours difficile dans Halifax Street où Vanessa Hill avait décidé de s'installer. Cette rue était composée de maisons individuelles des années trente, de bâtisses semi-mitoyennes de l'après-guerre et de maisons mitoyennes d'époque indéterminée. Peu d'entre elles avaient une allée suffisamment large pour accueillir les voitures modernes et les automobilistes de passage avaient toujours du mal à trouver une place. Ce n'était pas un problème que rencontrait souvent Tony : il rendait rarement visite à sa mère. Quant à elle, elle ne venait jamais le voir.

Mais pour une fois, il s'était dit que lui parler pouvait être utile et il avait donc mis de côté sa profonde antipathie pour cette femme qui lui avait donné naissance mais avait refusé de s'occuper de lui. Tony – « ton mioche » – avait été principalement élevé par une grand-mère violente et autoritaire pendant que Vanessa gravissait les échelons. Ses collègues et, plus tard, ses employés avaient été très surpris d'apprendre qu'elle avait un enfant.

Pire encore, elle avait refusé de lui dire quoi que ce soit sur son père. Tony n'avait aucune idée de qui il était jusqu'à ce que Edmund Arthur Blythe décède et lui lègue tous ses biens : une grande maison, de l'argent et le bateau sur lequel il vivait aujourd'hui.

Vanessa avait même essayé de le priver de son héritage.

Parler de brouille n'avait aucun sens dans la mesure où ils n'éprouvaient aucun attachement l'un envers l'autre. La thérapie suivie par Tony pour lui permettre de soigner des patients l'avait aidé à comprendre un peu mieux sa mère sans lui donner pour autant l'envie de l'inclure dans sa vie. Il éprouvait de l'indifférence pour elle et souhaitait que les choses en restent là.

Leurs chemins s'étaient croisés à cause d'événements indépendants de leur volonté, l'année précédente. Un tueur qui cherchait à se venger de Tony avait cru pouvoir l'atteindre en s'attaquant à sa mère. Il avait échoué sur les deux tableaux. Vanessa s'était montrée beaucoup plus dangereuse que lui ; et même s'il avait réussi dans son projet, la peine infligée à Tony aurait été tout à fait supportable.

Ces événements ne les avaient pas rapprochés, mais ce que Tony savait à présent sur sa mère l'avait poussé à venir la voir, ce soir. Vanessa avait agi en état de légitime défense, techniquement. Mais elle s'était préparée à ce qui pouvait arriver et avait décidé de se rendre justice toute seule. Il se demandait comment les choses s'étaient déroulées, ce qu'elle avait ressenti et s'il pourrait apprendre quoi que ce soit d'utile pour aider Carol.

Assis dans sa voiture, il regardait les rues désertes en essayant de comprendre encore une fois les motivations de Carol. Est-ce qu'elle pensait vraiment ce qu'elle avait affirmé ? Il n'en savait trop rien. Il y avait une logique tordue dans tout ça. Elle avait toujours été motivée par le désir de justice. Il en avait lui-même bénéficié par le passé. Carol avait raison de croire que si Penny Burgess publiait son article, ce serait la fin de sa carrière dans la police. Elle pourrait même être inculpée pour complot.

Mais de là à envisager le meurtre comme une conséquence raisonnable à cette disgrâce ? Il avait du mal à comprendre. Soit elle avait parlé à tort et à travers, sans intention réelle d'aller au bout de ce projet, soit elle était malade. C'était la seule explication possible. Il n'avait vu aucun signe, mais plus il y pensait, et plus il était convaincu qu'elle souffrait de TSPT. Cela n'avait rien de surprenant étant donné tout ce qu'elle avait traversé.

Mais cette explication ne serait d'aucune consolation une fois le fait accompli. Même si une tripotée d'experts étaient au diapason et qu'ils réussissaient à persuader le tribunal que son équilibre psychique avait été perturbé, elle serait considérée comme une meurtrière.

Et il ne croyait pas un seul instant que Carol pourrait vivre avec ce fardeau, même si elle affirmait le contraire.

Il devait la stopper d'une façon ou d'une autre. Elle avait pris ses distances avec lui afin qu'il ne puisse précisément pas l'en empêcher. Mais il ne pouvait pas la laisser continuer dans cette direction. Il devait anticiper ce qu'elle projetait de faire. Il devait arrêter Carol, quoi qu'il en coûte.

Il leva les yeux vers la maison de sa mère. Les rideaux étaient tirés, mais à travers un entrebâillement, il apercevait la lueur émise par la télévision. Vanessa devait être allongée sur son luxueux canapé, un verre à la main, et regarder un film. Il était venu ce soir pour changer les habitudes et apprendre quelque chose de sa part. Il voulait puiser dans son expérience, lui demander ce qu'elle avait ressenti en poignardant un être humain avant de le voir mourir.

Il voulait surtout savoir ce qu'elle avait éprouvé ensuite. Lui-même avait tenu un couteau sur lequel quelqu'un s'était empalé et il avait eu beaucoup de mal à s'en remettre même si ça avait été une question de vie ou de mort. Mais c'était un scientifique. Il avait besoin d'entendre plusieurs expériences. Et ce n'était pas vraiment quelque chose qu'il pouvait demander à ses patients ; pas dans ce but.

Maintenant qu'il était là, sur le point d'en apprendre plus, il se rendit compte qu'il ne voulait plus savoir. Qu'est-ce que Vanessa pourrait lui dire d'utile ? Elle était unique en son genre, et quelles qu'aient été les conséquences de son acte de légitime défense, il n'y avait pas vraiment de parallèle avec la situation présente.

Il était sur le point de partir quand son téléphone sonna. C'était Paula.

— Salut, Paula.

— Tony, ils ont mis fin à la surveillance.

— Tu plaisantes ?

Il sentit son cœur se serrer. Tant qu'il y avait des policiers qui surveillaient Elton, Carol savait qu'elle n'avait pas besoin de monter au créneau ; ses moindres mouvements étaient scrutés à la loupe. Avec un peu de chance, elle n'aurait pas besoin de passer à l'acte.

— Non, Peter Trevithick est venu, a passé le dossier au crible et a informé Brandon que la surveillance n'était pas justifiée. Tout sera donc terminé après le dernier roulement d'équipe ce soir. C'est un cauchemar.

— Qu'est-ce qu'en dit Carol ?

— Elle est convaincue qu'il va se rendre à un mariage demain. C'est comme ça qu'il fonctionne...

— Oui. Le samedi qui suit un meurtre, il se met en quête de sa prochaine victime. Qu'est-ce qu'elle a prévu de faire ?

— Elle va le suivre et aussitôt qu'il fera des avances à une femme célibataire, on l'arrêtera.

— On ?

Paula poussa un soupir.

— Oui, elle veut que je l'accompagne. Deux voitures, pour qu'il ne puisse pas nous repérer. Et comme ça, je serai avec elle pour l'arrêter.

Non. Elle veut que tu sois là pour l'arrêter elle, après qu'elle l'aura tué.

— Je veux venir aussi, Paula.

— Comment ça se fait qu'elle ne te l'ait pas proposé ? Vous ne vous parlez plus, ou quoi ?

Il ne voulait pas l'inquiéter en lui racontant tout.

— On s'est disputés. Tu sais à quel point elle est susceptible depuis qu'elle a arrêté de boire.

— Oui... Bon, mais je t'appelais juste pour te dire que je suis d'accord avec toi. Tu devrais venir avec nous. On aura besoin de tes conseils avisés pour éviter que ça ne parte en vrille.

— Comment on s'organise ?

— On se met en planque à 6 heures du matin. Carol sera dans la voiture de tête et moi je serai quelques rues plus loin, prête à la rejoindre. Tu pourrais monter avec moi ? Sur la banquette arrière pour rester discret ?

— OK, mais c'est insensé, tu sais ?

— Je sais, mais elle veut à tout prix l'empêcher de tuer de nouveau. Tu peux être chez nous à 5 h 30 ? Je préparerai du café.

Il n'avait pas besoin d'y réfléchir à deux fois. C'était probablement sa seule chance d'empêcher Carol de faire une bêtise. Il ne pourrait plus se regarder en face s'il restait les bras croisés.

— Je serai là. Comment va Torin ?

— Ça va mieux. Merci pour tout ce que tu as fait. Je te dois une fière chandelle. Enfin, on te doit tous les trois une fière chandelle. Tu es génial, Tony. Carol ne sait pas à quel point elle a de la chance de t'avoir à ses côtés.

Tony fit démarrer la voiture et s'éloigna sans jeter un dernier regard sur la maison de sa mère. Il avait l'affreux pressentiment que quelque chose de terrible se préparait. Quelque chose d'impossible à éviter même s'il le voulait.

70

Tony se recroquevilla à l'arrière de la voiture d'Elinor. Paula l'avait choisie parce qu'elle était plus quelconque que la sienne.

— Comment Torin arrive à tenir là-dedans ? maugréa-t-il tout en essayant de trouver une position confortable.

Dès qu'il bougeait, le contenu des poches de son anorak violet venait appuyer contre des parties de son corps.

— Avec difficulté.

Paula enfonça un béret bleu foncé sur ses cheveux blonds et chaussa ses lunettes pour conduire. Ça marchait pour Elton, pensa Tony. Ça devrait fonctionner aussi pour eux si leur cible la repérait.

— OK. Carol a emprunté la voiture de la femme de Kevin. Une Toyota Prius grise…

— Emprunté ! s'exclama Tony. Pas loué, Paula, mais emprunté. Elton vit grâce à des contrats publicitaires. Il doit avoir des loueurs de voitures parmi ses clients. Des gens qu'il connaît de longue date et qui lui prêteraient une voiture sans difficultés. C'est pour ça que Karim n'a trouvé aucune agence qui lui a loué un véhicule. Il doit emprunter une voiture différente chaque fois.

Paula grogna.

— Bien sûr. C'est exactement le genre de type qui a un bon réseau de relations. Je suis sûre que tu as raison. À part ça, son immeuble a un parking souterrain. Du coup, Carol montera la garde dans la rue. Nous, à 6 heures, on attendra un peu plus loin, juste au cas où. Mais tu devras être discret parce qu'on sera en liaison par téléphone et sur haut-parleur et elle pourrait t'entendre. On ne peut pas communiquer par radio avec ces voitures.

— Je ne ferai aucun bruit, ne t'inquiète pas.

— C'est pas de moi dont tu devrais avoir peur.

Quelques minutes avant 6 heures, ils étaient en position. Ils sirotaient des cafés et mangeaient des sandwichs au bacon. Quand on travaillait avec la police, on n'était jamais à court de café et de provisions, pensa Tony. Il n'aurait su dire le nombre de fois où Carol et lui s'étaient retrouvés devant un bon curry dans leur restaurant indien préféré de Temple Fields, pour parler de leurs dossiers et de leurs collègues. Il se demandait s'ils referaient ça un jour.

Le téléphone sonna et Paula répondit sur le haut-parleur.

— Bonjour, Carol. Tu es en position ?

— Oui. Rien à signaler pour l'instant. Tu peux raccrocher si tu veux et écouter la radio ou autre. Je te rappellerai quand il bougera.

Paula mit fin à l'appel.

— Pourquoi vous vous êtes disputés, au fait ?

— Pour des trucs sans importance, répondit-il. On se connaît un peu trop bien. J'ai passé pas mal de temps chez elle récemment, pour l'aider à monter la BREP.

— Et à arrêter de boire, ajouta Paula.

— Et à arrêter de boire. Carol et moi, on surestime toujours notre capacité à vivre en société. En réalité, nous avons besoin tous les deux d'avoir notre espace et en vivant sous le même toit... Bref, disons que ce n'est pas toujours de tout repos, pour l'un comme pour l'autre.

— Vous avez décidé de prendre un peu de recul ?

Il poussa un soupir et changea encore une fois de position sur la banquette arrière.

— Oui. Quelque chose dans le genre.

— Alors il n'y a pas eu vraiment de dispute ?

— Pas étonnant que tu obtiennes d'aussi bons résultats au cours de tes interrogatoires, plaisanta Tony. Non, il n'y a pas eu vraiment de dispute. Seulement une différence de point de vue, c'est tout.

Il ne pouvait pas dire la vérité à Paula, même s'il en avait très envie. Ç'aurait été injuste de la mêler à ça. Et puis, Carol avait peut-être seulement parlé sous le coup de la colère. Peut-être avait-elle aussi changé d'avis. Comme le ferait n'importe quelle personne un tant soit peu raisonnable. Il se pouvait également que Carol n'ait plus toute sa lucidité.

— Tu ne m'as jamais raconté toute l'histoire concernant la tentative d'extorsion subie par Torin, dit-il, essayant de changer de sujet.

Elle lui expliqua tout. Ils parlèrent ensuite des perspectives professionnelles d'Elinor, et de l'examen pour devenir inspecteur que Carol l'encourageait à passer.

— Je ne sais pas trop, dit-elle. Je ne suis pas certaine de vouloir ce grade. J'aurais un meilleur salaire et une meilleure retraite. Et ce n'est pas négligeable, bien sûr.

Elle poussa un soupir. Avant qu'elle ne puisse ajouter autre chose, son téléphone vibra.

— Intéressant, dit-elle en parcourant le message. C'est un texto de Tricia, l'ex d'Elton. Elle veut me parler. Elle dit que ce n'est pas urgent.

Il la vit esquisser une moue dans le rétroviseur.

— Je l'appellerai plus tard ; je ne veux pas me retrouver en plein milieu d'une conversation et rater le top départ de Carol.

— Utilise mon téléphone, lui proposa Tony.

— Bonne idée.

Paula tendit le bras vers l'arrière pour le prendre. Elle composa le numéro et ils entendirent tous les deux la sonnerie caractéristique d'un appel vers l'étranger. Puis le répondeur s'enclencha.

— Salut, c'est Tricia. Laissez-moi un message et je vous rappellerai dès que possible.

— Bonjour, Tricia. Lieutenant McIntyre à l'appareil. J'ai bien reçu votre texto. J'essaierai de vous joindre plus tard.

Elle raccrocha.

— Zut.

— Elle a dit que ce n'était pas urgent.

— Espérons-le.

Les heures s'égrenèrent lentement. Après trois nouvelles tentatives pour joindre Tricia et la lecture de deux épais journaux du samedi, Paula finit par recevoir un appel de Carol juste après 15 heures.

— Il vient de sortir de l'entrée principale de son immeuble, annonça-t-elle. Il regarde dans la rue comme s'il attendait quelqu'un… Ah, oui, un taxi arrive. C'est une Skoda noire. Avec le logo City Cabs… Elton monte… Ils se dirigent vers Kempton Road.

Paula attendit que la circulation s'atténue pour faire demi-tour.

— Je vais me rapprocher derrière toi, cette rue ne va pas très loin.

Elle s'exécuta et ils se retrouvèrent quatre voitures derrière Carol.

— Je te vois.

— Ils tournent à gauche au carrefour, les informa Carol.

Ils furent bientôt sur le périphérique intérieur en direction de l'autoroute. Plusieurs concessionnaires se trouvaient près de la bretelle d'accès et le taxi déposa Elton à proximité. Tony éprouva une certaine joie de voir Elton se diriger vers l'entrée d'un concessionnaire spécialisé dans les voitures de fonction.

— Qu'est-ce qu'il va faire là-dedans ? demanda Carol.

— Peut-être qu'il emprunte des voitures pour des clients, mais qu'il ne les loue pas, suggéra Paula avec hésitation avant de se tourner vers Tony pour lui tirer la langue.

— Évidemment ! s'exclama Carol. Pourquoi on n'a pas pensé à ça ? Bien sûr, il a des contacts dans tout un tas de secteurs. Excellente intuition, Paula.

Elton ressortit quelques minutes plus tard et se dirigea à l'arrière du parking. La voiture dans laquelle il s'éloigna était un coupé Mercedes bleu foncé.

Ils s'élancèrent sur l'autoroute en direction de la M62. La Mercedes maintenait sa vitesse sans effort et Paula avait du mal à suivre, alternant entre la voie de gauche et celle du milieu, voire à certains moments celle de droite quand il n'y avait pas beaucoup de circulation. Ils roulaient vers l'ouest sur la M62.

— On dirait qu'il se dirige vers Manchester ou Liverpool, dit Paula.

— Je penche plutôt pour Liverpool, répondit Carol. Il est allé à Manchester la dernière fois ; il ne prendra pas le risque de se faire repérer dans la même ville aussi vite après Eileen Walsh.

Elle avait raison. Ils changèrent de position une nouvelle fois et Carol le suivit jusque sur le front de mer, où il s'arrêta dans un parking à plusieurs étages près du Philharmonic, un nouvel hôtel en plein cœur de la zone réhabilitée des docks. L'immeuble en brique rouge foncé avait abrité auparavant un immense entrepôt de tabac dont il ne restait plus que la façade.

— Je parie que le mariage qu'il cible se passe ici, dit Carol. Gare-toi dans la rue et prépare-toi à le filer quand il sortira. Je vais me garer à l'intérieur. S'il prend l'ascenseur, je prendrai l'escalier. Et vice versa. Tiens-toi prête.

La communication s'interrompit brusquement.

— Merde, où je vais pouvoir me garer par ici ? grommela Paula.

— Il y a quelques places en bas de la rue, remarqua Tony. Sors, je vais aller garer la voiture et je te rejoins.

— Je ne...

— Vas-y.

Après avoir jeté un coup d'œil inquiet derrière elle, Paula obéit. Tony eut du mal à manœuvrer cette voiture qui ne lui était pas familière mais réussit à faire un demi-tour en trois temps sans causer trop de désagréments aux autres conducteurs. Après s'être garé et avoir rebroussé chemin à pied, il vit Elton qui entrait dans l'hôtel. Paula était quelques mètres derrière lui et resta en retrait pour s'assurer qu'il ne ressorte pas. Carol émergea du parking.

C'était impossible qu'elle ne repère pas Tony avec son anorak violet.

— Qu'est-ce que tu fiches ici ? lui demanda-t-elle dès qu'il fut près d'elle.

— Et toi, tu peux m'expliquer ce que fait Paula ici, si tu as toujours ton projet fou en tête ? rétorqua-t-il. Tu en fais ta complice malgré elle ; tu vas détruire sa vie en plus de la tienne.

— Ne sois pas bête. Elle n'est en rien complice. Elle est là pour m'arrêter une fois que je l'aurai mis hors d'état de nuire.

— Tu ne peux pas faire ça, Carol.

— Oh que si, Tony. Et tu ne pourras pas m'en empêcher, répliqua-t-elle en passant devant lui pour rejoindre Paula devant l'entrée de l'hôtel.

Elles pénétrèrent ensemble dans le bâtiment.

Il pensa appeler la police. Mais pour dire quoi ? Que la chef de la BREP était sur le point de commettre un meurtre ? Il entendait déjà les rires à l'autre bout du fil. Il ne pouvait pas en parler à Paula parce qu'il ferait d'elle la complice de Carol s'ils ne parvenaient pas à la stopper.

Il n'y avait pas d'autre solution. La seule personne qui pouvait empêcher Carol de détruire sa vie, c'était lui.

Jamais il ne s'était senti aussi peu héroïque.

71

Le cœur battant la chamade, Tony suivit les deux femmes jusque dans le hall. Le bois blond et le granit gris étaient les matériaux prédominants. Les réceptionnistes portaient des vestes unisexes anthracite de style Nehru. Les chapeaux, les robes et les chaussures de jeunes femmes traversant la pièce pour se diriger vers une autre partie de l'hôtel venaient apporter des touches de couleur. Les hommes se fondaient mieux dans le décor, même si quelques cravates fantaisie détonnaient à l'occasion.

Un grand écran plasma accroché sur un mur affichait les événements de la journée et les lieux où ils se déroulaient. L'unique mariage se passait au premier étage, dans la salle de bal Lennon & McCartney. Carol et Paula se concertaient près de l'écran. Il s'approcha d'elles.

— C'est quoi le plan, alors ? demanda-t-il aimablement dès qu'il se retrouva près des deux femmes.

— Tu n'en fais pas partie, répondit Carol.

— Je suis le seul qu'il n'a jamais vu, lui rappela Tony calmement.

— Tu n'es pas policier, répliqua-t-elle avant de se retourner, visiblement agacée.

— Mais je peux observer. Je peux vous alerter dès qu'il passe à l'action.

— Il n'a pas tort, fit remarquer Paula.

— Va-t'en, Tony.

— Très bien. À plus tard, lança-t-il en souriant avant de monter l'escalier en bois et métal pour se rendre au premier étage.

Carol le regarda monter les marches avec un sentiment grandissant de désarroi. À quoi il jouait ? Elle n'avait pas besoin qu'on lui mette des bâtons dans les roues : c'était déjà assez difficile comme ça. Elle le connaissait suffisamment pour savoir qu'il mijotait quelque chose. Son pouls commençait déjà à s'accélérer et elle avait les mains moites.

— On ne peut pas le laisser prendre part à ça, dit-elle. Suis-moi.

Quand les deux femmes arrivèrent en haut de l'escalier, Tony était en train de déposer son anorak violet au vestiaire. Dessous, il portait son plus beau costume. Ce n'était peut-être pas le genre de costume qui aurait fait l'unanimité pour un mariage – il avait été brièvement à la mode une dizaine d'années auparavant – mais ça restait élégant et sa cravate ne jurait pas avec sa chemise. Ses chaussures étaient cirées pour l'occasion. Il s'était même fait couper les cheveux. Carol n'arrivait pas à se souvenir de la dernière fois qu'elle l'avait vu aussi chic. Ça lui fendit le cœur. Elle savait que ce qu'elle s'apprêtait à faire allait lui causer beaucoup plus de chagrin qu'il n'aurait été prêt à l'admettre. Elle allait détruire leur amitié pour toujours. Mais c'était le prix à payer pour éviter d'avoir d'autres morts sur la conscience. Il n'y avait pas de retour en arrière possible, maintenant. Carol prit une profonde inspiration et avança vers lui.

— Je pense que vous n'êtes vraiment pas habillées pour cette occasion, commenta-t-il en désignant leurs tenues de travail décontractées. C'est un mariage, vous savez. Je ne sais pas ce que vous en pensez mais je pourrais entrer et garder un œil sur Elton ? Nous savons déjà comment il opère. Attendons qu'il approche sa victime et la conduise vers le bar pour pouvoir lui parler plus tranquillement. Vous pourrez fondre sur lui ensuite. Il se sera déjà présenté sous un faux nom et lui aura raconté les mêmes salades qu'il a servies aux autres femmes : son épouse décédée et sa ritournelle sur son envie de prendre son temps en amour.

— Ça me paraît une bonne idée, Carol, dit Paula. Ça serait plus facile de l'arrêter dans un endroit tranquille comme le bar plutôt qu'en plein milieu de la salle de réception. Et ce ne serait pas très sympa de gâcher le mariage de deux personnes qui n'ont rien à voir là-dedans.

Carol les regarda l'un après l'autre. C'était difficile d'aller à l'encontre de leurs arguments parce que c'était exactement la stratégie qu'elle aurait employée si elle avait choisi d'arrêter le suspect. Ils attendaient sa réponse et elle prit sa décision. Des conditions permettant de l'arrêter plus facilement lui faciliteraient aussi la tâche.

— OK, concéda-t-elle en poussant un soupir. Mais garde tes distances. Ne fais rien qui puisse éveiller ses soupçons. Appelle-moi dès qu'il aborde une femme. Tu n'es pas policier, Tony. N'essaie pas d'agir comme si tu en étais un. Pour le moment, nous, on va trouver un coin tranquille.

Elle le regarda se diriger vers la salle de bal.

— Attends ici, dit-elle à Paula avant de s'élancer derrière Tony.

Carol ralentit quand elle arriva près de l'entrée de la salle de bal. Il y avait des gens partout et à en juger par les restes de nourriture dans les assiettes, le repas était terminé. Les grands rideaux des fenêtres avaient été tirés et le DJ était en train de chauffer la salle avec un remix de *Congratulations* de Brian Eno. Elle continua d'avancer et trouva des toilettes pour femmes au bout du couloir.

Elle s'enferma dans un box et plongea la main dans son sac. Le manche du couteau était parfaitement ajusté à sa main. C'était un couteau à viande d'une quinzaine de centimètres qui faisait partie d'un set qu'elle avait acheté pour équiper sa nouvelle cuisine dans la grange. Elle ne l'avait jamais utilisé. Elle ne cuisinait pas souvent, et quand elle le faisait, elle n'avait pas besoin de découper de la viande en filets. Mais le set de couteaux avait belle allure dans son bloc en acier brossé et il s'avérait en fin de compte plus utile qu'elle ne l'avait imaginé.

Elle avait la bouche sèche et des crampes d'estomac. Elle n'avait pas réussi à avaler quoi que ce soit depuis la veille. Sa tête la faisait également souffrir. « Tu peux le faire », s'encouragea-t-elle. Elle n'y réfléchirait pas à deux fois si c'était pour protéger quelqu'un à qui elle tenait. Paula, par exemple. Ou Tony. Pourquoi devrait-il en être autrement avec des inconnus ? Est-ce qu'ils ne méritaient pas autant de vivre que les gens qui comptaient pour elle ?

Carol posa le front contre le mur des toilettes en marbre. C'était trop tard pour reculer maintenant. D'ici peu, Penny Burgess ficherait sa vie en l'air et après ça, tout lui échapperait. Elle n'aurait plus aucun moyen d'approcher Elton ensuite et il continuerait à tuer. Combien de femmes assassinerait-il avant de se faire arrêter ? Elle ne pouvait pas laisser faire ça.

Elle en avait déjà suffisamment sur la conscience. La culpabilité s'arrêtait ici. Il était temps de passer à l'action.

Tony marchait tranquillement à travers la salle de bal, adressant un sourire par-ci, un signe de la tête ou un geste de la main par-là. Il s'arrêta au bar et commanda une pinte de bière tout en regardant discrètement autour de lui. Elton était lui aussi installé au bar, veste par-dessus l'épaule, cravate dénouée, un verre à la main. Il parlait à l'homme qui était à côté de lui. Il glanait probablement des informations sur les mariés pour faciliter sa mission.

Il n'était pas le seul à être en mission. Tony eut un léger tournis à la pensée de ce qui allait suivre. Il devait empêcher Carol de tuer cet homme, d'une façon ou d'une autre. Elle ne pourrait pas y survivre, il en était convaincu. Elle avait dû faire preuve d'une force extraordinaire pour ne pas flancher pendant toutes ces années, mais même la détermination à toute épreuve de Carol Jordan pouvait fléchir. Et si cela devait se produire, c'était le bon moment, pensa-t-il.

Le DJ misait sur des valeurs sûres pour pousser les gens à danser. ABBA, Madonna, Rod Stewart et quelques autres tubes plus modernes qu'il ne connaissait pas. La piste de danse était bondée. Tout le monde ne dansait pas, cependant. Des petits groupes d'invités plus âgés discutaient ensemble. Des parents d'enfants en bas âge leur couraient après, en riant. Les hommes qui ne dansaient pas étaient pour la plupart agglutinés au bar. Deux femmes étaient assises seules et consultaient leurs téléphones en faisant semblant de ne pas être intéressées par ce qui se passait autour d'elle.

Elton passa à l'action. Il s'approcha d'une des deux femmes et s'assit à côté d'elle. Même à la distance où il se trouvait, Tony pouvait voir qu'il lui faisait un grand numéro de charme. Tony sortit son téléphone et appela Paula. Pas Carol.

— Il a trouvé une cible, annonça-t-il. Elle a une trentaine d'années, de longs cheveux blonds et porte une robe rouge. Je te rappelle quand ils bougent.

Quinze minutes suffirent à la mettre dans sa poche. Elton se leva et tira la chaise de son interlocutrice. Ils se dirigèrent vers la porte en bavardant. Il avait une main posée sur son bras. Tony rappela Paula.

— Il arrive dans votre direction, dit-il.

Il abandonna la pinte qu'il n'avait pas touchée et suivit l'Assassin des mariages et sa nouvelle victime.

Il y avait un petit bar à cocktails à l'éclairage tamisé à l'autre bout du couloir. Ses fenêtres aux carreaux fumés offraient une vue sur l'Albert Dock qui le rendait presque glamour. Paula et Carol avaient choisi une table dans un coin, aussi éloignée de la porte que possible. Elles pouvaient voir la tête et les épaules des gens qui entraient. Quelques instants après le second appel de Tony, Tom Elton entra accompagné de sa proie. Il faisait attention à elle mais pas tellement à son environnement. Il la conduisit jusqu'à une table à une dizaine de mètres seulement de Carol et Paula.

Il proposa poliment une chaise à la femme. Il était sur le point de s'asseoir quand il remarqua les deux policières. Il eut l'air brièvement sous le choc. Tandis qu'il se ressaisissait, Carol se leva, avança dans sa direction et plongea la main dans son sac.

Paula était juste derrière elle.

Le temps s'écoula au ralenti. Carol sortit la main de son sac. Une lame en métal luisait entre ses doigts. Tout à coup la voix de Tony retentit, forte, impérieuse :

— Monsieur Elton.

Elton se retourna. Tony semblait sur le point de le prendre dans ses bras. Un objet noir glissa entre eux.

Paula posa la main sur le poignet de Carol et le tordit si fort que le couteau retomba dans son sac.

Elton était par terre à présent, haletant comme un requin échoué, une tache rouge s'élargissant sur le devant de sa chemise. La femme se mit à crier.

Tony se tenait debout, bras ballants, un couteau noir sanguinolent à la main.

Épilogue

Un coup de téléphone. C'est tout ce qu'il aurait fallu. Un simple coup de téléphone pour changer le destin de plusieurs vies. Tom Elton serait encore vivant. Le commandant Carol Jordan n'aurait plus exercé le métier de policier. Et le Dr Tony Hill ne se serait pas retrouvé au tribunal de Liverpool à attendre sa condamnation.

Pas un jour ne passait sans que Paula McIntyre, récemment promue inspecteur de police, ne regrette d'avoir raté l'appel de Tricia Stone. Si elle avait réussi à la contacter, elle aurait appris l'existence du cottage dans les Dales dont Tricia avait oublié de lui parler lors leur précédente conversation. Carol Jordan n'aurait pas agi de la même manière si elle avait eu connaissance de cette information.

Quand Paula avait fini par joindre Tricia deux jours plus tard, elle était déjà au courant de la mort d'Elton et s'en voulait énormément de ne pas avoir pensé au cottage plus tôt.

« Je n'y allais jamais, avait-elle expliqué. Quand j'ai quitté l'entreprise où je travaillais auparavant, j'ai échangé mes parts contre ce cottage. Mon avocat s'est occupé de tout. Il y avait une locataire, une universitaire. Nous avons découvert il y a quelques jours seulement qu'elle avait déménagé après qu'elle nous a passé un coup de fil au sujet de boîtes d'archives qu'elle avait oubliées dans le grenier. Et c'est là que je me suis souvenu que vous m'aviez posé des questions sur les Dales. »

Trop tard, avait pensé Paula avec amertume en l'écoutant. Trop tard, hélas.

L'information fournie par Tricia permit à la police scientifique de récolter plusieurs preuves : l'ADN des trois victimes d'Elton. Le vélo pliant Brompton qu'il utilisait pour s'enfuir des scènes de crime. Une cache avec des téléphones jetables. Trois cartons remplis de paquets de chips. Toutes les preuves dont ils avaient besoin pour l'inculper de meurtre.

Et son ami Tony n'aurait pas été sur le point d'être condamné à la réclusion à perpétuité.

Étonnamment, les choses n'avaient pas dégénéré après l'attaque au couteau. Paula avait réussi à garder la tête froide. Elle avait arrêté Tony, qui s'était docilement assis sur une chaise en attendant l'arrivée d'autres policiers. Elle avait demandé au barman de fermer le bar. Elle avait dit calmement à Carol – qui était apparemment sous le choc – de ne pas parler du couteau caché dans son sac.

— Personne ne l'a vu, lui avait-elle expliqué. Si quelqu'un affirme t'avoir vu fouiller dans ton sac, tu expliqueras que c'était pour prendre ta carte de police.

Carol avait hoché la tête, muette de stupéfaction.

Les procédures de routine avaient ensuite pris le relais. Les secouristes, les policiers, les techniciens avaient commencé leur travail. Paula avait fait une déposition avant de quitter les lieux à l'aube, le dimanche matin. Personne n'avait voulu lui dire ce qui s'était passé ni où était Carol, alors elle était rentrée chez elle à contrecœur. Elle n'avait aucun souvenir du trajet retour jusqu'à Bradfield. Elinor l'avait trouvée endormie à la table de la cuisine dans la matinée, un verre de whisky à moitié vide à côté d'elle.

Quand elle avait rallumé son téléphone, elle avait découvert un déluge de messages envoyés par ses collègues de la BREP. Elle n'avait pas eu la force de les lire. Il y avait aussi un message vocal de Carol qu'elle avait écouté : « Je suis désolée. » Pas un mot de plus.

Tony fut inculpé pour meurtre. Évidemment. Carol refusa de parler avec Paula de ce qui s'était passé. Sous le choc, l'équipe de la BREP réunit les preuves contre Elton qui s'avérèrent utiles pour les avocats de Tony. Mais le fait que la victime ait tué trois personnes et qu'il s'apprêtait à en tuer une quatrième ne pouvait justifier un meurtre. Il n'y avait plus qu'à plaider pour des circonstances atténuantes. Les avocats de la défense et le procureur s'accordèrent sur une qualification de meurtre sans préméditation. Mais la sentence serait lourde de toute façon. L'utilisation d'un couteau jouait en sa défaveur.

Paula avait rendu visite à Tony plusieurs fois pendant les huit mois qu'avait duré sa détention provisoire. La première fois, elle lui avait demandé pourquoi il l'avait tué. Il lui avait répondu avec un sourire triste :

— Pour qu'elle n'ait pas à le faire.

Il avait refusé d'en dire plus mais avait toutefois ironisé sur le fait que le couteau de commando noir lui avait été offert comme cadeau de départ par l'équipe chargée du profilage des criminels au ministère de l'Intérieur pour qui il avait travaillé quelques années auparavant.

— Telle mère, tel fils, avait-il conclu.

Comme si elle avait besoin qu'on lui rappelle les faits d'armes de Vanessa.

Tony leva la tête quand la porte s'ouvrit. Il s'attendait à voir son avocat venir le rassurer sur ses chances improbables de s'en sortir. Mais c'est Carol qui entra, le visage ravagé par la tristesse. C'était la première fois qu'il la voyait depuis son arrestation et il ne fut pas surpris de ressentir de la joie à son approche. C'était ridicule, mais indéniable.

Il se leva et avança vers elle.

— C'est merveilleux de te voir.

— Je ne pensais pas que tu aurais envie de me revoir. Mais Bronwyn m'a dit…

— Tu m'as manqué. Je voulais t'écrire mais je ne voulais pas te compromettre.

Elle hocha la tête et s'assit sur le banc qui longeait un des murs de la cellule.

— J'ai été tellement en colère contre toi. À cause de ce que tu t'es infligé. Et parce que tu as fait ça pour moi.

Il afficha un sourire en coin et haussa les épaules.

— Je savais que tu ne pourrais pas tenir en prison. Alors je t'ai empêchée de commettre ce crime.

— Tu as fichu en l'air ta vie. Ta carrière. Tout.

Il s'assit à côté d'elle et regarda ce visage qu'il voyait tout le temps, même quand il fermait les yeux la nuit.

— Ça va aller. J'ai plaidé coupable pour un meurtre sans préméditation et je pense pouvoir m'en tirer avec quelque chose comme cinq à dix ans de prison. Je ne me retrouverai pas dans une prison de haute sécurité. Je tiendrai le coup, Carol. Je vais pouvoir enfin m'atteler à ce bouquin que je suis censé écrire depuis des années sur le profilage et mon expérience dans le domaine. Je pourrai aussi aider d'autres prisonniers qui n'ont pas la possibilité de suivre des thérapies.

— Arrête de vouloir jouer les altruistes. Tu sais très bien que tu n'aurais jamais dû faire ça.

— C'est trop tard maintenant. Paula m'a dit que tu avais toujours la BREP pour te tenir occupée.

Il fronça les sourcils.

— Qu'est-ce qui s'est passé d'ailleurs au sujet de l'article de Penny Burgess ? Il n'a jamais été publié ?

Carol poussa un soupir et secoua la tête.

— Elle n'a pas réussi. Après Elton, les journaux nous ont célébrés comme des héros. Tu sais à quel point le *Daily Mail* adore les justiciers. Elle n'avait plus rien à gagner à nous transformer en méchants.

Du coup, j'ai tout remporté, Tony : la liberté, le respect et les applaudissements, dit-elle avec un sourire amer.

— Bien. Alors profites-en. Autrement tout ça n'aura servi à rien.

Elle prit une profonde inspiration.

— Tu avais raison. Au sujet du TSPT. J'aurais dû t'écouter.

Il ne répondit rien. Il n'y avait rien à dire.

— Je vois quelqu'un.

Son visage se décomposa.

Elle lâcha un petit rire.

— Pour suivre une thérapie, imbécile. Jacob Gold.

— Jacob ? répéta Tony, surpris. Mon Jacob ?

— Oui. Tu m'as dit à quel point il t'avait aidé tout au long de ces années. Alors je suis allée le voir. Je ne voulais pas passer par les canaux officiels. Pour d'évidentes raisons.

— Il est très bon.

— J'espère. Parce que c'est la chose la plus difficile que j'aie jamais faite.

— Ça va t'aider, lui assura-t-il en se levant. Tu devrais y aller, maintenant. Ils vont venir me chercher pour le verdict dans quelques minutes.

Il se tut et regarda attentivement son visage. Elle l'observait.

— Tu viendras me voir ?

Elle se leva à son tour et posa la main sur son bras.

— Aussi souvent qu'ils me le permettront.

— Et veille sur le *Steeler*. J'aurai besoin de vivre quelque part quand je sortirai.

Une larme coula sur la joue de Carol. Il leva une main vers son visage et l'essuya doucement.

— Tu te souviens quand je t'ai dit que je t'aimais ?

Elle acquiesça, la gorge serrée.

— Je le pensais vraiment.

— Je sais. Je t'aime aussi, Tony, dit-elle, avant de se retourner pour sortir.

Chers lecteurs,

J'aimerais compter sur votre bonne volonté. Maintenant que vous venez de terminer *Voyages de noces*, je pense que vous pouvez comprendre la raison de cette faveur que je voudrais que vous m'accordiez. J'espère que la fin de ce dixième roman avec Tony Hill et Carol Jordan vous aura surpris. Même si cette conclusion peut sembler choquante, je pense qu'elle fait terriblement sens, vu les traits de caractère des personnages et tout ce que je leur ai infligé.

Néanmoins, j'espère que ce n'était pas prévisible. Voilà pourquoi je vous demande de ne pas dévoiler la fin de l'histoire. Je voudrais vraiment que les autres lecteurs aient le souffle coupé à leur tour. Souvenez-vous de la colère qu'a pu générer la révélation du coup de théâtre dans *Le Sixième Sens,* gâchant le plaisir d'autres spectateurs. Je ne veux pas qu'une chose pareille se produise ici.

Je suis désolée si je donne l'impression d'être suffisante, mais certains lecteurs me lisent depuis des décennies ; ils sont investis dans la vie de ces personnages et je voudrais qu'ils apprécient ce livre autant que vous.

Merci de m'avoir accordé votre temps et de m'avoir apporté votre constant soutien.

Remerciements

Comme les journalistes, les auteurs de fiction sont bons s'ils peuvent s'appuyer sur de bonnes sources. Et je suis très satisfaite des miennes. La professeure Niamh Nic Daied m'a enseigné des choses utiles sur le feu et sur les paquets de chips. La professeure Dame Sue Black m'a prouvé à quel point il était facile de casser l'os hyoïde. La professeure Jo Sharp m'a aidée et encouragée de diverses manières.

J'ai pu compter encore une fois sur une équipe formidable pour parfaire les livres. Mes éditeurs David Shelley et Lucy Malagon, mon éditrice américaine Amy Hundley, mon agente Jane Gregory et l'experte éditoriale Stephanie Glencross sont mes premiers lecteurs et sont tous de bon conseil. Ma secrétaire d'édition Anne O'Brien connaît Tony et Carol mieux que moi et personne ne sait mieux qu'elle que le diable est dans les détails. Laura Sherlock fait en sorte que tout roule avec le sourire (et ce, malgré les aléas de la route…), et les équipes des services ventes et marketing de Little, Brown travaillent avec zèle et talent pour offrir le meilleur aux lecteurs.

Un grand merci à Kathryn McCormick, Amie McDonald, Eileen Walsh et Lorna Meikle, qui ont fait de généreuses et charitables donations pour voir figurer leurs noms dans ce livre. Je n'ai conservé que les noms !

Je voudrais enfin remercier ma famille. Je ne pourrais rien faire sans leur amour, leur patience, leur sens de l'humour et leur soutien. Jo et Cam, vous êtes mon refuge dans la tempête.

Mon premier roman, *Report for Murder*, a été publié il y a trente ans. Je ne pensais pas porter autant de livres en moi. J'aimerais saisir cette occasion pour remercier tous mes lecteurs, les libraires, les organisateurs de festivals et les critiques qui ont contribué à faire de cette aventure quelque chose d'extrêmement enrichissant et de très amusant. Espérons que nous aurons encore beaucoup d'autres livres à partager.

13213

Composition
PCA

Achevé d'imprimer en Slovaquie
par NOVOPRINT SLK
le 2 mars 2021

Dépôt légal : mai 2021
EAN 9782290250006
OTP L21EPNN000508N001

ÉDITIONS J'AI LU
87, quai Panhard-et-Levassor, 75013 Paris

Diffusion France et étranger : Flammarion